BESTSELLER

Marian Izaguirre nació en Bilbao y reside en Madrid. En 1991 vio la luz *La vida elíptica*, obra con la que obtuvo el histórico Premio Sésamo. Desde entonces ha publicado seis novelas más: *Para toda la vida* (1991), *El ópalo y la serpiente* (1996, Premio Andalucía de Novela), *La Bolivia* (2003, Premio Salvador García Aguilar), *El león dormido* (2005), *La parte de los ángeles* (2011, Premio Ateneo de Valladolid), *La vida cuando era nuestra* (2013) y *Los pasos que nos separan* (2014). Es también autora del libro de relatos *La reina de Chipre*, publicado originalmente bajo el título *Nadie es la patria, ni siquiera el tiempo* (1999, Premio Caja España).

Biblioteca

MARIAN IZAGUIRRE

La vida cuando era nuestra

DEBOLS!LLO

Primera edición en esta presentación: julio, 2015

© 2013, Marian Izaguirre
© 2013, de la presente edición en castellano para todo el mundo:
Penguin Random House Grupo Editorial, S. A. U.
Travessera de Gràcia, 47-49. 08021 Barcelona

Printed in Spain – Impreso en España

ISBN: 978-84-9062-784-6 (vol. 1037/5)
Depósito legal: B-13977-2015

Compuesto en La Nueva Edimac, S. L.
Impreso en Novoprint
Sant Andreu de la Barca (Barcelona)

P 627846

Penguin
Random House
Grupo Editorial

Nunca llueve en Honfleur;
pero a veces llueve sobre la infancia.

ERIK SATIE

1

Hace frío. Solo es octubre, pero ya parece pleno invierno. He sacado el abrigo por primera vez y, como he visto que el día está nublado y hace viento, he decidido ponerme un pañuelo en la cabeza. Es un viejo pañuelo de seda que a veces llevo también al cuello, con mi chaqueta de Linton Tweeds. Antes me he recogido el pelo en la nuca. Me hubiera gustado tener un poco de brillantina Rosaflor, para que ningún cabello rebelde se saliera de su sitio, pero he tenido que conformarme con pasar la palma de la mano humedecida por la frente y las sienes. ¿Por qué tengo este pelo? Es asombrosamente blanco para mi edad. A veces me miro en el espejo y veo un reflejo amarillento, como de polluelo, que me recuerda el tiempo en el que fui rubia.

Solo tengo cincuenta y un años. Nací con el siglo. No creo que me corresponda tener este pelo tan blanco.

Voy a dar un paseo hasta su tienda. Me gusta caminar. Salir a media tarde, cuando ya estoy cansada de mis cosas, y andar durante un par de horas, sin rumbo fijo, por esta ciudad que crece a la misma velocidad a la que pasan los días. Hay muchas zonas que no conozco, a pesar de que llevo ya trece años en Madrid. Vine con treinta y ocho; qué joven era y qué joven me sentía entonces, parece increíble… La mayor parte de las veces no me alejo demasiado, pero cuando tengo ganas de ver algo completamente distinto, tomo uno de esos autobuses que van a los barrios de la periferia y me subo, dispuesta a emprender un largo viaje, como quien va a otro país, devorando las calles que veo a través de la ventanilla. En los semáforos atisbo los escaparates de las tiendas. Van cambiando a medida que nos alejamos del centro. Sé que estoy muy lejos cuando dejan de verse comercios de ultramarinos o de ropa y empiezan a aparecer los talleres mecánicos.

Creo que fue en una de estas excursiones mías cómo le conocí. Acababa de regresar del otro extremo de la ciudad, ya estaba cansada y me disponía a meterme en casa, sin demasiadas ganas, la verdad, porque aún era junio y los días eran luminosos y largos. Entonces vi a ese hombre. Me gustó que llevara una pila de libros en los brazos. Vestía una chaqueta vieja, con coderas, que parecía tener demasiados años, como mi abrigo de hoy. No llevaba sombrero, pero no era un obrero ni un campesino. Quizá un profesor, pensé entonces. Y antes de que me diera cuenta, le estaba siguiendo, manzana tras manzana, por las calles del distrito de Chamberí.

Llevaba buen paso, me costaba no perderle de vista. Finalmente se detuvo en un portal de la calle Caracas. Me paré a unos metros de distancia fingiendo que buscaba algo en mi bolso. Ni se dio cuenta de que le seguía. ¿Quién hace caso de una vieja con el pelo blanco? Vi que tocaba la aldaba. Tres golpes dio. Al cabo de un rato apareció una mujer despeinada y con mandil. El hombre le tendió dos de los libros que llevaba. No oí lo que decía. Pero sí a la mujer, que tenía una voz un poco estridente:

—¿Pero no sube usted? El señorito Luis le estaba esperando.

Entonces me acerqué un poco y por primera vez oí su voz: agradable, modulada, un poco grave. Si fuera un instrumento musical creo que sería un *cello*. O en algunos momentos una viola, como mucho.

—Hoy no puedo, tengo que entregar otro pedido —dijo con un tono que a mí, al menos, me pareció sincero—. Salúdele de mi parte y dígale que el jueves, sin falta, subiré a verle.

La mujer cerró la puerta tras de sí, él se volvió hacia el lugar en el que yo estaba, me miró sin verme —creo que ya he dicho lo desapercibidas que podemos llegar a pasar las mujeres cuando la vejez nos viste por fuera— y volvió por el mismo camino por el que había venido.

Le seguí porque sabía que iba a entregar el resto de los libros. ¿Quién era? ¿A qué se dedicaba? Durante un buen rato —debo confesar que me divertía jugar con ventaja— me situé a su altura, codo con codo por la ancha acera de Zurbano. Su brazo y el mío casi se rozaron durante un breve instante. Eché un rápido vistazo a los libros. No eran ni con mucho nuevos, pero no pude ver los títulos. ¿Era el encargado de una biblioteca? ¿El dependiente de una librería? Él seguía sin fijarse en mí, como estaba previsto; pero, por si acaso, decidí dejar que se alejara un poco, hasta que se paró en otro portal; esta vez no llamó con la aldaba porque el portero estaba barriendo la acera. Imaginé que iba a tardar, así que me senté en un banco. Y le esperé.

¿Qué hago en este banco?, me pregunto cuando la espera pone un poco de cordura en mi entusiasmo. Insisto, tengo cincuenta y un años, no soy una niña.

Estoy a punto de irme. No lo hago. Quiero saber más de ese hombre que lleva libros a las casas.

Me entretengo pensando en otras cosas, en otros lugares, en un automóvil que Henry mandó pintar de amarillo para mí. En cómo me gustaba conducir por las carreteras de East Sussex, yo sola, toda la tarde, y volver a casa para la cena, sofocada y contenta, y verle a él aguardando con su periódico doblado por la mitad y el vaso de whisky sobre la mesa del mirador… Pienso en su cabello castaño cayéndole sobre la frente y en el mar cambiante que se veía a través de las ventanas. Henry mirándome sonriente por encima de los lentes y desapareciendo después…

Pienso en eso, para que la espera no sea tan larga y no me entren ganas de abandonar. También pienso que estoy haciendo una verdadera estupidez y que en lugar de quedarme como una tonta en este banco a diez metros de un portal donde no sé quién demonios vive, podía estar en casa, con las piernas en alto y leyendo un cuento de Katherine Mansfield o un poema de Emily Dickinson. Eso que suelo hacer cuando estoy cansada del mundo exterior.

No, no me engañaré. Estoy siguiendo a este desconocido porque soy una vieja boba que no tiene otra cosa que hacer. Por eso.

Salió con las manos en los bolsillos del pantalón. Entonces apretó el paso y tuve que esforzarme mucho para no perderle de vista. Atravesamos Génova, y al cruzar la calle Orellana por poco me atropella un automóvil que pegó un fuerte bocinazo, cosa que hizo que se volviera, pero creo que seguía sin darse cuenta de nada; caminé a diez metros de él durante un tramo de la calle Argensola tan rápido como pude y finalmente vi que se metía en una calle cortada que hay entre Fernando VI y la calle Barquillo. Ahí desapareció.

¿Cómo sabemos que una cosa es importante o no? Una nimiedad, pongamos por caso, como seguir a un hombre de unos cuarenta años por las calles de Madrid, en principio para matar el tiempo en una soleada tarde de junio en la que no te apetece nada encerrarte en casa. Cuando le perdí podía haberme dado la vuelta, pero no lo hice; entré en la calle —un lugar absurdo para tener un comercio, porque digo yo ¿quién demonios va a pasar por un lugar que no lleva a ninguna parte?— y en el mismo instante en que vi la tienda, una librería de viejo con el escaparate lleno de lápices de colores, pinturas al pastel y libros de Julio Verne, en ese mismo instante, supe que estaba ocurriendo algo extravagante, y que dependía de mí la importancia que este hecho tuviera en el futuro. Podía darme media vuelta y olvidarlo todo. O podía entrar en aquel portal y hablar con él.

Entré.

He visitado el interior de la tienda en dos o tres ocasiones. Es un sitio muy raro para poner una librería. Demasiado pequeño, demasiado apartado y al principio me pareció, incluso, algo inadecuado para el barrio. Seguramente fue eso lo que aumentó mi curiosidad. ¿Quién era este hombre que mantenía un negocio de apariencia tan ruinosa? Desde luego yo estaba firmemente decidida a descubrirlo. Los libros son mi religión; así que, bien mirado, no es tan descabellado mi empeño.

Esa vez solo compré una goma de borrar, la más barata que tuviera, le pedí. Total no la necesitaba para nada… Pude verle de cerca. Su mirada era interesante, profunda, un poco melancólica. Quizá porque tenía las pestañas negras y largas y unas ligeras ojeras de color marrón alrededor de los ojos. La nariz era grande, un poco aguileña, y los labios anchos. Lucía una sombra de barba y, no sé por qué, pensé en el roce de aquel mentón en mi piel. No, desde luego que no, no fantaseaba con una aventura romántica; es simplemente que me trajo el recuerdo de algo que hubo en mi vida en el pasado: las tardes perezosas del Mediterráneo, con los primeros calores, Valencia ardiendo en las calles y las sábanas húmedas en las que Henry y yo intentábamos escapar del miedo y el ruido. El roce de su barba contra mi piel…

En fin, recuerdos que duelen. No quisiera irme por las ramas, no se trata de eso; necesito concentrarme si quiero explicar cómo sucedieron realmente las cosas.

Tengo que reconocer que soy testaruda; cuando me empeño en algo, no cejo, no soy capaz de abandonar, ni de ceder. En fin, cada uno es como es, eso hace tiempo que lo he aceptado. Estuve observando al hombre de la librería durante un tiempo, casi todo el verano. Es muy trabajador, siempre está haciendo algo además de atender a sus clientes: lee mucho, clasifica y rellena fichas, a veces escribe en un cuaderno negro de tapas de hule que lleva consigo, un cuaderno exactamente igual al que tenía Henry. A mí, cada vez que le veo con esa libreta en las manos me da un vuelco el corazón.

Los martes y los jueves su mujer se queda en la tienda y él sale a repartir sus libros a los que supongo son clientes especiales. Tiene cuatro o cinco a los que visita a domicilio. Uno vive en el portal al que bajó la mujer del mandil y otro en aquella calle en la que me senté el primer día.

Su mujer me gusta. Es joven y muy guapa, tiene una melena ondulada que siempre lleva perfectamente peinada. Eso me da cierta envidia, debo confesarlo. Un día le compré un lapicero de la marca Faber-Castell, del 2B, y me fijé en que tenía unas manos muy bonitas, ágiles y armoniosas, de dedos largos, como las de una pianista.

La tercera vez que entré en la librería era sábado. En esa ocasión quería un libro, y no era una excusa. Pensé que este pequeño local medio escondido en una calle cortada podía proporcionarme en el futuro muchos momentos felices.

Le pregunté si tenía algún libro en inglés. Él me sacó *The Black Arrow* y un ejemplar desencuadernado de *Oliver Twist*. Estuve a punto de explicarle que no era precisamente eso lo que yo buscaba, pero no me dio tiempo porque en ese momento entró en el portal un hombre bajito y feo con una pesada maleta que, según pude saber después, estaba llena de libros de segunda mano. En realidad fue ese anodino personaje el que encendió la luz en mi cabeza. El librero levantó el mostrador, le hizo pasar al interior de la tienda y le pidió que esperara un momento, mientras me atendía. El hombre se llamaba Garrido, según pude escuchar.

Cuando tuve la oportunidad le pedí algo menos… digamos juvenil. Era una petición, si quieren, un tanto ridícula, porque ¿dónde está escrito que Stevenson o Dickens sean autores juveniles? Creo que estaba nerviosa, simplemente. Pero él pareció entenderme.

—Pase usted dentro —dijo levantando de nuevo la encimera del mostrador y abriendo la compuerta—. En aquel rincón, en la segunda balda, tengo unos pocos libros en inglés y francés. Puede encontrar algo y, si no, enseguida estoy con usted.

Tres personas dentro de aquel estrecho habitáculo eran demasiadas. Ahora bien, me sentí en la gloria. Tenía muy pocos libros en inglés, pero todos eran curiosísimos; ediciones norteamericanas de autores a los que había leído en el pasado, como Edith

Wharton, Faulkner o John Dos Passos. También encontré los cuentos de Katherine Mansfield, una autora que siempre me acompaña. Eran libros que una no podía esperar encontrarse en un lugar como este. Creo que fue esto, sumado a todo lo anterior y al hecho de que llevaba el libro en el bolso por casualidad, lo que me dio la idea.

Vi cómo ese hombre que se llamaba Garrido vaciaba su maleta en una silla, una torre de libros bastante nuevos, todos de autores españoles, y escuché sin poderlo evitar cada palabra de su conversación, aunque no pude averiguar de dónde sacaba el tal Garrido los libros.

—¿Ha encontrado algo que le interese?

Era una pregunta redundante, porque yo tenía ya en la mano *The Age of Innocence*, de Edith Wharton, y *The Garden Party*, de Katherine Mansfield, y los apretaba contra el pecho como auténticos tesoros. Garrido se había marchado apenas hacía un minuto, el librero le había pagado veinte pesetas y ahora había venido a atenderme.

—¿Ha visto este? —me enseñaba un ejemplar de *A passage to India*, de E. M. Forster bastante bien conservado—. Es un buen libro.

Me lo tendió. Lo cogí.

—Te transporta a la época colonial como si fueras en alfombra voladora —añadió sin el más mínimo deseo de convencer.

Me hizo gracia la observación. Era bastante acertada.

—Te alivia de la realidad, ¿no es eso?

Él me miró sorprendido. Luego asintió con naturalidad.

—A veces buena falta nos hace —respondí asintiendo también y devolviéndole el libro—. Lo he leído ya, muchas gracias.

Decir que entre los dos se creó una corriente de mutua simpatía no es fantasear; yo lo noté y él lo notó. Mientras envolvía los libros me acerqué al montón que había dejado Garrido en la silla y lo hice. Nadie se dio cuenta. En mi mente sonaron las palabras que Ezra Pound le escribió a Walt Whitman: «Tenemos la misma savia y la misma raíz. Haya comercio, pues, entre nosotros».

Lo hice, sí. Sin dudarlo. Saqué el libro que llevaba en el bolso y lo puse junto al montón que había traído el tal Garrido. Seguramente esta pequeña tienda era un buen lugar para él.

2

—Quita eso, por favor.

—¿La radio?

—Sí, apágala.

—Pero si va a empezar el parte.

—Pues por eso.

Estaban los dos sentados en la cocina, cada uno en una banqueta de madera. En el rincón había una balda, y sobre ella un aparato de radio de la marca Invicta que parecía tener algunos años. Lola estaba justo debajo y Matías en el extremo opuesto de la mesa, liando un cigarrillo de picadura. La cocina era pequeña, estrecha. A un lado había una chapa de carbón, flanqueada por medio metro de baldosines blancos, y debajo se alojaban el depósito del agua caliente y un fregadero de granito no muy hondo. Al otro lado, pegada contra la pared, se encontraba la mesa en la que Matías y Lola estaban terminando de comer. Entre una pared y otra había poco más de metro y medio.

—Pues no sé para qué tenemos una radio, si luego no podemos encenderla.

Matías no respondió. Se recostó contra los azulejos y prendió el cigarrillo que acababa de liar.

—A mis padres les costó casi mil pesetas —insistió Lola mientras retiraba los platos y en la radio comenzaba a sonar la sintonía del diario hablado—, y ahora resulta que no puedo oír las noticias.

Una voz engolada de hombre estaba recitando el teletipo de la agencia oficial del régimen. Lo hacía con tanto énfasis que parecía una lectura teatral.

—«Su Excelencia el Generalísimo Franco se halla visitando la provincia de Badajoz. Allí ha inspeccionado las magnas realizaciones del Instituto Nacional de Colonizaciones. En la zona de Montijo inauguró una presa y visitó dos nuevos pueblos que han significado la transformación de ocho mil hectáreas, con la compra y parcelación de sesenta y dos fincas, donde se establecerán un total de cinco mil novecientas una familias.»

Matías hizo un gesto con la mano, señalando algo que parecía flotar en el ambiente.

—No son noticias, Lola. Es su propaganda.

Lola se secó las manos en el delantal y apagó la radio. Un silencio triste se adueñó de la cocina.

Sin decir una sola palabra, ella se dejó caer en la banqueta. Parecía resignada. Habían pasado doce años desde el final de la guerra y las cosas apenas habían mejorado. Estaban solos, rodeados de mentira, represión y miedo. Por eso a Lola le gustaba tener la radio encendida, porque oía música, y no solo noticias o seriales. A veces tenía la suerte de escuchar un lied de Schubert y otras una copla de Concha Piquer, y eso llenaba su mente de imágenes reconfortantes.

—Tú no sé, pero yo ya no puedo oír una sola palabra más sobre el dichoso *Fuero de los españoles* —añadió Matías con amargura—. Hoy no puedo, de verdad.

Lola preparó un puchero de café con lo que quedaba en el paquete de achicoria. Lo coló con la manga cuya tela estaba cosida al aro con unas puntadas de bramante. Las tazas de loza también estaban desportilladas, y a una le faltaba parte del asa. De pronto se echó a llorar. Sin poder evitarlo. Con la manga del café en una mano y la otra apoyada sobre los baldosines calientes.

—Pero, chica —exclamó Matías consternado—, no te pongas así. De verdad. No sabía que tener la radio encendida o apagada fuera tan importante para ti.

Se había acercado y la cogía por los hombros. Lola no se dio la vuelta; siguió llorando en silencio mientras Matías la abrazaba por detrás. Al rato se incorporó y se secó la nariz con un pañuelo que llevaba en el bolsillo del delantal.

—Vamos, mujer. Anímate.

Se volvió y trató de sonreír. Matías la miró muy serio.

—¿Pero qué te pasa? ¿A qué ha venido eso?

Ella se encogió de hombros.

—No sé —dijo—. Hay días en los que todo me parece horrible.

Matías le acarició el pelo. Ella se dejó consolar y, de pronto, repentinamente se le crispó la mirada y retiró la cara.

—Nos lo han quitado todo, ¿te das cuenta? —dijo con la voz quebrada de quien necesita desahogarse—. La editorial, la casa de tu madre, los muebles, los amigos…

Se había acalorado y volvía a llorar. A Matías no le gustaba verla así.

Hizo una pausa. No podía seguir enumerando tanto expolio. Sentía que todo en su vida requería un esfuerzo agotador.

—¿Sabes qué me pasa? —dijo, abriendo las manos en el aire,

como si fuera a mostrar un secreto guardado hace mucho tiempo—. Que echo en falta la vida cuando era nuestra.

A Matías le pareció una frase demoledora, pero muy propia de ella. En el fondo, por debajo de la pesadumbre, sintió el orgullo que le había inspirado siempre esta mujer valiente, ingeniosa y llena de entusiasmo que hoy parecía a punto de rendirse.

—Ya —aceptó acercándose de nuevo a la mesa para atrapar el cigarrillo que se estaba consumiendo antes de que cayera sobre el mantel—. A veces yo también me desespero. —Cogió el paquete de picadura y se lo metió en el bolsillo—. Pero, mira —dijo con un tono más animado, que seguramente no era real, pero por un instante lo pareció—, no voy a permitir que nos arruinen el día.

Lola inclinó la cabeza.

—¿Y eso? —murmuró en una voz tan baja que casi no pudo oírse ella misma.

—Quítate el delantal. Hoy nos vamos a tomar el café al bar. Y luego te vienes conmigo a la tienda.

—¿En domingo?

—Sí, solo un par de horas —respondió Matías aplastando la colilla en el cenicero de estaño—. Quiero cambiar el escaparate antes de abrir mañana.

Lola se lavó la cara en el fregadero. Luego se sintió mejor, más animada.

—Pero el café vamos a tomarlo en casa, que lo preparo en un momento —dijo mientras se secaba con una esquina del delantal.

—Nada de eso. Hoy tomamos un café de los de verdad, en el Metropol.

Lola se encogió de hombros, aparentando claudicar, pero Matías sabía lo mucho que le gustaban esos pequeños dispendios que le devolvían al tiempo en el que todavía podían permitirse cenar en un restaurante o hacer un viaje al extranjero.

—¿Dónde está el atril?

—¿El atril? —preguntó Lola extrañada.

—Sí, el atril de mi padre.

—Creo que en el altillo de la habitación pequeña. Pero no irás a buscarlo ahora.

—No tardo nada.

—Tendrás que coger la escalera.

—Tú ve poniéndote el abrigo, que enseguida voy.

Lola fue al dormitorio y se arregló un poco el pelo frente al espejo de la cómoda. Tenía la nariz roja. Se extendió unos polvos de una caja que estaba casi acabada, y luego se pintó los labios. Al verse con la cara recompuesta sintió la necesidad de ponerse también otra ropa, así que sacó del armario un traje de chaqueta y se cambió. Se puso las medias de seda gruesa y los zapatos de tacón. Luego volvió a mirarse en el espejo. Era otra mujer. De pronto se habían borrado las desgracias y la decadencia de los últimos años, y había vuelto a ser la joven y cosmopolita traductora que colaboraba con la editorial de Matías, la que dejaba boquiabiertos a los hombres y sabía mantenerlos a raya a pesar de todo. A todos menos a Matías, que la deslumbró anulando todas sus defensas, hasta que ella quedó atrapada en una tela de araña de la que nunca había conseguido escapar.

Él estaba casado y se divorció. Luego les dijeron que ese divorcio no valía, pero a los dos les daba ya igual. Le amaba. Con todas sus fuerzas y desde muy adentro. Quizá porque el amor de él también era tan exclusivo que casi no dejaba espacio para la mediocridad. Le amaba porque era cabal sin ser heroico, porque a su lado todo parecía posible. Y porque le admiraba. Su comportamiento durante y después de la guerra le demostró que era un hombre con cuajo. Estuvo a punto de que lo fusilaran; Lola creyó que nunca más le volvería a ver, pero luego el padre de Lola, que era un médico muy renombrado y tenía algunos pacientes entre los mandamases del nuevo régimen, consiguió que le conmutaran la pena. Le llevaron a un campo de prisioneros, en Galicia, y allí se pasó tres años hasta que amainó la virulencia de las represalias y pudo volver a casa. Cuando regresó ya no quedaba nada de su vida anterior. Su madre había muerto, Lola se había refugiado en casa de los suyos y la pequeña editorial que publicaba a los mejores autores franceses e ingleses del siglo xx había desaparecido. En el edificio de la calle Argensola había ahora una sastrería religiosa de dos pisos. Lola había conseguido salvar algunos cientos de ejemplares que tenían en el almacén y media docena de manuscritos por traducir, antes de que unos tipos sin identificar entraran a vaciar el inmueble. Pudo guardar una parte de los libros en casa de sus padres y el resto en el desván de unos amigos.

Habían pasado varios años desde entonces. Demasiados para tener esperanzas y demasiado pocos para acostumbrarse a vivir de este modo.

—Vaya… Nos hemos puesto de tiros largos… —Matías había ido a buscarla al dormitorio. La miraba con ese brillo tan suyo en los ojos—. Estás impresionante, nena. ¿Y si cambiamos de planes?

Llevaba el abrigo puesto y el atril bajo el brazo. Lola le cogió de la manga y le sacó de casa. El café del Metropol iba a ser su único lujo en muchos meses.

Estaban de buen humor cuando llegaron a la tienda. Aun así, no pudo evitar pensar en lo que sentiría él cada día al levantar la persiana de esta pequeña librería de viejo que había instalado en el cuartucho de un relojero. Se entraba por el portal, donde estaba el mostrador. Había que levantarlo y abrir una compuerta con cerrojo para poder acceder a la tienda. Lo mejor, sin duda, era el pequeño escaparate cuya parte más ancha, apenas metro y medio, daba a la calle. Era poco menos que nada, pero tenía que ver con lo que sabían hacer. Con aquella idea romántica de la cultura que les había unido. Los libros habían sido su vida, la de los dos, y de alguna manera todavía lo eran.

—¿Tienes algo nuevo? —preguntó Lola quitándose los guantes y levantando un montón de revistas polvorientas—. Ayer dijiste que había venido Garrido.

—Algo hay —respondió él—. Pero no precisamente ahí.

Lola conocía ese tono.

—¿Qué? —preguntó impaciente.

Matías siguió retirando el abanico de novelas de Salgari y Julio Verne que tenía expuestas en el pequeño escaparate. Algunas podían pasar como de primera mano. Había dos o tres que tenían viñetas en el interior.

—¿Qué? —insistió Lola.

—Paciencia —murmuró él mientras amontonaba en ambos extremos los lápices de colores y las libretas escolares que se veía obligado a vender para que el negocio no fuera del todo ruinoso.

Lola siguió curioseando por su cuenta. Los sábados por la mañana Matías recibía la discreta visita de un conocido crítico del *ABC*, que le vendía los ejemplares enviados por las editoriales para que hiciera una reseña. Eran libros completamente nuevos que o bien ya había leído o no iba a leer jamás. Normalmente eran estos últimos los que le interesaban a Matías.

—Te vas a manchar. Y además por ahí no encontrarás nada.

—¿Vamos a jugar al frío-frío, caliente-caliente? —protestó ella.

—No, mujer, espera un poquito, que enseguida te lo enseño. Te va a encantar.

Lola sentía una extraña ambivalencia por el negocio de segunda mano. Por un lado sabía que era lo mejor que Matías podía hacer en estos momentos: comprar y vender libros. Pero le dolía que se viera obligado a prácticas tan mezquinas como el intercambio de novelas románticas o del oeste. Los clientes del barrio, jovencitas y adolescentes sobre todo, compraban una novela de segunda mano, la leían, y luego por cincuenta céntimos podían devolverla a la tienda y llevarse otra. Matías decía que ese sistema creaba lectores. A Lola se le caía el alma a los pies viendo aquellos ejemplares abarquillados, amarillentos, sucios… No podía imaginarse a sí misma leyendo aquella basura con dieciséis o diecisiete años.

—Bueno, aquí lo tienes.

Por fin había terminado de colocar el atril en el centro del escaparate. En la mano tenía ahora un volumen de tapa dura, con una ilustración del más puro estilo *art déco*. Representaba a una mujer elegante bajando por la pasarela de un barco. El dibujo le recordó el montaje de una ópera de Wagner que habían visto juntos antes de la guerra.

—¿Qué es? ¿Otra de esas novelas románticas? —preguntó, abriéndolo para leer la solapa interior.

Matías dejó que se respondiera a sí misma.

—Ah…, unas memorias…

Siguió esperando. Tal y como había previsto, Lola pegó un respingo.

—Una hija secreta del duque de Ashford… Y asegura que luchó en España con las Brigadas Internacionales. ¿Es cierto eso?

Le miraba asombrada. Matías asintió en silencio.

—¿Pero de dónde ha salido este libro? Parece completamente nuevo.

—Edición mejicana —aclaró él—. De mil novecientos cuarenta y seis.

—¿Lo has leído?

—Ayer. De un tirón. Y tú deberías hacerlo también.

Lola negó varias veces en silencio.

—¿Pero no te das cuenta —insistió Matías— de que esa negativa tuya a leer cualquier cosa que tenga que ver con la guerra es un poco infantil? Este libro no se ha publicado aquí; te puedo asegurar que no ha sufrido la más mínima censura.

—Es igual, no quiero.

Matías recogió el libro que ella le tendía y se encogió de hombros. Luego lo colocó con cuidado sobre el atril, en el centro del escaparate.

—¡Qué haces! —exclamó ella alarmada y bajando instintivamente la voz—. ¿No irás a venderlo?

—No —respondió él con su habitual calma—; lo voy a regalar.

Lola se había sentado en el pequeño taburete que estaba bajo el mostrador.

—No te entiendo, Matías, te juro que no te entiendo.

Estaba empezando a enfadarse.

—Espera, mujer, espera… Enseguida lo entenderás.

Escribió algo sobre una cartulina blanca. Reforzó los trazos con varias pasadas de tinta para que se leyera bien. Luego colocó el cartel delante del atril, bajo el libro.

—¿Me haces un favor?

Ahora fue Lola la que se encogió de hombros.

—Sal fuera y dime cómo se ve desde la acera, si se lee bien.

Levantó el mostrador para que ella pudiera salir. Cuando la vio al otro lado del escaparate, atenta y disciplinada, con su traje gris impecable y la melena castaña retirada de la cara, se conmovió. «Echo en falta la vida cuando era nuestra», había dicho ella un par de horas antes. No había derecho. No había derecho a que esta mujer inteligente, atractiva y culta, viviera una vida tan miserable.

Lola intentaba comprender qué pretendía hacer Matías con el libro. Leyó varias veces aquel cartel de amplia y cómoda caligrafía. «Este libro se regalará a la primera persona que lo lea completo», decía en letras muy grandes. Y debajo, en un tamaño más pequeño: «cada día se expondrán en este escaparate dos páginas, y el lector que llegue al final de la historia podrá llevarse el libro gratis».

Cuando regresó al interior estaba seria y parecía preocupada.

—¿Pero para qué? —preguntó sin entender todavía los motivos de Matías.

Él pasó la lengua por el papel de fumar y selló el cigarrillo que acababa de liar. Un mechón de pelo negro y brillante le caía sobre la frente.

—Para sentir que todavía puedo hacer lo que me dé la gana —respondió con calma.

Sacó el chisquero del bolsillo del pantalón y golpeó varias veces la rueda con el canto de la mano, hasta que las chispas prendieron en la mecha de color amarillo. Luego sopló, aproximó el cigarrillo y lo aplastó contra la brasa.

—Y también por el gusto de cambiar las cosas —añadió mirando a Lola con intensidad—, para que algo se salga de su sitio. ¿Sabes qué me gusta de este asunto? Pensar que alguien que hoy domingo no lo quiere y no lo busca, mañana conocerá este libro.

Lola estaba de pie, junto al taburete. Él se apoyó en la pared, como solía hacer cuando fumaba.

—Hubiera sido muy fácil para mí vendérselo a don Fernando, a Luis o a cualquiera de mis clientes habituales; sé que lo habrían recibido con agrado. Pero no es una historia para los que tienen costumbre de leer, que también lo sería, sin duda. De pronto, esta mañana he pensado en lo que podría sentir una de esas muchachas que vienen a cambiar novelas rosas si el libro cayera en sus manos. He imaginado las emociones que podía proporcionar a alguien que por su propia voluntad nunca lo compraría. ¿Entiendes?

Lola sí lo entendía. Las cosas podían ser difíciles en aquel cuartucho polvoriento, pero con Matías siempre había una ventana invisible que se abría a un nuevo paisaje. Algo que no existía en otro lugar, que nadie más podía proporcionarle. Sonrió. Él le devolvió la sonrisa a través del humo que flotaba entre los dos.

Había pasado toda la mañana sin que nadie se parara frente al escaparate. Cuando a la hora de comer bajó la persiana pensó que quizá no fuera tan buena idea como había pensado en un principio. ¿Quién iba a querer leer un libro de dos en dos páginas? Ni siquiera había podido calcular cuánto se tardaría en terminarlo; era un volumen bastante grueso, así que de pronto le pareció un reclamo muy poco afortunado.

En algún momento de ese día Matías pensó en lo raro que era que Garrido hubiera traído ese libro. Solía venderle los ejemplares que le mandaban las editoriales o los propios autores para que hiciera una reseña o hablara de ellos en el periódico; pero este, en concreto, estaba editado en Méjico y en una fecha bastante reciente, además. Imaginó que alguien se lo había regalado y que él ni siquiera lo había abierto. De haberlo hecho, Matías estaba seguro de que Garrido se habría quedado con él.

Por la tarde, nada más abrir, una mujer joven con un niño en brazos entró a comprar un sacapuntas y dos cuadernos cuadriculados. Matías vio que se detenía ante el escaparate sin demasiado interés. Se marchó enseguida. Seguramente no le había dado tiempo a leer ni el primer párrafo. Más tarde, un muchacho de unos diez años que había ido a cambiar una novelita ilustrada, leyó el cartel y le preguntó: «¿Tiene santos?», «No —respondió Matías—, es todo letra», y el chaval se alejó defraudado. Al final de la tarde, cuando casi estaba cerrando, otra mujer que había entrado algunas veces en la tienda se paró un momento frente al escaparate. Matías la reconoció porque recordaba que era extranjera. Algo en su rostro le hizo pensar que estaba leyendo, pero no podía asegurarlo; la señora parecía confusa, trastornada. Se quedó allí, mirando el libro fijamente. Luego levantó la vista y le buscó en el interior de la tienda. Iba vestida con un sencillo abrigo de lana, una bufanda tejida a mano y llevaba el pelo, de un blanco intenso, pulcramente recogido en la nuca. Le miraba con insistencia. A veces, también Lola le miraba así.

El martes el libro seguía en la primera página porque nadie se había detenido a leerlo. Abrieron juntos la tienda y Matías estuvo clasificando algunos ejemplares antiguos, mientras Lola ponía un poco de orden en las estanterías más cercanas al mostrador.

—Deja eso, mujer.

—¿Pero tú has visto el barullo que tienes aquí? No se puede encontrar nada…

—Ningún barullo. Lo tengo todo perfectamente localizado.

Lola había cogido una parte de la torre que estaba en una silla, junto al escaparate.

—Eh… Esos ni tocarlos, que los tengo que clasificar.

—¿Son los que te trajo Garrido?

—Sí, pero tengo que echarles otro vistazo.

—¿Y este autor nuevo? ¿Este que se llama Sánchez Ferlosio? Vaya título… *Industrias y andanzas de Alfanhuí*… Parece un título de Baroja. ¿Qué tal es?

—Original, un poco fantasioso. Quiero llevárselo a Luis; creo que le gustará.

—¿Escribe bien?

—Es bueno, sí. Sobre todo es distinto a lo habitual.

Lola había desplazado la torre de libros a una de las esquinas de la mesa que había sido el banco de trabajo del relojero. Llevaba un sencillo vestido negro de vuelo con pequeñas flores blancas, sujeto al talle por un cinturón forrado. Esta vez no se había puesto medias; solo unos calcetines blancos con los zapatos atados al tobillo, como los de las bailarinas, una moda que ya no era moda pero resultaba cómoda.

—Tienes que pedirle a Garrido que te consiga la novela de esa chica, Carmen Laforet, la que ganó el Premio Nadal hace unos años; me gustaría leerla. *Nada*, creo que se llama... ¿No te parece un título mucho más sugerente que *Industrias y andanzas de Alfanhuí*?

—Quizá...

Matías iba a decir algo más cuando la vio. Otra vez la mujer del pelo blanco, parada frente al escaparate. No miraba el libro, solo curioseaba el interior de la librería. Lola vio la extrañeza de Matías y se dio la vuelta. La mujer le sonrió desde la calle.

—¿Quién es? —le preguntó a Matías.

—No lo sé, viene a veces. Ayer también anduvo por aquí. Pero no entró.

—Vendrá por el libro.

—No parece que le interese. Creo que no.

Matías había metido media docena de ejemplares en una bolsa de lona.

—Se me está haciendo tarde.

—¿Volverás aquí o te espero en casa?

—Vendré a buscarte y a echar el cierre.

—Si te retrasas no te preocupes, ya lo haré yo.

Las mañanas de los martes y los jueves era Lola la que se quedaba en la librería. Él hacía visitas a domicilio, como un médico, solía decir. Tenía cuatro o cinco clientes fijos, a los que les llevaba las novedades o los encargos a casa. Gente solitaria, como Luis, al que le faltaban las dos piernas y se desplazaba en un carrito ayudado por las manos, o lectores ancianos como don Anselmo, que preferían recibirle con una copita de vino y charlar tranquilamente durante un buen rato sin la molestia de gente entrando y saliendo del portal. No vivía de ese tipo de clientes, pero prefería esto a vender cuadernos y gomas de borrar los seis días de la semana. Lo pasaba bien con ellos; conversaban sobre gustos literarios, sobre las noticias del mundo y a veces, muy pocas, comentaban con precaución la política nacional. Eran sus dos medios días de fiesta. Lola se encargaba de la tienda sin rechistar, aunque él sabía perfectamente que no le hacía ninguna gracia estar allí. Vendía los artículos de papelería, cambiaba las novelas y, si por casualidad llegaba un cliente que buscaba un libro concreto, le pedía volver cuando estuviera su marido.

A media mañana, cuando ya había organizado un poco el desbarajuste de las últimas adquisiciones, Lola trató de poner un poco de orden en los ejemplares que habían salvado de la editorial y con cuyo fondo habían abierto el negocio. Matías sacaba libros de las estanterías y nunca los devolvía a su sitio. En un lugar tan pequeño como aquel el orden era absolutamente necesario. Acarició los lomos puestos en línea. Algunos de aquellos viejos textos los había traducido ella, cuando todavía era joven, impaciente y feliz. Ahora no se sentía capaz de nada. Tenía solo treinta y ocho años, no tenía hijos y todo su mundo era Matías. Matías y solo Matías. A veces tenía miedo de que le diera un arrebato y le entraran ganas de dejarlo todo. Es decir, a Matías.

No supo muy bien por qué motivo, ni en qué momento preciso decidió salir a la acera para ver ese nuevo sistema de promoción de la lectura que había inventado su marido y que no estaba dando —y seguramente no iba a dar— el más mínimo resultado. Tenía una relación ambivalente con el hecho de que el libro estuviera allí, expuesto, como el cochinillo con una manzana en la boca de Casa Botín: por un lado le parecía ridículo e innecesario, por otro le hacía gracia; era tan propio de Matías que no podía sino aceptarlo con cierta complicidad. Se echó una chaqueta de lana por los hombros, levantó el mostrador y se plantó en la acera mirando el atril y aquella página de elegante caligrafía inglesa. Sin darse cuenta empezó a leer.

—Qué curioso, un libro abierto…

Lola se sobresaltó. La mujer había aparecido sin que se diera cuenta.

—¿Perdón?

—Digo que no se puede ver la tapa.

—Ah… —Estaba desconcertada, le costó reaccionar—. La portada quiere decir.

—Sí, eso. ¿Usted sabe cómo se titula?

Era la misma mujer que habían visto ante el escaparate el día anterior. Matías le había dicho que no era la primera vez que se paraba frente a la tienda.

—*La chica de los cabellos de lino.*

La mujer llevaba la cabeza cubierta por un pañuelo de seda, francés posiblemente. Lola se fijó en eso, mientras ella asentía.

—Hermoso título.

Lola pensó en ello unos segundos.

—La verdad es que sí. Resulta sugerente.

—¿Sabe que hay un preludio de Debussy que lleva ese mismo título? Yo no suelo leer mucho, pero me gusta la música. ¿De qué trata?

—Son las memorias de una mujer que dice ser la hija de un duque inglés. Puede leer la primera página. Está para eso.

—Oh, no, no podría… —Titubeó un instante, como queriendo encontrar una explicación para su negativa—. No he traído mis gafas —dijo al fin con un gesto de disculpa.

33

—¿Quiere que se la lea yo?

—¿No será mucha molestia?

—De ningún modo. Estaba empezando a hacerlo ahora mismo. —Lola bajó un poco la voz y sonrió—. Porque yo tampoco lo he leído —confesó, mientras sus ojos oscuros se rasgaban en un gesto de cómplice picardía.

La mujer le devolvió la sonrisa. Lola se fijó por primera vez en su rostro. Tenía la piel fina y muy blanca, como el pelo. Al sonreír unas pequeñas arrugas le surcaron los pómulos y tejieron bajo sus ojos una red de líneas que le recordó las hojas de un cuaderno milimetrado. Tenía los dientes pequeños y muy parejos, limpios, y los ojos de un azul parecido al añil, con mucha luz, lo que le daba un aire mucho más joven al sonreír, como si toda su cara se iluminara.

Lo que más le sorprendió a Lola es que la mujer no miraba el escaparate, sino a ella. Pensó que quizá quería decirle algo y no se atrevía. Empezó a leer porque se lo había prometido, pero la verdad es que ya se estaba arrepintiendo. Hacía frío y aquella absurda idea de Matías le pareció, ahora más que nunca, algo que no tenía ningún sentido.

3

Yo crecí en un pequeño pueblo de Normandía, sin que nadie me dijera nunca que era la hija del duque de Ashford.

Debí de llegar a casa de los Hervieu cuando tenía poco más de tres años. Siempre supe que no eran mis padres, de hecho jamás los llamé así; para mí siempre fueron madame y monsieur Hervieu. Ellos tenían sus propios hijos y, aunque eran buena gente y me trataban más o menos bien, no podían evitar que yo sintiera claramente que no era uno de ellos. ¿Alguno de ustedes sabe qué significa crecer privado de cariño, cuando el cariño verdadero, instintivo, casi animal, habita en la misma casa que tú y todos lo comparten? Los niños que crecen en un hospicio lo hacen privados del amor de unos padres, pero todos son iguales en eso, todos viven la misma situación. Mi abandono era peor. Tenía un aroma extraño; era como si todo el tiempo me estuvieran diciendo no perteneces a esta casa, a esta tierra, nunca serás una de nosotros, y al mismo tiempo me negaran la posibilidad de encontrar el hueco del mundo al que sí pertenecía. Y, sin embargo, nunca le pregunté a madame Hervieu quiénes eran mis verdaderos padres. Nunca. No tengo recuerdos de ellos. Ni uno solo. Ni un rostro, ni un aroma, ni una voz.

Es curioso. Mi vida parece empezar en Normandía, como si todo lo anterior no hubiera existido. Pero sé que esa vida desconocida está almacenada en algún sitio. Supongo que la conservo por ahí, pero mi memoria es un lugar donde todo está revuelto y por más que me esfuerce en poner orden, no lo consigo.

En ese pasado confuso de mi vida anterior a los Hervieu, solo hay un barco. Es un barco enorme. Subo por una pasarela de madera. Una mujer va delante de mí, viste una capelina ribeteada de piel y un polisón que parece un nudo mal hecho. Sus pies son pequeños, y tropiezan una y otra vez con los travesaños de madera que sirven para que la gente no se deslice rampa abajo. Soy una niña, pero ya sé este tipo de cosas. También sé que esa mujer ha contratado al mozo de cuerda que lleva el equipaje detrás de mí, y que en esas maletas de piel de becerro van mis vestidos de puntillas galesas y mis muñecas de porcelana.

Luego todo se borra. Todo menos la mirada severa de esa mujer con la que duermo en un camarote de primera. Sin embargo, no puedo recordar el momento en el que llegué a casa de los Hervieu. Era una granja en la costa occidental de Normandía, cerca de la ciudad de Coutances. Seguramente no lo recuerdo porque ese fue, durante muchos años, el único escenario que vieron mis ojos, y luego cuando tenía edad para hacerme preguntas, la única niñez de la que podía hablar. Era paradójico, todo era y no era, pertenecía y nunca había pertenecido… Era también injusto. Pero me defendí como pude, así que borré cosas que seguramente ya no encontraban acomodo en la vida que me habían obligado a llevar, borré mi llegada a casa de los Hervieu y solo conservé el recuerdo de aquel enorme barco que me trajo a Normandía.

La granja era un lugar relativamente confortable. Los Hervieu tenían una buena casa, soleada en los escasos días en que lucía el sol, y no demasiado expuesta a los vientos normandos, pues había sido construida al abrigo de una pequeña ondulación del terreno y guarecida por setos de casi dos metros. Tenía una sola planta, con el tejado a dos aguas, y las cuadras se encontraban alejadas del edificio principal, al otro lado de un corral bordeado de manzanos, lo que era mucho más civilizado porque nos dejaba a salvo de los olores, los tábanos y las moscas. Por dentro estaba toda distribuida alrededor de la gran cocina donde hacíamos la vida. No había pasillos, solo alcobas sin ventanas que daban a la cocina, con una cortina a modo de puerta. Allí dormíamos los chicos. El calor del hogar, siempre encendido, nos mantenía calientes por la noche.

Cerca de la puerta, haciendo pared con el zaguán, estaba el cuarto de los Hervieu, mucho más grande, casi como todas las alcobas juntas. Lo más sobresaliente de ese dormitorio era la cama de latón, que tenía en los extremos dos bolas de cerámica con escenas de la niñez de la Virgen María y un gran medallón con una Purísima llena de arcángeles y querubines en la parte central del cabecero. En el piecero había dos piñas de latón cerradas. Aún hoy me parece una cama preciosa. Me pregunto muchas veces qué habrá sido de ella.

4

—¿Qué le parece? ¿Le gusta?

La primera página llegaba hasta aquí. Estaban las dos allí, frente al escaparate, leyendo a través de la niebla y de un cristal que no estaba demasiado limpio. Por fortuna el libro descansaba casi a la altura de los ojos y la lámpara de aluminio que Matías había instalado como foco para llamar la atención —un gesto en exceso teatral pero eficaz— facilitaba considerablemente la lectura.

—No sabría decirlo —respondió Lola—, creo que sí. El tono me gusta, se lee de una manera muy natural.

Seguían en la acera. Hacía rato que a Lola le molestaba el frío.

—Y a usted —preguntó a su vez—, ¿le interesa?

—Sí, sí, desde luego —reconoció la mujer del pañuelo en la cabeza—. Habla de cosas que seguramente me resulten más cercanas a mí que a usted. Y no solo por la diferencia de edad.

—No es española, ¿verdad?

Lola se preguntó por primera vez quién sería esa mujer y por qué estaba en ese barrio. De pronto se dio cuenta de que sentía curiosidad.

—No, soy inglesa —respondió la señora con una sonrisa franca. Su acento, quizá de forma inconsciente, se hizo más marcado—. Aunque llevo trece años en Madrid.

Estaba aterida de frío, pero le daba apuro entrar en la librería y dejar a la mujer en la calle.

—¿Y cómo es que vino a nuestro país?

La mujer miró a Lola, que se arrebujaba en su rebeca de lana.

—Está usted helada —dijo en lugar de responder.

Lola sonrió también.

—Sí, la verdad. —La niebla seguía agarrada a la calle, como si hubiera llegado para quedarse—. Entremos, ¿quiere? —dijo dirigiéndose decididamente hacia el portal—. Le puedo leer un poquito más si pasamos dentro.

—Oh… Se lo agradezco. Pero no quisiera entorpecer su negocio.

Lola estaba levantando ya el mostrador.

—¿Entorpecer? En absoluto. No se preocupe; si viene alguien me paro y listo.

Entraron una después de la otra en la angosta librería. Lola retiró unos cuadernos que había en la única silla y le ofreció ese asiento a la mujer mientras ella se reservaba el taburete que guardaban bajo el mostrador. Luego sacó el libro del escaparate. El flexo daba mucho calor a pesar de tener una bombilla de 12 vatios.

—¿Sabe lo que más me ha gustado?

La mujer se había quitado el pañuelo. Tenía el pelo completamente blanco, pero no era una anciana; Lola pensó que debía de tener aproximadamente la edad de su madre.

—Que esa niña habla de su situación sin resquemor. Da la impresión de que crecerá sin amargura, ¿no cree?

Lola se quedó pensativa.

—Puede ser —dijo al fin—. Desde luego, en lo que hemos leído hasta ahora no hay ningún deseo de dramatizar, lo que sinceramente se agradece. Ya es bastante dura la realidad.

Esta vez las dos sonrieron al mismo tiempo. Y poco después, cuando retomó la historia, la voz de Lola sonó como si todos los libros que había en la tienda se hubieran volcado en ella.

5

No recuerdo que me incomodara la vida en el campo. Al contrario, creo que me gustaba la libertad que procura vivir en espacios abiertos, llenos de fases cambiantes y de cosas que hacer en cada estación: recoger nueces en otoño, fresas silvestres en primavera, manzanas a principios de septiembre, tomates, guisantes y habas en los tibios días de verano… En diciembre hacían la matanza del cerdo, por Pascua se asaba un cordero, a finales de agosto se desgranaba el maíz, y en julio siempre nos llevaban a ver el mar en la vieja carreta de transportar la sidra. Era entretenido; recuerdo ese tiempo de mi vida como una época en la que continuamente había algo que descubrir. También como una época en la que nadie te daba la lata.

¿Por qué todos los recuerdos importantes de la niñez tienen que ver con el descubrimiento de un misterio? Al principio pensé que solo me pasaba a mí por las peculiaridades de mi situación, pero más tarde, cuando empezó mi pasión por los libros, me di cuenta de que la palabra «iniciático» se aplicaba a un gran número de relatos. Y que lo que intentamos descubrir no es otro misterio que el de la propia vida.

No sé muy bien cuándo empecé a estar ojo avizor y a prestar

oído a cualquier comentario de los Hervieu; solo sé que todavía no iba al liceo, así que debió de ser muy pronto. Casi había olvidado el viaje en barco y a esa mujer que caminaba delante de mí con un polisón, cuando escuché una conversación que despertó en mí el deseo de saber más.

Sucedió cuando ya habíamos empezado a segar la hierba para que se fuera secando. Monsieur Hervieu esperaba un día soleado y salió todo cubierto de una espesa niebla que no dejaba ver a dos metros. A veces, al principio del verano, llegaban las nieblas. Venían del oeste, del mar. Los jirones se agarraban al suelo durante días, como nubes rotas. Cuando levantaba, quedaban aferrados a la hierba unos copos que parecían telarañas, del tamaño de un puño infantil. Madame y monsieur Hervieu estaban contrariados. Escuché a monsieur Hervieu decir:

—Estas malditas nieblas nos las mandan del país de esta.

Me señalaba a mí, que estaba agachada de espaldas, unos metros más allá. No sé qué estaba haciendo en aquella postura; solo sé que él pensó que no le oía y yo le oí. O quizá en aquel momento le daba igual.

—Ahora, eso sí —continuó diciendo monsieur Hervieu con amargura—, ellos estarán en sus balnearios, dándose la vida padre, y tomando el sol. Los ricos siempre se quedan con lo bueno.

¿Así que mi país estaba al otro lado del mar? ¿Entonces mis padres eran ricos? ¿En el lugar en el que yo había nacido lucía el sol?

Volví a aquella lejana escena del barco, al rostro severo de la mujer del polisón, como si fueran el hilo de una madeja que hubiera que ovillar para poder tejer con ella la verdad. A veces, por las noches, cuando nos mandaban a la cama y madame y monsieur Hervieu se quedaban conversando junto a las brasas del hogar, mientras oía sus voces susurrantes y cansinas, intentaba fantasear con la idea de que la mujer con la que yo viajaba en aquel barco fuera mi verdadera madre. Pero resultaba tan inverosímil que ni yo misma era capaz de creer en ello.

El caso es que crecí a pesar de las incógnitas. Y puedo decir que fui relativamente feliz. Un día, como si ocurriera de repente, me vi con diez años, dejando la granja de los Hervieu para ir al liceo de Coutances. La realidad es que no sucedió por sorpresa, como me empeño en creer, eso lo sé, tengo claros los antecedentes. Por ejemplo, un día ya no me dejaron ir subida en lo alto del carro cargado de hierba a los campos del otro lado de Périers, otro me prohibieron ordeñar, y en alguna ocasión madame Hervieu me anunció que pronto tendría que dejar la escuela rural para ir a estudiar a Coutances porque mi destino no era ser granjera.

Pues sí, un domingo de septiembre, monsieur Hervieu me llevó a la ciudad en la carreta. Su mujer se despidió de mí con cierta tristeza y me dio una serie de consejos para que me comportara como una señorita, palabra que por cierto era la primera vez que le oía pronunciar refiriéndose a mí, y me aseguró que los sábados monsieur Hervieu vendría a buscarme para que pasara el domingo con ellos. Cuando llegaran las vacaciones todo volvería a ser como antes.

Nunca lo fue. En Coutances me alojé en casa de una viuda que escatimaba la comida, la limpieza, y que por las noches, después de la cena, bebía Pommeau con la generosidad que podía haber dedicado a otros menesteres. El invierno es duro en Normandía. Llueve constantemente y la ropa desprende siempre ese hedor que sale de los sótanos sin ventilación. En casa de la viuda

Tréport apenas se abrían las ventanas, para que no se escapara el calor, decía ella; pero si las abrías a escondidas todavía era peor, porque en lugar de ver el campo y los árboles veías y olías edificios de piedra gris, un suelo de adoquines grises y un aire adormecido y macilento que a mí se me antojaba también gris. Era un clima infernal, ahora que lo pienso, aunque entonces solo me parecía incómodo. La niebla era lo peor de todo. Borraba la realidad y te encerraba en una bolsa húmeda, de la que salías a tropezones. Y el viento del oeste, fuerte, huracanado, que levantaba polvaredas, marejadas, lo alborotaba todo, incluidos los pensamientos. En Normandía todo lo climáticamente desapacible venía del mar.

Yo tenía el cabello fino y muy rubio. Madame Hervieu siempre protestaba porque se me hacían nudos y recuerdo el llanto contenido de cada día a la hora de arreglarme para ir a la escuela. Ahora que madame Hervieu no estaba y debía peinarme yo sola, no estaba dispuesta a sufrir, así que me lo corté yo misma, me puse una raya al medio y el largo justo por debajo de la oreja, *à la garçonne*, de modo que ya no sufría esa tortura matinal de desenredar los sueños que se habían quedado atrapados en mi pelo. A la viuda Tréport le escandalizó mi decisión y amenazó con llamar a los Hervieu. Pero cuando mi madre adoptiva me vio me encontró preciosa, eso dijo, y creo que era sincera. Madame Hervieu no se andaba con tonterías. No tenía tiempo para ser una remilgada.

Ya está. No hay más recuerdos concretos, parece mentira que se puedan borrar años enteros de la memoria… Si pienso en mi vida durante los inviernos en Coutances, solo recuerdo esas pocas cosas inconexas, lo sucio, agrio y poco aireado que me parecía todo, la mezquindad de la viuda Tréport, el atrio de la catedral, el gran orgullo de la ciudad, con los coches de caballos que venían a traer a las damas, el sisear de sus vestidos de tafetán al caminar ellas por el interior de la iglesia, las bodegas que olían a sidra al caer la tarde y poco más. Por ejemplo, no recuerdo nada, absolutamente nada, del liceo en el que estudiaba. Me esfuerzo, pero no consigo ver el aula, el rostro de alguna compañera, la entrada..., nada. Nada de nada. ¿No es increíble?

Durante cuatro años, de los diez a los catorce, solo hice dos cosas verdaderamente importantes: leer sin parar en mi cuarto por las noches y volver feliz a la granja cuando llegaba el verano.

La casa en la que me hospedaba tenía una cosa buena: la biblioteca. El difunto monsieur Tréport había sido profesor de literatura en el liceo y durante su vida había ido acumulando cierta cantidad de libros, no demasiados, pero sí los indispensables para la educación autodidacta de una jovencita como yo. Leí la *Ilíada*, algunas obras de teatro de Molière y los poemas de Baudelaire que me resultaban complicados y algo artificiales. Me gustaba la novela, Flaubert, Tolstói, Dostoievski, pero sobre todo la poesía. Qué feliz era con los poetas románticos... No sé si ahora aguantaría a Byron o a Shelley; por si acaso no me aventuro a comprobarlo, pero entonces, cuántos placeres íntimos me proporcionaron, cuántas intensas emociones y cuántas promesas de dulces torturas amorosas me infligieron...

Todo se acaba. El mundo da vueltas y las cosas se caen como si hubieran llegado al final del horizonte. Así me sentí cuando a principio de las vacaciones de 1914 me bajé con mi maleta del carromato de monsieur Hervieu, dispuesta a pasar el verano en la granja, y me encontré con el rostro severo de aquella mujer. La reconocí de inmediato. Casi sentí de nuevo el vaivén del barco y el mareo.

Creo que aún siento cierto cariño por los Hervieu. Ha pasado una vida entera y ese sentimiento no cambia. No sé muy bien por qué. Quizá porque pienso que podían haberme tratado mal y no lo hicieron, o porque a su lado aprendí cosas que nadie más me ha enseñado después: el valor del trabajo, la dignidad de ganarse el pan con las propias manos, el orgullo de merecer lo que se posee y quizá y, sobre todo, el tener muy claro lo que está bien y lo que está mal. Eran buena gente los Hervieu.

Luego ya no fue así. La mujer con la que había hecho el trayecto en barco cuando apenas tenía tres años se llamaba Mary Abbott. Era inglesa. Según ella, estaba a sueldo del duque de Ashford y había venido para acompañarme a Deauville, donde ambas nos alojaríamos en Villa Esmeralda, la casa de verano de lord Ferguson.

6

Nadie sabía, cuando Mary Abbott y yo llegamos a Deauville, que iba a estallar una guerra. Apenas hubo un mes entre mi llegada y el comienzo de aquel espantoso conflicto. Ese mes. Una isla en el tiempo. El pliegue donde se amontonan el asombro, el deseo, las sorpresas y el germen del futuro. En ese mes cabe mi vida entera.

Preguntas que le hice durante el viaje a Mary Abbott: «¿Por qué vamos a casa de un lord inglés?», «¿Por qué me invitan?», «¿Quién es el duque de Ashford?», «¿Usted conoce a mis verdaderos padres?».

Apenas hay respuestas. Abundan los silencios, las sonrisas y la ambigüedad. Solo saco una cosa en claro: el duque de Ashford es mi protector.

Llegamos a Villa Esmeralda un jueves. El coche de caballos nos dejó frente a la puerta de una gran casa de estilo normando, con innumerables tejados a dos aguas y paredes con entramado de madera. Las vigas de la fachada estaban pintadas del mismo tono del cielo, un azul desvaído, casi gris, y había contraventanas de madera de un intenso color añil. Por todos lados se veían torretas puntiagudas y chimeneas, arcos ojivales y jardineras con flores.

No se parecía en nada, pero a mí —no sé por qué— me recordó a la casa de los Hervieu. Sin embargo, lo que en la granja resultaba amablemente rústico aquí era desproporcionadamente lujoso. Era como si hubieran juntado diez granjas y las hubieran puesto una encima de otra hasta construir esa especie de castillo.

Una criada con cofia y falda hasta el suelo nos hizo pasar al vestíbulo. Allí nos recibió un hombre con levita que pensé podía ser lord Ferguson y luego resultó ser el mayordomo. Nos llevaron a nuestras habitaciones sin que viéramos a nadie más.

Recuerdo el cuarto que me asignaron porque nunca había dispuesto de un espacio tan grande solo para mí. Tenía una cama alta, con dos colchones, y un cabecero de madera labrada. Junto a la ventana de cristales con junquillos de color blanco, había un sillón de lectura, una mesa y una lámpara de pie. Al otro lado de la habitación, junto al armario de dos cuerpos, una otomana tapizada con una gruesa tela de extraños motivos vegetales. Era una habitación para pasar tiempo en ella.

Miss Abbott vino a buscarme un poco antes de la cena.

—¡Oh, Dios mío! —exclamó al verme con mi vestido azul de cuello marinero, el mejor que tenía—. No puedes bajar al comedor con ese atuendo deplorable.

Me sentí humillada.

—Qué vamos a hacer ahora… Cómo te presento yo así.

Empezaba a odiar a aquella mujer. Yo era una adolescente algo insegura y frágil respecto a mi propia identidad, pero estaba convencida de que mi aspecto no tenía pega.

—Se me ocurre…, no sé… Quizá pedirle a lady Sarah uno de sus vestidos… Al fin y al cabo tiene tu misma edad.

Mientras ella salía de la habitación como una centella yo pensé dos cosas: primero, que en aquella casa había una muchacha de mi edad que se llamaba Sarah, y no sabía si me iba a caer muy bien, y segundo, que iba a bajar al comedor con mi vestido azul, y punto.

—No voy a ponerme un traje prestado.

Mary Abbott se quedó rígida con el vestido de crespón cuidadosamente plegado sobre el brazo izquierdo. *Ça t'aprendra*, dije para mí, mientras observaba a miss Abbott realmente sorprendida. Estupefacta, más bien.

—No me lo voy a poner —repetí—. Mi vestido servirá para la ocasión. Es nuevo.

Abrí con decisión la puerta y caminé a lo largo del pasillo hacia las escaleras. Antes de pisar el primer peldaño escuché tras de mí los pasos nerviosos de miss Abbott que intentaban alcanzarme. Lo hizo, vaya si lo hizo. Cuando entrábamos en el salón ella estaba profundamente turbada y yo absolutamente tranquila.

Era una estancia amplia, más de lo que yo había visto nunca. Junto a la chimenea había un espacio con sofás y sillones, todos tapizados con la misma tela de brocatel en vivos colores y tres mesas auxiliares que se intercalaban entre los sofás y los sillones, en las que se habían dispuesto ceniceros de cristal labrado y lámparas de diferentes tamaños. Sobre la repisa de la chimenea había dos grandes colmillos de elefante sobre peanas de caoba y una colección de marcos de plata con fotografías de escenas familiares y partidas de caza. Una mujer que parecía una institutriz estaba de pie, muy estirada, junto a una chica de mi edad que se había quitado los zapatos y se sentaba con las piernas encogidas debajo de las posaderas, en una postura que a mí no me hubieran permitido en casa de los Hervieu. Al fondo, junto al ventanal que daba al jardín, había un hombre muy mayor con un periódico doblado en la mano y dormitando.

La chica se levantó antes de que miss Abbott tuviera tiempo de presentarnos.

—*Bonjour, je m'apelle Sarah* —dijo mientras me tendía la mano. Se había levantado y puesto los zapatos de grandes hebillas con una rapidez increíble.

Le dije mi nombre con la desconfianza propia de los adolescentes y estreché su mano. Era una mano suave, un poco laxa, como sin fuerza. Sarah añadió:

—*J'aime bien ta robe. On dirait que vous êtes allé à la plage.*

Me gusta tu vestido, parece que fueras a la playa... ¿Qué tipo de bienvenida era esa? ¿Qué quería decir exactamente?

Pude percibir, no obstante, que en su actitud no había ni asomo de ironía o superioridad; simplemente parecía divertirle mi aspecto, como si fuera un atrevimiento o un desafío. Se acercó un poco más y, bajando la voz, añadió esta vez en su idioma:

—Es mucho mejor que el que te han llevado de mi cuarto. Estas dos no tienen ni idea de nada.

Me cogió del brazo.

—Ven, que te voy a presentar a mi abuelo.

Fuimos hacia el ventanal. Sarah besó al anciano en la sien y luego le murmuró al oído:

—Abuelo, despierta, que tenemos una invitada.

El anciano levantó la cabeza y sonrió. No pareció que le importara despertar de aquella manera.

—Se llama Rose y vive en una granja en Normandía.

—Ah... Normandía... ¿Dónde está eso?

—Abuelo, esto es Normandía. Deauville es Normandía.

El anciano afirmó varias veces con la cabeza, concentrado, como si estuviera buscando las tierras normandas en la *Enciclopedia Británica*.

—Los ingleses y los normandos estamos emparentados; podría decirse que en algún momento fuimos de la misma familia ¿sabes?

Asentí. Sí, lo sabía. Lo que no sabía era a qué familia pertenecía yo.

En ese momento entraron en la habitación dos hombres jóvenes, vestidos de esmoquin. Uno de ellos iba fumando un cigarrillo sin el más mínimo recato. Miss Abbott me presentó como la protegida del duque de Ashford. Uno de ellos me miró con curiosidad, el otro hizo una leve inclinación de cabeza y no se acercó a estrecharme la mano. Justo en ese instante entró lady Ferguson. Era muy guapa. La mujer más guapa que había visto nunca. Llevaba el cabello recogido en la parte baja de la nuca con pasadores y peinetas de fantasía que representaban libélulas o soles con rayos de diamantes. Su traje, largo pero por encima del tobillo, era de una suave organza, y estaba muy ceñido en la cintura. El corsé ajustaba aún más su espléndida figura y caminaba erguida, con la barbilla alta y el talle elevado. Venía seguida de lord Ferguson, vestido de esmoquin como los demás. En ese momento entendí qué significaba mi vestido azul. Miss Abbott hizo de nuevo las presentaciones de rigor, sin la más mínima apariencia de incomodidad por mi aspecto, cosa que le agradecí en mi interior.

Mientras los caballeros bebían un oporto antes de la cena, lady Ferguson me indicó que me sentara a su lado y fue exquisitamente amable conmigo, yo diría que afectuosa incluso.

Me preguntó muchas cosas sobre mis estudios de lengua inglesa en Coutances y mis respuestas, sobre todo el hecho de que hubiera recibido clases particulares durante los cuatro años de mi estancia en el liceo, parecieron complacerla. Sarah, mientras tanto, se había retirado al sillón más alejado y parecía malhumorada.

Lady Ferguson me preguntó si deseaba perfeccionar mi inglés durante el verano y ante mi escueto «Sí, desde luego» llamó a su hija.

—Sarah, querida, nuestra invitada tiene que familiarizarse un poco más con nuestro idioma, así que te rogaría que hablaras exclusivamente en inglés con ella. Prohibido el francés desde este momento. ¿De acuerdo?

Sarah hizo un mohín.

—Nada de francés —insistió con una sonrisa cariñosa lady Ferguson.

—De acuerdo —aceptó Sarah a regañadientes, no sé por qué, quizá porque a esa edad nuestra lo verdaderamente importante no era lo que hiciéramos o dejáramos de hacer, sino tratar de hacer justo lo contrario de lo que nos ordenaban—. ¿Pero podremos salir a montar todas las mañanas? Por favor... No diré ni *bonjour* siquiera...

Lady Ferguson se volvió hacia mí.

—¿Sabes montar, querida?

Estuve a punto de sonreír. Me había criado en una granja. Seguro que podía montar mejor que toda esta gente junta.

—¿Y jugar al tenis? —preguntó precipitadamente Sarah en cuanto vio que afirmaba con la cabeza. No me dio tiempo a articular la voz—. ¿Sabes jugar al tenis? ¿Y nadar?

—Sarah, por favor, un poco de compostura. Deja de interrogar a Rose; ya tendrás tiempo.

Lady Ferguson levantó la cabeza hacia el mayordomo, le hizo un gesto afirmativo y dijo:

—Señores, pasemos al comedor, por favor. Van a servir la cena.

Luego se acercó al anciano que había vuelto a dormitar ajeno a todo y a todos.

—Papá, vamos a pasar al comedor. Deja que te ayude.

El anciano se agarró del brazo de lady Ferguson y los dos precedieron a la comitiva que se dirigió charlando informalmente hacia el comedor. Supe de inmediato que las mujeres de esta familia me caerían bien.

7

Estoy contenta. Hoy es jueves. He amanecido de un magnífico humor, deseando que lleguen las diez para plantarme delante del escaparate. No me ha hecho falta asomarme al balcón para saber que va a ser una mañana muy fría. Si al menos tuviéramos bastante carbón...

Intento abrigarme. Mientras me visto envidio a los hombres que no tienen que recurrir a las faldas y a las medias, a los sostenes y a las blusas de mil botones; no, ellos se ponen un traje y ya está, una corbata si acaso, y quedan vestidos para cualquier ocasión. Me cuesta mucho decidir lo que voy a ponerme cada mañana. Siempre me ha pasado. Tengo que pensar en las diferentes prendas, en sus colores, en la forma de combinarlas con los zapatos, en el frío de la calle y el calor de las estufas, en si llevaré bufanda o pañuelo, en si necesito un cinturón y en qué bolso guardar la cartera y las llaves. En la guerra, cuando llevábamos mono de miliciano todo era mucho más sencillo. Además, al llegar los primeros fríos, mi cuerpo todavía no está preparado para adecuarse a las bajas temperaturas de Madrid y se me quedan las piernas heladas a pesar de las medias de algodón y los zapatos abotinados. ¿Quién inventaría esta forma de vestir? Claro que antes era peor; hace cuarenta años no había quién resistiera los inviernos, ni los veranos, con aquellas prendas que pocas veces se lavaban y acumulaban sudores. Me acuerdo perfectamente de cómo olía la gente.

Se llama Lola. Ella me lo ha dicho. También me ha prometido que hoy pondrá en el escaparate otras dos páginas.

Me agrada esa mujer. Es…, no sé…, guapa y elegante, pero no por fuera —que también— sino por dentro. Creo que es de esas personas de las que te puedes fiar. Siempre me ha gustado la gente que es franca y directa, porque me tranquiliza.

El frío de esta mañana de finales de octubre no es solo una promesa, es una realidad, vaya que sí… Hace viento, viene del norte, de la sierra de Guadarrama, y de pronto me hace pensar en una laguna helada que vimos al final de la guerra, cuando intentábamos cruzar todas aquellas montañas. En primavera, con el deshielo, había agua por todas partes, en pequeños hoyos entre el musgo, en riachuelos que atravesaban la hierba, horadándola, y en pequeños torrentes que resbalaban por las paredes de roca. Las flores amarillas y malvas crecen en mi memoria mezcladas con los arenques secos y el pan de hogaza… Y los caminos que atravesamos para llegar al pueblo donde nos recogerán los camiones. Henry camina con paso rápido, siempre va por delante de todos. Alguien canta una canción en inglés, una tonadilla que no me resulta familiar.

En fin. La vida es esto, presente y pasado. Lo que conocemos. Afortunadamente, el futuro siempre se conjuga en condicional.

Me gustaría saber cómo será el tiempo que me queda, qué haré aparte de permanecer varada en esta ciudad que está tan lejos de… Iba a decir de mi patria, como los soldados americanos, pero a mis cincuenta y un años todavía no he conseguido saber cuál es mi verdadera patria. Tampoco me importa. Mi patria era Henry, el hueco de un hombro donde apoyaba la cabeza. Yo no necesitaba nada más. Solo eso. Solo a él.

Ya estoy aquí. Y ella también. ¿Qué le voy a decir? Todavía no me ha visto. Hoy no puedo contarle que otra vez se me han olvidado las gafas…

8

Deauville era tan distinto de Coutances… En mi memoria Deauville tendrá siempre el mismo sol que una isla griega.

En solo una semana me había habituado a todo aquello. Miss Abbott me compró la ropa adecuada, supongo que con el dinero del duque de Ashford, el mismo que había pagado aquel pasaje de primera clase en el barco: traje de montar, vestidos de día, de playa, de noche, chaquetas y trajes de baño, ropa para jugar al tenis… Cuando me fuera tendría que alquilar un baúl para llevarme todo aquello.

Y hablando de baúles, eso fue lo primero que vi de ella, su baúl de piel de becerro, enorme, elegante, sofisticado, lleno de etiquetas de todos los tamaños de barcos, aduanas y hoteles.

—¡Frances!

Sarah corrió hacia el automóvil y, antes de que aquellas piernas perfectas y torneadas que asomaban al descuido pusieran el pie en el suelo, se precipitó en sus brazos. Era muy morena, parecía española o griega, iba toda de blanco, con un vestido de gasa hasta media pierna, medias y zapatos blancos, y un turbante de brocado que dejaba a la vista su rostro salvaje. No era guapa en absoluto, tenía la nariz aguileña, quizá demasiado grande, los labios gruesos y el cabello negro como el carbón. Todo en aquel rostro resultaba un poco…, no sé…, excesivo.

Caminaron abrazadas hacia la entrada.

—Mira, Frances, esta es Rose.

Frances me sonrió. No puedo explicar cómo era su sonrisa; solo puedo decir que cuando ella te miraba te sentías única.

—Frances vive en París —añadió Sarah con admiración—. Es mi prima.

Hasta ese momento no habíamos visto al hombre que había bajado del automóvil detrás de ella en medio de un tumulto de maletas. Llevaba un canotier y un ridículo traje de rayas, muy estrecho, como el de un dandi.

—Este es Sacha, *mon cher ami.*

En la casa se organizó un pequeño revuelo con la llegada de los nuevos invitados. Había criados llevando equipajes de un lado a otro, el ama de llaves no acababa de dominar la situación y hasta lady Ferguson, de habitual tan sosegada y contenida, parecía alterada por el despliegue de energía incontrolable que se había generado en torno a Frances.

—¿Has visto su vestido? —me preguntó llena de admiración Sarah—. ¿A que es asombroso?

Frances estaba junto a lady Ferguson y el contraste entre ambas sí que era asombroso. Una belleza clásica, llena de elegancia y armonía, con su breve talle marcado por el corsé, frente a un torrente de originalidad y extravagancia, un cuerpo libre dentro de aquella gasa que lo dibujaba con precisión a cada movimiento.

—A mí me da la impresión de que va en camisa de dormir —dije un poco para fastidiarla—. Se le marcan las piernas a través de la tela.

Sarah protestó furiosa por mi observación.

—¡Qué dices! Si va a la última moda de París.

Y se alejó para abrazarse nuevamente a su cintura.

No era cierto lo que dije. No sé si el traje me gustaba, pero ella me entusiasmó desde el primer instante. Todavía a veces, cuando alguien comenta algo sobre la sensualidad o el atractivo físico, pienso en Frances. Lady Ferguson era la belleza en su acepción más perfecta, pero Frances era la sensualidad y la transgresión. Supongo que los hombres la veían como una promesa de goces y placeres desconocidos, porque hasta a mí, que era casi una niña, me turbaba su voluptuosidad.

Hay mujeres que cuando entran en una habitación deslumbran. Y otras, como Frances, que cuando aparecen alumbran. Frances era pura luz. Parecía que se hubiera tragado el sol de un bocado. Sarah y yo revoloteábamos alrededor de ella como dos pequeñas libélulas desorientadas. La acompañamos a su habitación.

—Verás lo que te he traído —le dijo Frances a Sarah abriendo su enorme baúl.

Me miró como si algo no cuadrara.

—Bueno, creo que puede ser para las dos.

Sacó una caja estrecha, como de dos dedos de grosor, la depositó en mis manos, y luego buscó rápidamente entre los bultos que los criados habían dejado repartidos por la habitación. Por fin encontró una caja grande, cuadrada, envuelta en papel de estraza. Tenía una etiqueta con un dibujo ovalado que colgaba de un fino cordel en el que ponía «Maison Pathé». La abrió.

Primero salió una especie de enorme trompeta, y luego un artilugio de madera con una manivela en uno de sus costados. Con una extraña pericia, Frances los ensambló hasta que el gramófono quedó perfectamente montado. Sarah daba saltos de alegría.

Frances me pidió que fuera desembalando la caja de los discos, la que había sacado del baúl.

—La música de moda en París —dijo alegremente.

Y puso un disco de baquelita en aquel aparato. Empezó a sonar una canción cantada por un hombre.

—Es una canción de Sacha —confesó orgullosa Frances—. En París todo el mundo le adora.

—¿Es cantante de vaudeville? —pregunté asombrada.

Ella sonrió con dulzura.

—No, querida, es compositor y pianista. Toca en Les Folies du Music-Hall, el local de moda este año en París. Lo han inaugurado en mayo y ya nadie habla de otra cosa.

Yo no parecía muy entusiasmada.

—¿No te gusta?

No sabía qué contestar. Era una música alegre y desenfadada, un poco frívola, teniendo en cuenta las letras equívocas.

—Ven —dijo de pronto Frances tendiendo los brazos hacia mí—. Vamos a bailar. Esta es música para bailar, no para escucharla sentada.

Me quedé paralizada.

—No sabe bailar —acusó Sarah con el tono de enfado que utilizaba cada vez que alguien no le prestaba toda la atención—. Es una aburrida, no sabe hacer casi nada.

—Sí que sé —protesté cayendo en su trampa—. Por ejemplo, monto mejor que tú.

—Pero no sabes nadar. Ni jugar al tenis.

Frances nos interrumpió con un gesto de la mano. Llevaba un

enorme anillo con una gran piedra azul que lanzaba unos asombrosos destellos. Ella bajó la mano, dejándola desmayada ante nuestros ojos, como un director de orquesta que contiene el sonido, apresándolo entre los dedos, para soltarlo de nuevo en el gran crescendo.

—Vaya, vaya… —dijo con aquella voz cálida que llenaba el mundo de matices—. Veamos, ¿así que no sabes bailar?

Negué con un gesto y bajé avergonzada la vista.

—*Comment cela se fait?* —dijo en un perfecto francés, mientras se acercaba a mí y me levantaba el rostro por la barbilla.

Ahora sí me sentía frágil y pueblerina.

—¿Te gustaría aprender? —comentó, sin dejar que bajara la vista de nuevo.

—Claro.

—Pues te enseñaré. Una belleza como tú sin saber bailar… *Il ne manquerai plus que cela!*

Me gustaba oírla hablar en francés. Hacía que me sintiera como en casa.

—Cada día vendrás a mi cuarto una hora antes de la comida y te enseñaré lo fundamental. Nada de esas danzas anticuadas: yo te enseñaré los nuevos bailes de París.

—Pero has dicho que el gramófono era para mí —protestó Sarah—. Tiene que estar en mi habitación.

Frances la miró ladeando el rostro, un gesto que yo identificaría como exclusivo de esta mujer insólita, pero eso fue más tarde, cuando ya nuestra querida Frances no podía llenar una estancia de luz… En fin, ahora estábamos allí las tres.

—¿Tendrías la amabilidad de prestármelo durante unos días? —le rogó a Sarah—. Creo que podríamos instalarlo aquí, para estar más libres, y podrías venir con Rose. Lo pasaríamos bien las tres. Bueno, y a lo mejor podíamos invitar a Sacha, así seríamos dos parejas. ¿Qué os parece?

—¿Mis padres consentirán? —Sarah parecía de pronto lo que era en realidad, una buena niña obediente, a pesar de sus caprichos y enfados infantiles. O precisamente por eso.

—Bueno... No creo que tengan por qué enterarse, ¿verdad?

Frances me miraba a mí. Asentí sonriendo.

—Pues ya está todo dicho, mañana clases de baile una hora antes de la comida. Y ahora dejad que descanse, que ha sido un viaje muy largo.

Observar a los adultos. Escuchar sus conversaciones de las que —aunque estés presente— quedas excluida. Era muy habitual. Sarah y yo nos sentábamos a la mesa y nos convertíamos de pronto en dos pequeños seres invisibles, y la conversación circulaba por encima de nuestras cabezas como si no estuviéramos allí. En casa de los Hervieu nunca ocurría eso.

—Fuimos a ver la nueva ópera de Stravinski.

—¿Stravinski? ¿No es ese músico ruso que protagonizó aquel sonado escándalo el año pasado?

—El mismo. Se armó una buena. Partidarios y detractores acabaron a puñetazos durante el estreno.

—¿Cómo se llamaba? *¿La consagración de la primavera?*

—Sí, pero esta es otra obra, que se ha estrenado este año. Se titula *El ruiseñor*. El personaje del ruiseñor está interpretado por una mujer.

—¿Y qué nueva excentricidad ha protagonizado el ruso esta vez?

—Poca cosa, los cantantes en el foso y en el escenario los figurantes haciendo mimo y bailando.

—¿Y te gustó, querida?

—Oh, sí, desde luego. Fue divertido. Aunque lo mejor de esta primavera en París ha sido la inauguración de uno de esos locales que Walter llama frívolos, Les Folies du Music-Hall.

—Por favor, Frances —protestó lord Ferguson—, ¿acaso intentas decirme que no lo son?

—Eres demasiado estricto, querido primo. La gente quiere divertirse, reír y beber champán… Y en Les Folies du Music-Hall se puede hacer todo eso sin caer en la vulgaridad de los viejos cafés cantantes.

—Querida, ¿tengo que recordarte que el music-hall es una aportación, no sé si afortunada o no, de los británicos? ¿O es que ahora pretendes hacerme creer que el music-hall también se ha inventado en ese París tuyo?

—Bueno, Walter —la voz templada y armoniosa de lady Ferguson siempre ponía una nota de prudencia en aquellas discusiones mundanas—, no pretendo darle la razón a Frances, pero recuerda que hace un par de años esa cantante de music-hall, Mary Lloyd creo que se llama, actuó ante el rey Jorge V en persona. Supongo que eso sirvió para darle carta de dignidad a esa clase de espectáculos.

—Sí, pero el rey no la recibió, todos los periódicos lo señalaron.

—Pero fue a verla al Palace Theatre.

—No te diré lo contrario —lord Ferguson parecía acorralado por las dos mujeres—; solo espero sinceramente que no me pidas nunca ir a ver una de esas actuaciones.

Su esposa sonrió bajando la vista. No se podía decir si era porque estaba de acuerdo o porque pensaba que eso no dependía precisamente de él.

Esas conversaciones.

Surgían de un modo que a mí me fascinaba, como por casualidad. Por ejemplo:

—El equipo de James ha ganado la competición de polo.

—¿De veras? ¿Qué caballo montas, James?

—Una yegua española, cinco años.

—¿Es tuya?

—Desde luego. No se me ocurriría montar un caballo que no fuera mío.

Un silencio. Una sonrisa irónica en labios de Frances.

—¿Nunca?

—Nunca —responde James, el hermano mayor de Sarah, muy serio.

Algo en el ambiente. Algo que se me escapa y que ellos comparten. Algo que no gusta a lady Ferguson y que hace sonreír con malicia a Elliott.

Frances se vuelve hacia lady Ferguson.

—Querida prima, te envidio. Tienes unos hijos realmente adorables.

Y entonces, de forma inesperada y aparentemente espontánea, lady Ferguson suelta:

—Hoy me he encontrado en el Normandy con Edith Grenfell. ¿Sabíais que se ha separado de su marido?

—Creo que ha sido un divorcio sonado. Dicen que ella ha dejado al pobre Grenfell medio arruinado.

—¿Grenfell? ¿No es ese el de las minas de Sudáfrica?

—El mismo. Creo que se siente tan avergonzado que ha dejado Inglaterra.

—¿Por una infidelidad de su esposa? ¿No debería ser ella, en todo caso, la que abandone el país?

—Algunas mujeres carecen de escrúpulos, querido James. No debes olvidarlo.

—Dejó de quererle —interviene súbitamente Frances—. Eso no se puede controlar.

Lady Ferguson la mira con cierta condescendencia.

—¿De verdad lo crees?

Frances mantiene su mirada.

—Yo no podría vivir con un hombre al que no quiero.

—Lo sabemos, querida, lo sabemos.

Sarah me da un puntapié por debajo de la mesa.

—Frances también está divorciada —me dice en voz baja.

Y luego, mientras ellos hablan, le pregunto a Sarah si su prima Frances y el músico son amantes.

—¡No! ¡Qué tonta eres! Si él es afeminado.

La miro sin saber muy bien a qué se refiere.

—Que le gustan los hombres, no las mujeres.

No contesté. Eso había que pensarlo más despacio.

Luego, cuando yo misma fui una adulta, comprendí que el guión de lo que se va a comentar o lo que se silencia en una cena de sociedad está bosquejado de antemano. Nadie lo ha escrito y nadie lo ha anticipado a los participantes de la reunión, pero a lo largo de mi vida siempre pude adivinar de qué se hablaría en una cena o en una invitación a pasar el fin de semana en el campo. Algunas cosas, la vida de sociedad entre ellas, están perfectamente estructuradas. Pero a veces hay excepciones. Por ejemplo, ninguno de nosotros tenía previsto que la conversación de la noche del 29 de junio fuera a versar exclusivamente sobre un asesinato: el del archiduque y heredero del Imperio austrohúngaro Francisco Fernando y su esposa Sofía, en Sarajevo. La noticia del magnicidio, ocurrido tan solo el día anterior, había atravesado Europa y corrido como la pólvora con el tácito empeño de destrozar una generación y cambiar la idea que Europa tenía de sí misma.

Todavía no he dicho apenas nada de los hermanos de Sarah. Eran dos y también pasaban aquel verano en Deauville. James, el mayor, era capitán de barco en la Armada de Su Majestad el rey Jorge V. Era alto y atractivo, como su madre. Elliott, dos años más joven que su hermano, era pelirrojo y pecoso como lord Ferguson, y había optado por la vida civil. Ese invierno iba a trabajar en la City, en uno de los bancos más importantes del Reino Unido.

Ellos normalmente hacían una vida paralela al resto de la familia. Iban a las carreras del Hippodrome de la Touques, a los salones del hotel Normandy, practicaban el polo, la vela y, por las noches, después de la cena familiar, pasaban la velada en el Casino, jugando al *chemin de fer*. Siempre iban juntos a todas partes. A veces, durante las conversaciones familiares, resultaba sorprendente ver que siendo tan distintos tuvieran idénticas opiniones.

Ninguno de los dos reparaba especialmente en mí, pero una tarde en que me encontraba sola en la biblioteca, eligiendo un libro, James habló un rato conmigo. He recordado muchas veces esa conversación.

Se acercó a la parte más oscura de la biblioteca, donde yo intentaba pasar desapercibida en cuanto vi que se abría la puerta y entraba alguien. Creo que me vio de inmediato.

—¿Estás buscando algo que leer?

Asentí.

—¿Algo en concreto?

Negué.

—¿Quieres que te aconseje?

Me encogí de hombros. No era indiferencia, era timidez.

—Conozco esta biblioteca como la palma de mi mano —dijo como si hablara consigo mismo o como si descubriera que los libros seguían allí—; la mayor parte de estos libros los leí cuando tenía tu edad.

Yo pensaba que era un bicho raro por mi afición a la lectura; de hecho todavía no había conocido a nadie a quien le gustara leer. El único libro que había en casa de los Hervieu era una Biblia. En Coutances, en casa de la viuda Tréport, había libros, pero nadie los leía salvo yo. Los Ferguson tenían en Villa Esmeralda una pequeña biblioteca con unos trescientos volúmenes; no eran muchos, pero en esa habitación siempre había alguien leyendo. Principalmente lord Ferguson, que leía allí los diarios durante buena parte de la mañana y a veces, en las tardes de lluvia, cuando no jugaba al bridge, su esposa; pero sobre todo el padre de lady Ferguson, sir William, el anciano que la noche de mi llegada había olvidado que estábamos en Normandía. A James y Elliott nunca los vi por allí.

Hasta esa tarde. El carácter mundano del hermano mayor de Sarah no hacía sospechar que fuera uno de esos apacibles burgueses que se entregan a la lectura en un sillón chester durante las tardes de invierno. De hecho, costaba imaginarle leyendo todos aquellos libros, pero su tono, reflexivo y sincero, no dejaba lugar a dudas. Tampoco lo que dijo a continuación.

—¿Sabes? En alta mar un libro acompaña.

Rebuscó en la estantería.

—Toma este. Creo que te gustará.

Me tendió *Cumbres borrascosas*.

—Me han dicho que vas a ir a una especie de internado.

¿Internado? Eso era nuevo para mí.

—Cuando te encuentres sola, lee un libro. Te ayudará a sentirte mejor.

Se marchaba dejando que una sorprendente inquietud me alterara por dentro, cuando de repente se volvió desde la puerta.

—Emily Brontë también fue a uno de esos internados para señoritas. Espero que el tuyo sea mejor. Pero lee, lee siempre que puedas.

Antes de que cerrara la puerta tras de sí, oí que susurraba:

—Eso te salvará.

Llegó la hora de bajar al salón. Yo quería preguntarle a miss Abbott qué demonios era eso del internado; estaba furiosa y no podía pensar en otra cosa, pero en cuanto entré me di cuenta de que ocurría algo grave.

Los hombres, de pie junto al ventanal del jardín, discutían acaloradamente. Las mujeres, incluida miss Abbott, parecían abatidas. Sacha tocaba al piano una triste melodía española, mientras Frances sonreía sin ningún entusiasmo.

—Han asesinado al archiduque de Austria.

No acababa de entender muy bien todo aquel revuelo. ¿Por

qué tanta conmoción? Al fin y al cabo, Austria quedaba muy lejos de Deauville.

Frances se acercó.

—Ha sido en Bosnia Herzegovina, en Sarajevo.

Entendí menos todavía. Bosnia me parecía más lejos aún.

—Mañana iremos a El Havre. Sacha tiene que ver a alguien antes de regresar a París —le dijo Frances a lady Ferguson.

—¿Lo crees conveniente, querida?

Escuchar, unir una cosa con otra. Durante la cena conseguí saber que la zona de los Balcanes había estado en guerra recientemente y que, aunque se había firmado un tratado de paz en 1913, se temía que Serbia y Rusia se levantaran en armas contra los Habsburgo. El asesinato del heredero al trono austrohúngaro era finalmente una provocación que, si encontraba respuesta por parte de Austria y Alemania, podía muy bien desembocar en una nueva guerra.

Todo era una simple conjetura, pero bastaba para calentar los ánimos. Por ejemplo, recuerdo a lady Ferguson visiblemente preocupada por la suerte de James. A Sacha, que era serbobosnio —como Princip, el asesino que había matado al archiduque— y quería a toda costa regresar a París, pero tenía algún tipo de impedimento en sus papeles. A Frances, que sonreía con tristeza y apenas hablaba. A todos los varones de la casa, alterados, discutiendo, desgranando posibilidades e hipótesis a granel. ¿Realmente sabíamos en aquel momento quién había disparado contra el archiduque? ¿Sabíamos que se llamaba Gavrilo Princip y que era miembro de la organización nacionalista serbia La Mano Negra? Lo dudo. Estoy segura de que esa noche todo lo que se habló en casa de los Ferguson se sustentaba en simples conjeturas y temores.

Indeterminación. Inseguridad. Miedo. Eso es lo que producen los hechos que pueden volver del revés nuestras vidas. El futuro es el lugar menos seguro de cuantos podamos imaginar. Recuerdo muchas veces con enorme pena que Elliott, el hijo pequeño de los Ferguson, anunció que de haber una guerra él se alistaría. Y que a Sarah todo aquello le producía un extraño júbilo.

Entre esa noche del 29 de junio y el 4 de agosto —que fue el día de mi cumpleaños y también el día en el que Inglaterra declaró la guerra a Alemania— pasaron tantas cosas y la vida fue a tal velocidad que ya no sé cómo ordenar mis recuerdos.

Nos veo a Sacha, a Frances y a mí, apretujados en el Morris Bullnose, circulando hacia Honfleur con el viento de cara. Y la casa de aquel músico loco que se llamaba Erik Satie y era amigo de Sacha. Había ideado un carrusel musical y lo tenía instalado en una habitación oscura. Nos montamos en los sillines de cuero y pedaleamos hasta que se abrió una sombrilla en el centro del carrusel. La música de Satie sonaba gracias a un artilugio que pulsaba las teclas ocultas en el interior del extraño tiovivo. Sacha y Frances reían la ocurrencia.

Y antes: miss Abbott admitiendo que era cierto: el duque de Ashford había decidido que asistiera a un internado en Brighton. Y yo, insegura, sin saber si tenía que alegrarme o entristecerme. Pensaba en la casa de la viuda Tréport y me parecía imposible regresar a tamaña miseria. Y luego recordaba las palabras de James, una sigilosa advertencia sobre los internados y la soledad. *Cumbres borrascosas* llenaba mientras tanto mi alma de emociones desconocidas.

Otro día: el tren de París, el andén, Sacha diciéndonos adiós con la mano enguantada desde el compartimento de segunda. Y detrás de él una mujer vestida de negro y un cura con sombrero.

Luego: las veladas sin música. Los partidos de críquet, los baños en el mar, las competiciones de saltos en el hipódromo y, por las noches, las conversaciones en Villa Esmeralda, intensas, temerosas, llenas de malos presagios. Y las mañanas por el paseo marítimo donde Frances se encontró con un jugador de polo, Arthur «Boy» Capel, y su joven amiga, una modista llamada Coco Chanel, que había abierto una tienda de sombreros en Deauville. Recuerdo a esa mujer, huesuda, seca, muy poco amable. Y me pregunto ¿fue así como la vi? Lo que puedo asegurar es que Frances y ella no se caían bien. Quizá era porque Frances y «Boy» Capel habían tenido algo que ver en el pasado.

Y James, partiendo para Portsmouth de improviso, cuando después de muchos tiras y afloja Austria declaró por fin la guerra a Bosnia. Y las lágrimas de lady Ferguson. ¿Temían ya que Inglaterra entrara en el conflicto? Seguramente sí. Esa noche fue la primera vez que vi a lord y lady Ferguson abrazarse.

El 4 de agosto era mi cumpleaños. Fue unos días después de que James se marchara. Habían instalado la mesa en el jardín porque hacía una mañana espléndida. Nadie había bajado a desayunar todavía. Bajo un tilo, en un banco de madera azul, vi a sir William con el periódico en la mano. Me acerqué. Me hacía gracia aquel hombre viejo y desmemoriado.

—Alemania ha declarado la guerra a Francia —dijo señalando el periódico.

Pensé que era una broma. O uno de sus disparates.

—Menos mal que estamos en Inglaterra —añadió.

—Estamos en Deauville, sir William. Deauville es Francia.

Me miró como si tratara de estafarle.

—¿De veras?

Asentí.

—¿Entonces somos franceses? ¿Nos van a invadir?

No me dio tiempo a explicárselo. Miss Abbott venía hacia nosotros.

—Haz el equipaje, querida. Tenemos que regresar con los Ferguson a casa. El barco sale de El Havre a primera hora de la tarde.

¿O sea que era cierto? ¿Francia estaba en guerra?

Ese mismo día, mientras nos preparábamos para salir de Deauville, Alemania invadió Bélgica. A continuación Gran Bretaña declaró la guerra a Alemania. Toda Europa estaba dispuesta a desangrarse por algo que resultaba difícil de comprender.

No tuve tiempo de decirle a miss Abbott que Inglaterra no era mi casa.

9

—Pareces muy contenta, ¿por qué?

Lola estaba sirviendo patatas guisadas con costilla y una rodaja de chorizo, que fue a parar al plato de Matías. Se dio cuenta de
que estaba sonriendo.

—No sé —mintió—. Será porque esta tarde no tengo que salir. Pienso leer, escuchar la radio y, si me apetece, hasta puede que
me eche una siesta.

Matías la miró con cierta incredulidad.

—¿Toda la tarde en casa? —repitió como si se lo preguntara a
sí mismo—. ¿Aguantarás?

Lola lo empujó levemente con el codo.

—Cualquiera que te oiga…

—Claro que… a lo mejor necesitas que te hagan un rato de
compañía… Durante la siesta, quiero decir.

Lola se sentó frente a él y le devolvió una mirada cargada de
sensualidad. Era un juego. Había en esa mirada una promesa y su
negación al mismo tiempo. Matías pensaba que mientras las cosas fueran de ese modo habría algo, una chispa, una carga de
fondo que los mantendría fuertemente unidos. A veces se aver-
gonzaba pensando que ella dependía de él, de su amor. Era como

tener poder sobre otro ser humano. Luego se le pasaba porque acababa por reconocer que él también dependía de Lola para todo, incluso para las cosas prácticas que se le daban mucho peor que a ella. Su vida no habría sido la misma después de la guerra si Lola no se hubiera ocupado de la intendencia. Él ponía la imaginación, ella la capacidad de organización y el sentido común. No era extraño que a veces se viniera abajo; le había tocado el papel menos agradecido, porque no hay nada más agotador que la contención.

—Ni hablar —protestó Lola—. Tú te vas a trabajar a la hora de siempre. Esta tarde es mía y no la comparto con nadie. Pero eso sí, no se te ocurra venir más tarde de las nueve. Tendré la cena en la mesa.

No se lo dijo, pero quería quedarse a solas por algo más. ¿Por qué se empeñaba en ocultárselo a Matías? Había sentido lástima por esa pobre mujer. Y lo peor de todo es que no se arrepentía.

—He quitado el libro del escaparate.

Matías la miró perplejo.

—¿Y eso?

Lola se encogió de hombros. Por su mente pasaron varias respuestas. Se decantó por la más directa.

—Lleva ahí casi una semana y no lo lee nadie. Tienes que admitir que es absurdo.

—Ya —dijo él. La contrariedad había afilado los rasgos de su cara.

—¿Te has enfadado?

—No —respondió—, no me he enfadado. Pero tampoco lo entiendo. ¿Por qué no me lo has consultado?

Lola se revolvió, dejando los cubiertos en el plato.

—Pues por lo mismo que lo pusiste tú en el escaparate. Para sentir que todavía puedo hacer lo que me dé la gana.

Matías se pasó la mano por el mentón. Era algo que solía hacer cuando pensaba.

—¿Te ocurre algo? Estás muy rara.

Lola empezaba a ver que la situación se le iba de las manos. Cogió de nuevo el cuchillo y el tenedor.

—He empezado a leerlo.

Confesó media verdad, porque así podía ocultar la otra media. No sabía muy bien por qué. Quizá porque tenía que ver con su independencia.

—¿Tú? —le preguntó Matías.

Asintió con un simple gesto. En el plato quedaba un pedazo de costilla. Lola separó la carne del hueso, pelando cuidadosamente una de las esquinas.

—Me gusta —reconoció sin levantar la vista del plato.

Matías sonrió.

—Te lo dije.

Esta misma mañana Matías había cumplido su ritual de todos los martes y jueves. Por muchos encargos que tuviera, siempre era él el que levantaba la persiana, ponía los plomos en el cuadro de luces y echaba el cierre a mediodía. Realmente no hacía ninguna falta, pero Lola sabía que le gustaba protegerla, a veces demasiado. Era su forma de cuidarla. Inútil y absurda, desde luego, porque levantar la persiana, poner los plomos y echar el cierre eran cosas que Lola podía hacer con los ojos cerrados. Esa mañana Matías había hecho algo más al abrir la librería: fue al pequeño escaparate y, sin sacar siquiera el libro del atril, pasó una hoja. Lola pensó en decirle que no servía de nada exponer las páginas cinco y seis, porque la mujer inglesa y ella —que eran las únicas lectoras hasta el momento— habían instaurado su propio ritmo de lectura. Pero no dijo una palabra. Se calló, consciente de que a él le hubiera gustado saber que había alguien interesado en el libro. Se calló porque a veces la agobiaba, la atosigaba y le apetecía tener una vida secreta en la que él no estuviera. Aunque fuera una cosa tan banal como atender en secreto a una clienta.

Unos minutos después ella apareció en escena. Lola estaba despachando un bote de tinta china Pelikan cuando la vio. Por un momento le pareció que había estado esperando en la esquina a que Matías saliera. Le hizo una seña para que entrara, pero la mujer no se decidió hasta que el cliente salió del portal con su tintero envuelto en papel de estraza.

Saludó con un discreto buenos días y un tono de voz excesivamente bajo. Esa mañana llevaba una gran bufanda de angora alrededor del cuello. No se la quitó.

—¿Cómo está? —le respondió afablemente Lola—. Es una mañana muy fría, ¿verdad?

—Ya lo creo. Pero aquí tiene usted una temperatura agradable.

—¿Ha visto el escaparate? Mi marido ha expuesto otras dos páginas, pero creo que esa parte usted y yo ya la hemos leído, ¿verdad?

La mujer hizo un gesto ambiguo con aquella sonrisa amable que la hacía parecer más joven.

—Va un poco más lento que nosotras —se justificó Lola—. Pero yo le pasaré las páginas sin ningún problema. ¿Ha traído las gafas por fin?

Vio cómo la mujer se revolvía inquieta. Pensó que resultaba

muy poco amable por su parte hacerla salir a leer a la calle en una mañana tan fría.

—¿Prefiere que le deje el libro para que lo lea aquí dentro? Podemos hacerlo, el jefe no está —añadió con un punto de complicidad, para que la mujer se sintiera más cómoda.

—Verá… —Se aflojó la bufanda. Se había puesto colorada como una adolescente—. Es que…

Lola sospechó que había algo más que la incomodidad o el frío.

—Me cuesta mucho leer en su idioma. —Parecía un poco avergonzada—. Hablo bastante bien, me lo dice todo el mundo, pero leer en castellano me fatiga tanto que abandono la lectura a los diez minutos. Si usted quisiera…

Esto último lo dijo bajando tanto la voz que Lola sintió lástima.

—Pase —dijo al tiempo que levantaba decidida el mostrador—. Acomódese en la silla que lo leeremos juntas, como ayer. Creo que nos quedamos en el momento en el que empieza la Primera Guerra Mundial.

La mujer recuperó la sonrisa. Y otra vez aquella red que se extendía por su rostro frágil hizo pensar a Lola en la urdimbre de un telar o en la linotipia de una imprenta. Algo en aquel rostro de apariencia sencilla y natural estaba organizado según un modelo muy preciso.

Es así como sucederá. Un inocente engaño que sembrará algo desconocido entre Matías y Lola. Y luego la sospecha, una mancha oscura que se extenderá sobre ellos como una manta.

El sol ha desaparecido tras el tejado de la casa de enfrente. Mira el reloj. Solo son las seis de la tarde. Matías no regresará a casa hasta las ocho y media. Se queda unos minutos más en la butaca; sus dedos largos recorren con indolencia la superficie de una de las flores azules del reposabrazos, mientras piensa en un día como este, hace dieciséis años.

Se han visto por primera vez en un café. Es una desapacible tarde de invierno. Matías está hablando en la tertulia a la que ella asiste como invitada de un escritor de Valladolid que todavía alberga ciertas esperanzas y cuyo rostro olvidará totalmente a los cinco minutos de llegar. Todo lo contrario de lo que sucederá con Matías. Se fija en él, ese chico alto, bien parecido, de nariz aguileña y tez morena. Alguien le ha dicho que es editor y eso le confiere una especie de aura de intelectual que a ella le resulta muy interesante. Además le atraen sus ojos, brillantes y encendidos cuando habla de política.

Ella. Una muchacha de veintidós años que acaba de regresar de París, donde ha pasado un año y ha asistido a un curso de traducción en La Sorbona. Lleva una melena corta, retirada hacia atrás, unos pendientes de oro, pequeños y discretos, y un pañuelo graciosamente anudado al cuello. También es octubre. La luz del día empieza a desaparecer, como ahora mismo. En el café están sentados cinco hombres vestidos de manera informal y una chica con gafas que la mira con algo parecido al desdén, como si no mereciera estar allí. Lola los saluda uno por uno, estrecha las manos de los hombres, roza las mejillas de la chica, y luego se sienta cruzando las piernas y poniendo con discreción el abrigo doblado sobre las rodillas. En el local hace calor, pero no quiere quitarse la chaqueta porque la blusa se transparenta y ha visto cómo la miran. Todos menos el que se llama Matías.

Esa primera vez. Recuerda su voz, sus gestos, las miradas clandestinas, ajenas posiblemente a su voluntad. Él estaba hablando de frenar el avance de Gil-Robles y de la CEDA cuando ella llegó, y ahora discuten una propuesta del Partido Comunista para que todos los grupos de izquierdas se unan en una única candidatura de cara a las próximas elecciones.

Ella no entiende nada, no puede opinar. Escucha en silencio a la chica de las gafas y a otro de los contertulios que rechazan el plan con una virulencia y una rabia apenas contenidas. A Lola le sorprende enormemente tratándose de correligionarios. Defienden posturas radicales que Matías intenta desmontar paso por paso, con mucha calma y entereza.

¿Cómo lo hace? No usa la vehemencia explosiva de sus oponentes, sino un tono pausado y la voz tranquila. Transmite sensatez y cordura. Apuesto e inteligente: una combinación que de pronto le parece peligrosa.

Se enreda en sus palabras, mientras él admite que los anarquistas están, como muchas otras veces, divididos. Su voz se va metiendo en los pliegues de su mente, lenta, cadenciosa, sostenida como una nota musical. Intenta no quedar como una tonta ignorante y quiere entender de qué hablan, sobre todo lo que dice él. Se llama Matías, ha oído su nombre varias veces en el calor de la discusión. Habla de votar a una futura coalición de izquierdas que están intentando crear. Lola le escucha con atención, mientras los demás guardan silencio. Tiene la impresión de que se dirige a ella cuando les pide tener una actitud más abierta, y cuando sostiene que es necesario sacar de la cárcel a los casi treinta mil presos políticos que han ido a parar a presidio por las huelgas y las acciones de la revolución de 1934.

—Muchos de esos compañeros que se pudren en la cárcel

son de la UGT —reconoce ante sus oponentes—, es cierto. Pero ahora no es momento de rencillas partidistas; hay que estar unidos, y ser muchos, cuantos más mejor, porque esos detenidos son brazos que necesitamos en la calle, hombres y mujeres que han defendido los derechos de todos, y la lucha obrera no se puede permitir perderlos, sean comunistas, socialistas o anarcosindicalistas.

Mientras se esfuerza por entender la situación política que se vive en España a finales de 1935, nota que él la mira constantemente, sobre todo cuando hablan los demás, la mira a través del humo del cigarrillo que sostiene en las manos, unas manos anchas y cuadradas, que ella de pronto tiene ganas de acariciar.

Cuando acaba la reunión, él se demora premeditadamente para situarse a su lado. Hablan. Ella le dice que ha estado un tiempo fuera, en el extranjero, y que no está al día en las cuestiones políticas. Nota que él adopta una posición algo paternalista cuando intenta resumirle el tema del que han estado discutiendo. Solo lo hace durante unos breves minutos, no la aturde, no abusa. Es listo, sabe hacer bien las cosas. Luego ya no hablan más de política; salen juntos del café y él le pregunta por París y por sus estudios de traductora. En la calle llueve con ganas y el viento racheado le moja las piernas al correr hacia la boca de metro. Siempre recordará esa escena, la carrera bajo la lluvia, él que la coge de la mano, una mano firme que de pronto le proporciona una desconocida sensación de seguridad, el pecho a punto de estallar por la carrera, o por las emociones… Y luego en el vestíbulo del metro, los dos, uno frente a otro, mirándose de ese modo.

Lola hace suya ahora esa frase que ha leído esa misma mañana en el libro del escaparate: «El primer beso no se da con la boca, sino con la mirada». Así fue entonces, dieciséis años atrás. Al pie de las escaleras del metro, rodeados de gente con paraguas y abrigos empapados, ellos se besaron sin rozarse, sin que los labios entraran en contacto. Se besaron porque nadie pudo hacer nada por evitarlo y porque ninguno de los dos quiso resistirse. Se besaron antes de que Matías pudiera decirle que estaba casado y antes de que hubiera tiempo de sentar las bases de aquella relación en la que todo se fue mezclando y enredando.

Luego.

Lola se interesó por la editorial.

Matías la invitó a visitarle.

Lola se puso su falda más ajustada y su blusa más elegante.

Matías le ofreció que tradujera los *Calligrammes* de Apollinaire del francés.

Lola aceptó y empezó a ir cada día por el despacho.

Matías la invitó al Ateneo, a ver una representación de *La cerilla sueca*, de Chéjov.

Ella empezó a frecuentar la tertulia política y las asambleas de la CNT. La chica de las gafas la odió sin reparos. Lola sospechó que estaba perdidamente enamorada de Matías, a pesar de que él estaba casado.

Y un día, una noche mejor dicho, cuando él la acompañó a la casa de la calle Montesquinza donde ella vivía con sus padres, justo en el momento de despedirse, ella se puso de puntillas y le besó en los labios. Esta vez fue de verdad, aunque a veces piensa que quizá el beso más verdadero que ha dado nunca en su vida tuvo lugar al pie de las escaleras del metro.

Sí, podría decirse que fue ese el primer contacto físico. Y

que fue ella quien tomó la iniciativa. También podría decirse que no supo parar aquí, a pesar de las objeciones de Matías; su deseo le liberó a él de una parte de la responsabilidad y, al comportarse de este modo, dejó que él quedara a salvo de cualquier remordimiento. Supo desde el principio que debía ser así. Matías jamás habría dado el primer paso. No por su mujer, o no solo, sino también por ella, por Lola, por no humillarla, rebajarla y exponerla a algo de lo que seguramente no podía defenderla.

Hubo elecciones en febrero. Ganó el Frente Popular, mientras ellos dos se veían a escondidas en una pensión de la calle San Bernardo y los obreros se concentraban a las puertas de fábricas y talleres, para que se readmitiera a los represaliados de 1934, o a las puertas de las cárceles para que se liberara a los presos. Todo era posible. Nuevo. Apasionante. Lola seguía a Matías sin poder pensar en otra cosa que no fuera ese imperioso deseo de amarle y cambiar el mundo.

En mayo fueron juntos al IV congreso Nacional de la CNT, que se celebró en Zaragoza y en el que se discutió ampliamente sobre comunismo libertario. Otra ciudad. Gente que pensaba igual que ellos. Una sensación de libertad que ampliaba la vida hasta el infinito. Por las noches compartían el mismo lecho y por las mañanas salían de su habitación con la sonrisa en los labios y la cabeza muy alta.

Matías se había separado de su mujer. Lola y él vivirían definitivamente juntos. Alquilaron un piso en una calle discreta y silenciosa, en la que solo había dos portales, uno en cada acera. En el portal en el que ellos vivían había un pequeño taller de relojería. Cada día iban juntos a la editorial y a la vuelta bajaban cogidos de la mano por la calle Argensola hasta el cruce con Fernando VI y, dejando de lado el trajín comercial de la calle Barquillo, entraban en su universo propio, una calle sin salida por la que no circulaban coches y apenas se veía gente que no fuera del barrio. Para Lola esa calle era especial, lo sería siempre. Matías solía pararse a charlar con el relojero, un viejo militante socialista que había servido en Melilla cuando se produjo el desastre de Annual. Disfrutaba escuchando aquellos largos relatos de ineficacia militar que ponían de manifiesto la corrupción del ejército español. Según el relojero, el informe Picasso no pudo ver la luz porque hasta el rey estaba pringado en el asunto.

Ella empezó a volar por su cuenta.

Se afilió a Mujeres Libres y tradujo a Paul Morand, Valery Larbaud y a Blaise Cendrars, un hombre curioso que viajaba para poder concentrar el mundo en un verso.

Iba al teatro.

Al Retiro a pasear entre los árboles desnudos en cuanto el sol calentaba lo justo.

Al local de Noviciado donde habían creado un grupo de alfabetización, instrucción básica y enseñanza sindical para mujeres.

Dio una charla sobre Flora Tristán. Escribió un artículo sobre Mary Wollstonecraft.

Disfrutaba. Era feliz. Estaba llena de energía y de proyectos, de sueños.

Matías amaba su forma de mirar el mundo, su singular modo de construir la realidad por encima incluso de la realidad.

Matías amaba su pubis, sus pechos, su cintura, sus caderas.

Matías la amaba.

Y ella se alimentaba de hermosas y solitarias palabras en francés, debates libertarios, caricias y gemidos imprevistos de media tarde. Era un mundo sin peso, una vida de aire.

Los pájaros de Braque y los cuerpos alados de Brancusi flotaban por encima de las largas noches en vela.

En este clima les sorprendió el comienzo de la guerra, y la felicidad se fue de improviso, sin ninguna advertencia.

10

Me gustó que no quisiera dejarme en la acera. Tampoco empezamos a leer enseguida.

Yo había estado esperando en el portal de enfrente a que su marido se fuera. Sé que los martes y jueves sale a repartir sus libros y no vuelve hasta la hora de cerrar. Abandoné mi escondite en cuanto le vi doblar la esquina. Parezco una niña haciendo esto, pero me divierte, es…, no sé…, una pequeña travesura impropia de mi edad. Como seguir a un librero por las calles de Madrid. En fin, también soy yo.

Esperé tranquilamente delante del escaparate mientras ella atendía a un señor que compraba un tintero. Luego entré, ella me preguntó si había traído las gafas y yo le confesé que me sentía muy torpe y me fatigaba mucho leyendo en un idioma que no era el mío. Desde luego, abusé de su buena disposición cuando le rogué que lo hiciera por mí.

Parece que no le importó mi atrevimiento, porque me hizo pasar al interior de la tienda y dijo:

—¿Tiene prisa?

Yo la miré sonriendo a la inglesa, es decir, con retranca, que es como le llama mi vecina a ese sentido del humor mío.

—Míreme —respondí—. Soy vieja. No tengo nada que hacer.

Ella rió de buena gana. Entonces se presentó.

—Me llamo Lola. ¿Y usted?

—Alice —le contesté de sopetón, quizá porque todos vivíamos hacía mucho en un país de patéticas maravillas—. Pero si le resulta más cómodo puede llamarme Alicia.

—No, no… Alice está bien. El nombre de cada cual es muy importante, es su identidad, y la identidad no admite traducción.

Era una mujer que de pronto decía cosas sorprendentes. Supongo que era esa clase de persona que en determinadas situaciones también era capaz de hacerlas.

—Le preguntaba si tiene prisa porque tengo que ordenar un pedido de papelería. Es una cosa mecánica, podemos charlar mientras tanto, pero no me queda más remedio que hacerlo.

Estuve de acuerdo. ¿Cómo no iba a estarlo?

Así que nos pusimos cómodas; yo me quité el abrigo, ella se sentó en el taburete, junto a la mesa, y fue extendiendo en pequeños grupos los lapiceros, las gomas de dos colores, los plumines y los cuadernos de alambre.

—Aprovecharé para contarle algo. —La verdad es que estaba deseando encontrar el momento—. Usted me preguntó ayer si era inglesa. No lo soy, aunque tengo pasaporte británico. Ya sé que no pretende ser curiosa y que por eso aceptó que yo no le contestara el otro día, pero me gustaría mucho explicárselo, si no tiene inconveniente.

Lola dejó de colocar la mercancía. Hizo un sencillo gesto de asentimiento. Puso las manos en el regazo y esperó. Yo afiné la entonación. Creo que, de hecho, puse el tono de quien empieza a contar un cuento.

—Me crié en África, en el país de los zimbabwe. Mi padre tenía una granja de tres mil acres. Vivíamos en una casa de paredes de barro y techos de paja que mi madre y él habían construido provisionalmente, cuando de pronto mi madre murió. La casa se quedó siempre así. En el más absoluto abandono. Como yo.

Vi el efecto que mis palabras causaban en ella. Así pues, continué.

—Mi padre se aficionó a la caza, el alcohol y las criadas negras. Yo andaba sola por selvas y sabanas con un perro y un fusil. Nadie se preocupó de mi educación. Pero no crea que era tan dramático como ahora puede parecer. Allí no tenía importancia. Era mucho más importante saber disparar o guiarse por el sol y las estrellas, intuir cuándo llegaría la temporada de lluvias y cómo atender a las cabras para tener siempre leche. Todo eso lo sabía hacer a la perfección.

Lola había dejado hacía un rato su pequeño inventario de papelería. Estaba tan atenta a mi relato que me dio pena.

—Parece una infancia apasionante, la verdad —dijo con actitud ensoñadora—. Muy libre, ¿no?

—Totalmente libre. Pero no sé si eso es del todo bueno, ¿sabe? A veces pienso que el límite, la frontera entre la libertad y el caos es muy imprecisa: no sabes cuándo vas a traspasar esa línea fina… Cuando no tienes una madre que vele por ti, nadie se molesta en indicarte dónde está el borde del precipicio.

Se quedó pensativa durante unos breves instantes. Tuve la impresión de que aplicaba mi reflexión a algo que había en su propia vida.

—Cierto —dijo al rato—. Desde luego. No nos gustan las fronteras ni las normas, tenemos siempre la tentación de traspasarlas y transgredirlas, pero incluso para saltar hacen falta vallas.

—Agrupó los lápices y las gomas distraídamente—. Y todos necesitamos de vez en cuando esa seguridad, ¿no le parece? —añadió mientras colocaba su precioso botín de grafito y caucho en los cajones que había a un lado del mostrador.

Luego fue al escaparate y cogió el libro.

Pero no empezó a leer. Se sentó con él en el regazo, de espaldas al mostrador, y preguntó algo que yo no esperaba:

—¿Y luego? ¿Cómo llegó usted a España?

Pensé en una rápida salida, y la verdad es que no necesité esforzarme mucho. Fue suficiente con suplantar la vida de mi amiga Doris.

—Cuando tenía catorce años me casé con un funcionario de Salisbury y me trasladé a la capital de Rodesia. Era un hombre mediocre y odioso. Nunca quiso que me sintiera igual a él.

Su gesto se contrarió. Me pareció que ella también empezaba a odiarle.

—Vivíamos en una ciudad donde la cultura era una cosa secundaria, pero a mí me dio por leer. A todas horas, todos los libros que caían en mis manos. Aprendí nociones de leyes, de física, de arte. Solo por el placer de aprender. Leía y escuchaba música en un viejo fonógrafo que tenía mi marido. Me quedé embarazada, tuve un hijo, y cuando cumplí los dieciocho años mi padre murió y me dejó la granja en herencia. ¿Sabe qué hice? Cogí a mi hijo y volví al sitio donde había sido feliz. Me divorcié de aquel hombre. Creo que a veces no me acuerdo ni de su nombre.

Vi que Lola asentía con una leve sonrisa en los labios.

—Viví veinte años más en África. Pero mandé a mi hijo a estudiar a Inglaterra para que no le pasara lo mismo que a mí.

Me di cuenta de pronto de que me miraba de un modo distinto, como si me acabara de conocer en ese instante. Y creo que, en cierto sentido, así era.

—Es una vida apasionante, la verdad.

Decidí concluir. No estábamos aquí para oír esta historia, sino otra.

—Y ahora me encuentro en su país. Me gusta España. Vine porque mi hijo es ingeniero y trabaja en las minas de Río Tinto, que como usted sabe están en Huelva. Pero no quiere que viva allí; piensa que de momento estoy mejor en Madrid y yo le hago caso en todo. Él lleva todos mis asuntos. Tengo una renta mensual y ninguna preocupación.

—Ya entiendo. No sé cómo será en Inglaterra, pero aquí las mujeres han perdido la poca libertad que habían conquistado antes de la guerra. No es fácil encontrar a alguien como usted.

—Pues si quiere que le diga la verdad, yo tampoco sé muy bien cómo son las cosas en Inglaterra. No he vivido nunca allí. Aunque mi pasaporte es británico y mi piel clara, tengo que confesar que soy africana. —Procuré no añadir una sola palabra más. Era mejor—. En fin, que esa es a grandes rasgos la historia de mi vida.

En la cercanía de la tienda el aspecto de aquella mujer joven era cálido y afectuoso, a pesar de que apenas nos conocíamos. Nos miramos a los ojos con una sorprendente confianza, como se miran los amigos de toda la vida o los padres y los hijos. Ella también se dio cuenta, porque de repente bajó la vista y dijo:

—Entonces, ¿empezamos?

Cogió el libro del regazo, lo abrazó como si fuera un objeto muy querido, y comenzó a leer.

11

En un internado la guerra puede parecer un poco irreal, como si sucediera en otra dimensión. Hasta que eres testigo de las consecuencias.

El invierno inglés apenas era diferente de los de Normandía. El colegio estaba en Norwalk, a medio camino entre Brighton y Londres, en una zona del interior en la que llovía casi con la misma firmeza que en Coutances y el sol brillaba por su ausencia como en los inviernos de mi infancia. Echaba terriblemente en falta los días de Deauville, sobre todo porque la vida se vio de pronto reducida al estudio, la disciplina y a las estiradas maneras inglesas. Pero había algo que me salvaba: la lectura.

Me acordé muchas veces de James, sobre todo al principio. Luego empecé a tener amigas y casi le olvidé. Las monjas, por su parte, decidieron evitarnos los sinsabores y dejaron de comentar cualquier noticia que viniera del continente. Por decirlo de un modo menos ambiguo: censuraron todas las noticias que tenían que ver con la guerra.

Ahí va una duda. Tengo que considerar qué quiero hacer exactamente con esta especie de... memorias. Porque me pregunto ¿tengo que contarlo todo? ¿Tengo que escudriñar, buscar recuerdos, tengo que seguir el curso de los acontecimientos de forma lineal por irrelevantes que estos sean? Les diré que no me parece un buen sistema. Hay épocas de mi vida de las que no puedo recordar gran cosa, ya he intentado explicarlo cuando hacía referencia a Coutances. De otras recuerdo detalles que me parecen hoy en día totalmente irrelevantes, porque sospecho que están vacíos de emociones. O si las hubo —supongo que sí— han perdido con el tiempo todo su significado.

Me gustaría contar las cosas como realmente viven en mi memoria.

Por ejemplo. En Norwalk había un parque con grandes sicomoros y un liquidambar de hojas rojas. Me sentaba a leer en un banco hasta que me quedaba aterida de frío.

Por ejemplo. Recuerdo a una chica pelirroja, pero no sé quién era. Ni siquiera consigo recordar si éramos amigas.

Por el contrario. Recuerdo haber recordado… a James, a Frances, al padre de lady Ferguson. Sé que murió ese otoño. No creo haberme acordado en todo el invierno de Sarah.

Tampoco consigo saber qué demonios pintaba miss Abbott en mi vida. Desapareció y nunca supe nada más de ella.

Llegaban las vacaciones de Navidad y, mientras todas las alumnas del internado hacían planes para regresar a sus casas, yo me preguntaba por qué Mary Abbott no se ponía en contacto conmigo. Era impensable volver a casa de los Hervieu, pero en Inglaterra yo no tenía a nadie de mi familia, al menos a nadie que conociera. Así que no podía imaginar qué iba a pasar conmigo cuando empezaran las vacaciones.

El 21 de diciembre, dos días antes de que a las demás alumnas las recogieran sus familias, aparcó junto a la puerta principal el

Morris Bullnose de Frances. Yo no lo vi llegar, pero alguien me dijo que una loca había roto un macizo de hortensias y que por poco atropella al jardinero. Cuando me llamaron del despacho de la directora no sospechaba ni por un instante que fuera a encontrarla allí.

Como siempre, iba extravagantemente vestida, con un abrigo blanco y un enorme cuello de piel que parecía de un oso polar. Estaba sentada en un sillón estrecho, con las piernas cruzadas y el abrigo a medio poner, reposando sobre el respaldo. Para mayor escándalo, fumaba uno de sus famosos cigarrillos egipcios en una larga boquilla, y había llenado el despacho de la directora de humo.

Miss Flannagan, que era irlandesa y católica para más señas, parecía realmente horrorizada.

—Rose, querida —exclamó Frances con entusiasmo al verme—, pero sin levantarse ni cambiar en absoluto de postura. Ya sé que tenía que haber avisado, se lo estaba diciendo a miss… Flannagan, ¿verdad?, pero ya sabes cómo soy. Estaba en París, se enredaron las cosas, perdí el pasaje de barco y tuve que hacer mil gestiones para llegar a Inglaterra. Pero, bueno, ya estoy aquí.

Era su forma de hablar, precipitada y algo frívola, con un punto de indolencia, como si nada en la vida tuviera demasiada importancia para ella.

—Pasaremos juntas las navidades —me dijo en cuanto salimos del despacho de miss Flannagan—, ¿a que es fantástico?

Me acompañó a la habitación. Nunca había estado en el internado, pero caminando una junto a la otra parecía que era yo quien la seguía por pasillos y escaleras. Tenía ese poder: cuando Frances se ponía en movimiento, todos los demás corríamos tras ella, aunque no supiéramos bien adónde se dirigía.

Hice el equipaje mientras ella me contaba un sinfín de cosas. Que estábamos de nuevo invitadas en casa de los Ferguson, que el padre de lady Ferguson había fallecido en octubre y que James había embarcado a bordo del *Good Hope*, un crucero acorazado que había sido hundido por la escuadra alemana frente a las costas chilenas... Afortunadamente James había sobrevivido, pero los ingleses habían sufrido mil quinientas bajas, entre las que se encontraba el almirante Cradock. James había sido atendido en un hospital de una ciudad llamada Coronel y ahora esperaban que pudiera pasar las navidades en casa. También me habló de Elliott, que al parecer se había alistado nada más comenzar la guerra y luchaba en la zona de Dieppe.

—Mi prima se pasa el día llorando por sus hijos.

Sentí pena por lady Ferguson. Debía de ser horrible. Pero en el fondo, cuando tienes casi quince años, lo normal es que las situaciones arriesgadas acaben por parecerte fascinantes. Yo pensaba en esos momentos en la cantidad de cosas que James tendría que contar cuando regresara a casa.

Otra vez estaba en el reluciente automóvil bicolor de Frances, aunque esta vez llevábamos la capota echada. Mi maleta de piel de becerro iba detrás, junto a su neceser y su enorme sombrerera. El día era muy nublado. Una fina lluvia tapizaba el parabrisas. Dentro del coche hacía frío.

—Qué lúgubre es Inglaterra —murmuró Frances cuando atravesábamos los campos húmedos. La hierba había adquirido con el frío un apagado color ceniza. Pero a su lado nada podía ser triste durante mucho tiempo. Paramos a comer en una fonda de carretera donde todo el mundo nos miraba, a pesar de que los ingleses pueden ver pasar un elefante volando sin alterarse lo más mínimo. En confianza, les diré que Frances era demasiado sofisticada y excéntrica incluso para sus compatriotas.

Cuando volvimos al coche parecía de mejor humor, más animada que antes. Quizá el vino tomado en el almuerzo tenía algo que ver en el asunto.

—¿Qué tal los estudios? ¿Se te han dado bien?

Miraba al frente mientras conducía y su rostro adquiría en esos momentos una expresión que no le había visto nunca. Concentrada y un poco seria.

—¿Y el idioma? ¿Has tenido alguna dificultad con el inglés?

—Al principio un poco —respondí sinceramente—, pero ya no. Es fácil.

Sonrió. Y me pareció que se sentía satisfecha con mi respuesta.

—¿Has leído mucho? —preguntó de nuevo.

Justo en ese instante me acordé del día en el que había encontrado a James en la biblioteca y sus palabras sobre las hermanas Brontë y los internados de señoritas. Bien mirado, no había sido tan duro.

—Sí, he leído *Jane Eyre* de Charlote Brontë y una novela de Henry James que se titula *Retrato de una dama*. La señorita Collins, que está a cargo de la biblioteca, dice que no son lecturas para mi edad, pero le comenté que en Deauville ya había leído *Cumbres borrascosas*, de otra de las hermanas Brontë, y *La copa dorada*. Ella opina que James no es un autor para jovencitas, pero sabe que esos folletines románticos que leen algunas de mis compañeras me aburren mucho, y pasa por alto mi atrevimiento.

—Bueno —dijo Frances sonriendo también—, veo que la bibliotecaria es una mujer inteligente.

Yo asentí y seguimos por la carretera desierta en silencio.

Y de pronto llegamos a la casa de los Ferguson.

Elsinor Park era una casa de campo de estilo eduardiano que ocupaba una gran extensión de terreno al pie de las colinas de Surrey. Yo había oído a Sarah hablar de esta casa, pero no me la imaginaba así.

El río es lo primero que recuerdo.

Había que cruzarlo por un puente de piedra. Era un río de aguas mansas y oscuras, más bien verdosas. Pensé en una palabra que había leído y que nunca había podido aplicar a la realidad: insondable, aunque la verdad es que esa palabra se podía ajustar mejor a mi estado de ánimo que a las aguas de aquel río. Desde el puente se veía un embarcadero, una casita con el tejado de pizarra y un bote de remos atado a la orilla. Había tres o cuatro árboles que tenían las ramas desnudas y volcadas sobre el río, como una cascada de dedos largos. Seguramente eran sauces, pero habían perdido las hojas y no se podía saber a ciencia cierta.

Una vez pasamos el puente de piedra, Elsinor Park se desplegó ante mis ojos como si fuera un decorado. No había verja, solo un camino de acceso a cuyos lados se extendían las verdes y onduladas laderas de césped, el *lawn*, que dicen los ingleses. Mientras el coche avanzaba contemplé los jardines de los que lady Ferguson se había mostrado tan orgullosa en Deauville, el estanque central y el bosque de robles y brezos donde, según me habían dicho, abundaba la caza.

Frances recorrió el camino de grava que bordeaba por ambos lados el estanque y aparcó el coche junto a la entrada principal, tocando con insistencia la bocina, como solía hacer cada vez que llegaba a un lugar. Sí, recuerdo perfectamente que me quedé embobada mirando aquel colosal edificio de ladrillo rojo con sus torres poligonales y sus cúpulas de pizarra. Pensé que, a pesar de lo enorme que era la casa y el tiempo que hacía, debía de tener mucha luz. Entonces la luz era muy importante en mi vida. Había llegado a obsesionarme. Me pasaba el día diciendo cosas como: esto tiene una hermosa luz…, carece de luz…, esa luz azul… Luz entre las nubes. La luz de ciertos recuerdos… Tonterías románticas.

Esta primera impresión se correspondía a la perfección con la realidad. En cuanto accedías al interior te sorprendían las claraboyas, los amplios ventanales que iluminaban las escaleras, los techos decorados… Y luego la vista se iba inevitablemente hacia los muebles de estilo Regencia, los grandes cuadros y las alfombras orientales. Había más de cincuenta habitaciones, según pude saber más tarde. Casi como en el internado.

Pero vayamos a los hechos.

Los hechos, sí. Esa misma mañana había llegado James en una ambulancia del ejército. Toda la familia estaba felizmente alterada por su regreso. Aun así, las ausencias se hacían notar. Faltaban el anciano padre de lady Ferguson, que había fallecido a principios del otoño, y Elliott, que estaba en el norte de Francia, luchando seguramente en una de aquellas trincheras que hicieron de esta guerra una experiencia aterradora para muchos soldados. Lady Ferguson parecía terriblemente triste a pesar de la llegada de su hijo mayor y Sarah había crecido mucho. Estaba más serena y mucho más razonable. Creo que había decidido pactar con la vida.

Una de las primeras mañanas salimos juntas a caballo. Cabalgamos por las verdes praderas y por los páramos de brezo durante un par de horas. Al final, cansadas y hambrientas, paramos en una fonda del camino de Guildford. Ese día hablamos seriamente por primera vez. De James y de Elliott y de lo que ella sentía al saber que podían morir. Hablamos también de mí.

Fue Sarah quien me lo dijo.

¿Lo había sospechado?

Siempre. Pero los pensamientos nunca tienen carta de legitimidad hasta que alguien los comparte contigo. Sarah extendió delante de mis ojos un certificado invisible que convirtió en real lo que hasta entonces solo era una suposición: yo era la hija ilegítima del duque de Ashford.

—He oído a mis padres comentarlo; creo que va a venir un día a conocerte. Pero él solo, sin su esposa.

Yo lo sabía. Lo sabía desde siempre, aunque nadie me lo hubiera dicho. De pronto la vida con los Hervieu cobró un oscuro significado. Y las conversaciones que había escuchado en el pasado sin prestarles demasiada atención. Yo era la hija del duque de Ashford. Yo era ilegítima. Yo no era nadie, no tenía un hueco propio, era la que va de una casa a otra sin pertenecer a ninguna. Yo era la que tenía un padre con quien no podía vivir.

¿Y mi madre? ¿Dónde estaba? ¿Quién era? Sarah no me lo supo decir.

El regreso a Elsinor Park fue uno de los momentos más amargos de mi corta vida.

Hubo otras cosas. A los quince años siempre las hay.

A veces pienso que solo existe eso, lo que me ocurrió entonces. Las tardes en las que iba a las habitaciones de James y, mientras él convalecía en un diván, yo le leía.

¿Cómo ocurrió? No lo sé. Me veo allí sola, sin la compañía de Frances o Sarah, ayudando a James a ponerse en pie.

Luego me arrodillo y le pongo las zapatillas. Lo acompaño hacia el gabinete. Es una habitación llena de libros, con una mesa de despacho y varios sillones. No tiene puerta. Comunica con el dormitorio a través de un arco y un corto pasillo. Él se tumba en un diván que dispone de una mesa auxiliar incorporada. Tiene allí una botella de brandy y dos copas. Un retrato de un caballo en un marco de plata. Una caja de lapislázuli con cigarrillos.

De momento James no necesita nada de eso.

Me pide que le lea un libro de poemas. Me hace buscar un poema en concreto. Se llama «La belle dame sans merci», el título está en francés aunque el poema lo haya escrito John Keats, un poeta inglés que en esos días yo todavía no conozco. El poema, claro está, también ha sido escrito en inglés, lo que no tiene demasiada explicación a mi entender porque no comprendo a qué viene ponerle el título en un idioma y escribir el poema en otro. No se lo pregunto a James porque me da vergüenza parecer ignorante.

Él sí me pregunta.

—¿Quién crees tú que es esa mujer? —dice cuando acabo de leer esos versos cargados de pesimismo.

Lo pienso antes de responder.

—Creo que es una mujer que le ha hechizado y luego muere. O le abandona, no sé muy bien.

James mueve la cabeza como si no estuviera de acuerdo.

—Yo creo que «la bella dama sin piedad» es la muerte.

A menudo conversamos. Es lo que me gusta de verdad, incluso más que leerle libros. James me trata de igual a igual, y con él no me siento una chiquilla. Y percibo, quizá porque deseo con todas mis fuerzas que sea así, que le gusta estar conmigo.

Voy a su habitación siempre que puedo.

Otro día.

Y uno más.

Ya se levanta solo. Lleva una bata con dibujos de cachemira, una bufanda de seda blanca tapando el cuello del pijama y unas pantuflas de piel de cabra. No se echa en el diván, se acomoda en un sillón y yo le pongo solícita un escabel bajo los pies. Le acaban de afeitar y huele a vetiver. A veces, muy pocas veces, me sonríe como si me pidiera disculpas o me diera las gracias por algo. A mí me parece el hombre más apuesto del mundo.

Y luego su voz cuando se dirige a mí, ese tono pausado con el que me pregunta. James propicia que la gente revuelva en su propio interior. Hay personas que tienen esa cualidad. ¿Cómo lo hace? No lo sé, pero es tremendamente eficaz. Pregunta de esa forma sutil que es tan suya y de pronto me veo contándole algo que ni siquiera yo sé de mí misma. ¿Cómo no caer rendida ante un hombre así cuando aún no se tienen quince años?

Y leemos. Siempre. Cada mañana de este invierno, mientras los mirlos se posan en las ramas desnudas de los árboles y nos contemplan con la misma falta de interés con la que nosotros los vemos saltar de rama en rama. ¿Qué verán? La chimenea encendida y a una joven con una larga trenza que le cae sobre el vestido azul de viyela, y también a un hombre no tan joven como ella, de mirada ensimismada, que escucha con atención cómo la chica lee con un dulce acento francés un poema de Shelley, «Temo tus besos», dice ella, mientras uno de los mirlos se coloca descaradamente en el alféizar, «Temo tu porte, tus modos, tu movimiento», lo entona con emoción y voz un poco temblorosa, «Tú no necesitas temer los míos», el mirlo emprende un corto vuelo que lo hace desaparecer momentáneamente, y ella lee, ajena a esa súbita desaparición: «Es inocente la devoción del corazón / con la que yo te adoro»... El mirlo reaparece y se posa en una rama que tiembla bajo su peso.

Recuerdo eso, los poemas y una ventana que daba al invierno.

Y los objetos de aquella habitación.

Los libros de lomos verdes, negros, rojos... Dorados y desvaídos.

Las sábanas arrugadas.

La repisa de la chimenea con un barco dentro de una botella.

Un espejo de cuerpo entero a cuyos lados había un galán de noche y una cómoda china con escenas campestres.

Una esfera armilar.

Su hueco en la almohada.

Su hueco.

¿Qué pasaba entretanto, entre un libro y otro, entre el momento en el que James yacía en el diván, sin poder moverse, y el día que bajamos juntos por la ladera verde hacia el río? Supongo que celebramos la Navidad. Recuerdo que Sarah y yo decoramos el árbol con bolas pintadas a mano y lazos de raso rojo. Las doncellas repartieron por toda la casa centros de piñas doradas y coronas de acebo con plumas de faisán. Y recuerdo una cena, muy animada, con la vajilla de gala y flores del invernadero en los centros de mesa. Y las conversaciones, un runrún vacío de cualquier significado. Y esa familia que había venido a ocupar en mi vida el lugar de los Hervieu.

El tema de mi madre me obsesionaba, pero era un viejo misterio que yo había aprendido a guardar muy dentro de mí, a salvo de todo y de todos, y la aparición del amor consiguió dejarlo postergado a un segundo plano. Parece increíble pero así es. Ahora estaba entregada a un sentimiento nuevo, lleno de emociones desconocidas, y alimentado diariamente por la presencia del ser amado, por su personalidad, sus debilidades, su posición social. Todo un barullo emocional que me tenía sumida en un vaivén constante. En el corazón, o en la cabeza. No sabría decirlo a ciencia cierta. Nunca he sabido en qué parte del cuerpo se dan esos cataclismos.

De todos modos, también traté de hacer mis averiguaciones. Sabía que, aparte de Sarah, solo existía una persona a la que yo podía preguntar quién era mi madre. En su momento, cuando Sarah me lo dijo, busqué a Frances, pero tan solo un par de días después de nuestra llegada desapareció. Se había ido a Londres a ver a un amigo suyo escritor.

Hay un lugar especial en la inmensidad de Elsinor Park. La casita del río. En cuanto James puede caminar bajamos juntos; él se apoya en mi brazo y andamos por el camino aprovechando las horas cálidas del día y un tenue sol invernal. Hace frío no obstante. James lleva un grueso chal de lana escocesa sobre los hombros. Debe de ser de su madre. O quizá no. Antes los hombres también llevaban ese tipo de prendas para andar por casa. Caminamos despacio, uno junto al otro; no recuerdo de qué hablamos pero sé que lo hacemos porque oigo a través del tiempo la voz de James sofocada por un leve jadeo.

Un criado estaba esperando en la puerta de la casita. Habían encendido la estufa para que pudiéramos sentarnos frente al ventanal que daba al río. El hombre me ayudó a acomodar a James y luego se fue. Le veo, una figura negra alejándose hacia la casa. Está aquí, en mi mente, clavado como un viejo alfiler de sombrero.

Yo llevaba un volumen de cuentos de Chéjov. Era un ejemplar de tapas rojas, con el lomo de piel jaspeada y el resto encuadernado en tela. Me gustaba el tacto de ese libro, era suave y rugoso al mismo tiempo. Qué cosas… Lo estoy viendo como si lo tuviera ahora mismo delante de los ojos. Y han pasado casi treinta años.

Empecé a leer una nueva historia. Se titulaba «La dama del perrito». Transcurría en un balneario, en Yalta, a orillas del mar Negro. El ambiente del balneario me recordó a Deauville, que era y no era el Deauville que yo había vivido. De pronto la ficción y la realidad se acercaron. Me sentí orgullosa: yo me reconocía en las páginas de aquel libro.

—Es el poder que tienen los buenos escritores —dijo James cuando intenté explicárselo—. Chéjov te descubre algo de ti mismo que no sabías.

Estábamos sentados, cada uno en un sillón de cuero verde, con un velador entre ambos. El libro aún lo tenía yo entre las manos.

—¿Has comprendido la historia? —me preguntó.

Pensé antes de responder.

—El final no —confesé sin ser del todo cierto. Supongo que yo deseaba en secreto que siguiéramos hablando de aquella palpitante historia de amor.

—No hay final —dijo escuetamente—. Solo hay puntos suspensivos. —Luego él también lo pensó durante unos segundos—.

No puede haberlo, ¿sabes? Es un amor prohibido, la sociedad que les rodea no lo aceptará jamás.

—¿Por qué? ¿A quién hace daño que la gente se quiera?

James adoptó un tono sarcástico. No era habitual en él.

—¿A quién? A todo el mundo. El amor verdadero produce envidia, celos, irritación en los que nunca lo han sentido, resentimiento en los que lo han perdido, rivalidades absurdas, prejuicios, enfrentamientos. El amor casi siempre es un engorro.

Y de pronto, Frances volvió de Londres con su amigo.

Oí el claxon del Morris Bullnose desde mi habitación. Era media tarde. Llovía. Las luces de la entrada estaban encendidas porque ya había oscurecido. Corrí escaleras abajo y llegué al vestíbulo al mismo tiempo que ellos. Frances llevaba una estola de zorro, con cabeza y garras, alrededor del cuello. El hombre que la acompañaba iba vestido con un largo impermeable verde oscuro que chorreaba agua. Al verle me quedé parada en seco. No sé por qué, pero de pronto imaginé —tonta de mí— que aquel hombre podía ser el duque de Ashford.

—Acércate, querida —me llamó Frances, cuando vio que me detenía a medio camino—. Ven.

Su alegría de siempre. Contagiosa y vital. Quería abrazarla, que me dijera quién era aquel hombre, pero lady Ferguson había salido del salón antes de que yo pudiera atravesar el vestíbulo para acudir a su llamada.

—Oh, ya están aquí. Estábamos preocupados, con este tiempo y estos caminos tan intransitables en invierno…

—Hemos salido más tarde de lo previsto, querida, ha sido culpa mía…

Estaba allí, ignorada por todos, mientras el amigo de Frances se quitaba el impermeable y un par de doncellas acudían presurosas a retirar los sombreros y los abrigos. Estaba allí pero nadie me veía.

Pasaron al salón y nadie me veía. James, acomodado en un sillón, se levantó al ver a Frances y a su invitado, y tampoco me vio. Yo no existía.

Afortunadamente Sarah también estaba allí y todos la ignoraban del mismo modo que a mí. Fue ella la que me puso en antecedentes sobre el amigo de Frances. Desde luego, no era mi padre. Al parecer se trataba de un escritor natural de Surrey, y Frances le había invitado en nombre de los Ferguson porque pensó que a James esa clase de compañía podía levantarle el ánimo. Owen Lawson todavía no era famoso, pero en los años veinte adquirió cierta notoriedad. Solo añadiré que cuando murió, en 1939, se había convertido en uno de mis mejores amigos.

Habíamos entrado ya en 1915. El final de las vacaciones estaba muy próximo. Pronto tendría que regresar al internado.

Estar fuera del tiempo, enredado en un instante que cabalga entre ayer y mañana. Sin detenerse nunca.

Durante años y años fue así. El recuerdo de aquellas navidades en las que me enamoré por primera vez fue de una intensidad sorprendente, que duró más de lo deseable y que en el fondo me hizo mucho daño. Yo misma no conseguía entenderlo. Con los años he dominado ese sentimiento, he conseguido sosegarlo. Fue Henry quien logró que lo hiciera.

La llegada de Frances y, sobre todo, la de Lawson me apartaron de James. Me excluyeron. Ya no me necesitaba. Con lo cual mi amor creció en intensidad, añoranza y deseo.

Los veía salir a caminar los tres juntos. James se apoyaba ahora en el brazo de Frances y, de pronto, había recuperado el ánimo y progresaba en su recuperación a ojos vista. Sentía envidia. Marginación. Celos. Muchos e ingobernables celos. Un día Frances me propuso que fuera con ellos y todos esos sentimientos que eran nuevos para mí se eclipsaron de pronto, desmigajándose como pan seco.

Quiero aclararlo. Yo no era una jovencita fantasiosa. Podía haberlo sido, lo reconozco, pero no lo era. Uno sabe con el tiempo lo que eso significa, lo sabe muy bien. No me dejaba arrastrar fácilmente. Y sin embargo aquello pudo conmigo. No sé por qué. Lo pienso todavía algunas veces. ¿Era por las constantes lecturas? ¿Era por James y su mundo, por una vida parecida a la que yo debía de haber tenido siendo hija de quien era? ¿O quizá fuera porque nada más llegar a Elsinor Park, Sarah me anunció que iba a conocer a mi padre? Bueno, el caso es que todo lo que atesoré en esos primeros días de 1915 me acompañó como un fardo que no sabía bien dónde colocar.

Owen Lawson. Qué tipo. Al principio no me resultó simpático, no sé por qué. Era nieto, por vía materna, de un conocido pintor que pertenecía al grupo de los prerrafaelitas, esos hombres que «sabían exactamente cómo pintar cuadros, escribir poemas, hacer mesas y decorar pianos». Por parte de su padre procedía de una familia de banqueros. Owen Lawson se había criado, por tanto, en un ambiente culto y refinado, en Surrey, es decir, en el mismo entorno en el que vivían desde hace generaciones los Ferguson. En aquella época no se apellidaba Lawson, sino Kieffer. Se lo cambió algunos años después, cuando estalló un sonado escándalo por las disputas legales de sus dos mujeres, pero de eso ya hablaré más tarde.

No hay nada menos afín que las familias de la aristocracia rural inglesa y esas otras familias en las que proliferan pintores, periodistas, músicos o poetas. No sé quién desprecia más a quién. Aunque todos, en el fondo, proceden del mismo sitio.

Pues bien, Owen Kieffer —llamémosle con su propio nombre solo esta vez— fue recibido en Elsinor Park como si fuera el primer ministro. No sé realmente por qué, no cuadraba con los Ferguson ni de lejos, y ellos no solían hacer concesiones ante los «curiosos» invitados con los que aparecía con frecuencia Frances. Los recibían con una sonrisa amable, pero tal y como yo misma había presenciado durante el verano de Deauville con Sacha, siempre se les otorgaba un trato digamos que un poco condescendiente. En fin, el caso de Lawson fue radicalmente distinto. Quizá porque todos pensaron —como de hecho así ocurrió— que su presencia animaría a James y le ayudaría a restablecerse más rápido.

Fui con ellos de paseo. James y Owen Lawson caminaban delante, hablando, creo, de una novela que Lawson iba a publicar ese mismo año. James parecía sumamente interesado.

Frances y yo caminábamos unos metros detrás. ¿Cómo se dio ella cuenta? No lo sé. Llevaba un rato observándome, eso sí que lo noté. De pronto me cogió cariñosamente por el hombro y suspiró.

—Ay, mi pequeña Rose… Ya estás en manos de ese depredador voraz que es el amor.

Me revolví furiosa.

—¿Por qué dices eso?

Frances ladeó el rostro y me miró a los ojos. Nos habíamos detenido.

—Porque lo veo, cariño. No estoy ciega.

—No sé a qué te refieres —dije reanudando el paseo.

Frances me siguió tranquilamente.

—¿Sabes qué dice un amigo mío? Que el primer beso no se da con los labios, sino con la mirada.

—Pues sigo sin saber por qué lo dices —insistí.

Ella dejó caer la conversación, pero durante todo el camino estuve inquieta; me sentía vulnerable, como si alguien hubiera entrado en mi habitación en plena noche. Yo adoraba a Frances, pero esa mañana la odié con todas mis fuerzas.

Aún no sabía qué era odiar de verdad.

Recuerdo otra cosa de esa mañana. Los nombres de escritores de los que no había oído hablar nunca porque sus libros no estaban en las estanterías del internado o en la biblioteca de los Ferguson. D. H. Lawrence, James Joyce, Windham Lewis, Ezra Pound. James tampoco los conocía y estaba entusiasmado con las noticias que le traía Lawson.

Nos detuvimos al final del seto que separaba las praderas del bosque, junto a una cerca. Había un banco de piedra y James y Frances se sentaron. Lawson y yo nos quedamos de pie.

—Hay un poeta magnífico —decía Lawson con entusiasmo.

Observé que Frances no le prestaba demasiada atención, pero ella podía permitírselo. Todos disculpaban a Frances.

—Verdaderamente bueno —prosiguió Lawson, ajeno al aburrimiento que sus palabras parecían producir en Frances—, es irlandés, como Joyce, y se llama William Butler Yeats. También ha escrito obras de teatro. Algo visionario, pero…

Yo tampoco le prestaba demasiada atención, debo reconocerlo. Los tenía allí a los dos. Enfrente. Frances y James. Distraídos por la perorata de Lawson. Las dos personas que me tenían robada la voluntad. Podía contemplarlos a conciencia, sin resultar impertinente; allí estaban, Frances con un sombrero de lana que parecía la boina de un pintor, un chal de cachemira sobre la chaqueta de punto y los zapatos marrones de tres tiras que tanto me gustaban. No era guapa, pero sí terriblemente atractiva, aunque en esos momentos a mí me pareció horrible, con ese sombrero estrafalario y una sonrisa impertérrita en los labios. James estaba enardecido. Tenía las mejillas sonrosadas y un brillo nuevo en los ojos. Llevaba un abrigo corto, con las hombreras reforzadas y una gorra de caza. De Lawson no puedo decir gran cosa. Quizá que se peinaba con raya al medio y tenía una cara que yo consideraba típicamente inglesa. Tenía las uñas largas, algo que siempre me ha desagradado en los hombres, aunque las lleven escrupulosamente limpias y cuidadas, como en este caso. Bueno, pues ahí estábamos los cuatro, un grupo singular, desde luego.

Recuerdo a duras penas de qué hablamos. Quizá yo no prestaba atención a lo que ocurría, sino a lo que imaginaba.

Este diálogo, por ejemplo. Las voces de ellos regresando.

—Tengo que mandarte algún ejemplar de mi revista.

—Sobre todo algo de Conrad, por favor.

—Desde luego. Dalo por hecho.

No sé si la amistad de Lawson y Conrad ya había hecho aguas en aquellos días, pero sí sé que mantuvieron una intensa relación que se rompió de forma brusca. Solo les diré que, hablando de Conrad, Lawson disfrutaba en sus últimos días repitiendo una frase que los definía a los dos: «En nuestras miles de conversaciones a través de los años, solo hubo dos temas por los que peleamos: sobre el verdadero gusto del azafrán y sobre si es posible distinguir una oveja de otra».

No es fácil regresar a una casa que tiene un finca de casi cien acres. Habíamos ido bajando hasta la curva del río, y yo estaba harta de ellos, de todos. Así que le dije a Frances que iba a subir por la ladera del bosque, en lugar de por el río como ellos.

—Pero no pierdas de vista la cerca —me advirtió, con un tono maternal que me puso de los nervios.

Lawson y James ni siquiera se enteraron de que me había ido.

Frances nos llevó al día siguiente a Sarah y a mí en su coche a Guildford, y las tres juntas nos divertimos de lo lindo durante ese breve viaje. Las ciudades siempre me han gustado. Mucho más que el campo si he de decir la verdad, aunque es en el campo donde he sido más feliz. Dan mucho juego las ciudades. Y más cuando aún no tienes quince años y tu vida ha transcurrido en una granja de Normandía, ¿no les parece?

Yo tenía que regresar al internado un par de días más tarde. Deseaba estar a solas con James y no encontraba el momento. Cada vez que lo intentaba siempre aparecía alguien, un criado, Lawson, Frances, Sarah… Ya no había ningún motivo para que fuera a sus habitaciones, así que cuando el día previo a mi partida le vi caminando solo hacia la casita del río, corrí escaleras abajo para que nadie se me adelantara.

Cuando abrí la puerta principal de la mansión vi al criado que salía de la casita. Una figura negra, a lo lejos, un maldito alfiler de sombrero clavado en el cerebro… Supuse que venía de encender la estufa.

Entonces alguien me llamó. La voz suave, pero firme, de lady Ferguson tuvo la culpa de todo.

Venía del pasillo inferior, el que daba a las dependencias del servicio. Tuve que pararme en seco y volver atrás. La madre de Sarah, dulce y suave, era sin embargo tan tenaz como implacable. Cuando me dijo que quería comentar conmigo diferentes asuntos concernientes a la preparación de mi equipaje, supe que me costaría un buen rato librarme de ella.

El criado debió de entrar por el rincón trasero, justo al otro lado del hueco de escalera, porque de pronto me llegó el aroma de las hierbas aromáticas que estaban próximas a la puerta de las cocinas.

Yo solo pensaba en James, le imaginaba leyendo frente a la ventana que daba al río, quizá uno de nuestros libros, los que yo había leído para él, y lady Ferguson hablaba sin parar, con aquella voz que era como la lluvia de invierno, continua, incansable, penetrante.

Casi corrí ladera abajo. El corazón se me salía del pecho. Cuando llegué a la casita del río tuve que respirar muy hondo para que James no me oyera jadear. Aplaqué el calor de mis mejillas, me alisé la chaqueta de lana… Entré.

No estaba en el sillón. No estaba leyendo frente a la ventana que daba al río.

¿Cómo fue? ¿Qué vi? Una puerta entreabierta por la que salían susurros. Como corrientes de aire, como soplidos de un ser infernal y desconocido… Susurros y algún extraño gemido. Tonta de mí, por un instante pensé que James se encontraba mal.

Fui hacia esa puerta. La veo ahora, una puerta de madera clara, sin barnizar, con varias capas de cera que seguramente había aplicado aquel criado, el mismo que acababa de dejar una botella de cristal labrado y dos copas de brandy en el velador. Y los susurros recorriendo el aire como lenguas esponjosas que se enrollan sobre sí mismas, los gemidos avanzando a tientas como ejércitos derrotados…

Y de pronto, allí.

En el quicio de la puerta.

Abandonados de cualquier manera.

Los zapatos de Frances. Los zapatos marrones de tres tiras que tanto me gustaban.

12

Necesitamos una pausa. Creo que nos servirá para digerir lo que acabamos de leer.

Lola ha suspirado y juro que yo he estado a punto de hacer lo mismo.

—Pobre —murmura con melancolía.

A lo mejor me engaño, pero me ha parecido que tiene los ojos húmedos. Por un instante, siento tanta ternura por ella como por la pequeña Rose.

Luego sonríe y se repone. Vuelve a la realidad. Es de nuevo esa mujer llena de entusiasmo y sensatez. «La mujer del librero», la llamo para mis adentros sin que ella lo sepa; no es una cuestión subordinada, es que empecé llamándola así porque conocí primero a su marido. Eso es todo. Pero nunca se lo diré porque me temo que no le gustaría en absoluto.

—Qué mala es la tal Frances —dice con eso que mi vecina llama desparpajo—, qué arpía, liarse con James.

Me hace gracia su comentario. Y por un momento me siento tan bien…

—Estará usted cansada de leer —digo cambiando de tema.

—No —responde alegremente; luego duda—. Bueno, un poco.

—¿Sabe qué voy a hacer?

Miro a través del pequeño escaparate. No llueve.

—Me acerco un momento al café de la calle Barquillo y voy a traer dos chocolates con churros para usted y para mí.

—Ay no, de verdad —protesta ella—. No hace ninguna falta.

—¿No le gusta el chocolate caliente?

Me mira de una forma muy expresiva.

—Me encanta —reconoce.

—Pues no se hable más.

Cojo el abrigo y levanto yo misma el mostrador para salir de la tienda. Justo cuando estoy a punto de abandonar el portal, me cruzo con una chica joven —no tendrá más edad que nuestra Rose— con gafas y flequillo. Lleva una de esas novelas románticas en las manos. Pobre muchacha…

No sé por qué motivo, en los bares de Madrid resulta tan difícil llevarse un chocolate caliente para tomarlo en otro sitio. Al camarero no le ha hecho mucha gracia el asunto de llevarme el chocolate en una bandeja. No se fiaba, así que he tenido que dejarle veinte pesetas de señal. En fin, a cambio de eso tenemos tazas calientes y los churros tapados con un paño limpio.

Son casi las once y media. Su marido volverá hacia la una o una y media. No me gusta la idea de que me vea allí dentro.

La chica de las gafas y el flequillo está todavía eligiendo su nueva historia de amor. En el mostrador, Lola ha puesto una caja de cartón donde están todas las novelas colocadas en posición vertical. La chica las saca una y otra vez para ver la portada.

—Es que ya las he leído casi todas —se disculpa.

Lola me mira con cara de impaciencia. Yo llevo la bandeja

sujeta con ambas manos y, sin que medie palabra alguna, ella aparta la caja, arrebatándosela de las manos a la jovencita, y me hace un hueco para que apoye la bandeja.

Esta vez la que suspira soy yo...

13

Las vacaciones acabaron y mi padre no vino a verme.

Tampoco fue Frances quien me llevó de vuelta al internado; lady Ferguson dispuso que fuera el chófer de la familia quien lo hiciera y yo me alegré, porque no deseaba ver a Frances ni en pintura.

Había escalado una hermosa colina, día tras día, hora tras hora, en aquellas intensas vacaciones de Navidad, y ahora, de pronto, estaba penosamente sentada en el suelo de mi propia realidad.

Aquel invierno fue terrible. Nunca me he sentido más sola. Por fortuna había libros, libros, libros… Historias en las que refugiarse, historias por las que huir. Libros.

El tacto de las hojas, el calor seco del papel, libros con sus lomos redondeados, de media pasta, en rústica, en tela, libros con nervios, con tejuelos, sin ellos, libros escritos hace cien años donde el calor de las manos ajenas ha dejado una historia hecha de tiempo. ¿Cómo sé tanto de libros? Ah… También eso es cosa de Henry.

Ese fue mi mundo, con eso me alimenté, de eso viví. Y como no podía ser de otro modo, tarde o temprano llegaron las vacaciones de primavera y el chófer de los Ferguson apareció en la puerta principal del internado. Hice el camino de regreso a Elsinor Park con un nudo en el estómago. Los libros no eran de mucha ayuda en esos momentos.

Al llegar sentí que era un lugar confortable y conocido. Una vez que has vivido en esta casa, ya no la encuentras tan extraordinaria. De hecho esa vez me pareció que todo era mucho más pequeño de lo que recordaba. Por ejemplo, la entrada, los jardines y las verdes laderas que la primavera había convertido en caminos mucho más transitables... Y el interior de Elsinor Park, que ahora resultaba casi cotidiano y familiar... Los cuadros y los muebles, las alfombras, las escaleras de mármol y los pasillos interminables, qué pequeños se habían vuelto de pronto, cuán familiares y faltos de grandiosidad. La costumbre es el principal enemigo de la fabulación.

La casita del río seguía allí, pero yo no me acerqué al lugar ni una sola vez. ¿Para qué iba a hacerlo? James no estaba en Elsinor Park. Se había reincorporado a la Armada y, según me dijo Sarah, estaba destinado en algún lugar del Mediterráneo. Por una parte me alegré, pero hubiera dado media vida por que no fuera así, por verle, por recuperar nuestras lecturas y nuestras conversaciones. Frances tampoco estaba. No pregunté a nadie por qué.

Fueron pocos días, pero muy saludables. Sarah y yo montábamos a caballo, jugábamos al tenis, salíamos a caminar por la carretera, hasta el pueblo, y allí tomábamos un té o curioseábamos en las tiendas de sombreros. Hablé mucho con Sarah esa primavera. Esta vez no hubo nada especialmente reseñable, ni una palabra sobre mi padre, solo cosas de chicas, recetas de pasteles, noticias de moda... Cuando regresé al internado me sentía muy bien y recuerdo que pensé que la vida tenía que ser así, fácil y liviana, y no esa tortura intensa y solitaria en la que se había convertido para mí. Me había criado en una granja, con una buena familia que me había enseñado el placer de la cordura, y eso estaba arraigado en mis costumbres. Lo otro, el pesar, el dolor, la amargura, no eran nada aconsejables, así que impulsada exclusivamente por mi propio discernimiento, decidí cambiar aquel estado de ánimo. Procuré relacionarme más con mis compañeras y leer menos, pero además elegí mejor mis lecturas; dejé de lado a los poetas románticos y a los escritores rusos, y me empeñé en estudiar cosas diferentes. Bien mirado, yo no era tan tonta.

La primavera inglesa es larga y tiene paciencia con las heridas del corazón que cicatrizan sin prisa pero sin pausa, y además los hechos se imponían: en abril submarinos alemanes habían hundido el transatlántico *Lusitania* y en mayo Italia y Bulgaria entraron también en guerra, cada una en un bando distinto. El mundo estaba dispuesto a hacerse añicos. Los hombres se habían propuesto matarse unos a otros, y ya nadie hablaba de otra cosa que no fueran batallas. Años después, muchos años después, le oí decir a Leonard Woolf, el editor de Hogarth Press, que la guerra de 1914 había destruido la esperanza de que las personas se estuvieran civilizando y que la había destruido de tal modo que, seguramente, Europa no podría reponerse de algo así.

Lo cierto es que entonces esas palabras no habrían significado gran cosa para la mayor parte de las alumnas de aquel colegio de señoritas, pero para mí eran importantes. Había creído ver de cerca las consecuencias del conflicto y en realidad no tenía ni idea de lo que verdaderamente era esa guerra. Aún no había visto nada; tan solo a un marino convaleciente, mimado y afortunado, que se dejaba mecer entre algodones mientras sus compañeros morían por miles; pero la juventud es arrogante y yo pensaba que ya lo sabía todo sobre los asuntos de la vida.

Por fin llegó el verano. Y con él, lo que yo más temía: unas nuevas vacaciones.

Frances vino a buscarme un día antes de lo que estaba previsto. Nunca fue capaz de llegar el día en que se la esperaba. O llegaba tarde o se adelantaba sin motivo, y por supuesto, sin avisar.

Tengo que reconocer que estaba guapa, distinguida, tan atractiva como siempre. Pero eso, lejos de producirme la admiración de antaño, reforzaba mi rencor. Se había cortado el pelo y lo llevaba suelto, a la altura de la nuca. También había acortado su falda, que seguía siendo recta, pero ya no le llegaba a los tobillos, sino por debajo de la pantorrilla. La blusa era una sencilla marinera con un ribete azul marino que hacía juego con la chaqueta de lana fina, que también lucía un ribete azul de idéntico tono. Parecía que viniera de las regatas, la verdad. Luego me enteré de que esa era la moda francesa para un triste verano en guerra y que el estilo inventado por mademoiselle Chanel tenía cada vez más adeptas entre las damas de la buena sociedad francesa.

Yo llevaba todavía el uniforme, mi trenza de siempre, y un malhumor considerable. Supongo que Frances se dio cuenta de mi actitud, pero aparentó no enterarse, algo que por lo demás sabía hacer a la perfección.

—Querida, ¿no vas a cambiarte?

Me senté bruscamente en el asiento del Morris Bullnose por toda respuesta. Ella se encogió de hombros y metió la maleta que yo había dejado al pie de las escaleras en el hueco posterior de mi asiento.

Condujo un par de kilómetros en silencio. Era evidente que había conseguido ponerla nerviosa, porque al cabo de un rato dijo:

—Rose, querida, ¿te ocurre algo?

Podía haberle dicho que sí, que estaba terriblemente resentida porque se estaba acostando con el hombre que yo amaba, un hombre, por cierto, que era mucho más joven que ella y además el hijo de su prima, pero incluso a mí me pareció una actitud ridícula. No obstante, necesitaba hacerle pagar mi dolor como fuera. Y no se me ocurrió otra cosa que sacar el asunto de mi padre. Sabía que era un tema tabú, así que me lancé dispuesta a clavar los dientes y no soltar la presa hasta que aullara de dolor.

—¿Dónde me llevas esta vez? ¿En qué familia van a recoger la basura del duque de Ashford? ¿Los Ferguson de nuevo?

Se puso pálida. Me había entendido perfectamente.

Hubo un silencio. Largo. Tenso. Yo me sentía llena de adrenalina, de la cabeza a los pies. El cuero cabelludo me ardía.

—¿Desde cuándo lo sabes?

Había clavado los dientes. Ahora era cuestión de no aflojar.

—¿Qué creíais? ¿Que nunca me iba a enterar?

Frances se rehízo. En cuanto pronuncié tres frases seguidas se tranquilizó. Al menos ya sabía a qué enfrentarse.

—No es tan grave, ¿sabes? Ahora te lo parece, pero piensa que muy pronto lo verás como algo casi normal.

—¿Normal? ¿Crees que esto le pasa a mucha gente?

—A más personas de las que crees.

—¿Ah, sí? ¿Tú tienes un padre y una madre? ¿Te han criado ellos?

—Las personas no somos todas iguales —rebatió.

Eso me enfadó aún más.

—Claro, hay señores, como mi padre, los Ferguson y tú misma, y siervos, como yo.

—No dramatices, querida. Sabes que no es así.

Sabía que estaba sacando las cosas de quicio, pero volví a la carga. En mi fuero interno creía tener una baza secreta.

—¿Y qué pasa con mi madre?

Frances detuvo el coche. Supe que la cosa se estaba poniendo seria, más seria seguramente de lo que yo había previsto.

Paró el motor. Se volvió hacia mí. No parecía enfadada, solo triste.

—Tu madre —dijo.

—Sí, mi madre —respondí. Pero mi voz ya no era tan segura como al principio. ¿En realidad quería saberlo?

—¿Qué te han dicho exactamente?

No era la Frances que yo conocía. No era esa persona inconsistente y frívola, descuidada y banal. Estaba seria, y sus ojos parecían más grandes y líquidos, como si estuviera buscando la manera de no llorar.

Bajé la vista.

—Nadie me ha dicho nada. Eso es lo malo, que nadie se ha molestado en hacerlo.

Extendió la mano, que llevaba cubierta por uno de sus guantes sin dedos. Rozó la mía suavemente, con ternura.

—¿Sabes quién era?

—No —respondí de súbito avergonzada. Quizá ya sospechaba que estaba siendo injusta.

¿Había dicho era? ¿Era?

—Tu madre era mi hermana. Se llamaba Margaret. Todos la llamábamos Maggie.

¿Era? ¿La llamábamos?

—Murió cuando tú naciste. Tres días después.

Con la mano medio enguantada, me acarició el pelo. La discusión me había trastornado de tal modo que pensé que ella notaría el calor ardiente que desprendía mi cuerpo antes aun de rozarlo, solo con acercar la mano a dos pulgadas.

—Tenía el mismo cabello que tú. Largo y abundante. Rubio como los campos de trigo.

Nunca había escuchado a Frances hablar con ese tono grave y melancólico.

—Era muy alegre —dijo—. Siempre reía y bromeaba. Le gustaba cantar. Lo hacía muy bien.

Por fin, después de tanto imaginar… Mis sueños infantiles, las cábalas nocturnas, los misterios de las tardes solitarias de invierno, las sospechas y las indagaciones, todo se concentró en aquel instante. Por fin lo sabía.

¿Qué sentí? Bienestar. La sensación de que alguien me ponía una compresa fría en un día de fiebre. Y también algo blando por dentro, como si mis órganos se relajaran y se aflojaran hasta expandirse dentro de un cuerpo que era el mío pero parecía mucho más ancho. Que había llegado al final de un largo camino.

—Eres mi tía —le dije a Frances.

Ella sonrió por primera vez.

—Sí, cariño —dijo abrazándome con fuerza—. Soy la única familia que tienes.

Dentro de ese abrazo sentí algo nuevo. Que decía adiós a una época de mi vida. De pronto, se me olvidó lo que había visto en la casita del río. O mejor aún, no lo olvidé, pero lo situé en el lugar que le correspondía. Frances ya no era Frances. Ahora era mi única familia. Por fin.

14

Lola cerró el libro lentamente, juntando las dos partes sin hacer el más mínimo ruido.

—¿Qué le parece? —me preguntó.

Recordé por un instante que yo le había preguntado lo mismo el primer día, cuando estábamos en la acera, con el frío inesperado de octubre.

—No sé —respondí—. Más íntimo de lo que esperaba.

Ella me dio la razón con un simple gesto.

El libro de Rose Tomlin nos llevaba tan lejos que luego era difícil regresar a la realidad. Y cuando volvíamos sentíamos la necesidad de saber que la otra estaba allí. Buscábamos compartir algo más, quizá la certeza de que *La chica de los cabellos de lino* nos interesaba a las dos por igual.

Era acertado el título, debo reconocerlo. Porque uno se la imaginaba perfectamente… Una chica con un marcado acento francés y una gran trenza rubia, tejida con cabellos dorados de diferente intensidad, como las semillas de lino. No sé si Lola se la imaginaba así. Solo puedo decir que, después de cada lectura, nos mirábamos como si hubiera un contacto físico entre sus ojos y los míos. Pocas veces he sentido esa sensación de complicidad. Quizá con Henry, pero era otra cosa, sucedía de otro modo.

Ahora éramos dos mujeres, una vieja y otra joven, unidas por un libro.

Supongo que para ella era distinto. Puede que solo tuviera curiosidad. Pero creo que no, que había también algo más. Las dos teníamos miedo de que la otra no mantuviera el mismo interés y que en algún momento la lectura nos defraudara. Entonces se acabaría todo.

Creo que se trataba de eso, sí. Nuestra relación personal era todavía muy endeble.

—¿Conoce usted a esos escritores de los que habla la autora? ¿Owen Lawson y ese tal Conrad? —comenté intentando eludir esa sensación.

—Mi marido es un devoto lector de Joseph Conrad —respondió—. Escribe libros de tipo..., no sé, masculino, ya sabe. Vida en alta mar, asuntos de honor, agentes secretos, batallas...

Hizo una pausa. Había hablado de corrido, con una espontánea naturalidad. Pero he de reconocer que sus observaciones resultaban tremendamente gráficas.

—A mí, para serle sincera, Conrad me deja más bien fría —continuó diciendo ahora de forma más sosegada—. A Owen Lawson no lo he leído; de hecho ni siquiera creo que esté traducido en España, pero me ha intrigado lo que cuenta de él. Si tengo un rato, me acercaré a la biblioteca a consultar la *Enciclopedia Espasa*.

Abrió un cajón. Sacó un par de caramelos envueltos en papel blanco, con letras negras.

—Son de malvavisco, ¿quiere uno?

Lo cogí. Era demasiado grande para hablar con él en la boca, así que me demoré en quitarle el envoltorio porque quería preguntarle algo.

—Ustedes no están muy conformes con la situación política que vive España, ¿verdad? Perdone que se lo pregunte así, a bocajarro, pero es que me da la impresión de que tanto su marido como usted han sufrido mucho durante la guerra.

Ella me miró sorprendida. Por sus ojos y su expresión pasaron con celeridad, como centellas, la desconfianza, el reconocimiento y finalmente la amargura. Imagino que en ese momento se preguntó quién era yo y en si podía sincerarse conmigo.

—Esa guerra costó tanto sufrimiento que aún no nos hemos repuesto —dijo al fin—. Nosotros y muchísima gente más.

Vi que le costaba sostener mi mirada. De nuevo se le habían nublado los ojos. Bajó la vista apesadumbrada.

—Yo quise que nos fuéramos —añadió al cabo de unos segundos—, que nos exiliáramos como otros amigos; casi todo el mundo que conocíamos salió de España de un modo u otro; unos a Francia, otros a Méjico, todos viven ahora vidas prósperas y felices. En países libres.

Por un instante noté su rabia, su protesta por algo que no se acababa de definir bien, pero que parecía una reclamación íntima, una de esas cosas que uno se reprocha a sí mismo y que son las más difíciles de solucionar.

—Claro que otros murieron —reconoció al cabo de un rato—. Y eso es peor.

Es curioso el modo por el que los humanos buscamos consuelo en los males ajenos. Curioso, sí, y quizá un poco inconfesable de primeras, pero desde luego funciona a la perfección.

—Nosotros no huimos porque mi marido estuvo condenado a muerte. Luego le conmutaron la pena y tuvo que permanecer varios años en un campo de concentración.

Hablaba con libertad. Debió de llegar al convencimiento de que una mujer extranjera era quizá la interlocutora más adecuada para desahogarse. Y lo hizo. Lentamente. Con una desconcertante sinceridad.

—Esta guerra ha sido demoledora, no solo por las muertes y la pérdida de nuestros derechos; lo peor de todo, al menos para mí, ha sido la pérdida de las ilusiones. Contra eso no he encontrado el modo de luchar. Porque al principio del levantamiento militar todo nos parecía una especie de aventura quijotesca: defender la libertad, los derechos de la clase trabajadora, la independencia de las mujeres...

Me miró durante unos segundos, sonrió con tristeza, y bajó de nuevo la vista, como si se avergonzara o, más bien, como si sus recuerdos pesaran mucho, tanto que no era capaz de cargar con ellos.

—Luego todo eso se convirtió en algo ruin, mezquino, miserable —confesó con la voz levemente temblorosa—. El dolor y el miedo lo arruinaron todo. Vi cómo a muchos de nuestros amigos solo les importaba salvar el pellejo y los entregados luchadores de antaño eran de pronto capaces de delatar, de traicionar y de abandonar a los suyos en la cuneta. Y en el fondo lo entiendo, no crea; solo lamento que Matías nunca quisiera hacer lo mismo. Nuestra vida sería muy distinta si nos hubiéramos ido a Francia, por ejemplo.

Tenía de nuevo los ojos húmedos cuando levantó la vista y concluyó:

—Así que entiendo muy bien a Rose Tomlin cuando dice que la guerra parece un poco irreal hasta que ves las consecuencias.

Me sentí muy mal por haber sacado el tema y quise distraerla de aquellos tristes pensamientos.

—Pues fíjese, yo pienso muchas veces en eso, porque solo era una niña cuando estalló la guerra de mil novecientos catorce —comenté a mi vez—, pero estábamos al tanto; las malas noticias llegaban incluso a Rodesia. Ahora bien, aunque conocíamos la magnitud del conflicto, en el fondo pensábamos que eran cosas que les sucedían a los otros. Y luego, cuando ya no había manera de mirar para otro lado, creímos que jamás viviríamos algo similar. Y ya ve, luego vino la Segunda Guerra Mundial y fue peor que la Primera. Afectó a todo el mundo, hubo muertos en Europa, en África, en el Pacífico, en el aire, bajo el mar. El mundo no aprende.

Ella debía de estar de acuerdo, porque murmuró pensativa:

—Sí, no sé por qué motivo nunca se aprende de los errores del pasado.

Traté de ofrecer una explicación. No era nada original, desde luego, pero podía resultar adecuada en esos momentos.

—Es propio de los seres humanos. Olvidamos el dolor siempre que podemos. Los animales, por el contrario, cuando han sufrido algún daño identifican el peligro rápidamente. ¿No ha oído eso de el gato escaldado del agua fría huye?

Sonrió por fin. Su belleza natural se acentuaba con la alegría. Debo reconocer que era un verdadero placer mirarla.

Al cabo de unos minutos, se levantó y puso el libro en el escaparate.

Me gustó verla moverse. Tenía una espléndida figura y cierta elegancia innata; sabía vestirse, usaba correctamente los complementos, era como un lienzo con un espléndido marco que refuerza su importancia. Últimamente me pasa. Me quedo prendada de los cuerpos ajenos, sobre todo el de las mujeres jóvenes. Quizá tenga que ver con la nostalgia de mi propio cuerpo joven, como si quisiera atrapar el recuerdo de lo que fui. Vamos, que al contemplar a Lola, a veces me siento como si estuviera mirando fotos antiguas.

Ya estaba de nuevo detrás del mostrador, y alineando distraídamente el papel de envolver, cuando de pronto se dio media vuelta, fue de nuevo al escaparate, cogió el libro, lo apartó a un lado y enseguida retiró el atril y el cartel.

La vi hacer todo eso en silencio.

—Nadie más que nosotras dos lo lee —dijo volviéndose hacia donde yo estaba y ofreciéndome una explicación que yo no había pedido.

Luego colocó en el espacio que había dejado vacío un par de libros de poesía y tres o cuatro novelas recientes de autores españoles.

—Está mucho mejor así —comentó cuando hubo terminado.

Yo no me levanté a verlo, pero lo miré al salir y era cierto, el pequeño escaparate tenía ahora un aspecto mucho más razonable.

—¿Vendrá usted más días? ¿Querrá seguir con la lectura?

—El próximo martes, si le parece.

No debía de haber dicho eso; yo no tenía por qué saber que ella se quedaba en la tienda determinados días de la semana. Podía dar la impresión de que les había estado espiando, como de hecho era, pero ella no se dio cuenta.

Alguien pasó por el portal. Caí en la cuenta de que en todo el rato en que ella había estado leyendo no había entrado ni un solo cliente.

—¿Puedo preguntarle algo?

—Por supuesto.

—¿Qué tal les va este negocio?

Esbozó una sonrisa un poco amarga. Me fijé que ese día llevaba la melena retirada de un lado y sujeta con una pequeña peineta de carey. No se había pintado los labios.

—¿Cómo va a ir? Mal. Peor que mal a veces.

—Su marido parece un hombre muy culto.

—¿Lo conoce?

Me di cuenta inmediatamente. Acababa de meter la pata. Si hubiera podido tragarme mis palabras, lo habría hecho sin contemplaciones.

—Lo he visto alguna vez… Al pasar por la calle. Siempre está leyendo o escribiendo.

—Ya… Sí, es muy culto. Pero no es un hombre de negocios. Por lo menos de este tipo de negocio. Antes de la guerra tenía una editorial y yo trabajaba con él. Luego la guerra se lo llevó todo, como dice Rose.

—En la historia de Rose parece que la guerra trajo otras cosas.

—Sin duda —reconoció sin reparar demasiado en mis palabras—. A nosotros también, si he de decirle la verdad. Nos ha dejado en la ruina pero nos ha unido más.

Se puso en pie. Yo también me levanté.

—¿Sabe? —dijo de pronto—. En el treinta y seis, antes de que los militares se sublevaran, vivimos una temporada en este edificio. Fue la primera casa que tuvimos.

Sonreía. De pronto se la veía feliz con sus recuerdos.

—Salíamos cada mañana para ir juntos a la editorial. Porque Matías, mi marido, era editor, ¿sabe usted?, y yo trabajaba con él; era traductora del francés.

No debió de darse cuenta de que me lo acababa de contar. O quizá necesitaba reforzar ese recuerdo. Sé muy bien qué es eso: a veces una necesita repetirse que es cierto, que vivió lo que vivió y sintió lo que sintió, para no caer en la tentación de pensar que fue solo un sueño. La realidad es frágil, muy frágil, cuando le das la espalda.

—Ahora ya ve, hemos venido a parar de nuevo aquí. Nuestra situación no es ni con mucho la misma, ya se puede imaginar, pero me gusta este edificio. Por eso cogimos el local, porque nos traía buenos recuerdos. Y porque conocíamos al anterior propietario de la época en la que vivíamos aquí.

Hizo un gesto brusco, borrando los pensamientos de un manotazo.

—Le he traído algo.

Ella se sorprendió. Saqué unas entradas del bolso.

—Ha sido usted muy amable dedicándome todo este tiempo, leyendo por mí. Le he comprado unas entradas de cine para que vaya con su marido. Es para ver una película de Rita Hayworth. Usted me recuerda mucho a esa actriz.

Se quedó muy quieta y, aunque resulte poco adecuado decirlo, con la boca abierta como una boba. Luego reaccionó.

—Pero… de ningún modo. ¿Cómo voy a…?

—¿No le gusta el cine?

—No es eso… Es que usted no tiene por qué compensarme de nada. Lo he hecho con mucho gusto.

Le tendí las entradas con determinación.

—Cójalas —insistí—. Son para esta noche. Para la sesión de las diez.

Las aceptó con una extraña formalidad, como si fuera un ritual o una ceremonia.

—¿Sabe cuánto tiempo hace que no voy al cine? Cinco años, por lo menos. Me había resignado a no volver hasta dentro de otros cinco.

Sonreí.

—¿Ve? Siempre hay sorpresas.

Levantó el mostrador para que yo saliera.

Iba a marcharme, cuando me di la vuelta. Ella tenía las entradas en la mano.

—No debe resignarse; es usted joven, parece valiente. Todo esto pasará tarde o temprano. Una situación política como la que se vive aquí no puede durar mucho.

15

Matías está sentado en la butaca del cine. Los fotogramas desfilan ante sus ojos sin que él les preste la más mínima atención. Está pensando en Adela. Ha ido esta tarde a verla. Está muy enferma, seguramente no saldrá de esta y necesita de todo… Necesita cuidados, afecto, apoyo económico. Y él tiene que contarle esto a Lola, pero todavía no sabe cómo hacerlo.

Tiene la cabeza como una trituradora. Las imágenes llegan, alborotan y se van. Luego vuelven bajo cualquier pretexto, todas mezcladas, sin orden ni concierto. Un corto viaje a Viena, con Lola. Cuando él todavía está casado con Adela y vive con ella en un piso de la calle Prim, muy cerca de la editorial. No tienen hijos.

Y de pronto huye de todo eso. Solo por unos días, con ella. Un hotel en el centro, cerca de una boca de metro. Las calles limpias, ordenadas, silenciosas, de una ciudad en las que nadie los conoce. Otro mundo, el mundo en el que, por un instante, Matías piensa que le gustaría vivir. Van a un concierto en el Konzerthaus; las entradas le han costado un dineral, pero es igual, será una vez en la vida y quiere que para ella este viaje resulte inolvidable. Están en un café en el que les ponen un bombón junto al terrón de azúcar. Es un local lleno de lámparas enormes, repisas hechas con listones de bronce entrecruzado, donde se dejan los abrigos y el sombrero, y mullidos asientos de terciopelo rojo. Están en este café cercano a la sala haciendo tiempo para ver dirigir a Bruno Walter, en un programa dedicado íntegramente a Mozart. Lola tenía este capricho; no había estado nunca en Viena, aunque les había oído hablar toda la vida a sus padres de ello, porque fue en Viena donde pasaron la luna de miel y donde, al parecer, la concibieron. Su padre lo ha comentado una infinidad de veces y la misma cantidad de veces su madre se ha ruborizado como una colegiala. Por eso Matías ha elegido Viena, ha querido sorprenderla con este viaje, el primero que hacen juntos. Lo ha preparado cuidando hasta el último detalle y se ha decidido —después de pensarlo mucho y descartar París y Roma, que parecían los destinos más apropiados para un viaje romántico—, por esta ciudad centroeuropea donde hace un frío de mil demonios, donde en el hotel les ponen un cobertor con una funda blanca, sin sábanas y sin manta, doblado a los pies de la cama. Es un edredón, le ha dicho Lola, está relleno de plumón de oca o de pato, te lo echas por encima y se adapta al cuerpo, no necesitas mantas porque conserva todo el calor. Esta ciudad donde todo es tan caro y huele siempre a mantequilla y a chocolate fundido, Viena, sí, Viena, ni París ni Roma, Viena, el lugar donde empezó la vida y se gestó la mujer de la que se ha enamorado perdidamente.

En el café. Ella lleva el pelo recogido en un doble moño, una parte más alta y otra casi a la altura de la nuca; se lo ha hecho ella misma en la habitación del hotel y, según le ha dicho, es el peinado que lleva una actriz de cine en una revista. También se ha puesto una especie de tocado gris perla, en forma de media luna, muy sencillo y muy elegante. Es primavera, pero hace frío. Los dos llevan abrigos de lana, los dos son altos, delgados, atractivos. A los dos les brillan los ojos.

Lola revuelve el café con la cucharilla, mientras esperan encontrarse cara a cara con Mozart. Lejos, en otra ciudad, hay una mujer que se llama Adela y no sabe nada de todo esto.

¿Hasta qué punto se siente culpable ahora de haberla abandonado? Matías se ha dicho a sí mismo mil veces y se lo ha repetido a Lola otras tantas: tienen derecho, todo el mundo tiene derecho a enamorarse de nuevo, a cambiar de vida, a corregir sus pasos. Pero esas palabras y ese convencimiento nunca han sido capaces de borrar del todo la culpa.

Y ahora, para colmo, esta maldita enfermedad que tiene a su ex mujer consumida como un cadáver, en una cama que era la suya y que ahora huele como la muerte. Hay una vecina que pasa a ayudar un ratito cada día, pero por lo demás Adela está completamente sola. No tiene a nadie. Matías ha acordado con la mujer que le prepare comida y le haga la limpieza a cambio de una pequeña cantidad de dinero. Él no puede hacerlo. Tampoco debe. Tomó un camino y, aunque en ese espacio donde radica la mala conciencia se arrepienta a veces, no puede andar a tientas y en direcciones distintas.

Ve a la muerte, y a la vez a una Lola mucho más joven, sentada junto a él en la platea del Konzerthaus de Viena, el vestido de seda azul grisáceo abombado sobre sus piernas cruzadas, los guantes y el pequeño bolso plateado durmiendo sobre el vuelo de la falda, mientras Mozart lo convierte todo en una fiesta. Ve también sus manos —la de ella, suave y de dedos largos, y la de él, ancha, cuadrada, de campesino— entrelazadas por las calles oscuras, cuando regresan al hotel, ella entusiasmada como una niña, hablando sin parar; él henchido de emociones contradictorias, a veces con un pequeño asomo de culpa, pero sobre todo con el orgullo, la satisfacción del seductor que ha utilizado sus mejores armas, el hombre de mundo que sabe cómo atraer a una mujer, y eso casi sin confesárselo ni a sí mismo.

En la pantalla del cine hay una mujer que baila. Se parece un poco a Lola, pero tiene las piernas demasiado delgadas para su gusto.

Ahora.

Quince años después.

Y nada ha cambiado. Todavía siente la culpa de haber abandonado a Adela y el deseo imperioso de hacer lo que sea con tal de retener a Lola a su lado. Dos emociones distintas, caminos que parten en direcciones opuestas.

¿Qué ha pasado? ¿Cuándo ha acabado la película? Vuelven caminando a casa desde la Gran Vía, del brazo, a veces de la mano, como antes, como en Viena. También esta noche hace frío.

—Adela se muere.

Ya está. Se lo ha dicho.

Lola se ha parado en seco. En su cabeza acaba de desembarcar la misma confusión que sentía Matías durante la proyección de la película. Ahora es ella la que se ve invadida por esos enigmáticos sonidos que avanzan a tientas como ejércitos derrotados… ¿Dónde ha oído eso? Rose Tomlin. Esa niña que se crió en una granja en Normandía sin saber que era hija del duque de Ashford. Tres únicas palabras, pero pesadas como fardos… Adela se muere.

—¿Cómo lo sabes?

—He ido a verla.

Un silencio largo, prolongado, como el frío de la noche de finales de octubre.

—Ya no se levanta de la cama. Parece un cadáver.

Suenan los pasos de él, amortiguados, como su voz. Los de ella, un zapato de tacón que resuena en los adoquines.

—Estoy dándole dinero a una vecina para que se ocupe. Ya sé que no nos sobra, pero tengo que hacerlo.

Espera la reacción de ella.

—Claro —dice Lola con una voz diáfana, sin asomo de duda—; haz lo que creas conveniente.

La conveniencia…

Si Adela muere, piensa Lola casi sin querer, yo dejaré de ser eso que soy ahora, la otra, la querida, la amante; podremos legalizar nuestra situación… No así exactamente, no con palabras tan claras y tan vulgares. De otro modo. Inconcreto. Las ideas fluyen sin premeditación y por tanto sin censura. Podríamos vender el piso de la calle Prim, o alquilarlo, y conseguir un pequeño desahogo económico…

Piensa a hurtadillas, pero piensa… Matías no querrá que nos casemos de nuevo, acudirá a sus principios y dirá que no necesitamos que el régimen franquista nos bendiga con sus falsas leyes y sus pantomimas; dirá que éramos marido y mujer antes de que declararan ilegal todo lo que habían legislado los representantes legítimos del pueblo, dirá eso… Pero si no lo dice, yo podría ir a casa de mis padres y darles esa alegría; mi madre podría dejar de mirar a las vecinas con recelo y vergüenza… Y luego piensa, de pronto, que a ella qué más le da, si en el fondo está de acuerdo con Matías… Pero la verdad, si es que hay alguna verdad, es que está cansada de resistir para nada, de esperar cuando todos los que estaban a su lado se han cansado de esperar. Esto es lo único que puede asegurar.

Las palabras se arrastran por el suelo.

Suben en el ascensor, primero en silencio. Matías abre la puerta y enciende la luz del recibidor, una tulipa de cristal mate con una bombilla de quince vatios. Recorren luego el pasillo, mientras las palabras caen a su paso, lentas, pesadas, como pedazos de plomo arrojados al mar. Lola va a la habitación y guarda el abrigo, se quita los zapatos y se calza unas zapatillas de piel azul marino que le ha regalado su madre, bonitas, como todo lo que su madre compra, con una pequeña cuña que le permite andar más cómoda y le hace parecer más elegante que esas rudas zapatillas de paño que ella tenía y que relegó inmediatamente al fondo del armario. Luego regresa a la cocina donde Matías fuma en silencio. Hablan de cualquier cosa, y las palabras siguen cayendo hasta que se acuestan abrazados, ella con la cabeza en el hueco del hombro de Matías, él con el brazo rodeándola por detrás. Por fin el silencio, o algo que se le parece.

—No queda café.

Es el día siguiente. Lola no tiene que ir a la librería, pero se ha levantado al mismo tiempo que él. Está cansada, ha dormido mal.

—No importa, tomaré leche.

—Es de ayer.

—¿Pero está buena? Estaba en la fresquera, ¿no?

—Sí, claro. La herviré, por si acaso.

Enciende la radio. Hay música, una melodía bailable que toca una de esas orquestas norteamericanas. Es una música alegre para un día de diario.

Matías ha encendido un cigarrillo.

—¿Te hago unas sopas? Queda un poco de pan.

—Bueno.

Una bocanada de humo le atraviesa la cara. Va hacia la ventana y la abre un poco, torciendo la hoja hacia la otra pared para que el aire frío no les dé directamente. Luego parte el pan en lajas muy finas, todo lo finas que la dureza de la miga le permite, apoyando la barra contra una servilleta que, a su vez, se apoya en el hueco que hay entre sus pechos. Echa el pan en la leche hirviendo y se va al baño. Cuando sale, limpia y vestida para estar por casa, Matías se ha ido. El suelo del pasillo se le antoja sembrado de palabras caídas.

16

Lo he pensado en el último momento. Eran ya casi las doce y media. Estaba un poco harta de la conversación de mi vecina. Se llama Amparo y es de un pueblo de La Rioja; una buena mujer, para qué decir lo contrario, pero pesada como el plomo. Me hace mucha compañía —incluso cuando no la necesito— y siempre está dispuesta a ayudar, pero me resulta terriblemente entrometida. Hay veces que llama a la puerta y no abro. Solo porque no se me instale en casa para el resto de la tarde. Esta vez he cometido el error de hacerlo; venía a preguntar si necesito algo de la tienda de ultramarinos, y le he dicho que no, pero le ha dado igual: ha sentado sus enormes posaderas en una banqueta de la cocina y se ha quedado rajando por los codos durante un buen rato. Al final he tenido que recordarle la hora que era y entonces se ha sobresaltado, como hace siempre, le han entrado unas prisas terribles y casi me ha dado a entender que era culpa mía si se quedaba sin patatas. En cuanto se ha ido, he decidido dar un paseo y quizá acercarme hasta la librería.

Madrid es una ciudad que me gusta. Ni demasiado grande, ni demasiado pequeña. En las mañanas de otoño, cuando los niños ya van a la escuela y las amas de casa se disponen a preparar la comida, la ciudad queda en manos de los desocupados o los que trabajan por su cuenta: viejos como yo, chicos que hacen recados, dilatando el reparto mientras se fuman un cigarrillo, mujeres que pasean por los barrios elegantes del centro mirando escaparates, monjas y curas que no sé adónde se dirigen, ni me importa, que hay que ver la cantidad de monjas y curas que hay en España… Me cruzo con un hombre que arrastra una carretilla y con otro que lleva colgada en bandolera una caja de herramientas… En la esquina de Gravina, junto al mercado, casi tropiezo con un pescador que sin duda viene del Manzanares, con su caña y su cesta de mimbre… Y pasan cosas nimias pero divertidas. Por ejemplo, ese hombre que viene de pescar se cruza en la esquina con una mujer de aspecto un poco… digamos alegre, que seguramente se acaba de levantar después de una noche agitada, y coinciden en el mismo bar; él va a tomar un vaso de vino y ella un café… Los imagino en la barra, uno cerca del otro, con sus vidas tan distintas, y pienso que quizá hablen entre ellos de cosas sin importancia, del frío que ya está aquí, del gato que se acerca a olisquear la cesta de mimbre o de si el tabernero echa agua al vino… En fin, esta es la ciudad en la que he decidido vivir.

Hoy, antes de que se me presentara en casa la vecina, me ha llamado Constance. Era una conferencia desde Londres. Sigue con sus polémicas y sus abogados. Quiere que le dé una respuesta o que nos entrevistemos en Londres, pero yo le he contestado que ahora no puedo, que tengo muchas cosas que hacer en Madrid. No es cierto, pero Constance no puede saberlo.

Luego he pensado en la familia, ese círculo estrecho donde conviven el amor y la intransigencia. Las palabras de Constance resuenan junto a mis pasos sobre la acera de baldosas levantadas.

«Casarse con un hombre adecuado», justo lo que yo no hice. Claro que yo no soy Constance, no nos parecemos en nada. Ni para lo bueno, ni para lo malo. Por ejemplo, jamás tendré su arte a la hora de organizar esos tés y esas cenas que Constance preparaba para todos, Henry incluido, cuando todavía no existía España en nuestras vidas y nadie tenía la sospecha de que un día fuéramos a parar aquí. Los recuerdo perfectamente: una gran mesa de mármol en el centro de los dos sofás tapizados en un difuso tejido de chenilla azul, una bandeja de plata labrada con tres pisos, scones rellenos en uno, sándwiches variados en otro, galletas horneadas por ella misma en el tercero, y luego los pequeños recipientes individuales con mantequilla y mermelada de arándanos hecha también —cómo no— por la propia Constance. Pero sobre todo, los impecables manteles de hilo bordado y las tazas de porcelana, los cubiertos de plata siempre relucientes y ese exquisito gusto que se hereda junto a las tierras, la renta anual y el color del pelo. A eso hay que sumar las disputas, las rencillas y los secretos rencores. Eso son las familias. Henry siempre se reía de eso. Al final yo también lo hacía.

Al doblar la esquina de su calle, veo que el librero está bajando la persiana. Consulto mi reloj de pulsera y veo que aún no es la hora de cerrar; tampoco es martes, ni jueves, así que me pregunto qué pasará. Sigo pensando en Constance y sus cenas de veinte invitados, mientras me planto en la acera como un pointer dispuesto a seguir el rastro. Puedo hacerlo casi sin pensar, mientras recorro mentalmente la mesa del comedor vestida con el mantel de encaje, la vajilla inglesa y las copas de bohemia, y veo a Constance dando órdenes a los criados, con ese tono familiar y firme que antaño me sorprendía tanto en otras mujeres. Puedo ir tras él según comienza a andar por la acera de la librería, y cuando dobla la esquina, y le sigo mientras mi cabeza está distraída con imágenes de Constance recibiendo a los invitados en el vestíbulo, impecable, serena, dominando la situación. Sí, voy siguiéndole sin ningún tipo de intención, de forma casi automática. Y luego Constance se aleja y yo caigo de pronto en la realidad. También ahora la ciudad es un espacio conquistado por la excepción. No hay mujeres que se afanan, ni niños que salen de la escuela, ni apenas coches. Debe de ser casi la hora de comer porque algunos comercios, la farmacia de la calle Barquillo, por ejemplo, están bajando la persiana. La farmacia cierra antes que el resto de las tiendas, no sé por qué. No seguimos la ruta habitual, la que lleva al librero a casa de sus clientes; ahora vamos por la acera izquierda de la calle Barquillo hasta el cruce con Almirante. Luego el hombre coge Conde de Xiquena y desemboca en la calle Prim.

Una vez pasado el teatro Marquina, entra en un portal y yo espero a que suba las escaleras para acercarme a la portería. Se ha oído una puerta. Sé que ya no puede oír nada de lo que yo diga.

Veo que hay portería, y me acerco procurando demostrar esa naturalidad que me hace parecer totalmente inocente. Una mujer abre el ventanuco de la garita.

—Fíjese —le cuento a la portera, después de darle los buenos días con mi sonrisa más cordial—, creo que acabo de ver entrar en este portal a mi sobrino. Ahora mismo, le he llamado pero no me ha debido de oír.

—¿Ahora mismo? —pregunta ella.

—Hace un segundo —certifico—. Debe de estar todavía subiendo.

Sale de la garita. Es una mujer gruesa y colorada, con un delantal de rayas negras y dos imperdibles que le sujetan el peto al jersey de lana.

—Señor Matías —grita asomándose al hueco de la escalera.

Yo sé que el señor Matías no puede oírla.

Se vuelve y me mira con curiosidad.

—¿Y dice que es su sobrino?

—Bueno, sobrino por parte de mi marido —miento con decisión.

—Ah, claro… —recapacita la mujer, que ya se ha dado cuenta de que no soy española—. Pero no sabía que el señor Matías tuviera familia en el extranjero.

—No, no, si vivimos en Madrid desde hace mucho. Pero a mí, no sé por qué, nunca se me ha ido el acento. Yo soy inglesa, pero mi marido es de Cuenca.

—Pues suba usted, ¿no?

Titubeo.

—Es que… no quisiera molestar.

Ella recapacita.

—Claro, ya entiendo. Esa pobre mujer se está muriendo.

¿Qué mujer? ¿A quién se refiere? Creo que mi expresión indica claramente que no sé de qué me habla.

—La señora Adela —me explica muy desenvuelta—. Una enfermedad muy mala, no tiene cura.

Espero en silencio a que prosiga. Ella me mira y agita la cabeza como si las dos supiéramos de qué se trata.

—La gente dice que es porque él, su sobrino de usted, la dejó por otra. Se separaron hace años, antes de la guerra, ¿sabe? Pero qué tonterías digo, eso usted ya lo sabe. Y mejor que yo.

No entro al trapo del comentario, sobre todo porque quiero saber algo más.

—Ha dicho usted que se muere.

—Eso he oído, a mí nadie me lo ha confirmado oficialmente, y además no tendrían por qué; yo aquí solo soy la portera, pero hay una vecina que se encarga de cuidarla y dice que el médico no le da mucho tiempo de vida. Por lo visto sufre muchos dolores, está todo el día en un ay. Debe de ser horrible esa enfermedad.

Vuelve a agitar su redonda y colorada cara en señal de pesar.

—Ahora él viene todos los días, desde que se ha enterado, porque antes no aparecía por aquí. Que se entiende, si ya no vivían juntos ni había nada entre ellos… Aunque si quiere que le diga la verdad, su sobrino no se ha portado muy bien. Si uno se casa, eso es para siempre, aquí no somos como en el extranjero, que la gente se divorcia por cualquier cosa y se vuelve a casar todas las veces que les da la gana. Y si no, mire usted las actrices de cine, todas esas que hoy tienen un marido y mañana otro…

Empieza a hablar como si le hubieran dado cuerda, mientras en mi cabeza asoma el rostro de Lola, los ojos y la sonrisa melancólica, hermosa como si ella también fuera una de esas actrices de cine a la que la cámara está enfocando, y oigo sus palabras por encima del irritante parloteo de la portera, «en el treinta y seis, antes de que los militares se sublevaran, vivimos una temporada en este edificio. Fue la primera casa que tuvimos. Salíamos cada mañana para ir juntos a la editorial. Porque Matías, mi marido, era editor…». Y ahora, por fin, entiendo lo que ella añora con tanta intensidad.

—… porque digo yo, las cosas son como son, y aquí hay mucho sinvergüenza, que no lo digo por su sobrino, válgame Dios, que con nosotros siempre se portó bien cuando vivía con la señora Adela, un hombre intachable parecía, muy culto, eso sí, y un poco…, ya me entiende usted, un poco rojeras, de esos que estaban a favor de la república. Yo callada, porque ahora de eso no se puede hablar, pero entre usted y yo, y sin que nadie nos oiga, su sobrino de usted estuvo en la cárcel, eso todo el mundo lo sabe, y ahora fíjese qué desgracia la pobre señora Adela, después de lo que ha pasado la buena mujer…

Me despido como puedo, precipitadamente, antes de que Matías salga de nuevo y me pille chismorreando. Creo que la portera empieza a sospechar de mí, pero por fortuna yo ya he doblado la esquina.

No me gusta dormir la siesta. Luego me levanto mal, aturdida, desorientada. El cuerpo me pesa como si hubiera tres personas dentro de él.

He soñado. Eso sí me gusta. He soñado con un paisaje que todavía puedo ver, durante unos minutos; luego desaparecerá al codearse con la realidad. En las praderas de montaña hay una hierba alta, como tiras de escoba; está tumbada por el viento, y quemada por las heladas. Sé que estamos ahí, pero no puedo vernos. Solo veo los penachos de esa hierba de color ceniciento que se mantiene aplastada contra la tierra de finales del invierno y la sensación incómoda que produce pisarla.

Me acerco a la ventana. Quiero tomar un té, pero no lo haré de momento, porque sé que en cuanto me ponga a hacer algo el sueño se desvanecerá. Me acerco a la ventana y miro distraídamente el atardecer de otoño, con los árboles marrones y las hojas por el suelo. Está nublado y queda poca luz. Dentro de nada será de noche. Flotando desordenadamente por la conciencia me quedan un par de sensaciones agradables: la luz del sol primaveral, la hierba helada y el rumor del agua abriéndose paso desde las cumbres. Sobrevivir, ese es el verdadero sentido de mi sueño. Permitirse el lujo de sobrevivir.

Hoy he sabido dónde viven mis amigos los libreros. He seguido a Matías cuando por fin ha salido de la casa de la calle Prim. Soy tenaz, ya lo dije desde un primer momento, y en esta ocasión en concreto necesitaba ver con qué aspecto bajaba de la casa de esa otra mujer. Parecía muy abatido, la verdad. Casi nos hemos tropezado cuando ha llegado a mi altura, pero no me ha reconocido, no se ha dado cuenta, de hecho creo que me ha esquivado sin verme realmente. Tenía un rictus muy amargo en la boca. Me ha dado lástima.

Luego he caminado detrás de él, algo que ya se ha convertido para mí en una rutina, y le he visto entrar en un portal, ciertamente humilde, en la calle que está a espaldas del edificio de la Telefónica. He imaginado que vivían ahí porque ha sacado las llaves del bolsillo y ha subido el primer tramo de escaleras con los hombros bajos, como si le pesara el cuerpo tanto como a mí me pesa ahora mismo. Qué pena de pareja.

Las sombras de mi sueño se han marchado. Ahora es cuando caliento la tetera y me instalo en mi sillón preferido con el libro de Katherine Mansfield que compré la semana pasada. El cuento que da título al libro me encanta, *The Garden Party*, «La fiesta en el jardín», sería en español, y cualquiera de las dos versiones me parece adecuada al espíritu del libro en su conjunto. A veces, antes de empezar a leer un libro, sobre todo si es nuevo, me gusta tenerlo un rato entre las manos. Henry decía que yo calentaba los libros como los ingleses las teteras antes de empezar a preparar el té. Pues sí, me gusta hacer esto. Es un pequeño ritual que forma parte de mi peculiar manera de acercarme a la lectura; necesito tocarlo, reconocerlo con la palma de la mano. Lo recorro con las yemas de los dedos, despacio, muy despacio, hasta que la rugosidad del papel —de la piel o de la tela—, me resultan conocidas. Toco el libro para que nos conozcamos mejor.

Mientras leo el primer cuento, me parece oír a Constance que dice: «¿Suspender la fiesta? Mi querida Laura, no seas loca. No podemos hacer nada de eso. Nadie espera tal cosa. No seas extravagante». Podrían ser sus propias palabras. Perfectamente. Y el muerto podría ser cualquiera de nosotros. Ella no se inmutaría.

Me ha puesto triste esta historia. Tiene ese poder, desde luego. Por alguna extraña coincidencia, la protagonista del relato de Mansfield, Laura, me recuerda un poco a Rose Tomlin, *La chica de los cabellos de lino*. Pienso que tiene la misma espontánea forma de comportarse y esa curiosidad por la vida que hará de ella una mujer perspicaz en el futuro.

O quizá no, puede que yo esté equivocada. La próxima vez que vea a Lola le pediré que leamos un par de capítulos seguidos. Necesito ir avanzando.

Sí. Leeremos más deprisa. Es necesario.

17

Cuando Matías llegó a casa, Lola ya había comido. Eran casi las cuatro de la tarde.

—Estaba preocupada —dijo cuando él se acercó a besarla.

—He ido donde Adela.

—Eso imaginaba. ¿Cómo está?

Matías movió la cabeza con pesar. Lola no necesitó que añadiera nada más.

—¿Quieres que vaya esta tarde a la tienda? Tú puedes pasar la tarde con ella. No me importa.

—No, no hace falta. Mañana es sábado, me acercaré después de comer.

—Bien, entonces yo también aprovecharé y pasaré un rato a ver a mis padres.

Algo se había metido entre los dos, algo oscuro, feo, desolador. Lola lo sentía perfectamente. Había ocurrido de pronto, pero era inútil creer que la culpa la tenía solo la enfermedad de Adela. Sentía que habían agotado una época y que empezaba otra. Eso le producía una tristeza infinita.

Matías comía en silencio. Encendió un cigarrillo sin haber acabado los garbanzos y un pequeño pedazo de papel quemado cayó sobre ellos, planeando en el aire con su efímera brasa incandescente, lo que le confirmó a Lola que estaba realmente preocupado. Se acercó y le pasó una mano por el pelo. Él levantó la vista y la miró con esos ojos negros que de pronto parecían vacíos de cualquier sentimiento.

¿Se evitaban? Quizá. Desde luego no se buscaban el uno al otro. La casa se les había llenado de pronto de palabras huecas y sin sentido, palabras que andaban por los suelos y que ellos iban pisando al trasladarse de una habitación a otra. Por las noches, cuando se acostaban en la misma cama, las palabras vacías creaban una bolsa opaca que los separaba.

Los sábados por la mañana la radio estaba muy animada. Lola había estado limpiando los cristales y los marcos de las ventanas al son de los éxitos musicales del momento, Luis Mariano, Juanito Valderrama, Jorge Sepúlveda —que cantaba con mucho sentimiento *Monasterio de Santa Clara*— y lo mejor de todo, la orquesta de Pérez Prado tocando *Qué rico el mambo*, una música alegre que a Lola le recordó a Rita Hayworth y la película que habían visto en el cine hacía poco.

Había bailado un poco mientras pasaba los periódicos con amoníaco por los cristales. Era divertido hacer las faenas de la casa así, con esa música de baile que la invitaba a imaginar que una estaba en una sala de fiestas elegante. Cuando la guerra, era lo que más echaba en falta, la música para bailar que dejó de oírse en la radio. Hubiera querido ponerla a todo volumen cuando los Junkers alemanes intentaban acercarse a Madrid y los «aviones mosca» rusos les salían al encuentro. Se oía el zumbido, primero lejos, luego más cerca, y siempre tenía miedo de que a ese ruido de motor le siguiera la explosión de una bomba. Había visto caer varias, todos los que se quedaron en Madrid lo vieron en una o en otra ocasión, y siempre era igual: el humo primero, los gritos ahogados, el terrible silencio que se producía como si la bomba hubiera acabado con el mundo entero y ya no quedara vida por ninguna parte, el polvo de los edificios al derrumbarse, una polvareda que se elevaba por encima de los tejados y podía verse a un kilómetro de distancia, y finalmente esa peregrinación en busca de las ruinas y los cuerpos aplastados. Escombros. Odiaba los escombros.

Una vez. Durante la guerra.

La ciudad retumba al otro lado de una ventana gris. Ella está en el piso donde su padre pasa consulta; ha ido allí no sabe exactamente a qué, no quiere recordarlo. A suplicar, quizá.

No hay pacientes, hoy no es día de consulta. Su padre le ha pedido que vaya para entrevistarse con una persona.

—Es muy influyente —ha dicho—, si él no puede, nadie puede.

Ahora está delante de ese hombre. No es un militar, tampoco un policía, y sin embargo parece las dos cosas a la vez.

—¿Así que se trata de su marido?

Tiene la voz aceitosa, la mirada turbia y el gesto de quien está dispuesto a causar daño. Madrid todavía no ha caído en manos de los nacionales, pero todos saben que la derrota es inevitable.

—Así es —responde ella con todo el aplomo de que es capaz.

El hombre se vuelve hacia el padre.

—Pues yo tenía entendido que el tal Matías Reguero estaba casado con Adela Ramírez. No estaremos hablando de un bígamo, ¿verdad?

Lola baja la vista. Se esfuerza en ser amable, pero el fastidio se le nota en la cara y su padre, que está presente durante toda la entrevista, la mira con severidad.

—Nos casamos por lo civil, cuando él se divorció.

El hombre suelta una risita breve.

—Pero en España somos católicos. Aquí no hay divorcio que valga.

Su padre se pone visiblemente pálido.

Lola sabe en ese preciso momento que el hombre al que han recurrido no hará nada por ellos. Entonces, cuando asume que es imposible salvar a Matías, levanta el rostro y le mira de frente.

Los torturadores tienen esa expresión ante su víctima. Lola se da cuenta. Está jugando con ella.

—Hubo divorcio —responde con insolencia—. Y todavía lo hay. Ustedes aún no han ganado esta guerra.

Y entonces cae la bomba. Luego dijeron que había caído en la calle Alcalá, cerca del edificio de la Junta de Defensa, pero en aquel instante, cuando el estruendo traspasó la ventana gris y entró en la consulta, cuando se apagaron todas las luces y el hombre pretendió sobarla en la oscuridad, poniendo las manos donde no debía con esa exasperante lentitud de dueño y señor, le pareció que la bomba había caído en la habitación en la que se encontraban. Y entonces fue cuando ella gritó, pensando que su padre haría algo por defenderla…

Escombros. En la calle. Un hombre con un brazalete y un abrigo largo. Silencio. Polvo. Las tropas nacionales entrarán en Madrid dentro de muy poco, Matías ha caído prisionero y ya no hay nada que hacer. El mundo será de esta gente.

Nunca se lo ha dicho a Matías, pero esa tarde, cuando cruzaba hacia Cibeles, confusa y derrotada, sin energía, pensó que, si le fusilaban, ni siquiera iba a ser la viuda de Matías Reguero. Y como no tenía nadie más cercano al que odiar, odió a Adela por eso.

Y ahora Adela se muere.

Es curioso. Lola siempre se sintió culpable, y aunque Adela se portó muy mal con ellos, con frecuencia disculpó su comportamiento. Quizá porque entendía sus motivos. Matías le dejó todo, la casa, los muebles, el poco dinero que había en el banco, pero no pudo dejarle lo que nunca había tenido del todo, su amor, y eso los tres lo sabían. Y mientras este secreto a voces convertía a Lola en la ganadora de una guerra secreta, a ella, a Adela, la dejaba humillada y resentida, con el certificado de víctima en regla.

En la radio Tomás de Antequera canta el *Romance de la reina Mercedes*. Qué ñoño se ha vuelto todo en estos años, qué ridículo, cursi y falso. Matías tiene razón. La radio retransmite mentiras, incluso cuando solo ponen música.

Otra vez Adela. Y la culpa ahí, intacta, sin remedio. A veces se enfada consigo misma. ¿Culpa de qué? ¿Acaso ella no tiene el mismo derecho al amor que Adela? ¿Es que no cree en la libertad de elegir y decidir por encima de todo? ¿O va a darle la razón a su padre cuando dice que su matrimonio con Matías no es moralmente lícito? Se para frente al cristal reluciente. Ve su imagen reflejada sobre una sombra oscura que le sirve de fondo y en la que reconoce la pared opuesta de su propia casa. Ahí está ella. El pelo protegido bajo un pañuelo anudado en lo alto y el entrecejo fruncido, mayor de pronto, más vieja de lo que se imagina a sí misma. Y también ve, casi reflejada en el cristal, esa duda permanente sobre lo que está bien y lo que está mal. Sabe que hay algo en su interior que es burgués y convencional; la rancia educación a la que la sometieron durante toda su vida está tan arraigada que, a veces, se sorprende pensando que su destino haya sido el de ser la otra, la querida, la amancebada, la ilegal.

Pero ahora Adela se muere. Y las cosas pueden cambiar.

Se ha quedado subida en la banqueta y junto a la ventana limpia. Ve la calle, la acera bajo los árboles de hojas muertas, una vista sorprendente, como si de pronto estuviera volando. Todo su cuerpo está en el aire, suspendido sobre el vacío estrecho de fachadas ennegrecidas y ventanas sin flores. Hay un colchón sobre la barandilla del balcón de la casa de enfrente. Y Lola recuerda la única vez que vio a Adela.

Matías y ella aún no vivían juntos. Fue dos días después de que él se lo dijera. Que había otra mujer y se iba con ella. Que quería divorciarse. Que ya no la amaba. Que necesitaba ser libre para empezar de nuevo. Seguramente no se lo dijo así, con estas mismas palabras. Pero tal vez fue así como Adela lo entendió.

Y una tarde, cuando regresaba a casa después de haber estado besándose hasta la extenuación con Matías en un banco del parque, se encontró con una mujer sentada en el salón de casa de sus padres. No era fea. Ni guapa. Llevaba un sencillo vestido de fondo azul con pequeñas florecitas blancas, el pelo recogido en un escueto moño y unos zapatos abotinados con la puntera negra. Estaba sentada, muy tiesa, las piernas clavadas en el borde de la alfombra, tensa, aferrada al bolso de charol con tanta fuerza como si temiera que alguien quisiera arrebatárselo.

Su padre estaba de pie, con la chaqueta puesta y una mano descansando en el bolsillo del chaleco.

Toda la escena respiraba tensión. Lo percibió de inmediato,

antes incluso de llegar a la conclusión de que aquella mujer sin atractivo alguno era la esposa de Matías.

¿Qué quería?

¿A qué había venido a esa casa?

La odió inmediatamente. Sin remedio. La odió por meter a sus padres en el asunto, por hacerlo antes de que ella pudiera contarles nada, por arrebatarle las riendas de lo suyo. La odió.

Fue su padre el primero en hablar. Su rostro lo decía todo.

—Esta señora tiene algo que decirte, Lola.

La mujer no habló enseguida. La miraba de arriba abajo, evaluándola. Luego se echó a llorar sin ocultar el rostro, ni las lágrimas, ni el gesto desdeñoso, haciendo de su dolor un estandarte que desplegaba ante su rival con entusiasmo, porque le daba derecho a odiarla y a demostrar ese odio sin el más mínimo recato.

Lola se dejó caer en el sofá, en la esquina más alejada de la butaca en la que se sentaba ella. No quería verla, apenas podía mirarla. Pero todavía era peor aguantar la mirada de su padre.

—Usted es muy joven —oyó que decía aquella extraña que se había colado en su casa—, puede encontrar a otro hombre. Míreme, yo no tengo a nadie más, ni siquiera tenemos hijos.

Lola guardó silencio. ¿Qué podía decir?

—No tiene derecho —prosiguió ella—; es indecente, inmoral.

Intentó conservar la calma porque todos esperaban que ella dijera algo.

—Yo... —titubeó.

—Usted no tiene vergüenza —insistió la mujer con voz histérica—. Está destrozando un matrimonio. Es usted peor que una...

Lola empezó a sentir algo más que odio o lástima. Empezó a sentir furia.

Se levantó antes de que la otra acabara la frase, antes de escuchar una palabra que no estaba dispuesta a escuchar.

—Váyase de esta casa —dijo sin asomo de arrepentimiento. —Su padre carraspeó, queriendo hablar. Pero Lola no se lo permitió—. Hable con su marido —añadió implacable—. Es con él con quien tiene que aclarar su situación. Aquí no tiene usted nada que hacer, ¿me entiende? —Se dirigió a la puerta—. Y no vuelva a presentarse en esta casa nunca más.

Luego salió del salón dando un portazo, corrió hacia su habitación y lloró durante horas.

Ha terminado los cristales y los contempla con satisfacción. Sabe que lloverá en cualquier momento o que el hollín de las estufas los ennegrecerá rápidamente, pero no le importa porque hoy piensa ponerse su vestido negro escotado, el abrigo color cereza y una cinta roja en el pelo, y luego, sin que medie otro motivo que la alegría de estar viva, piensa ir a buscar a Matías a la librería, colgarse de su brazo y venir juntos a esta casa donde ya no hay palabras en el suelo porque ella ha tenido el valor y las ganas de barrerlas todas.

Mientras ocurran cosas como esta estarán a salvo. Matías se ha alegrado al verla entrar en el portal unos minutos antes de cerrar la tienda. Guapa como nunca, con el abrigo abierto y un vestido negro escotado que se ata con una tira ancha al cuello. Y estarán a salvo porque ella es capaz de presentarse por sorpresa como si fuera la primera vez que aparece en su vida. ¿Por qué la quiere tanto? ¿Por qué la desea aún? Llevan más de quince años juntos. Han pasado mucho, y algo de ese mucho habría podido destruir el amor, y sin embargo aún está loco por ella. Así es. Justo como no suelen ocurrir las cosas en esta vida.

Sonríe.

—Dios mío —le dice en voz muy baja—, a veces se me olvida lo guapa que eres.

Ella protesta.

—¿Ah, sí? ¿Cuándo se te olvida?

Él es rápido de reflejos.

—Cuando me porto como un tonto que se distrae con tonterías. ¿Sabes qué vamos a hacer?

Ha bajado la persiana. Está echando el candado.

—¿Qué? —pregunta ella impaciente.

—Te voy a invitar a un vermut.

Esta vez no piensa protestar, de ningún modo.

—Una mujer así hay que lucirla, sería un verdadero crimen que la disfrutara yo solo.

Ella se ríe con la ocurrencia.

—¿Seguro? —le provoca.

—Eh, ver y no tocar… Que se mueran de envidia todos esos babosos. Ya sabes que a veces puedo ser muy cruel con tus otros admiradores.

Ya están en la calle. Sobre los tejados del fondo hay nubes y claros, el cielo otoñal de Madrid. Empiezan a caminar uno junto al otro, por la acera.

—Qué bobo eres… —dice Lola colgándose de su brazo.

Y él sabe que es cierto.

18

Boca arriba, casi sentado, la camiseta interior ajustada al pecho y una sábana blanca con el embozo arrugado. Está fumando, mientras Lola dormita cubierta hasta el cuello con la colcha. Tiene que ir a ver a Adela, pero quiere retrasarlo lo más posible, porque se le hace muy cuesta arriba.

El médico iba a pasar hoy por la mañana. ¿Qué habrá dicho? ¿Cuánto le queda por sufrir aún? Necesita pensar en otra cosa, algo que le saque de ese infierno doloroso y sucio. Ayer tuvo que ayudar a cambiar las sábanas, restos de heces, orines y sangre, todo mezclado en aquella habitación que fue la suya un día… En aquella cama… Apenas pudo contener las náuseas. Se siente fatal. Como si alguien lo arrastrara por los pies e intentara llevarlo donde no quiere ir. Tiene que pensar en otra cosa… En otra cosa… En otra cosa…

La mujer del pelo blanco.

Es lo mejor que le ha ocurrido en los últimos días. Esa pródiga clienta que le ha salvado la semana al llevarse cinco libros que él no pensaba vender jamás. ¿Quién va a querer comprar libros en inglés en este barrio? El sábado pasado también vino. Empieza a gustarle verla aparecer por la tienda con sus cómodos zapatos planos y su metro setenta y cinco —es tan alta como él—, siempre ágil y risueña. Desde luego, parece muy culta. Hoy han hablado de Conrad.

Ella le ha preguntado si podría conseguirle unos cuentos. «The Anarchist», «The Informer», «The Brute» o «Il Conde», ha enumerado. En inglés, por supuesto. Matías no ha querido darle falsas esperanzas; lo intentará, ha dicho, pero si no los encuentra en inglés se ha ofrecido amablemente a prestarle un ejemplar de los cuentos completos que tiene en casa, en castellano, por supuesto.

—No sabía que Conrad estuviera traducido en España —comenta ella, evitando aceptar o rechazar el ofrecimiento.

Matías recuerda haber comprado ese libro —como los otros de Conrad— en París, en su viaje de novios, cuando llevó a Adela a la ciudad más maravillosa del mundo y ella se pasó todo el viaje asustada y temerosa como una pueblerina. Ni siquiera consiguió que se comprara un vestido o un bonito sombrero. Todo le parecía caro, atrevido o extravagante.

No puede evitarlo. Vuelve a Adela una y otra vez. ¿Por qué se casó con ella? Por cansancio, quizá, pero nunca estuvo realmente enamorado. Lo intentó, pero Adela tenía ese carácter mezquino y nervioso que conseguía rebajar cualquier gesto romántico... Enseguida lo convertía todo en algo zafio y crispado. Como es natural, odió inmediatamente todo lo que tuviera que ver con sus actividades políticas, y eso acabó por cercenar lo poco que habían conseguido conservar de un matrimonio que hacía aguas por todas partes.

—Ay...

Lola se despereza.

—... me había dormido.

Matías la contempla desde esa media altura en la que se encuenta. No hay una mujer más guapa en el mundo, hasta adormilada es hermosa, con el pelo revuelto y ese rubor que le queda en las mejillas siempre que hacen el amor… Ella dice que es porque le pincha con la barba, pero no es del todo cierto. Ha probado a no rozarle la cara y el rubor persiste. Lola no lo quiere admitir, pero esa tez encendida… Bueno, él sabe.

—Duerme, que es temprano aún.

Ella se da media vuelta y emite un suspiro de placer.

Él juega a hacer aros con el humo del cigarrillo mientras anda de un pensamiento a otro, sin control.

Veinticinco pesetas. Es lo que le ha pagado la mujer inglesa por los libros. Y él le ha prometido que le prestará *Lord Jim*. Y una edición mejicana, de 1925, de *El alma del guerrero y otros cuentos*.

—Los editores mejicanos se atreven con autores que en España están prohibidos —observa ella.

Matías le da la razón. Y entonces la mujer inglesa dice algo que le sorprende.

—Ese libro, me fijé el otro día en él, el que se titula de esa manera tan curiosa, *La chica de los cabellos de lino*…

No entiende adónde quiere ir a parar.

—También está editado en Méjico, creo.

Es cierto. Se lo prestaría con mucho gusto, está convencido de que le va a gustar, pero no lo hace porque Lola le ha dicho que lo está leyendo.

Cuando la mujer se despide él piensa en lo que va a hacer con esas veinticinco pesetas. Invitará a Lola a un café como el otro día, o a un aperitivo en el Metropol. Y luego, por un segundo, se pregunta cómo es que la mujer del pelo blanco sabe que el libro se ha editado en Méjico.

19

No sé muy bien qué pretendo. Esto de hacerse vieja tiene estas cosas, que como te queda poco tiempo, adquieres un descaro y una falta de precaución envidiables. Te da todo igual. Ser viejo es casi tan liberador como ser rico.

«Soy una jaula a la caza de un pájaro», dice un autor que he leído hace poco. Es checo y se llama Franz Kafka.

Quizá sea eso.

Quizá estoy intentando atrapar una vida que no es la mía. No lo sé.

Los domingos, si hace bueno, suelo ir a dar un paseo por el Retiro. Desde mi casa hay apenas diez o quince minutos.

A mi paso, desde luego.

Bajo por las Salesas, cruzo por delante de ese palacete que tiene una hermosa glicinia enredada en la verja y entro en el Retiro por la puerta de la calle de Alcalá. Me cruzo con familias que van a pasar el domingo en los alrededores del estanque y con los niños que corretean nerviosos en dirección a la Casa de Fieras. A veces se me cruza en el camino una de esas bicis de alquiler y otras una pelota de cuero que golpean un par de jovenzuelos...

A menudo voy anotando mentalmente la gente con la que me cruzo, o las escenas callejeras que me sorprenden. Juego a llevar una cámara fotográfica invisible, con la que capturo toda clase de situaciones. Nadie que vea a esta mujer de cierta edad, de aspecto cuando menos inhabitual, alta, de piel y cabellos blancos, calzada con unos cómodos zapatos planos y vestida con una gruesa chaqueta de lana irlandesa, nadie, digo, sospecharía que va registrando todo lo que ve con intención de guardarlo con cuidado para el futuro.

Sí. Eso hago.

Y ahora estoy sentada en un banco, como una apacible abuelita, bajo el sol tibio de noviembre, porque ya es noviembre, domingo 4 de noviembre para ser exactos. Ya ha pasado el día de Todos los Santos, y el día de Difuntos, ya ha pasado el duelo anual de los españoles por sus muertos. Yo no fui al cementerio ese día; estaba persiguiendo a un hombre de casa en casa, por las calles de Madrid, un hombre que no es de mi familia, ni mi novio, ni mi amante, ni mi marido. Un apuesto librero al que me ha dado por seguir en secreto. Si Constance me viera… No lo entendería. Desde luego que no.

Es igual, yo tengo mi propio día de Difuntos. Y no cae en otoño, precisamente.

Si cierro los ojos puedo verlo. Perfectamente. El suave calor de la primavera. Los encinares, las franjas ocres y verdes de los cultivos de trigo, los barrancos secos y las alamedas que delatan el curso del agua. El matorral donde viven liebres y conejos, las rocas medio ocultas.

Henry y yo.

Hemos recorrido ese paisaje que ahora es para siempre el paisaje de la muerte. Tras estos ojos que mantengo cerrados le veo volverse hacia mí y sonreír. No quiero que lo haga.

Por favor Henry.

No te vuelvas, no sonrías…

Abro los ojos con gran esfuerzo y vuelvo a este apacible parque del Retiro donde la gente parece feliz y despreocupada. Guy de Maupassant decía que nuestra memoria devuelve la vida a los que ya no la tienen. Y es cierto. Por eso va la gente a los cementerios. Para sentir que los muertos no se han ido del todo. ¿Qué sentirá Matías ahora que su anterior mujer se muere? Me gustaría tener con él la misma confianza que he adquirido en poco tiempo con Lola, que fuera tan comunicativo como ella y me contara cómo se siente ante este hecho evidentemente trágico, pero que en cierto sentido simplificará su vida, imagino. No debe de ser fácil en esta España intransigente y católica tener dos mujeres. ¿Y Lola? ¿Qué pensará de la otra, de esa tal Adela que vive en la calle Prim? ¿La conocerá? ¿Habrá hablado alguna vez con ella? Me inclino a pensar que sí.

Henry también estaba casado cuando nos conocimos. Constance me lo advirtió, pero ya era demasiado tarde cuando lo hizo. También era del todo irrelevante, al menos para mí, y si me hubiera advertido antes me habría dado exactamente igual. La vida cambia y nosotros cambiamos con ella. Y sin embargo, si uno se enamora de una persona y quince años después ya no la sigue amando, eso nos escandaliza. ¿Dónde está escrito que el amor tenga que durar siempre? Por favor… Si todos los que somos adultos sabemos bien que el amor aparece y desaparece, que esa es su condición natural… A no ser, claro, que ambas partes sean lo suficientemente inteligentes para ir transformándolo al unísono.

A veces pasa. Pocas, pero pasa. Y hay veces en que una separación dolorosa convierte el amor en algo eterno. O eso, al menos, cuentan algunas novelas.

Veo a una niña con un gorrito de lana blanco. Tiene un triciclo con la pintura desconchada debajo del sillín, y pedalea con dificultad. Sus padres se han instalado en uno de los veladores que hay junto a la barandilla del estanque y han pedido unas gaseosas. A veces se acerca hasta el banco en el que yo estoy sentada, me mira muy seria y se va empujando el triciclo con los pies en el suelo, como una tortuga.

He traído un sándwich. Se está tan bien aquí que no me apetece ir a casa a comer. Luego tomaré una cena ligera, a media tarde. En plan inglés. Bueno, las señoras españolas de mi edad salen a merendar un chocolate con churros. Tampoco está mal.

También he traído mi libro, el de Katherine Mansfield. Quiero volver a leer ese cuento, *The Garden Party*, aquí, al aire libre, entre los gritos y las risas de los niños, para ver si me ocurre con él lo mismo que en la soledad de mi casa.

Empieza de un modo muy poco convencional:

«Y, después de todo, el tiempo era ideal».

¿Hay una forma más sutil y extraordinaria de presentar una historia?

Esa primera frase… «Y, después de todo, el tiempo era ideal…»

Como si fuera la continuación de algo, como si ya hubiéramos hablado del asunto. O hubiéramos pensado en ello.

Si no fuera tan escéptica, diría que estoy obsesionada con esa pequeña historia. No sé muy bien por qué. Creo que solo intento descubrir por qué me interesa tanto.

No es una cuestión trivial, eso puedo asegurarlo. Hay gente

que conozco en ese cuento. Y cosas que he visto con mis propios ojos. Esas calles estrechas, ligeramente empinadas, con casas de un feo color oscuro, todas iguales, una pegada a la otra. Hay parterres descuidados y humo con olor a grasa de cordero saliendo de cada chimenea. He intuido también toda la amplia gama de grises y negros desvaídos, y el olor a sudor de las ropas de los pobres, su calidad desgastada, porque son los obreros de las fábricas inglesas, no los pobres del campo como aquí, los verdaderos desfavorecidos en la sociedad inglesa. Bueno, Katherine Mansfield no dice tanto. Pero dice sin decir.

Por ejemplo:

«Dile que traiga ese delicioso sombrero que usó el domingo».

Ese delicioso sombrero.

Esas mismas palabras u otras parecidas las habré dicho yo ¿en cuántas ocasiones?

Cierro el libro y lo dejo sobre el banco. Se ha nublado. El agua del estanque se parece de pronto a la del mar, tiene un brillo metálico, como de mercurio. Por un instante diría que es un espejo. No, muchos espejos. Porque se ha levantado de repente un viento frío, que sacude la superficie del estanque anunciando agua, y cada una de esas pequeñas olas brilla de forma espectacular y revierte la luz hacia fuera. El fondo del estanque con sus carpas enormes y su fango viscoso han desaparecido. Va a llover. La gente lo sabe. Algunos reman con fuerza para llegar cuanto antes a la orilla y otros abandonan las sillas de madera y los veladores que hay junto al pretil. Yo no me muevo. Todavía no. Tengo unos buenos zapatos, una gabardina y un gorro de lluvia. En invierno nunca voy sin él, es mi seguro de vida.

Una sola vez en mi vida cogí un catarro, y fue tan fuerte que se convirtió en una pulmonía. Por lo demás, tengo una salud envidiable. Henry, por el contrario, sufría de los bronquios y con frecuencia tenía ataques de asma. Aunque hacía ejercicio, nunca practicaba deportes bruscos, como el tenis o el fútbol; le gustaba caminar durante horas o montar a caballo si estábamos en Croft House. Por lo demás, creo que no le vi nunca nadar siquiera. Según Constance, las personas de cierta clase —y por cierta clase entiéndase gente que tiene que ganarse el sustento trabajando— no acostumbran a practicar ningún tipo de deporte náutico, como la vela y la natación.

—Creo que no les gusta mucho el agua, querida.

Y lo decía con esa voz irritante, desganada, terriblemente esnob.

La verdad es que a mí Constance nunca ha conseguido sacarme de quicio. En eso sí que soy inglesa. Puedo escuchar sus estupideces como si oyera llover. Y a Henry le pasaba otro tanto. Recuerdo el día en que se lo presenté. Bueno, ellos habían coincidido antes, pero ninguno de los dos se acordaba del otro. Fue en aquella boda… De hecho, dudo que hubieran cruzado siquiera un simple saludo. Habíamos vuelto de París por el tema de la herencia y pretendíamos alojarnos en Croft House, puesto que la casa era prácticamente mía, pero no sé cómo acabamos en Lambeth Hall, el lugar en el que Constance se había hecho fuerte. Creo que fue por pura maldad, para que nos sintiéramos sus huéspedes, o para que yo fuera tomando conciencia de que ella era, en realidad, la única heredera.

Desde luego, yo no tenía ningunas ganas de volver a Inglaterra, eso por supuesto; estaba divinamente en nuestra bonita y soleada casa de la rue Censier. Qué hermosa aquella casa típicamente parisina, con sus mansardas alineadas en el tejado de pizarra y sus vistas al Jardin des Plantes. Un poco bohemia, eso sí, pero el barrio era tan alegre y pintoresco que cada vez que ponías el pie en la calle sabías de antemano que ibas a presenciar algo extraordinario, divertido, o simplemente francés, porque Francia, y en concreto París, siempre fue ese escenario donde todo podía representarse.

Éramos muy felices allí, no sé por qué aceptamos regresar. Henry no quería. De ningún modo. Llevábamos una vida algo desordenada, como tantos otros extranjeros, americanos e ingleses sobre todo, que habían recalado en el París de los años veinte y que vivían de espaldas a los convencionalismos, incluso a veces de espaldas a sus propios países de origen. En París se diluían las nacionalidades, nunca podías sentirte otra cosa que francés.

Aquella vida invulnerable… Estábamos a salvo de todo y de todos…

Sí, era un hermoso sueño.

No es difícil volver a él; solo tengo que cerrar los ojos un instante, convocar las imágenes y aquí estamos, jóvenes de nuevo, inconformistas, reventando de vida y de entusiasmo… Henry trabajaba toda la mañana y luego, a media tarde, salíamos sin rumbo fijo, a la aventura, una tertulia literaria en un café, la exposición de un pintor conocido, una velada en casa de unos amigos… Era fácil. Era delicioso. La vida era sorprendente e impredecible.

No recuerdo que pasáramos ningún apuro económico, ninguna necesidad; más bien al contrario, creo que vivíamos con una alegría totalmente despreocupada y que no nos privábamos de nada. La cara que puso Constance cuando le dije que Henry era poeta y que trabajaba como traductor para ganarse la vida…

—Querida…, pero eso es horrible… ¿De veras tiene que trabajar?

Ay, mi buena Constance… Cuántos momentos de diversión nos procuraste sin saberlo… Henry te imitaba con tanto acierto que yo enfermaba de risa, y a veces tenía agujetas por las carcajadas. Eras divertida, querida Constance, tonta pero divertida.

El tema de la herencia nos acercó primero y nos alejó después. Como era de suponer, si me paro a pensarlo un segundo. Entra dentro de lo razonable, teniendo en cuenta que se trata de Constance. Lo que ya no es razonable es que el asunto colee todavía, tantos años después. Cuando nuestro padre murió ya teníamos muy claro lo que pensaba dejarnos a cada una. Era algo que se había negociado de antemano. Yo recibiría una renta anual, suficiente para poder hacer lo que me diera la real gana el resto de mis días, y como única propiedad Croft House, la casita de Kenton, con sus pastos inservibles y sus árboles abatidos por el viento, unos quince acres que conforman una minúscula península asomada sobre el mar. Constance, a su vez, heredaría Lambeth Hall y las tierras que pertenecían a la familia desde hacía más quinientos años. Pastos, bosques, bestias y criados… Una herencia a la medida de cada una, eso tengo que reconocerlo.

Cuando Constance vio por primera vez a Henry se quedó impresionada, desde luego. Era alto, bien parecido, con unos modales y una distinción que para sí hubiera querido el memo de su marido. Yo le había hablado de él, por supuesto, así que sabía que no tenía ningún título, ni propiedades, ni siquiera posibilidades de heredar algo más que una sencilla casa de campo en Chester, que era donde vivían sus padres. Pero lo que realmente impresionó a Constance no fue su estatura o su distinción. Lo que subyugaba de

Henry era su particular modo de conducir una conversación, la forma tan increíblemente inteligente con la que sabía taladrar las barreras y muros de los convencionalismos sociales sin que pareciera algo violento o fuera de tono. Al cabo de un par de horas, fuera quien fuera su interlocutor, Henry conseguía esa comunicación intensa y profunda que algunas personas tardan años en conseguir.

Claro que eso pasa con el común de los mortales. Constance es harina de otro costal, que diría mi vecina Amparo. Cuando nos quedamos a solas y yo creía que había caído en sus redes, fue cuando ella me preguntó con ese tono falsamente vacuo:

—Querida…, pero eso es horrible… ¿De veras tiene que trabajar?

Lo cual quería decir en realidad ¿qué haces con ese pobre diablo que seguramente no es otra cosa que un cazafortunas?

Cierto, era insoportable, pero su bobería nos proporcionaba tantos buenos momentos, tantas situaciones divertidas, que Henry y yo se lo perdonábamos todo. Incluso el modo en que decidió comunicarme que Henry estaba casado. Realmente fue memorable. Todavía no se me ha olvidado…

—No querría —esa voz de nuevo, aguda y falsa— de ningún modo meterme donde no me llaman, querida, pero es algo que tengo que decirte, porque no puedo callarlo, te lo aseguro; nunca me lo perdonaría si mi silencio…

Recuerdo lo que le contesté. Estábamos las dos solas, desayunando en uno de los veladores del jardín.

—Al grano, Constance.

Me miró alarmada, como si de pronto yo me hubiera convertido en una peligrosa delincuente, con lenguaje y maneras de delincuente. La verdad es que me divertía escandalizarla.

—Pues, verás —titubeó—, los Yelverton, tú no los conoces, no creo que los hayas frecuentado porque pasan largas temporadas en Andover, pues eso, que tienen un amigo que conoce a tu dichoso Henry. Y verás, querida —puso una mano sobre las mías, en actitud maternal—, esto sé que te va a doler terriblemente, pero quiero que lo sepas ahora, es necesario. Y también te digo de antemano que puedes contar conmigo para cualquier cosa, de corazón, para cualquier cosa que necesites.

—Al grano, Constance.

Sí, seguramente yo estaba siendo cruel, pero creo que hasta ella se dio cuenta de que se lo merecía. Dio un respingo, como si se sintiera de repente ofendida, pero el deseo de contarme lo que había descubierto pudo más que su propia dignidad.

—Está casado.

Así lo dijo, a bocajarro. Y me miraba con esos ojos azules que soltaban destellos de una incorpórea y sorprendente malicia. Claro que, en lo que a malicia se refiere, yo le daba mil vueltas a Constance.

—¿Y…? —pregunté con mi mejor sonrisa.

—No me dirás que lo sabías.

Se llevó una mano al pecho, a la altura del escote, como si estuviera a punto de quedarse sin aliento. Pero yo sabía que solo era un estúpido gesto sin sentido.

—Por supuesto, querida, claro que lo sé. ¿Por quién me tomas?

—¿Pero entonces…?

Di un lento mordisco a mi tostada. Con deliberación pasé la lengua por el borde donde había quedado un grumo de mermelada.

—Me gusta que esté casado —dije encogiéndome de hombros y sirviéndome un poco más de aquella deliciosa mermelada que, según dijo, había hecho ella misma.

—¿Quieres decir que no te importa en absoluto? —insistió.

—Pues sí —respondí reproduciendo ese tono afectado tan suyo—. No me importa en absoluto. Es una situación fantástica, querida. Él es perfectamente libre de hacer lo quiera y yo aún más.

Fue ese día, supongo, cuando Constance se dio cuenta de una vez por todas que yo no era la estúpida despreocupada que ella había creído en un primer momento. Y supongo que fue entonces también, cuando decidió poner su herencia a salvo.

Ya no lloverá. El viento se ha llevado las nubes y vuelve a lucir el sol en el parque del Retiro. La niña del gorrito de lana y su familia han desaparecido. Me pregunto dónde se habrán refugiado finalmente. De pronto me preocupo por los niños y sus triciclos despintados, los abuelos con su paso renqueante, las patatas fritas y las botellas de gaseosa. Un festín dominical que ha desaparecido bajo las nubes oscuras.

Henry murió en la primavera de 1939. Han pasado doce años, pero yo sigo aquí. Y no me iré hasta que sepa que descansa en paz.

20

—Odio este régimen. Con todas mis fuerzas. Odio a los militares, a los falangistas, a los curas, a la gente que mira para otro lado… Pero necesito un poco de resignación, porque no quiero vivir en un estado de rabia permanente.

Estaban hablando de la situación en la que quedó España tras la guerra civil. El tema lo había sacado ella, la mujer del pelo blanco, pero era Lola la que acababa de pronunciar estas amargas palabras. Lo soltó sin ningún tipo de precaución, y cualquiera que pasara por el portal habría podido oírla.

Apenas eran las diez y media de la mañana. Afortunadamente estaban solas en ese pequeño mundo lleno de libros. Fuera llovía de manera insistente.

—Entiendo. Sé lo que es eso.

—¿Lo sabe? —Lola miró a su interlocutora con curiosidad—. ¿Esa rabia que te hace sentir vergüenza de ti misma…? —insistió como si no pudiera creer que aquella inofensiva mujer, de aspecto sosegado, fuera capaz de albergar tanta furia contra todo y contra todos.

Alice asintió.

—Es como un impulso violento, ¿verdad? Una agresividad que te convierte en otra persona, en alguien capaz de hacer daño.

A Lola no le cupo la más mínima duda de que conocía el estado de ánimo del que estaban hablando.

—¡Sí! —exclamó. Nunca había sabido explicarlo muy bien, pero era eso, exactamente eso.

—¿Ustedes no tiene hijos?

Lola se quedó un poco extrañada; la pregunta, hecha a bocajarro, no parecía propia de Alice, tan discreta y respetuosa en sus comentarios. Tan británica, vamos.

—No —respondió indecisa.

—Nosotros tampoco los tuvimos.

Se dieron cuenta de la incongruencia al mismo tiempo. Alice reaccionó con rapidez, cuando todavía Lola intentaba replantearse algo sobre un hijo ingeniero que trabajaba en la minas de Riotinto.

—Quiero decir Henry y yo. Fue mi segundo marido, ¿sabe?

Fue entonces cuando Lola sintió de nuevo esa ligera desconfianza que ya había sentido otras veces, ese algo que no cuadraba. Pero sistemáticamente, cada vez que aparecía una incongruencia, Alice lo arreglaba todo antes de que ella se lo hubiera hecho notar. Por eso desechaba la sospecha. Y porque, en el fondo, eran detalles que no tenían la más mínima importancia.

—Nos casamos en París, cuando abandoné Rodesia —explicó Alice con total naturalidad—. ¿Recuerda que se lo conté? Vendí la granja y me fui a Europa con mi hijo, que estudiaba en un internado inglés… Conocí a Henry en Francia, allí me casé de nuevo, esta vez enamorada y convencida. Fui feliz, muy feliz con él… —Hizo una corta pausa y añadió—: Y luego enviudé.

Movió la cabeza, negando algo que Lola no pudo saber muy bien qué era.

—En fin… Que le preguntaba si tienen hijos porque los hijos canalizan ese sentimiento del que hemos hablado de una manera mucho más lógica, no sé, mucho más natural.

Lola seguía sin entenderla muy bien.

—Quiero decir… Una madre es capaz de matar por sus hijos, ¿verdad?

—Sí, supongo que sí —respondió dudosa—. Si les pasa algo… Si están en peligro…

—Y eso, a nadie le parece inhumano, ¿verdad?

Esperó su reacción.

—Sí, puede ser —respondió Lola un poco a la fuerza.

—Pues cuando algo o alguien nos ataca, cuando nos sentimos en peligro, se produce en nosotros el mismo fenómeno. Es un instinto. Defendemos a nuestras crías con la vida y nos defendemos a nosotros mismos por igual motivo, porque lo llevamos escrito en la sangre; es eso que llaman el instinto de supervivencia de la especie. ¿Sabe usted qué son los genes?

—Perdone un segundo.

Lola se había levantado para atender a un hombre que venía con un niño. El chiquillo apenas llegaba al mostrador. Les vendió un cuaderno de rayas, un lapicero y una goma. Luego el hombre, que debía de ser el abuelo, le preguntó al nieto:

—¿Quieres que te compre el pizarrín?

El niño se puso tan contento que tartamudeaba de emoción. Cuando cogió la pequeña pizarra enmarcada en madera cruda, la agarró con tanta fuerza como si se la fueran a quitar.

—Denos también una de esas cajas de tizas de colores —añadió el abuelo.

Sonreía satisfecho. Lola le devolvió la sonrisa.

—¿Quieres que te lo envuelva? —le preguntó al niño.

Él negó con energía. Se llevó su rectángulo gris verdoso apretado contra el impermeable. Desde lejos, parecía que llevara alguna clase de tesoro: un polluelo vivo, una rana, un pastel de merengue... Alguna clase de sueño que hubiera atrapado antes de despertar.

Cuando volvió a sentarse en el taburete, Alice le preguntó:

—¿De qué hablábamos?

—De los genes.

—Ah, sí. ¿Ha oído algo de esas investigaciones sobre la herencia biológica?

—Más o menos. Poca cosa, la verdad. Aunque he leído hace poco un artículo en una revista.

—Bueno, yo no tengo ninguna formación en este sentido, desde luego, pero me gusta mucho el tema de la evolución. Tal vez no sea capaz de explicarlo correctamente, pero me pregunto muchas veces cómo es posible que un individuo de mediados del siglo veinte recuerde instintivamente lo que aprendieron en la Edad de Piedra sus antepasados.

A Lola aquel artículo también le había parecido sumamente interesante, aunque Matías le dijo que las investigaciones genéticas estaban todavía en pañales.

—Yo tuve un perro hace años —siguió diciendo Alice—, un labrador negro, noble, tranquilo, precioso. Una vez, cuando apenas era un cachorro, lo llevamos de paseo por el campo. Era una zona tranquila, no había ningún peligro. Pues bien, de pronto echó a correr como un loco. Pensé que había visto un conejo o una liebre, pero cuando lo alcancé lo encontré restregándose con un entusiasmo casi obsceno en los restos de una oveja muerta. Se revolcaba una y otra vez, envolviéndose con aquella carroña, el lomo, el cuello… Me produjo, como comprenderá, una terrible repugnancia; pero cuando llegué a casa y se lo conté a Henry, se rió. ¿Sabe qué me dijo?

—¿Qué?

—Que eso tenía que ver con sus genes. Y que actuaba por instinto. El instinto del cazador. Se envuelve en un olor que no es el suyo, se enmascara, para poder cazar sin que la presa lo detecte. Y usted dirá, ¿pero era un perro de caza? En absoluto. Y era un cachorro, apenas cuatro meses, nunca había visto una oveja antes. Pero su instinto le hizo comportarse así. Cuando regresábamos a casa yo iba asqueada, furiosa, y él se pavoneaba feliz, como un muchacho que va al baile con un traje nuevo. No puedo recordarlo sin reírme. —Hizo una nueva pausa—. Así que no se angustie si a veces tiene deseos de matar a alguien. Piense simplemente que es humana. Y que la violencia tiene que ver con su instinto, no con su voluntad.

Lola lo entendió por fin. Toda aquella charla había tenido el único objetivo de absolverla. Sintió una vez más una sensación de complicidad con la mujer inglesa. Miró con algo que se parecía al afecto a aquella mujer madura que estaba sentada en la única silla de la tienda, vestida con un traje de chaqueta jaspeado, entre gris y pardo, austero, propio quizá de una institutriz. En la solapa lucía un broche sencillo, una circunferencia de oro cruzada horizontalmente por un diámetro que ocultaba el alfiler.

—Gracias —dijo Lola con una sonrisa.

—No tiene por qué.

Lola se decidió entonces a preguntar algo más.

—Echa en falta a su marido, ¿verdad?

—Mucho. —Su compañera de lectura se quedó en silencio durante unos segundos. Parecía ensimismada. Luego agitó la cabeza y dijo—: ¿Sabe por qué?

—Porque le quería, supongo.

—Exactamente. Sí, ya sé que es…, no sé cómo dicen ustedes…, una perro…

—Una perogrullada.

—Eso, una perogrullada. Pero fíjese que el hombre adecuado no es el que nos ama más, sino el que hace que nuestro amor nos mueva, nos descubra algo que no sabíamos de nosotros mismos.

—¿Quiere decir que es más importante amar que ser amado?

—Había estado enamorada otras veces —siguió diciendo Alice como si no la hubiera oído—, y creía que de forma intensa, pero Henry consiguió hacerme sentir emociones que yo ni siquiera había sospechado que existieran dentro de mí. No tenían que ver con él o sus cualidades innegables; eran sensaciones que tenían que ver conmigo misma. Él era en parte ajeno a todo eso.

La mujer inglesa había puesto una de sus manos sobre la parte alta del pecho y ahora acariciaba distraídamente el broche de su solapa.

—Yo creo que no podría seguir adelante si a Matías le ocurriera algo.

Se quedaron pensativas las dos a la vez, quizá recorriendo cada una su propio mapa sentimental.

—Estuvo condenado a muerte —dijo Lola con tristeza.

—Lo sé, me lo contó el otro día. Es terrible. Inhumano.

—Le salvamos a base de recomendaciones y de llamar a todas las puertas. ¿Y sabe qué le digo?

Alice respondió con un sencillo movimiento de cabeza.

—Yo hubiera sido capaz de cualquier cosa. De cualquier cosa...

De repente la imagen estaba ahí, en un lugar que la mujer inglesa no podía ver: un hombre apretando sus pechos en la oscuridad... Y en ese mismo lugar oscuro y secreto, que Lola situaba entre las cuencas de los ojos y el interior de los oídos, estalló de nuevo aquella maldita bomba.

Lentamente Lola volvió a la realidad, dejando por el camino un reguero de malos pensamientos.

Estaban allí.

Ella y esa mujer que tenía una vida tan distinta a la suya.

Las dos. Hablando de sus cosas.

Sintió deseos de contárselo. Esa escena que la atormentaba día y noche, ese borrón negro en su elegante y limpia caligrafía de buena chica que hablaba francés y era hija de un médico.

Lo que no le había contado nunca a nadie.

No lo hizo. Se levantó y encendió la luz de la tienda. Un plafón de cristal mate que llevaba años pegado al techo. Ya estaba cuando la tienda era una relojería y cada vez que ahora la enciende ve la sombra de los insectos que han ido muriendo dentro. Un día que Matías la desatornilló para cambiar la bombilla, encontraron un montón de polillas y mosquitos que se volvieron polvo al tocarlos con el plumero. Siempre se ha preguntado, cada vez que enciende la luz de la tienda, cómo llegan los insectos allí, por dónde entran.

Vio que alguien entraba en el portal y cerraba un paraguas. En la calle, la lluvia había convertido la mañana en una especie de noche temprana.

—Me gustaría tener luces en el escaparate. Quedaría bien, ¿no cree?

Alice respondió con una sonrisa. Luego miró su reloj de pulsera.

—¿Le apetece tomar un café?

Lola se opuso como siempre.

—No, no, ni hablar; con lo que llueve…

Alice ya había cogido su capa verde oliva.

—Acéptelo, por favor. Es solo un café.

Ya había levantado el mostrador y había pasado al otro lado.

—Enseguida vuelvo.

Ya había salido por el portal a la lluvia de noviembre.

Cuando Lola se quedó sola pensó que quizá estaba encariñándose demasiado con esa mujer desconocida. ¿Quién era realmente? ¿Qué hacía allí, en este barrio de Madrid y en esa España sin sentido?

En la calle se oyó una sirena. Debían de ser los bomberos. Cuando llovía mucho siempre había un sótano que se inundaba o una pared que se desplomaba. Nadie arreglaba nada. Nadie podía arreglarlo.

Lola se sorprendió pensando en lo distintas que eran ahora sus mañanas en la librería. Hasta hacía un par de semanas detestaba sustituir a Matías, se le venía el local encima cada martes y cada jueves; a él no se lo decía —¿para qué?—, al fin y al cabo era de justicia. Matías también necesitaba sus pequeños desahogos. Y ahora, sin embargo, esperaba con secreto entusiasmo la llegada de esas dos mañanas en las que podía hablar con libertad. Con demasiada libertad, tal vez.

No le oyó entrar. Hasta que el hombre carraspeó.

21

He tardado menos de lo previsto porque hoy le he pedido al camarero que sea él quien nos traiga el café y los churros. Se lo he dejado pagado y he añadido una generosa propina porque espero repetir este pedido en alguna otra ocasión.

Llueve mucho. Por fortuna mi capa es de buena lana escocesa y tarda en empaparse; claro que también tarda luego en secarse. Es igual; la colocaré en una de las estanterías que hay en la parte estrecha de la tienda y allí, con el calor de las tuberías del agua caliente que pasan por esa pared, se secará seguro. De no estar aquí, yo habría pasado la mañana sola en mi casa y eso, en estos días tristes y grises que me recuerdan tanto a Inglaterra, es terriblemente aburrido. No porque no me guste la soledad, que me gusta, sino porque por primera vez, desde que me instalé en Madrid, siento que tengo algo vivo entre manos.

En estos días en los que llueve constantemente echo mucho en falta a Henry y nuestra casa de Sussex. Me gustaba hablar con él, sentados cada uno en un sillón. Yo tengo mi viejo libro de poemas de Emily Dickinson en la mano y él algún tipo de manuscrito de los que le pasaba la editorial. Y de pronto uno de los dos deja la lectura y aparece un tema de conversación. Hablamos durante unos minutos y luego volvemos a leer, sabiendo que el otro está cerca, muy cerca...

Suena Debussy, y la voz de Henry se mezcla con las notas del piano. Y las dos son suaves, apacibles, emotivas y brillantes.

Henry...

Su voz.

Ya apenas puedo recordarla, se me va olvidando su tono, su timbre, su modulación. Y no quiero. No quiero olvidar nada.

En ocasiones todavía oigo a Henry en mis sueños y entonces me despierto sobresaltada, con el pecho reventando de emoción, porque no recupero solo su voz, sino también el placer infinito que me causa oírla de nuevo. A veces ni siquiera tiene rostro, pero yo oigo que me llama. Y por unos breves instantes lo tengo conmigo.

También es cierto que en otras ocasiones añoro cosas absurdas, cosas banales que pertenecían a nuestra vida cotidiana. Entonces no tenían ningún valor, pero ahora me parecen tan importantes... Por ejemplo, echo de menos el hueco que tenía el asiento de su sillón de cuero. Al principio yo lo ahuecaba y el relleno recuperaba su forma, pero luego ya no hubo manera. Quise arreglarlo muchas veces, pero cada vez que decía de avisar al tapicero Henry se oponía. Argumentaba que estaba tan acostumbrado a él, que le daba miedo arreglarlo. Luego vinimos a España y el viejo sillón de cuero se quedó allí. Lo mismo Constance lo ha tirado.

Cuando entro en el portal veo que hay un hombre junto al mostrador. Lleva uno de esos feos trajes de rayas y no se ha quitado el sombrero.

Inmediatamente sé que pasa algo. Lola está roja como un tomate y parece nerviosa, mucho más todavía cuando me ve aparecer en el portal. La he oído, pero no he conseguido entender qué decía, solo su voz viva y nerviosa, como si estuviera suplicando. En un principio, debo reconocerlo, he pensado que se trataba de un atraco o algo así, pero luego enseguida he desechado esa idea. Y he creído observar en el rostro del hombre, cuando se vuelve hacia mí, una sonrisa extraña, maligna, diría yo, el tipo de sonrisa que esboza la gente perversa cuando cree tener algún poder. No es apuesto, ni muchísimo menos; todo lo contrario: es viejo, bajo de estatura, escuchimizado y lleva uno de esos bigotitos finos que me ponen tan nerviosa. Así que no puede tratarse de un asunto galante. Porque también lo he pensado por un segundo: un cliente que le echa un piropo, ella que lo agradece, y el otro que intenta ir más allá. Pero aquí no pasa nada de eso, desde luego que no.

Él la está amenazando.

Lo percibo con total claridad.

Y, entonces, como por arte de magia, surgen en mí ese descaro y esa insolencia que, a estas alturas de mi vida, puedo permitirme sin necesidad de correr demasiados riesgos. Soy casi vieja, tengo el pelo blanco, soy extranjera. Desde luego, a mí no puede asustarme. Los dos sabemos de antemano que estoy a salvo.

Le miro de arriba abajo, ladeando la cabeza, como hacen ellos cuando quieren intimidar a una mujer.

El resultado es inmediato: se pone nervioso.

Lo noto.

Lo notamos las dos.

—Disculpe —le digo a continuación, levantando el mostrador y obligándole a apartarse.

Mi inesperado comportamiento hace que el hombre tenga que

dar un paso atrás. Seguro que no podía suponer que yo iba a entrar en la librería y sé que, en este preciso instante, está intentando averiguar quién soy.

Hay un silencio terriblemente molesto.

No me preocupa. Me quito la capa, la dejo sobre la silla y, ni corta ni perezosa, que diría Amparo, mi vecina, me planto con los dos codos en el mostrador, junto a ellos.

—Ahora nos traerán el café y los churros —le digo a Lola, como si el hombre no existiera.

Lo miro de reojo y veo que está del color de la ceniza. Noto su aliento agitado.

—Nos veremos —dice al fin, haciendo un gesto brusco con la barbilla. Lola agacha la cabeza.

—Que tenga usted un buen día, caballero —le respondo con todo el retintín del que soy capaz.

Ya nos ha dado la espalda. Y, qué cosas, me fijo en las hombreras de su traje de rayas, demasiado anchas para ese cuerpo escuchimizado. Parece un gánster de pacotilla.

Sé que ella está avergonzada. No quiero que me explique nada, no es necesario. Todo el mundo tiene derecho a su intimidad.

Vaya si lo sé. Mejor que nadie.

Le sonrío y pongo mi mano sobre una de las suyas, justo cuando el camarero del café de la esquina entra con el pedido y una sonrisa de oreja a oreja.

—El café y los churros de las señoras —dice con desenvoltura—. Calentitos, faltaría más.

22

La guerra ha terminado.

Hace un año que dejé el internado y desde entonces Frances y yo vivimos en Londres. Han pasado muchas cosas, a veces pienso que demasiadas, pero soy joven; puedo abarcar el mundo entero con mis manos.

James murió el 17 de julio de este mismo año, apenas unos meses antes de que se firmara la paz. Iba a bordo del *HMS Helvethia* cuando un torpedo lo hundió al oeste de Irlanda. Frances y yo nos abrazamos muy fuerte cuando nos enteramos. Creo que, pase lo que pase, ya no habrá nada que pueda separarnos. Nunca. Ni siquiera el recuerdo de James.

Los bolcheviques han tomado el poder en Rusia y la familia del zar Nicolás II ha sido asesinada. Todos dicen que empieza un nuevo orden mundial y debe de ser cierto, porque el káiser ha abdicado y en Alemania hay ahora una república; el emperador de Austria ha huido antes de que se firmara el armisticio y Hungría se ha separado de Austria: adiós al Imperio austrohúngaro. Desde julio, hasta el 11 de noviembre, fecha en la que por fin se da por finalizada la guerra, se suceden las abdicaciones, las creaciones de nuevos estados, los tratados de paz entre potencias y las negociaciones. Es una borrachera de acontecimientos. Recuerdo algunos, que luego pasarán desapercibidos para la Historia; por ejemplo, todavía baila en mi memoria la fecha en que en Irlanda se aprobó el sufragio femenino, y lo recuerdo porque en Inglaterra solo podían votar las mujeres a partir de los treinta años. Frances podía. Yo no.

En nuestro entorno también han ocurrido muchas cosas; la muerte de James ha sido sin duda la más importante. Elliott ha vuelto vivo del frente belga, pero ha perdido el brazo izquierdo. Además, al llegar a casa se ha encontrado con un ambiente muy triste por la muerte de James: lady Ferguson se niega a salir de Elsinor Park y, según me cuenta Sarah, se pasa postrada en cama la mayor parte del día, a pesar de que su otro hijo haya regresado de Mézières vivo y con una medalla.

El mayor de los muchachos Hervieu también ha muerto en una de esas odiosas trincheras del Somme. Madame Hervieu me escribe con frecuencia y llora la pérdida de su hijo mayor a su modo, sin demasiados aspavientos y sin abandonar la realidad ni por un momento.

Sarah también vivía en Londres, con una tía suya. Había cambiado mucho desde aquel verano de Deauville; ahora era una muchacha sensata y afectuosa que acababa de prometerse con uno de los Glenmire. Éramos buenas amigas. Salíamos de compras, asistíamos a los pocos bailes que se celebraban y, a veces, íbamos a montar a caballo. Eso nos recordaba el tiempo en que éramos más jóvenes y el mundo todavía era un lugar seguro.

Una tarde de mediados de diciembre decidí acercarme a visitarla. Era una de esas tardes oscuras y lluviosas. No había niebla, pero no hacía falta; tampoco habría tenido cabida en aquel aire espeso que cubría las calles de Londres. Mirabas por la ventana y te entraba una especie de desolación, viendo a la gente pasar deprisa, bajo la cortina de agua, con los paraguas torcidos y el bajo de los abrigos empapado… Era tan triste que decidí ir a ver a Sarah para preparar algo bonito de cara a las navidades. Era pronto, desde luego, pero lo necesitaba. Y en esto Sarah siempre tenía muy buenas ideas.

La verdad es que dudé, porque había estado en casa de la tía de Sarah dos días antes, en una de esas visitas rutinarias que componían nuestra vida social, y no me apetecía resultar pesada. Pero al final pudo más el hecho de quedarme toda la tarde en casa que la discreción. La tía de Sarah estaba chapada a la antigua y en su casa se obedecían las normas sociales de hacía cien años: las visitas, a partir de media tarde; nunca debían prolongarse más allá de las seis y media; nunca debían durar más de dos horas; nunca debían repetirse más de una vez en semana y nunca debías dejar pasar más de dos semanas sin devolver una visita.

Cuando lo pienso ahora, tantos años después, tengo que reconocer que el esquema era muy enrevesado y los riesgos de fallar eran considerables. Yo cometí algún error al principio, luego ya no, pero lo que más me sorprendía de aquella telaraña social, antes y después de encontrarme inmersa en ella, era el hecho de que nadie necesitara anotar nada de esta complicada navegación.

Cuando llegué a Sackville Street observé que había un ligero desconcierto en la casa. No es que oyera voces, ni mucho menos, ni que nadie corriera escaleras abajo o por los pasillos, pero algo pasaba, desde luego. Sarah salió rápidamente a mi encuentro.

—Tengo una sorpresa para ti, ya verás…

Dejó mis cosas sobre un banco, sin esperar a que las recogiera la doncella, y me llevó a la sala de arriba. Subía muy contenta por las escaleras.

—Mira a quién tenemos aquí.

La señora Eshton, la tía de Sarah, bordaba sentada en su amplio sofá. Me miró con una sonrisa de oreja a oreja. Luego volvió la vista hacia la chimenea. Había un hombre fumando junto al fuego. Al principio no lo reconocí. Llevaba una levita oscura, sin faldones, con un vistoso chaleco de brocado. Tenía el pelo muy corto y no lucía barba ni bigote.

Sonrió también. Entonces me di cuenta de que la manga de su levita estaba hueca y metida con cuidado en uno de los bolsillos.

Y le reconocí.

—¡Elliott! —exclamé en voz baja, como si me lo advirtiera a mí misma.

Él se acercó sin dejar de sonreír. Me cogió con su única mano del hombro.

—Vaya con la pequeña Rose… —dijo con un tono que mi vanidad interpretó como admiración—. Mira en qué se ha convertido.

—Está guapa, ¿verdad? —preguntó alegremente Sarah.

—¿Y tu trenza? ¿Qué has hecho con ella?

Me encogí de hombros, dando a entender que había sufrido la suerte que le esperaba.

Supongo que no era yo, ni era él. Supongo que solo era la guerra. O las ganas de olvidarla. El caso es que durante la velada tuve la impresión de que Elliott me prestaba más atención de la necesaria. Y sinceramente, creo que eso no me apetecía en absoluto.

Tomamos el té y esta vez, puesto que la ocasión lo requería, mandé a un criado con una nota para Frances y me quedé a cenar con ellos. Pasé una bonita velada, escuchando las historias de Elliott y ayudando a Sarah a ponerle en antecedentes de lo que ocurría en la sociedad londinense. Pobre Elliott. Tenía tantos deseos de recuperar su vida…

Cuando llegó la hora de volver a casa, se ofreció a acompañarme. No sé si pedimos un coche de punto o usamos el carruaje de la familia, pero lo que sí sé es que era tarde, que la ciudad estaba tan vacía como si la hubieran evacuado, y que Elliott no me quitaba ojo. Yo veía su rostro aparecer y desaparecer bajo la luz de cada farola. No me gustaba que me mirara así. Cuando nos despedimos, me pidió que le acompañara al día siguiente a recorrer los cafés de moda y las tiendas en las que podría renovar su guardarropa. Sarah había quedado con su prometido y, si yo quería, podíamos almorzar luego los cuatro juntos. Le dije que sí. ¿Qué podía hacer?

Salimos unas cuantas veces. Elliott era simpático. Mucho menos sólido que James, menos profundo, pero con muchas cualidades para la vida social. Jamás me habría imaginado leyéndole un cuento de Chéjov, desde luego. Pero a cambio de eso me hacía reír con frecuencia.

Llegó la Navidad. Sarah y Elliott se fueron a Elsinor Park para pasar las fiestas con sus padres. Frances y yo nos quedamos en Londres, porque nos habían invitado en casa de unos amigos, en Kensington.

Los amigos de Frances eran en su mayoría gente poco convencional. En las reuniones que celebraban casi a diario, en una u otra casa, te podías encontrar con una pintora, un autor de teatro, una cantante de ópera o un jugador de polo. Eso sí, todos decían haber estado siempre en contra de la guerra.

No recuerdo quiénes eran los anfitriones esa vez. Pero sí que nos alojamos allí un par de noches y que alguien tocaba al piano unos hermosos villancicos en francés. Me puse triste, porque me acordé de las navidades de Normandía, cuando los chicos Hervieu y yo íbamos a ver el belén de Périers y el coro de la iglesia cantaba todo el repertorio religioso propio de esas fechas.

Y de pronto. Sin solución de continuidad.

Qué cosa tan tonta me ocurrió mientras todos reían y brindaban: empecé a echar de menos a Elliott. Bueno, no solo a él; más bien empecé a echarles de menos a todos, a Sarah y a su prometido, al grupo que habíamos formado y con el que me sentía muy a gusto. Era como si vinieran todos juntos en un mismo paquete.

No es que no me gustara estar con Frances y sus amigos; al contrario, casi siempre me lo pasaba bien. Habitualmente eran veladas intrascendentes y un poco frívolas, pero había ocasiones en las que los contertulios eran personas de alcance, intelectuales o artistas, y entonces la conversación derivaba hacia terrenos de una intensidad evidente y de una calidad que, en aquellos años en los que todo estaba alterado por la guerra, me sirvieron tanto como la mejor de las universidades.

Sarah y Elliott regresaron a Londres para celebrar juntos el Año Nuevo. La noche del 31 de diciembre fuimos todos a uno de esos clubes que empezaban a ponerse de moda. Necesitábamos despedir un año que se iba y se llevaba la guerra con él. Esa vez, Frances vino con nosotros, y con ella una corte de hombres y mujeres a los que apenas conocía, pero que se fueron sumando a la iniciativa, ávidos de fiesta, de champán y de una alegría que necesitábamos recuperar. No era la paz lo que celebrábamos, era la ausencia de la guerra.

Era una noche especial. Frances se puso uno de sus sofisticados vestidos de fiesta, que en los últimos tiempos habían permanecido guardados en el armario. Ya no era una niña, había cumplido los treinta hacía tiempo, pero seguía teniendo una figura envidiable: los hombros anchos y rectos, el talle largo y los muslos firmes como el asombro. A mí me encantaba aquel vestido de raso dorado. Estaba sujeto en los hombros por dos broches que recogían la tela y dejaban caer el escote en varios pliegues informales. Tenía un punto, no sé, descuidado, algo que anunciaba cierta relajación en la persona que lo llevaba. Vamos, que era el vestido adecuado para Frances. Creo que los hombres se pasaban el tiempo esperando que alguno de aquellos pliegues dejara asomar, como al descuido, uno de sus pequeños y firmes pechos. Ahora volvía a tener el pelo largo y se lo recogía desde los lados hasta la parte de atrás con un movimiento retorcido de mechones grandes que luego enrollaba de un modo encantador en la nuca. El tono era oscuro pero tenía un brillo y unos reflejos muy llamativos. Esa noche se peinó con esmero y trenzó un cordón de seda dorada en torno a la frente, las sienes y el recogido de la nuca. Era realmente atractiva y lo era de una forma natural, como si no hubiera en su vida otra opción que considerar.

Con todo, lo que yo más admiraba de Frances era su desenvoltura. Entraba en un salón lleno de desconocidos y desde el primer instante se la veía cómoda, como si estuviera en su propia casa o hubiera ido al colegio con todos ellos.

Yo no era tan llamativa como ella, debo admitirlo. Mi único atractivo era la juventud. Dieciocho años. Lo mejor de la vida.

Nunca sospechas entonces que ese cuello de garza se inclinará, ni que las rodillas se deformarán de manera insensata… Pero, en fin, si hago caso de lo que decían los que la habían conocido, yo había heredado la serena belleza de mi madre. Era suficiente para mí.

Creo que me puse —sí, estoy segura— un vestido de encaje holandés con el forro de seda azul hielo. No era largo como el de Frances, al contrario, quizá era demasiado corto. Tampoco tenía un gran escote, al menos por delante; pero mis piernas y mi espalda descubierta hacían el resto.

—Toma, ponte esto —me dijo Frances cuando pasé a buscarla por su habitación y vio mi atuendo—. Vas demasiado… desnuda.

Era una diadema que ella nunca usaba; sencilla, recta, muy adecuada a mi gusto.

—Era de tu madre.

Me sobresalté. De pronto me sentí parte de una ceremonia para la que no me había preparado.

—Tienes dieciocho años —añadió ella con despreocupación—. Es hora de que la luzcas. Te quedará perfecta con ese vestido.

Me la coloqué en el nacimiento del pelo, sujeta en las sienes por una especie de peineta que la mantenía apretada al cabello sin deshacer sus bucles naturales. Era preciosa y me sentaba muy bien.

—Gracias —agradecí emocionada, sin apartar la vista del espejo.

Sentí que estaba a punto de echarme a llorar.

—Vamos, deja de contemplarte —dijo Frances tomando su bolso de mano—, que a este paso cenarán sin nosotras.

Sin embargo, con el rabillo del ojo vi que me miraba y sonreía.

El nuevo año. Llegaba con tanta esperanza, con tanta alegría… Se veía en los ojos de la gente. Bailábamos. Bebíamos. Cantábamos todavía aquellos patrióticos himnos que, según salían de nuestras bocas, se iban quedando atrás…, tan atrás que empezaban a perder todo sentido.

Charles Glenmire, el prometido de Sarah, venía con dos copas de champán, atravesando la sala de baile y esquivando a las parejas que se deslizaban por la pista. Nosotras nos habíamos sentado un momento porque estábamos agotadas. Yo ya no podía beber más. Y Sarah tampoco. Entonces se oyó aquello… No eran gritos, al menos no claramente. Era un clamor extraño, donde se mezclaban la incredulidad y el escándalo.

—¿Qué ocurre? —preguntó Sarah alarmada.

—No sé —respondió Charles—. Iré a ver.

Nos dio una copa a cada una y se dirigió hacia el fondo de la sala. La gente fue agolpándose en la misma dirección que había seguido Charles. Se oyó entonces algún que otro grito. Y luego paró. El muro de cuerpos se fue abriendo y cabalgando esa barrera humana, que el alcohol convertía en mucho más densa de lo que en realidad debía de ser, aparecieron Charles Glenmire y Elliott. Charles llevaba a Elliott cogido de la cintura y su único brazo pasaba por encima del hombro de Charles sin oponer resistencia. Por un momento me pareció que las dos mangas de su esmoquin estaban huecas. Sangraba por la nariz y por la boca.

Nos levantamos alarmadas. El efecto del champán se disipó por completo. Creo que vi también a uno de los amigos de Frances que venía hacia nosotros. Pero luego solo me fijé en aquella sangre manchando nuestra alegría y la camisa blanca de Elliott.

—¿Qué ha pasado? —preguntaba Sarah—. ¿Qué te ha ocurrido?

Charles estaba muy serio.

—Nada grave —respondió—. Saquémosle de aquí.

Era evidente que Elliott había bebido más de la cuenta.

Le llevamos hacia una de las salidas laterales. Hacía frío en la calle. La niebla dejaba la piel húmeda.

—Voy a por los abrigos —nos dijo Charles—. Quedaos con él unos minutos, que le dé el aire.

Sarah le preguntaba a su hermano por lo sucedido, pero Elliott tenía los ojos tan vidriosos y nublados como el entendimiento. Por suerte, Charles regresó de inmediato con nuestros abrigos, porque nos estábamos quedando heladas. Sarah comenzó a temblar, no sé si por el frío o por los nervios.

—Llévala adentro —le dije a Charles—. Yo me quedo con él.

Aparté a Elliott de la puerta y miré alrededor por si encontraba algún sitio donde sentarnos. Era una calle sin salida, más bien una especie de callejón, aunque se veían dos entradas con escalones que evidentemente correspondían a viviendas. Le llevé hacia una de esas puertas y le ayudé a sentarse en un peldaño de la escalera. Luego me agaché a su lado. Tomé su pañuelo de uno de los bolsillos y traté de quitarle la sangre de la cara.

Farfullaba. Como si estuviera soñando. No sé qué decía.

Y de pronto.

Clavó sus ojos en mí.

—La pequeña Rose —exclamó como si me viera por primera vez.

Parecía algo recuperado. Me senté a su lado. Nunca supe qué había pasado dentro del local, pero en aquel instante tuve casi la certeza de que, fuera lo fuera, la culpa había sido de Elliott.

—La pequeña Rose —repitió con voz hueca, de burla, mientras me pasaba la mano por el pelo.

La diadema de mi madre se me clavó detrás de las orejas. No me gustó aquella caricia. Tenía motivos, porque a continuación Elliott se abalanzó sobre mí y me derribó sobre el borde de un escalón que se me clavaba en la espalda. Su mano buscaba con insistencia dentro de mi abrigo.

Intenté apartarle. Olía mal.

Aquella mano…

Entonces aparecieron en la puerta Sarah y Charles. Por un momento oí la música de la sala de baile y sentí, cercana y lejana al mismo tiempo, la alegría de la gente.

Charles me lo quitó de encima. Sarah quiso consolarme, pero yo los odiaba a todos en ese momento. Salí corriendo hacia la calle principal, donde estaban aparcados los coches de punto. Me metí dentro de uno de ellos y con mucho cuidado me quité la diadema de mi madre.

Dormí mal. Tuve pesadillas. Cuando me levanté era muy tarde y Frances había desayunado ya. Supongo que no se dio cuenta de nada, porque me preguntó por la fiesta, y cuando iba a contarle lo ocurrido me interrumpió —algo que formaba parte del comportamiento habitual de Frances y era algo a lo que ya me había acostumbrado—. En esta ocasión no se lo tuve en cuenta, desde luego, porque su noticia era mucho mejor que la mía.

—¿Qué te parecería si nos fuéramos a vivir a Francia? —me dijo mientras recolocaba nerviosamente una porcelana que había sobre la chimenea.

Me quedé de piedra.

—¿A Deauville? —pregunté con un tono de voz que no podía ocultar mi sorpresa.

—No, tesoro —respondió ella—. A París.

¿Qué pensé en esos momentos? Solo una cosa: que ya estábamos en 1919 y que había que empezar una nueva vida. Cuatro años de guerra eran más que suficientes. Cuatro años en Inglaterra también.

23

Es sábado. Hoy voy a por libros. A mi manera, claro.

Últimamente tengo que reconocer que la vida se ha vuelto mucho más emocionante. Y no precisamente por los libros. Me viene bien tener otros entretenimientos que no sean mis lecturas y mis recuerdos.

Aunque noviembre está resultando más cálido que octubre, hoy llevaré gabardina porque el cielo está cubierto y es posible que llueva.

Antes de desayunar he estado un rato en el balcón, arreglando las plantas. Cuando llegué a España me sorprendió la cantidad de geranios que había en las ventanas, incluso en las casas más humildes, y en los pueblos, la gente cortaba bidones por la mitad y los hacía servir de jardineras que colocaba alrededor de la fachada, como un pequeño jardín sin tierra. Ahí se agolpaban las margaritas, las malvas y los humildes periquitos, mientras los geranios trepadores caían en tropel desde las macetas de barro de las ventanas. Es una imagen que tengo guardada como un tesoro, porque esconde otra… Ahí vamos nosotros, marchando con nuestras canciones y nuestro bendito entusiasmo, rodeados de flores y ahí va Henry, mi querido Henry, por los pueblos españoles…, y más allá de esa imagen, el dolor..., no te vuelvas Henry..., no te vuelvas, por favor.

Desde el balcón he visto caer las últimas hojas de un pequeño árbol que un vecino plantó el invierno pasado en la acera. El hermoso olmo que había antes —y cuya copa llegaba hasta el segundo piso— murió, y el ayuntamiento no repone los árboles, así que a veces son los propios vecinos del barrio los que consiguen un plantón, que posiblemente traen del pueblo, y lo ponen en el alcorque como si fuera su huerto o su corral. Dos calles más allá, alguien ha plantado una higuera. Está creciendo a lo ancho y cuando pasas por allí tienes que bajarte de la acera porque apenas se puede pasar. El pequeño árbol desnudo que veo ahora desde mi balcón tiene las hojas triangulares, como los chopos; pero no es un chopo, eso desde luego, porque la copa es más ancha. Alguien me dijo, Amparo, creo, que podía ser una morera. Y a lo mejor es cierto, porque Amparo sabe mucho de las cosas del campo.

Es entretenido mirar por la ventana. Este balcón mío es estrecho, casi no puedes poner una silla, sobre todo si tienes macetas en el suelo; pero yo las he colgado de la barandilla: un herrero de Delicias me hizo los aros para colocarlas hacia fuera y así gano espacio. En las tardes de verano, cuando el sol se ha ido hacia el otro lado del edificio, me siento aquí, y me quedo hasta que anochece leyendo y soñando. Porque junto puntos para ser vieja, es cierto, pero todavía sueño.

Amparo me ha dicho que hoy vendría el lañador. Antes de irme, si no le he oído tocar, le dejaré esa vasija de cerámica para que la repare. Se me cayó al suelo el otro día y afortunadamente no se rompió, pero se le hizo una grieta por la que se filtra el líquido. Y ya de paso, le dejaré también el paraguas negro. Creo que hay que cambiarle la tela, porque cuando llueve mucho, cala. Por suerte tengo dos. Hoy llevaré el del mango de hierro; es más estrecho y abulta menos.

Amparo es un fastidio, pero para estas cosas nadie como ella: si puede, desde luego, te hace un favor.

Me abre. Lleva mandil y un pañuelo en la cabeza. Está haciendo la limpieza semanal.

—Qué sorpresa, pero ¿dónde va usted tan temprano? ¿Y esa vasija? ¿Se le ha roto?

Espero pacientemente a que haga todas sus preguntas.

—Pero pase, mujer de Dios, pase, no se quede en la puerta.

—No, Amparo, que no puedo entretenerme. Llevo mucha prisa. Quería pedirle un favor.

—Faltaría más. Usted dirá, vecina.

—Verá, esta vasija se me cayó y se ha abierto.

Amparo me quita la vasija de las manos.

—Suelo usarla como florero —continúo antes de que ella abra la boca—, y no me gustaría nada tener que tirarla, así que he pensado que si viene el lañador podría quizá sellarla con esas grapas de hierro que ellos ponen, para que deje de perder.

La mujer revisa la grieta con atención, como si fuera una auténtica experta en vasijas maltrechas.

—No parece muy profunda —diagnostica—. Usted déjemela a mí, que yo me encargo con mucho gusto.

Le doy las gracias. Y ella, a cambio, me recuerda que llevo dos paraguas.

—Sí —le digo—. Me imagino que el lañador también es paragüero.

—Claro —responde con rapidez—. Déjemelo.

Intenta coger el paraguas bueno.

—No, este no —me defiendo de su afán por ayudar—. Es el negro. Habría que cambiarle la tela.

—Usted no se preocupe de nada —me suelta, feliz con sus dos trofeos ya en la mano—. Yo me encargo de todo, faltaría más. Usted vaya a sus asuntos y déjemelo a mí.

Veo que titubea. Mucho me temo que quiere saber adónde voy tan temprano. Como parece que no se atreve a preguntarlo directamente, me da un poco de conversación, esperando tal vez que sea yo quien se lo cuente.

—El lañador es del pueblo de mi marido, de Pastrana, ¿sabe? Familia, como aquel que dice. Porque en los pueblos ya se sabe, el que no es primo carnal es primo segundo, y todos acaban siendo de la misma familia… Bueno, usted ya lleva mucho tiempo en España, ya conoce los pueblos de aquí, que digo yo que en su país será parecido, ¿no?, porque estas cosas están cambiando ahora, con las carreteras y los trenes, pero antes la gente no se movía de su comarca y claro, se casaban unos con otros.

Tengo que pararla. Parece una ametralladora.

—Llevo algo de prisa, Amparo.

Pero ella no se rinde con facilidad; todavía le da tiempo a concluir.

—Y digo yo que es bueno que seamos casi familia, porque cuando conoces a la gente lo normal es que haya un buen trato, no digo de favor, porque cada uno vela por lo suyo, pero te atienden mejor y hacen el trabajo más a fondo, no sé si usted me entiende…

—Sí, Amparo, la entiendo perfectamente. Y se lo agradezco muchísimo.

Quiero dejarle el dinero pero no lo acepta.

—Ya me lo pagará cuando sepamos cuánto es, qué mujer esta.

¿Qué compraré hoy? Cómo disfruto con esto… Ya me emociono solo con doblar la esquina.

Ahí está él. Mi librero. El que me surte de sueños y me «alivia la realidad». Está de espaldas, colocando en los huecos de la estantería los libros que tiene sobre la mesa. No me ha visto entrar. Es igual, esperaré, no tengo prisa.

Y de pronto.

He visto de refilón que alguien se detenía ante el escaparate. Instintivamente he vuelto la vista y me ha parecido ver al hombre del bigotito que el otro día dejó a Lola trastornada. Solo un instante. Luego Matías se ha dado cuenta de que yo estaba allí.

—Buenos días, disculpe, no la había oído entrar. ¿No llevará mucho tiempo esperando?

Le tranquilizo. Mis ojos dejan de prestar atención al hombre del escaparate, pero mi cabeza no.

—¿Quiere pasar? No le he podido conseguir todavía los libros de Conrad que me encargó, pero si quiere echar un vistazo…

Acepto encantada. En el escaparate ya no hay nadie.

—Disculpe el desorden —dice, apartando la silla en la que suelo sentarme y abriéndome paso hasta la estantería donde están los libros en inglés—. Mi mujer es la que se encarga de esto y se ve que esta semana ha tenido mucho trabajo.

Me siento culpable porque sé muy bien qué hace su mujer en la librería cuando él no está.

—Puede dejar el paraguas en la papelera. Lo siento, nos robaron el paragüero que teníamos en el portal.

No me quito la gabardina porque me da un poco de apuro, como si me dispusiera a instalarme aquí, pero me la desabrocho y desenrollo la bufanda. Me siento tan cómoda en esta tienda que casi he estado a punto de hacer lo que hago otras veces, cuando está Lola.

Hoy voy a inaugurar la temporada de los autores norteamericanos. No solo porque me conviene, sino también porque me divierte mucho ver esas palabras y esos giros que los ingleses no usamos. Claro que también me gustan los escenarios en los que transcurren algunas novelas; son paisajes un poco salvajes, tan distintos a las verdes planicies inglesas, y sus costumbres, el modo en el que se comporta la gente, las cafeterías y los moteles de carretera, y la energía que desprende todo lo americano. Pase lo que pase con sus políticos y sus gobiernos, tengo que admitir que siento una callada admiración por ese pueblo. En resumidas cuentas, que aquí estoy, con un libro de Faulkner en una mano y la bufanda —que por fin he decidido quitarme— en la otra, cuando le veo de nuevo, esta vez sin posibilidad de error. Lleva una gabardina como la mía, más arrugada y de peor calidad, desde luego. Le queda ancha y larga. Está al otro lado del escaparate y nos mira fijamente a Matías y a mí.

—¿Ese hombre que está delante del escaparate es cliente suyo? —pregunto casi sin pensarlo.

Matías se vuelve.

—¿Quién?

Al del bigotito no le da tiempo a escabullirse, sino apenas a bajar la vista y fingir que le interesan los lápices de colores o los cuadernos de caligrafía.

—¿El de la gabardina? No, creo que no. ¿Por qué lo pregunta?

—Ah, no sé —miento, mientras disfruto viendo cómo el otro hace mutis por el foro, que diría mi vecina—. Me ha parecido que le conocía de algo. Pensé que le había visto alguna vez aquí.

—Pues no —dice Matías con una sonrisa—. Desgraciadamente no entra tanta gente como para no acordarme de un cliente. Son, sobre todo, gente del barrio; ya sabe, acabas conociéndolos a todos.

Luego sigue colocando libros.

Entonces, aprovechando que no me ve, abro mi bolsa de la compra y saco los libros que he traído hoy: *Islands in the Stream* y *The Great Gatsby*. Los coloco con rapidez en el fondo de la estantería. Dentro de poco tendré que empezar a comprar también libros en francés.

—Me llevo este —le digo entregándole un ejemplar de *Sanctuary*, cuya portada muestra a un hombre y una mujer en lo que podría ser un callejón. Ella lleva un vestido verde, excesivamente escotado. Está fumando y tiene la mano apoyada en la cadera.

—Ah… —dice el librero al cogerlo—. Faulkner… Muy buena elección.

Luego, mientras le tiendo un billete de veinticinco pesetas, añade:

—No recordaba que tuviéramos este libro. ¿Dónde estaba?

Reacciono de inmediato, aunque ya estoy poniéndome la bufanda de nuevo.

—En la esquina —miento con esa soltura que empieza a ser habitual en mis visitas a la librería—. Estaba detrás de este otro.

No digo cuál. Señalo hacia el rincón, esperando que no haga falta concretar.

Al parecer, se queda conforme con mi respuesta, porque me pregunta acto seguido, totalmente ajeno a mis artimañas:

—¿Ha leído antes algo de Faulkner?

Pienso durante un instante la respuesta que más me conviene.

—No, todavía no.

—Ah —exclama satisfecho de poder recomendarme una nueva lectura—; pues tiene que leer *Mientras agonizo*. Es una novela magnífica, ambientada en el sur de Estados Unidos, en algún lugar de Mississippi. A mí me gustó mucho. Lástima que no se la pueda prestar; perdí casi todos mis libros con la guerra.

Hace una pausa, todavía con el billete de veinticinco pesetas en la mano.

—Ahora he decidido traer los que me quedan a la tienda —aclara sin excesivo entusiasmo—. Total, me paso la mayor parte del día aquí.

—Espere, no me cobre todavía —digo de pronto, en cuanto se me ocurre la idea.

Acaba de aparecer en el portal ese hombre que suele llevar libros en una maleta pequeña.

—Hola, Garrido —saluda el librero—. Ahora estoy contigo, en cuanto acabe con la señora.

Se vuelve de nuevo hacia mí.

—¿Qué me decía?

—No, nada —rectifico rápidamente—. Ya volveré la semana que viene con más calma.

Me da el cambio y levanta el mostrador para que yo salga. Garrido se hace a un lado. Veo que hoy no lleva maleta, solo una bolsa de la compra, muy parecida a la que tengo yo.

—No me he olvidado de Conrad —dice Matías, sacando la cabeza por el mostrador cuando ya casi he salido del portal.

—No se preocupe, no tengo ninguna prisa —le respondo también en voz alta.

Y luego, de una manera tan espontánea que parece incluso un poco inadecuada en alguien de mi edad, le digo adiós agitando alegremente la mano.

24

—¿Qué haremos hoy? —le pregunta Lola.

La cocina, de hierro fundido y con herrajes de latón, sirve como calefacción en invierno. Tiene un depósito de agua que alimenta los radiadores, por eso Lola la ha encendido a media mañana. Es domingo, está lloviendo y posiblemente tenga que pasar todo el día en casa, así que por lo menos quiere estar calentita. Cada invierno recuerda cuando vivían en la otra casa, en la que está ahora la librería; había calefacción central, la encendían cada día, y en algunos pisos, en los más bajos sobre todo, a veces hacía tanto calor que tenían que abrir las ventanas de par en par.

—¿Irás a ver a Adela?

Matías respira hondo. Casi parece un suspiro, una queja.

—Supongo —dice con pesar.

Lola se acerca y le pasa una mano por el pelo. Le han salido algunas canas sueltas, pero todavía tiene ese color negro y esos bucles rebeldes que aplasta con el peine mojado cada día. Cuando está sin peinar, como ahora, le cae un mechón rizado sobre la frente.

—¿No tendríais que llevarla a un hospital?

Matías vuelve hacia ella los ojos. Lola ve la impotencia reflejada en ellos.

—Ya no —dice con voz extraña, una voz neutra y fría, que no parece la suya—. Sabes perfectamente que la han mandado a morir a casa.

—¿Y hasta cuándo va a durar esto?

Matías se levanta con brusquedad.

—¡No lo sé! ¿Qué quieres que te diga? ¡No lo sé!

De pronto es como si el techo de la cocina se les cayera encima. Se quedan los dos en silencio. Ella siente que la pregunta ha sido muy poco afortunada. Él, a su vez, sabe que ha perdido por completo los papeles; pero nadie pide perdón, porque no saben cómo hacerlo.

Matías se ha ido sin despedirse. Lola se ha quedado sentada en la cocina, masticando angustia. No va a llorar, no quiere llorar, Rose no lloraría... Alice tampoco, está segura. Pero ella no es ninguna de las dos, es solo una mujer de treinta y ocho años que lleva demasiado tiempo esforzándose por levantar su vida sobre una realidad sujeta con palillos... Ojalá su vida fuera como la de sus amigas del colegio: preparar el desayuno, llevar a los niños al colegio, ir a la peluquería... Defender con uñas y dientes el confortable espacio doméstico que todas tienen, ese mundo seguro donde no te arrancan las cosas de las manos y nadie toma represalias. No va a llorar. De ningún modo. Y si llora, ¿qué más da? No van a ser lágrimas de debilidad, sino de rabia, de indignación, las mismas que brotaron de sus ojos cuando aquella bomba cayó desde un avión italiano.

Son las doce y media. Si se da prisa, quizá coja a su madre a la salida de misa. No sabe dónde ha podido ir Matías, ni cuándo piensa volver. Pero le da exactamente igual. Ella se va a comer a casa de sus padres y si viene, él verá, que se caliente la sopa que deja en el fogón.

Ha cogido el metro hasta Argüelles. Recuerda el tiempo en el que vivía en este barrio. Era la hija de un médico. Estudiaba en París. Podía vivir despreocupada, ajena al precio del café o al de la carne. ¿Se está volviendo miserable? ¿Por qué últimamente solo piensa en el dinero? Empieza a preocuparle este asunto; al principio le parecía normal, se concedía a sí misma el derecho de lamentarse porque siempre se lleva mal la pérdida del bienestar económico, y a nadie le gusta venir a menos, pero luego miraba al frente, y ahí estaba Matías, que había perdido mucho más que ella: una editorial de renombre, una posición en la vida intelectual del Madrid de los años treinta, una cómoda casa en un buen barrio… Y luego todo se vino abajo. Se derrumbó. Estuvo a punto de perder la vida y quizá por eso a él no le importe haber perdido todo lo demás. Se conforma con estar vivo.

Ha llegado a tiempo. Todavía no han salido de misa de doce. No recuerda de qué orden son los curas de este convento… ¿Agustinos? Posiblemente. Recuerda, en cambio, que hizo aquí la comunión. Fue un día horrible. Su padre y su madre ya estaban discutiendo a primera hora de la mañana, y cuando se despertó se oían los reproches mascullados con voz hiriente en la cocina. Su padre gritó un par de veces. Luego todos llegaron a la iglesia en medio de una tensión espantosa; su madre le colocó el velo de mala manera, sin pensar en lo que hacía, y ella, esa niña pequeña con una corona de capullos de organdí tapando el miedo, intentó hacerlo todo muy bien para que nadie se enfadara aún más… Tenía muchas ganas de llorar, iba aguantando las lágrimas porque aquel debía ser el día más feliz de su vida… Y solo podía sentir un miedo inconcreto, tan cercano que parecía que viniera de dentro, no de fuera, que surgiera de su propio cuerpo, como la saliva, o la sangre. Ahora lo piensa. Ahora que Matías y ella también se han enfadado como sus padres ese día. Hoy lo entiende mucho mejor. Era miedo de sí misma, miedo a dejarse arrebatar la felicidad por sorpresa, a no ser lo suficientemente fuerte, o hábil, para defender esa felicidad de los embates de una vida que, a partir de ese día, ya no iba a parecerle tan previsible y segura como antes. Odió a sus padres en esos momentos.

—¡Hija! ¿Qué haces aquí? Qué sorpresa.

Su madre lleva la mantilla puesta. Y el viejo misal en la mano. Le da un par de besos y se despide de sus amigas.

—Id vosotras, que me quedo con mi hija.

Lola se da cuenta de que lo dice con orgullo, como si quisiera demostrarles que sus relaciones familiares son firmes y cordiales. No lo son. No lo han sido nunca.

—¿Quieres que tomemos el vermut? Nosotras siempre tomamos algo a la salida de misa.

Le deja el bolso un momento y se pone un guante en la mano que lleva desnuda.

—A algunas las van a buscar sus maridos, pero tu padre… Ya sabes cómo es.

Sí, Lola lo sabe. Autoritario y egoísta. Acostumbrado a gobernar a unos pobres enfermos que tienen mermada la voluntad.

—Vamos al Niza, ¿te apetece? Hace siglos que no voy. ¿Ese es el abrigo que te arreglé?

—Sí, ha quedado muy bien, mamá. Me iba ancho de cintura.

—Es que no sé cómo consigues estar cada día más delgada, la verdad. Yo llevo una temporada que no pasa un mes sin que engorde medio kilo. Tengo que estar sacando continuamente la costura de las faldas.

—Es la edad, mamá. Dicen que el metabolismo se vuelve perezoso.

—¿Qué es eso?

—No sé muy bien, cómo se digieren los alimentos y cómo se transforman, creo. Si lo tienes bien quemas energía. Si anda lento, se te acumulan las grasas.

—Ah… —dice la madre sin entusiasmo—. ¿Pero comes bien?

—Claro.

—¿Coméis carne?

—Sí, mamá. Comemos carne.

—Compra hígado, ahora que ya no hay racionamiento. El hígado tiene mucho alimento.

Le da el brazo para cruzar la calle.

—¿Y cómo has dicho que se llama eso que me hace engordar? El meta…

—El metabolismo, mamá.

—Ya. A las mujeres de mi edad se nos vuelve todo lento —comenta sin ninguna amargura—. El otro día estaba en la peluquería…

De pronto, Lola siente que la empuja bruscamente.

—Ten cuidado, hija.

Un coche se salta el semáforo.

—Van como locos. Se lo digo a tu padre; no corras tanto por Madrid que un día te vas a llevar a alguien por delante… Pero no me hace caso. Como siempre, claro; tu padre nunca admite que le digan cómo tiene que hacer las cosas.

Han llegado al Niza.

—Decías algo de la peluquería.

—Ah, sí… Ahora te lo cuento, cuando nos sentemos.

Buscan una mesa. El local está de bote en bote. Hay hombres solos, grupos de señoras que beben mosto y familias enteras con niños.

—¿Vamos arriba? Ahí por lo menos no habrá cochecitos de bebé. Hay que ver lo que ocupa esto…

Lo dice en voz alta, mientras sortea un coche de grandes ruedas del que sobresalen volantes y lazos rosas, poniendo especial cuidado en que no se le enganchen las medias. Una mujer con un niño en brazos la mira furiosa, pero calla: nadie, o casi nadie, se atreve con las impertinencias de su madre.

—¿Tú tomarás un Cinzano o quieres otra cosa?

—No, un vermut está bien, me apetece; pero que traigan aceitunas o patatas, que luego se me sube a la cabeza.

La madre mueve la cabeza y la mira con sorna.

—Hija, desde luego, qué poquito valéis las mujeres de ahora. Con cualquier cosa os mareáis.

—Mamá, es que yo no bebo a diario.

—¿Y qué quieres decir? ¿Que yo sí?

—Bueno, tomas vino en la comida, ¿no?

—Eso no cuenta. Cualquiera que te oiga…

Lola tiene ganas de recordarle a su madre que también se toma una copita de moscatel de postre, la mayor parte de los días, y un Marie Brizard cuando juega a las cartas con sus amigas…

—Pues lo que te decía del otro día en la peluquería. Me estaban tiñendo, porque yo ahora, si quiero estar presentable, me tengo que teñir una vez al mes, y es que si no enseguida se me ve la raíz y parece que voy descuidada… Bueno, el caso es que estaba leyendo una revista mientras me subía el tinte, ya sabes, te dejan ahí, esperando una hora, y te pones a leer o a escuchar las conversaciones de las peluqueras.

Llega el camarero con los vermuts. Y las aceitunas.

—Traiga también unas almendras saladas. O unos cacahuetes.

El hombre la mira. No dice ni que sí, ni que no.

—Para mi hija —añade ella—. Que si no se le sube el vermut a la cabeza.

—¡Mamá! —exclama Lola en cuanto el camarero se da la vuelta.

—¿Qué pasa?

—Que no necesitas contarle todo al camarero.

—Pero si no le he dicho nada… Desde luego, cada día tienes más remilgos, María Dolores.

Cuando se enfada, siempre la llama María Dolores. El nombre tiene un efecto inmediato en Lola: se siente de nuevo una chiquilla y no le queda más remedio que obedecer.

—Bueno, y lo de la peluquería ¿qué?

La madre reacciona de inmediato.

—Ah, sí… Pues había una mujer… Creo que era mayor que yo. Sí, tenía que serlo.

Bebe un sorbito de Cinzano Rosso.

—Era de esas…, ya sabes, de esas mujeres descaradas que a pesar de todo tienen chispa, de las que hablan en voz muy alta…

Lola pensó que sí, que lo sabía muy bien.

—Bueno, pues va y le dice a la peluquera —y entonces, inexplicablemente, la madre baja mucho la voz—: «Sí, hija, sí, llegas a una edad en la que se te cae el pelo de donde tienes que tenerlo y te sale donde no debe». Y suelta una enorme carcajada. Yo me vuelvo hacia ella y veo que le están depilando los pelillos de la barba. Oye, nena —dice súbitamente preocupada—, a mí no me estará saliendo barba, ¿verdad? —Se acerca por encima de la mesa, pero antes mira a uno y otro lado, como si temiera ser observada—. Mírame bien, porque yo ya no veo como antes… Y con tu padre no se puede contar para estas cosas.

—No, mamá —le dice Lola—, no tienes barba. Puedes estar tranquila.

No es cierto. De un tiempo a esta parte a su madre le ha salido una especie de pelusilla blanca en el mentón. No llega a ser barba, pero se nota, sobre todo cuando se pone polvos.

—En fin —concluye, quitándose el pasador que sujeta la mantilla—. Uf…, qué calor.

Dobla la mantilla negra con mucho cuidado, blonda por blonda, y la pone sobre el misal. Luego se pasa ambas manos por el pelo.

—¿A que no sabes qué tenemos para comer?

Lola no lo sabe, desde luego.

—Paella. Me alegro de que vengas a comer, porque he hecho demasiado sofrito para tu padre y para mí.

Levanta una mano y pide la cuenta. De pronto, Lola ha sentido un fogonazo de ternura.

Han comido paella, efectivamente. Con sepia y cangrejos. Han tomado lomo y queso. Y buñuelos de postre. Una comida que hace siglos que Lola no se puede permitir en su casa.

De pronto piensa en él. ¿Qué hará Matías? ¿Habrá vuelto a casa? Ahora le duele no haberle dejado una nota.

Su padre se ha ido nada más comer. A jugar la partida y tomar café en el bar, ha dicho cuando cogía el abrigo y el sombrero. Lola y su madre se quedan en la sala, cada una en un sillón.

—Mamá.

No se ha quedado dormida, porque está haciendo punto, pero se sobresalta como si lo estuviera.

—Mamá —repite Lola.

El tono es algo apremiante.

—¿Qué?

Duda. Y luego se atreve.

—¿Qué pasó el día de mi comunión?

La madre se queda quieta, con las agujas en la mano, como si tratara de recordar.

—No te entiendo…

—¿Por qué discutíais papá y tú?

—No sé a qué te refieres.

—Papá no durmió esa noche en casa, ¿verdad?

Ha soltado la labor. Se ha quedado muy quieta, como alelada. Luego reacciona con cierta agresividad.

—¿Qué tonterías son esas? No sabes lo que dices.

—Mamá, papá estuvo una semana durmiendo fuera. Se lo echaste en cara esa mañana, antes de ir a la iglesia. Os oí.

De pronto esa mujer inofensiva se convierte en otra persona. El rostro se le endurece hasta el punto de que a Lola le resulta difícil reconocer a su madre. Vuelve a coger las agujas, pega un tirón al ovillo y zanja la cuestión de una vez por todas. De la única manera posible a estas alturas.

—Tu padre no ha faltado de esta casa ni una sola noche en toda su vida.

No la mira. Cruza las agujas y tiende el hilo con una velocidad frenética.

—Mamá, papá no va al bar a jugar la partida. Lo sabes muy bien. Va a casa de la otra. Vendrá a dormir todas las noches, si tú lo dices, pero prácticamente vive allí.

El ovillo cae al suelo. Rueda unos metros y solo se para cuando tropieza con la pata del aparador.

—¿Por qué me haces esto?

Se ha puesto roja y ha roto a llorar, no con pena, sino con una extraña furia que parece dirigir contra Lola.

—¿Qué placer encuentras en hacerme sufrir de este modo? —se lamenta la mujer; está hablando más alto de la cuenta, casi a gritos—. No te entiendo, te juro que por muy hija mía que seas no te puedo entender.

A Lola le pasa algo parecido. Un enorme desencuentro. Ella tampoco entiende los motivos de su madre, ni el modo en el que ha decidido vivir su vida. No siente pena. En absoluto. Más bien todo lo contrario. Verla negar la evidencia con esa tozudez insana no es a su modo de ver la forma más adecuada de enfrentarse a una situación que dura desde hace demasiado tiempo. Toda la vida, que ella recuerde. Quiere a su madre, pero no puede sentir compasión; al contrario, a menudo se siente tan irritada con ella que tiene impulsos crueles: a veces quisiera zarandearla para que deje de fabricar mentiras que ya nadie puede creer.

—¿Por qué no le dejas, mamá? —Se oye a sí misma. Y tiene miedo de lo que puede decir—. Es un egoísta que nunca ha pensado en nadie más que en sí mismo. Que se vaya con esa mujer, que sea ella la que le aguante cuando sea viejo. ¿A ti qué falta te hace?

La madre la está mirando horrorizada.

—¿Dejar yo a tu padre? ¿Te has vuelto loca?

—Mamá, no es tan grave. La gente se separa. Siempre ha ocurrido y siempre ocurrirá.

—¿Pero te crees que nosotros somos como ese…, no sé cómo llamarle…, ese Matías tuyo? —Furiosa. Sacando fuerzas de unas convicciones cargadas de flaquezas—. Ah, no. Ni hablar de los hablares. Nosotros creemos en el matrimonio, es un sacramento. Esto no se borra con una de esas gomas que vendes en tu tienducha del tres al cuarto.

Sí. Atacando con el estandarte de la religión como si fuera un cruzado de la Edad Media. Atacando como los ricos atacan a los pobres: con el desprecio. Pero es su madre… ¿Qué dijo esa mujer el otro día? Que se puede llegar a matar por un hijo. Matar por defenderlo de un peligro. Su madre jamás lo haría… Jamás la defendería hasta ese punto. Su padre aún menos. Tuvo la oportunidad de hacerlo una vez y miró para otro lado. En esta familia eso es un principio básico: siempre se mira para el sitio contrario al que suceden las cosas. En especial las malas.

—Tú sabrás, mamá —dice poniéndose en pie con parsimonia—. Papá te engaña. Y lo hace aunque tú te empeñes en negarlo. Todos lo saben. Y tú también.

Coge el abrigo y sale sin molestarse en dar un portazo. Tiene ganas de llegar a casa, de que Matías esté allí. De abrazarle y sentir su olor en la oscuridad de la cama. Tiene ganas de comprobar que no se ha equivocado.

25

¿En qué momento se lo diré? Todavía no lo he decidido. No creo que sea importante, al menos ahora. Ella está preocupada por otras cosas. No creo que le importe demasiado saber quién soy yo.

Constance sigue llamándome sin parar. Es tristísimo tener una medio hermana tan pesada. Reconozco que yo soy obstinada, pero, desde luego, ella lo es aún más. ¿Cómo no se da cuenta de que no pienso moverme de Madrid?

Los miércoles voy al ensayo. Hasta hace muy poco era el mejor día de toda la semana, ahora ya no lo sé. Primero me encuentro con esa chica de la óptica, en el café que hay al lado del teatro. Ella pide permiso y luego alguna tarde se queda un poco más. Se lo permiten porque no es una simple dependienta, sino la hija del dueño, y además no tiene que atender al público; ella se ocupa de las facturas, los inventarios y los albaranes. No entiendo qué son esos albaranes, pero Sagrario les da mucha importancia. Nos hemos hecho amigas en el teatro, durante los ensayos. Hay tantas pausas que es inevitable hablar con el compañero del asiento de al lado.

No ha llegado, así que me sentaré en esa mesa que ha quedado libre junto a la ventana. Es pronto todavía.

Las once de la mañana y el café está prácticamente lleno. En menos de un año se ha notado un cambio enorme en esta ciudad y creo que por fin estamos dejando de vivir en un país de posguerra. Ayer, sin ir más lejos, vi en la calle Arenal una biblioteca ambulante. Era una especie de trolebús al que le habían quitado el enganche de la catenaria y tenía pintado un cartel de lado a lado. Lo más atractivo de todo es que las ventanas eran escaparates y estaban llenas de libros, tres baldas en cada una de ellas. Me acerqué. Otras personas también lo habían hecho: una mujer mayor vestida de luto, un hombre con boina y una chaqueta vieja de bolsillos deformados, un joven que fumaba un cigarrillo… Entré. Por curiosidad. No me siguió ninguno de aquellos mirones, pero me dio igual, porque la idea me resultaba tan estimulante que me quedé allí dentro el resto de la tarde, curioseando y charlando con la joven que atendía la biblioteca móvil. No había nada de interés, la verdad sea dicha. Mucho libro de historia, algunas novelas del siglo XIX, volúmenes amarillentos de poesía y algo de teatro clásico. Sinceramente, nada que ver con la librería de Matías y Lola. Entrabas en ese trolebús y parecía que hubieras entrado en la máquina del tiempo, pero, aun así, me gustó que las bibliotecas salieran a la calle. Es algo que no se había visto nunca.

Y lo mejor de todo: en el letrero que recorría el vehículo de lado a lado ponía «Biblioteca pública móvil n.º 2». Eso quiere decir que no es la única que recorre las calles de Madrid.

Las once y cuarto. Estoy segura de que en estos momentos Constance está llamándome de nuevo. Un día de estos creo que voy a dar de baja el teléfono. Total, casi nunca recibo otras llamadas que no sean las suyas… Y digo yo, ¿qué más le dará a ella si la casa está abandonada o no? A mí me gusta dejarla tal cual. Ha estado ahí desde hace más de cien años. Y además, Henry y yo no volveremos a vivir en ella.

Henry y yo no volveremos a vivir… Cómo me duelen esas palabras.

Mi amiga se retrasa. No estamos lejos, desde luego, pero aún tenemos que sacar la entrada y coger sitio. El teatro está en la calle Maestro Victoria, cerca de la Caja de Ahorros y de un convento que llaman las Descalzas Reales.

Y para aprovechar sus recursos y sacarle un partido mayor a las instalaciones, se alquila los miércoles a músicos y orquestas que quieran utilizarlo como lugar de ensayo. Lo abren al público y así cobran una pequeña entrada que supongo les sirve para cubrir gastos. No me parece mala idea, si he de ser sincera, y para mí es una buena opción para disfrutar de la música de cámara a un precio razonable.

Ya está aquí Sagrario, pero hoy no tendremos tiempo de que se tome un café.

—Créame que lo siento —me dice sin quitarse el abrigo siquiera. Viene sofocada.

—¿Le ha ocurrido algo?

—Ay… Creí que no llegaba. Ha sido ahí, justo delante de la Caja de Ahorros…

—¿Pero qué ha pasado? —insisto.

—Un atraco. Horrible. Acaba de pasar ahora mismo.

El camarero se ha acercado y los clientes de las mesas vecinas empiezan a prestar atención.

—Sí, un par de hombres con una pistola. Iban corriendo por la acera. Un guardia les ha echado el alto y como no se paraban ha disparado dos tiros.

—¿Pero qué dice usted, jovencita? —exclama un caballero bien vestido que se pone de pie como impulsado por un resorte.

—Tal y como se lo cuento —responde Sagrario, dejándose caer en la silla que el hombre ha dejado vacía—. Ahí mismo está el muerto, tirado sobre la acera.

—¿Uno de los atracadores? —pregunta una señora agarrando instintivamente su bolso de mano.

—No, que va —contesta Sagrario—. Un pobre hombre que pasaba por la calle y no tenía nada que ver con el atraco. A su mujer le ha dado un ataque de nervios.

Varios clientes salen a la esquina para ver lo sucedido. Pienso que he pasado por ese mismo lugar hace menos de media hora.

Sagrario empieza a sollozar de pronto. Tiene el abrigo puesto, pero tiembla como si estuviera helada de frío. Se tapa la cara con las manos y el camarero le trae un vaso de agua.

—Discúlpeme, pero hoy no puedo asistir al ensayo —me dice entre lágrimas—. Vaya usted. A mí, en estos momentos, me pesa el corazón como si lo tuviera cargado de plomo.

—No se preocupe, me quedaré haciéndole compañía. Bébase el agua.

Luego la acompaño hasta la óptica y la dejo al cuidado de su padre. Oigo cómo lo cuenta de nuevo, cada vez con más detalles. Los dependientes y una señora que se estaba probando unas gafas hacen corro en torno a ella, visiblemente conmocionados por su inesperada aventura. Su padre, desde luego, se ha puesto pálido al escucharla, y ahora la abraza muy preocupado y con mucha ternura. Casi lloro yo también.

—Gracias por todo, señora Rosa —dice Sagrario cuando nos despedimos—. Nos vemos el próximo miércoles si le parece bien.

Mañana es jueves…

26

¿Es posible que alguien como yo pudiera pasarse más de tres años
sin leer un libro?

Llevábamos ese tiempo viviendo en París. Tenía ya veintidós
años. La mayor parte de las chicas de mi edad estaban casadas y
tenían hijos, pero no me importaba. Posiblemente ninguna de
ellas había soñado siquiera con vivir lo que yo estaba viviendo; los
libros, los hijos y los maridos podían esperar.

La vida con Frances era muy entretenida. Nunca te aburrías.
Claro que, a veces, tampoco te daba tiempo a pensar.

Vivíamos en la rue de Surène, muy cerca del boulevard Malesherbes y de la Madeleine, la extraña iglesia que Napoleón mandó
construir en forma de templo griego. Frances tenía ese apartamento antes de la guerra y lo conservó, porque estaba cerca de
todo lo que le gustaba de París: los Campos Elíseos, las joyerías de
la rue Pasquier, Maxims, el Crillon y los cabarets de la rue Boissy
d'Anglas. Ella nunca pensó en quedarse en Inglaterra, pues le abu-
rría profundamente. Lo que de verdad le gustaba a Frances era
vivir en París. Es cierto que en algún momento pensó, sobre todo
durante los años del conflicto, que podríamos pasar el invierno en
Londres y tener casa en Deauville o en Dinan, pero luego llegó a

la conclusión de que así no se libraría de lo que ella llamaba «el tedio británico» porque según decía, con ese humor suyo un poco desganado, en Deauville y en Dinan había demasiados ingleses.

El apartamento era grande, con una fachada llena de ventanas, y eso le proporcionaba mucha luz. Estaba decorado de una manera muy poco convencional: biombos orientales, lámparas venecianas, muebles ingleses y cuadros modernos llenos de colorido, pintados por algunos de sus amigos parisinos. Luz y color. Así es como recuerdo aquella casa.

Frances seguía siendo Frances, aunque estaba envejeciendo, y es muy difícil mantener un personaje como el suyo cuando se tienen treinta y ocho años. Era todavía esa mujer especial, bella, original, un punto extravagante, pero a veces, cuando pasábamos la noche en uno de esos cabarets que abrían hasta la madrugada, bebiendo champán y fumando, mostraba un profundo agotamiento, y a su rostro asomaba la mujer que sería en el futuro. Entonces, cuando la veía en ese estado, era cuando me la llevaba a casa.

Pasó eso una noche. Pero no fue como siempre; hubo más cosas, para ella y para mí. Cosas inesperadas que nos pillaron por sorpresa. Primero fuimos a ver una velada de boxeo; era un combate entre Jean Gachet, que había ganado una medalla en las Olimpiadas de Amberes, y un inglés cuyo nombre no recuerdo. Nos invitó el nuevo amigo de Frances, un norteamericano que se llamaba Freddie. Bueno, realmente se llamaba Frederick Verminck, era de origen holandés, y su padre había hecho una fortuna con las refinerías de azúcar.

A Frances y a mí no nos gustaba especialmente el boxeo; era la primera vez que asistíamos a uno de esos combates, y la verdad, creo que a ninguna de las dos nos hacía ninguna gracia ver aquella avalancha de golpes sin sentido. Pero a Freddie le gustaba. Y en aquellos días, Frances hacía todo lo que Freddie quisiera.

Y ahí estábamos los tres, con nuestros abrigos de entretiempo y nuestros sombreros, en un asiento duro, con un frío de mil demonios, y rodeados de cientos de individuos vociferantes. Freddie se reía de nosotras cuando hacíamos aspavientos o se nos escapaba un grito.

—Es un combate de la categoría de pesos pluma. Tendríais que ver entonces a los pesos pesados... Eso sí que es un combate de verdad.

A mí, Freddie me parecía tremendamente vulgar. Nunca supe cómo Frances podía estar loca por él.

Esa noche, viéndome allí, en el estadio de boxeo de los Campos Elíseos, con Freddie y con toda aquella gente que gritaba, me sentí fatal, como si me hubiera perdido a mí misma. Pensé que, aparte de Frances, no había nadie a quien yo pudiera acudir si tenía un problema serio, nadie a quien llamar para compartir confidencias o para darle una buena noticia. ¿Cómo habíamos llegado a este punto? Yo ya no era yo. Era otra persona. Creo que si madame Hervieu me hubiera visto, tampoco me habría reconocido.

Después del boxeo recorrimos los locales nocturnos a los que solíamos ir. Si no recuerdo mal, esa noche estuvimos primero en L'Oiseau Sauvage, el cabaret de moda al que acudían todos los intelectuales y artistas de la época. Era el local preferido de Frances. Y el mío también, desde luego. Primero, por la gente que encontrabas allí: a la inauguración habían acudido Stravinski, Serguéi Diághilev, Pablo Picasso, Jean Cocteau, o aquel músico raro que conocimos en Honfleur, antes de la guerra, que se llamaba

Erik Satie. Y luego porque L'Oiseau Sauvage era un lugar de verdad especial, de una belleza nueva, absolutamente moderna y vanguardista, con gente llena de talento dispuesta a derrocharlo noche tras noche. Pero como Freddie no era ni lo uno, ni lo otro —es decir, ni artista, ni mucho menos intelectual—, aguantaba poco allí; decía que el público era demasiado esnob, y así, una noche tras otra, terminábamos la velada en el Blue Storm, un local de jazz que por supuesto me gustaba mucho, pero no tenía ni de lejos el ambiente tan encantadoramente parisino de L'Oiseau.

Fue una mala noche, desde luego. En el Blue Storm había un gran bullicio, la orquesta tocaba esa música de jazz que electrizaba el ambiente, como si estuvieras en el centro de una gran tormenta. Se notaba nada más entrar. Recuerdo que Freddie dijo algo así cómo «¿Veis qué animación? ¿Qué os dije? Esto sí que es música». Y se empeñó en bailar. Frances había bebido más de la cuenta, pero aun así le siguió hasta el centro de la pista. Yo me quedé en una mesa. El aguijón del descontento que se me había clavado durante la velada de boxeo seguía allí: pertinaz y obstinado, como un dolor de muelas.

La música era buena, los bailarines lo hacían francamente bien y el champán era de calidad. Pero yo hubiera preferido irme ya a casa. Estaba cansada, no tenía ganas de bailar, ni de hablar, ni de saludar a nadie. Pero claro, en París eso era imposible pasadas las dos de la madrugada. A esas horas todos éramos amigos.

—¡Qué horror! Tengo los pies destrozados.

Una chica de mi edad se desplomó en la silla que estaba a mi lado. No me dio tiempo a retirar el pequeño bolso de mano que Frances había dejado allí.

—¿Puedo? —preguntó de forma más bien redundante, puesto

que acababa de sacar el bolso de detrás de sus posaderas y lo había dejado sobre la mesa—. Perdona, pero es que no aguanto más.

—Se estaba quitando uno de sus zapatos forrados en seda azul. Hablaba un francés correcto, pero con un acento peculiar. Desde luego no era inglesa—. Qué calor, ¿no? —dijo pasándose una mano por el cuello. Vi su anillo, un gran topacio ovalado en el dedo corazón—. ¿Qué bebes?

Señalé mi copa sin molestarme en hablar.

—¿Champán? —preguntó como si eso fuera algo extravagante—. Yo prefiero los cócteles.

Llevaba una falda de satén y una blusa con hilos de oro que dejaba al descubierto uno de los hombros. Era bastante guapa. Tenía los ojos azules, muy claros y la piel blanca, sin una sola mancha.

La orquesta terminó de tocar un ragtime. Hicieron un descanso. La gente volvía a sus mesas y los camareros se afanaban en reponer bebidas para toda aquella muchedumbre sedienta.

—¿Quieres algo? —me preguntó mi compañera de mesa.

Me quedé un poco desconcertada, porque estaba pendiente de Frances y Freddie, que se habían quedado hablando en una esquina de la pista. Me preguntaba por qué no regresaban a nuestra mesa.

—¿Perdón? —pregunté casi sin mirarla.

—Algo de beber —aclaró ella.

Frances estaba seria. Freddie hablaba y movía las manos como si estuviera pidiendo limosna.

—Prueba un cóctel —insistió la chica—. Luego ya no querrás tomar otra cosa.

No sé si le respondí. Miraba a Frances, que primero negó varias veces con una inusual energía y que luego sonrió, bajando misteriosamente la vista.

Seguían allí, charlando junto a una columna, pendientes el uno del otro, cuando me vi con una copa en la mano, y el caso es que, antes de que pudiera darme cuenta, estaba bebiendo algo seco y amargo, que sabía distinto a todo lo que yo había probado. Aquella mezcla extraña quemaba en la garganta.

La orquesta volvió a salir al escenario.

—Uy —exclamó la chica poniéndose los zapatos a toda prisa—, tengo que irme.

Se ajustó la blusa.

—Guárdame la copa, ¿ok?

Pensé que debía de ser norteamericana.

La orquesta ha empezado a tocar los primeros compases de un blues. Freddie coge de la cintura a Frances y la lleva de nuevo a la pista.

Y entonces.

Ella sale al escenario. Con su bonita blusa de hilos de oro y sus zapatos forrados. Canta con una voz grave, completamente distinta a la que tenía cuando se sentó a mi lado. Canta un blues y ya no parece blanca.

Esa voz. Triste como una madrugada en la que te sientes perdida.

Freddie y Frances bailan muy apretados.

La voz de la mujer viene de muy lejos, de algún lugar oscuro y profundo, y cuenta una historia que aún está por venir.

Y ellos se abrazan como si no quisieran separarse jamás.

La chica de los ojos azules y la falda de satén desgrana sus notas tristes leyéndolas en mi pensamiento… Antes, mucho antes, de que yo las pensara…

Esta vez es Frances quien tiene que llevarme a casa.

Había bebido más de la cuenta. Era evidente.

Y aun así.

Frances no pudo esperar hasta el día siguiente. Entramos en el apartamento, encendí las luces y tiré mi capa sobre el sofá; ella hizo lo mismo con su abrigo y el bolso.

—Espera —dijo, sentándose en el otro extremo—. Espera un poco, no te vayas aún. Quiero decirte algo.

—Frances —protesté—, estoy agotada…

—Freddie se va a Estados Unidos dentro de dos semanas.

¿Por qué me contaba eso a las tres de la madrugada? ¿Qué más me daba a mí Freddie?

—Me ha pedido que me vaya con él.

Así que era eso.

—He aceptado.

Todas las preguntas en mi boca. Revueltas. ¿Qué quería decir? ¿Que se iba para siempre? ¿Que me dejaba sola en París? ¿Que ya no la iba a ver más?

Frances estaba seria. Ahora yo también. Es increíble cómo se evaporan los efectos del alcohol ante una catástrofe. Porque eso es lo que estaba ocurriendo en aquel salón; no era una mala noticia, era una verdadera catástrofe.

—Va a presentarme a sus padres.

Mi querida Frances… Tan independiente, divertida y llena de originalidad. Y se comportaba como una costurera a la que hubieran pedido en matrimonio.

—¿No dices nada? —parecía alarmada por el silencio.

—¿Te vas a casar con él? —le pregunté, como queriendo iniciar un combate.

Ella bajó un segundo la vista.

—No lo sé —reconoció—. Quizá.

Seguramente vio la desconfianza en mis ojos.

—No me lo ha pedido, pero si quieres que te sea sincera, espero que lo haga.

No sé qué vio en mi mirada. Quizá a alguien que no había bebido lo suficiente para ignorar la importancia de sus palabras. Alguien que, sin la menor duda, se sentía profundamente defraudada. Pobre Frances... Qué injusta fui...

Dormí mal, como era lógico, pero cuando me desperté, mucho antes de lo habitual, me di cuenta de que no era tan grave. Tenía mi propia renta, no dependía de nadie. El malestar, no obstante, no había desaparecido, solo se había desplazado: ya no me dolía su posible abandono; me dolía el modo tan poco generoso en que yo había reaccionado ante la felicidad de Frances. Me puse la bata y desayuné mientras esperaba a que ella se levantara. Pasó mucho rato. Me acerqué a nuestra pequeña biblioteca y cogí un libro. Los poemas de Emily Dickinson. Si ella vivió retirada como una ermitaña, a salvo en su mundo secreto, yo también podía hacerlo. Todavía sin vestir, leí parte de aquel libro firmemente decidida a exiliarme de mi propia vida de entonces.

Cuando Frances apareció por fin, con el pelo suelto y los labios apagados, sentía por ella un amor profundo que, supongo, asomaba en mi sonrisa y era fruto de la emotiva lectura de aquellos versos. Una voz repetía dentro de mí: «el agua se aprende por la sed; la tierra, por los océanos atravesados...».

—Veo que has madrugado.

Y la voz volvía a declamar: «La paz se revela por las batallas...».

—Sí —respondí.

Frances se sentó a la mesa en la que habían dejado preparado su desayuno. Hizo sonar la campanilla para que le trajeran el café caliente.

—¿Has dormido bien? —Era generosa hasta en eso. Se preocupaba de si yo había dormido bien, cuando la pregunta me correspondía a mí—. ¿Y ese libro?

—Me apetecía —dije, dejando el volumen sobre el velador y acercándome a la mesa donde ella desayunaba.

Me senté a su lado... «El amor por el recuerdo de los que se fueron. Los pájaros, por la nieve.»

—¿Sabes? —le dije con sinceridad—. Al principio me molestó lo de Freddie, pero ahora me alegro mucho por ti. De verdad.

Frances abrió el huevo pasado por agua. Le echó un poco de sal y pimienta, sin hacer ningún comentario, y luego volvió a poner la pequeña tapa de plata en el recipiente de porcelana.

—A ti no te cae bien Freddie, ¿verdad?

Bajé la vista. Ella volvió a destapar el huevo y empezó a comer.

—*Je sais, ma chérie* —dijo con una sonrisa un poco triste—. Freddie puede ser un poco... niño, lo sé. Pero es una buena persona.

—Se porta bien contigo —reconocí—. Te quiere.

—¿Y entonces? —preguntó. Como yo no la miraba, me cogió por la barbilla y me obligó a levantar la vista.

No quise mentirle.

—Es que tú vales cien veces más que él —solté sin ninguna compasión hacia el pobre Freddie—. Te mereces algo mejor.

Ella movió la cabeza en sentido negativo. Su melena suelta se balanceó por encima de los hombros.

—No estoy tan segura de eso, tesoro. Freddie no es una mala opción para mí, créeme. Tengo casi treinta y nueve años, dentro de poco seré una vieja solterona que ha malgastado su vida en un montón de noches idénticas, todas igual de absurdas y vacías. Necesito que esto cambie.

Entendí perfectamente qué quería decir. Era algo muy parecido a lo que había sentido yo durante el combate de boxeo.

—Freddie es mi última oportunidad —dijo sirviéndose el café; le temblaba un poco el pulso—. Lo sé.

Me sentí profundamente conmovida. Frances era la persona a la que yo más quería en este mundo. Y ahora, de pronto, parecía tan frágil…

27

Las mañanas de primavera en París son muy hermosas. A los parisinos les gusta sentarse en las terrazas de los cafés, o en los elegantes salones de té y pastelerías, mucho más que acudir a los parques, como a los ingleses. Si hace sol, todos los cafés se llenan de gente en apariencia desocupada, así que no me sorprendió observar que, mientras esperaba a que Frances saliera del peluquero, un grupo de dos hombres y una mujer se sentaran a mi lado en el salón de Ladurée, en la rue Royale. No estábamos al aire libre, pero las mesas se encontraban dispuestas junto a grandes ventanales, lo que hacía mi espera algo más entretenida.

Yo no tomo té, no me gusta el té. En eso soy absolutamente francesa. Tenía ante mí un maravilloso *café au lait*, con ese punto ligeramente salado que le proporciona la crema de leche. Caliente. Humeante. Aromático. Acompañado por un platillo de los mejores *macarons* de París, con su refinado sabor a clara de huevo y almendra molida…. No sé por qué, después de haberme sentido perdida y desdichada tan solo un par de noches antes, de pronto era feliz, como si aquel París de 1922 fuera mi lugar en el mundo. He sentido eso mismo otras veces, tengo que reconocerlo, en otros lugares muy distintos, pero esa fue la primera vez que algo susurraba dentro de mí: Rose, este es tu sitio, te quedarás aquí y serás feliz. Cuando lo pienso ahora, después de tantos años, creo que simplemente me estaba protegiendo de una posibilidad: que Frances fuera a pedirme que la acompañara a Estados Unidos. Nunca me han gustado mucho los cambios, eso es evidente, y la idea de abandonar París me inquietaba sobremanera.

Bueno, pues allí estaba yo, con el futuro bajo el brazo como si fuera una cartera de mano, mi café y mis exquisitos *macarons* de Ladurée.

La verdad es que me fijé en ellos antes de que entraran, cuando los vi pararse en la acera. Sobre todo en la chica. Supongo que fue porque me gustó el abrigo que llevaba: cruzado, con un solo botón, grande y blanco, a la altura de las caderas. Y su pequeño sombrero, que tenía una tira vertical de raso también blanco y unas *paillettes* en tonos dorados que le daban un aire muy sofisticado y moderno, de ese estilo que ahora llaman *art déco*. El caso es que entraron y fueron a sentarse en la mesa de al lado. Había un gran ventanal y las mesas estaban pegadas al cristal, dos por cada ventana. Lo suyo en aquella distribución era que los ocupantes de cada mesa dirigieran la mirada hacia el exterior, no hacia las mesas vecinas. Salvo, claro está, que no tuvieras nada que hacer, como yo en esos momentos, y que los recién llegados alborotaran tanto como ellos. Empecé a prestar atención a las risas y al marcado acento norteamericano de la mujer y de uno de los caballeros. En un lugar como Ladurée, donde las damas hablan casi en susurros y a veces se oye incluso el sonido de la taza de porcelana al posarse sobre el plato, cualquier cosa que se diga en voz alta resulta inadecuado.

Pidieron algo de beber.

La camarera les ofreció varias clases de tés, cafés o *chocolat*.

—¿No tienen nada con alcohol? —preguntó en voz alta la chica del sombrero de *paillettes*.

Eran las once de la mañana y aquello era un salón de té. Nadie en su sano juicio habría pedido alcohol en Ladurée.

Tampoco a nadie se le escapará que, en esos momentos, yo estaba especialmente sensible a lo que viniera del otro lado del océano. Digamos que los norteamericanos no contaban con muchas simpatías en mi escala de valores. Creo que incluso recordé vagamente que monsieur Hervieu solía asegurar que todo lo malo venía del mar, empujado por el viento del oeste. En esos momentos aquella gente me pareció maleducada, vociferante, y tentada estuve de hacerles notar que quizá pudieran encontrarse mejor en una *brasserie* de Montparnasse. Pero no hubo necesidad. Las camareras de Ladurée eran unas buenas profesionales. Oí cómo les respondía en voz baja y firme:

—Nosotros no, mademoiselle. Pero si quieren tomar un aperitivo, un poco más allá encontrarán el Hôtel Regina. Quizá allí puedan servirles bebidas espirituosas en cuanto abran el bar.

Me hizo gracia la exquisita observación de la camarera sobre lo temprano de la hora para beber alcohol, incluso en un lugar como el Regina. No sé si ellos detectaron el desdén con el que les había aconsejado que se fueran.

—No, no, está bien —rectificó la norteamericana al tiempo que encendía un cigarrillo en su boquilla de ámbar—. Tomaremos té y unos de esos pastelillos de colores.

Señaló hacia mi mesa.

La camarera me miró e inclinó la cabeza, como pidiendo disculpas por la falta de discreción de aquella gente.

Creo que fue entonces cuando llegó Frances. Venía con el sombrero en la mano y el cabello perfectamente ondulado y brillante. No llevaba abrigo, solo una capelina de lana a juego con el vestido. Avanzaba hacia mi mesa. La chica norteamericana estaba situada de frente, yo la veía fumar con aire indiferente, como si no estuviera allí, pero los caballeros estaban de espaldas. Y de pronto uno de ellos se levantó y salió al encuentro de Frances. Me quedé de piedra. Ella también se mostró sorprendida, pero luego se saludaron con cariño.

—Querido —escuché que exclamaba Frances a media voz—. Cuánto tiempo…

Se tomaron ambas manos y estuvieron así unos instantes, sin que los demás pudiéramos oír mucho más. Sin duda yo estaba expectante, y debo de añadir que no precisamente para bien. ¿Cómo era posible que Frances tuviera algo que ver con aquellos clientes tan maleducados? Enseguida pensé que eran amigos de Freddie. No cabía otra posibilidad. Hasta los amigos bohemios de Frances eran menos vulgares. Desde luego, a ninguno de ellos se les habría ocurrido entrar en Ladurée y pedir bebidas alcohólicas a las once de la mañana.

Frances me señaló con un gesto. El hombre y ella se acercaron a mi mesa. Yo no le reconocí. Supongo que él tampoco a mí. Había envejecido y llevaba una de esas chaquetas gruesas de tres botones que se habían quedado anticuadas, sobre todo en un día soleado en el que la mayor parte de los caballeros llevaban trajes claros y ligeros.

—Rose, querida, mira quién está en París.

Yo sin saber quién era aquel hombre de pelo cano y dedos manchados de nicotina…

—¿No te acuerdas? Estuvo con nosotras en Elsinor Park.

Primero. En un fogonazo de la memoria, doloroso e innecesario, recordé a James, muerto y desaparecido del todo, como solo pueden desaparecer aquellos a los que nos empeñamos en olvidar. Y en ese instante de naturaleza incierta, en el que se aprietan las imágenes como en una maleta mal hecha, vi a Frances en la casita del río… y también a ese hombre que me sonreía.

Sí, no cabía duda, era él. Owen Lawson. Acababa de llegar a Francia. Eso dijo al menos.

Me besó la mano y su poblado bigote blanco me rozó los dedos.

Los que estaban con él también eran escritores, por lo visto. Nos presentamos. Un norteamericano y su esposa. Nunca he podido recordar sus nombres, porque seguramente no llegué a oírlos, pero recuerdo perfectamente a aquella chica que tendría más o menos mi edad, con su bonito sombrero, fumando y desdeñando el dulce sabor de los *macarons*, mientras anhelaba una copa con la barbilla alta y la mirada perdida.

Creo que Frances se dio cuenta de que me sentía molesta y puso una excusa para quedarnos en Ladurée el menor tiempo posible. Cuando salimos, me contó que Owen, así era como le llamaba ella, se había alistado como voluntario y había resultado gravemente herido en la batalla del Somme.

—Fue declarado héroe de guerra y ha estado viviendo en Inglaterra desde entonces. Pero dice que está harto del campo, que quiere instalarse en París. Se ha casado con una pintora australiana y tienen una hija, ¿sabes?

Creí recordar que ya estaba casado entonces. Y que su mujer era inglesa.

—Con Violet acabó mal; ella y Mary Nicholson, la mujer anterior de Owen, están siempre con litigios y pleitos. Por eso se ha cambiado el nombre.

No entendí nada. Tampoco me interesaba demasiado. Owen Lawson no me gustaba. Cabe que fuera un gran escritor, pero como persona no me gustaba en absoluto. Nunca me había gustado.

Llegamos al restaurante donde nos esperaba Freddie. En aquella ocasión le encontré apuesto y hasta discretamente distinguido. Hay que ver la rapidez con que podemos cambiar de opinión sobre las personas.

Un par de días después.

Dentro de pocos días Frances y él tomarán un barco y atravesarán el Atlántico. Tal y como yo me temía, Frances ha sugerido que les acompañe.

—Te gustará América. Es un sitio fantástico, lleno de cosas nuevas, sobre todo para alguien de tu edad. Yo estoy deseando ver esos enormes rascacielos. Y los clubes de jazz de la calle 54. Y los teatros de Broadway…

Le digo que no deseo ir con ellos. Se lo digo sin ningún tipo de rodeo.

—Está demasiado lejos para mí —añado escuetamente.

—¿Demasiado lejos? —repite Frances como si no me creyera—. ¿Lejos de qué? ¿De quién?

Entiendo qué quiere insinuar. No tengo un marido, un novio, un amante al que echar en falta; no tengo una madre a la que cuidar, ni unos hermanos con los que celebrar mi cumpleaños. Solo la tengo a ella.

Me encojo de hombros y niego una y otra vez, absolutamente

convencida. No soy capaz de encontrar una excusa y ella se da cuenta. Creo que sabe que no me iré de París bajo ningún concepto.

¿Por qué me siento tan atada a este viejo continente? América me parece extraña; no entiendo ese mundo elemental y simple que pretenden exportar más allá de sus fronteras. Frances dice que los americanos son gente con un marcado sentido práctico, que no se andan con tonterías y que con ellos es muy fácil saber siempre a qué atenerse. No se lo discuto. Pero no sé muy bien para qué sirve eso. Para los negocios, de acuerdo, puede ser. Pero hay otras cosas en la vida. Y no me refiero solo al arte. ¿Cómo pueden prescindir de lo ambiguo, lo improbable, lo incierto?

Estamos en el Blue Storm de nuevo. Hoy ni siquiera he insistido en ir a L'Oiseau Sauvage. Ya no me planteo oponerme a los deseos de Freddie; total, ¿para qué?

Hemos entrado justo cuando la chica del otro día empezaba a cantar. Hoy lleva un traje negro con un pronunciado escote de pico y la falda corta, con tres capas de flecos superpuestos que se mueven continuamente aunque ella apenas lo haga. Freddie pide una botella de champán, como siempre.

—Yo tomaré un cóctel —le digo al camarero—. Uno de esos que tienen una guinda y una rodaja de naranja.

Frances me mira con asombro. Freddie también.

Y luego, cuando me traen mi copa y Frances ve el color rojizo de mi bebida, suelta una carcajada.

—Cuando estés en Estados Unidos —digo visiblemente ofendida—, verás que todo el mundo los toma. Es un Manhattan. Deberías saberlo, tú que eres tan moderna.

Cojo mi copa y me levanto. Voy hacia el escenario. La cantante me reconoce y me guiña un ojo cuando ve la copa en mi mano. Le sonrío. Hoy canta una melodía distinta de la otra vez; simula que habla con su novio y le llama *baby* todo el tiempo. Esta chica me resulta muy divertida, me pone de buen humor. Cuando decido olvidar mi enfado y regresar a la mesa, veo que, desgraciadamente para mí, Frances y Freddie están acompañados.

Estoy rodeada.

Sitiada.

Creo que debería rendirme.

Esa pareja, los amigos americanos de Owen Lawson. Esa mujer cuyo nombre no recuerdo y su boquilla de ámbar… Owen no está con ellos.

—No, no —le está ordenando al camarero—. A nosotros tráiganos una botella de bourbon.

Viene alguien más y también se sienta. Hay presentaciones informales y nombres que nadie oye. Todos son americanos. Americanos en París.

—En *La Gazette du Bon Ton* —le dice alguien a Frances—. En serio, tienes que leerlo.

—¿Qué es eso? ¿Una especie de *Vanity Fair*?

Y luego ese hombre que habla de *La Gazette* me mira también, con los ojos vidriosos de quien ya ha bebido demasiado. Nunca me ha gustado la gente que no sabe esperar.

La mesa va ampliándose, como ocurre muy a menudo en L'Oiseau Sauvage. Solo que aquel no es el lugar, ni aquellos son mis amigos habituales.

—Los decorados son de ese español, Pablo Picasso, y la coreografía de Léonide Massine —le grita Frances al hombre que está en el otro extremo de la mesa.

—Mistinguett y Maurice Chevalier —oigo que dice alguien—. Es una opereta.

—Pero si es piloto de buques —protesta la mujer que está sentada a mi lado. Seguramente nadie más que ella sabe a quién se refiere.

Hay otro americano. Este sí sé cómo se llama: Roger, y es de Cincinnati. Al menos no está borracho como los demás.

Hablo con él. No me queda más remedio. Me pregunta por las reuniones en casa de Gertrude y Alice. Su voz consigue elevarse por encima de la música. Es grave, potente, viril.

—He oído hablar de esas reuniones. Alan Campbell, el marido de Dottie, me recomendó que fuera a visitarlas en cuanto se enteró de que venía a París. Ya sabes, Dottie, Dorothy Parker...

Yo no tenía ni idea de quién era la tal Dottie. Tampoco era una asidua a las reuniones en casa de Gertrude Stein, aunque había acudido alguna vez con Frances. Lo cierto es que siempre encontrabas demasiados egos juntos en aquel salón. La gente normal no podía abrirse hueco en medio de tanta celebridad y a veces me marchaba de allí sin haber podido pronunciar una sola frase completa. No es que me importara mucho, pero tampoco encontraba que los que acaparaban la conversación tuvieran cosas tan importantes que decir.

Roger es alto, fuerte, simpático. Lo encuentro bastante atractivo.

Retira su silla del círculo que se ha formado alrededor de nuestra mesa y la acerca a la mía con una sorprendente naturalidad. Desde la barra, la chica que canta con la orquesta vuelve a guiñarme un ojo.

—¿Pero eres inglesa o francesa?

Es una pregunta que odio. Nunca sé qué contestar; a veces me esfuerzo, pero eso significa dar demasiadas explicaciones.

—Me he criado en Francia. Aunque mi familia es inglesa.

Parece darse por satisfecho con esta sencilla explicación.

—Yo quiero viajar por Europa, por el sur sobre todo, ya sabes, Niza, la Riviera… Quizá también España… Dentro de un par de meses iré a Italia y alquilaré algo allí para el invierno. Creo que la temperatura es agradable.

La música se está volviendo demasiado estridente. Roger se acerca un poco más, mientras le cuento que Frances y yo hemos estado en Italia en varias ocasiones. Según voy hablando, me doy cuenta de que estoy intentando seducirle de algún modo. Quiero gustarle, parecerle interesante, que me admire. Quiero que se sienta atraído por mí. Le hablo de Siena y de las villas del canal del Brenta. Él solo tiene referencias de Roma y de Florencia.

Cree que Venecia es un lugar sucio y lleno de ratas.

—No estoy muy seguro de querer ir —dice con naturalidad.

La americana de la boquilla de ámbar pide otra botella de bourbon. Hay vasos repartidos por toda la mesa. Frances y Freddie han desaparecido en la pista de baile.

—Quizá no deberías pensar en las ratas ni en la suciedad —le digo a Roger—. Nadie lo hace cuando ve Venecia.

—¿Pero de verdad es tan… fascinante?

Me doy perfecta cuenta de que está deseando dejarse convencer. Y que, de algún modo que seguramente ni el mismo prevé, me está poniendo a prueba.

—Sí, desde luego que sí.

Al principio intento explicarle por qué, y luego decido callar porque no tengo palabras para describir esa ciudad sin tropezarme con los tópicos.

Me mira y sonríe.

—Creo que no me queda más remedio que ir a Venecia —dice recostándose en el asiento, con la satisfacción del que ha conseguido su objetivo. Su pecho se estira y tensa la camisa blanca.

Y luego se repliega, apoyando el codo en la rodilla. Se inclina hacia mí y habla en voz muy baja.

—¿Vendrías conmigo?

Sonrío. Ahora soy yo la que se echa despreocupadamente hacia atrás.

—¿A casa de Gertrude y Alice? —pregunto maliciosa—. Claro, un día de estos.

—Ok, te tomo la palabra. ¿Qué tal mañana?

Entonces yo me río y él también. De repente, somos dos sustancias químicas que han entrado en contacto.

Lo hemos hecho. Ya podemos volver a relacionarnos con el resto del mundo. Roger se vuelve hacia el tipo que tiene al otro lado.

—Es increíble el sentido del humor de los ingleses, ¿no crees?

Y el otro le mira y asiente con los párpados entornados y la boca estúpidamente abierta.

Estamos en la puerta. Alguien habla de ir a La Cloche, un local de jazz que cierra más tarde que el Blue Storm.

Frances y Freddie hace rato que han decidido irse a casa.

—¿A La Cloche? —exclama alguien con voz bronca—. Pero si en ese antro tocan el peor jazz del mundo.

—¿Tienen whisky?

—Por barricas.

—Pues entonces a La Cloche se ha dicho.

Cogemos varios taxis. Roger y yo compartimos el nuestro con la chica de la boquilla de ámbar y su marido. Ella ha perdido el sombrero y discuten sin parar durante todo el trayecto. Se insultan de la manera más agria que he visto nunca y, cuando llegamos a nuestro destino, ella se niega a bajar del taxi.

—Déjales —dice Roger sin asomo de compasión, mientras deja un par de billetes al taxista—. Siempre hacen lo mismo. Esta noche les echarán del hotel y mañana ella aparecerá con un ojo morado.

No sé si Frances va a ser feliz rodeada de esta gente.

28

El Morris Bullnose de Frances está guardado en un garaje de la rue D'Anjou. Freddie quiere que nos deshagamos de él porque se va a traer un Ford nuevo de Estados Unidos, pero todavía no lo he hecho; yo prefiero esperar a que ellos regresen. Roger me ha acompañado a sacarlo para ir a Deauville. Pasaremos allí el fin de semana.

El Morris está anticuado y ya no resulta tan cómodo como antes, pero para mí sigue siendo el coche de Frances, aunque hoy es Roger quien conduce. Se me hace extraño que haya otra persona en su lugar. Al él también debe de resultarle raro conducir un coche con el volante a la derecha; más que raro, yo diría que le parece una especie de juego, o desafío. Va salvando obstáculos, uno tras otro, hasta que por fin, a la altura de Bonnières-sur-Seine, empieza a hacerse con él. Entonces yo también me tranquilizo y lo miro complacida. Lleva una gorra de aviador de segunda mano que compramos el otro día en el *marché aux puces* de Saint-Ouen, y yo un sombrero de fieltro, con el ala recta y un pliegue a un lado, que sujeto con un fular de gasa, intentando que no vuele. No quiero quitármelo, porque entonces el viento me estropeará el peinado y llegaré a casa de los Ferguson hecha una lástima. Espero sinceramente que Elliott no esté allí. Sarah no me ha dicho nada al respecto.

Sarah y Charles se casarán en agosto. Me resulta extraño, sobre todo porque no puedo evitar compararme con ella y, a pesar de que sé que ambas tenemos la edad adecuada para contraer matrimonio, no consigo verme a mí misma en el papel de esposa y madre. Todavía no. En mi vida es demasiado pronto para demasiadas cosas.

Frances regresará de América para asistir a la boda y, aunque Freddie tiene que quedarse por asuntos de negocios, ella cogerá el barco la próxima semana. «Ardo en deseos de verte y contarte todo lo ocurrido en estos meses», dice el cablegrama que me ha enviado. Parece que Freddie hará el viaje más tarde y no llegará a tiempo para la boda.

—¿Qué te pareció ese tipo, Jordan Miller?

Roger conduce con la capota bajada. El viento y el ruido del motor no me dejan oír bien sus palabras.

—Le gustaste —grita sin mirarme.

—¿Qué?

—Que estuvo pendiente de ti toda la noche —grita más alto aún.

—Qué idea tan absurda —grito a mi vez—. No tenía nada que ver con eso que estás pensando. Quería que leyera un cuento que ha escrito.

—Él también. ¡Dios santo! ¿Es que todo el mundo en esa casa quiere escribir un libro?

—¿Cómo dices?

Para el coche junto a un poste de madera.

—Que son una pandilla de sabihondos —dice recuperando su voz normal, una vez que apaga el motor.

De pronto el silencio se hace tan repentino que me trastorna. No sé muy bien a quiénes se refiere, aunque creo que lo supongo. Roger no se las da de intelectual, pero es un gran lector y, por lo poco que sé, cuando quiere escribe mejor que muchos de mis conocidos, incluida la propia Gertrude.

—Si no subo la capota, no vamos a poder hablar en todo el viaje —dice abriendo la portezuela—. Además, veo que tienes frío.

Señala mi fular alrededor del sombrero y del cuello. No le confieso que es un simple acto de coquetería.

—¿Así que quería que leyeras su cuento?

—Sí. Me pidió mi opinión.

Roger pone cara de incredulidad. ¿Quién soy yo para que nadie me consulte sobre la calidad literaria de un relato?

—No quería tu opinión —dice sin ninguna intención de humillarme.

Pone el coche en marcha otra vez.

—Quería otra cosa.

Protesto. En el fondo, aunque no me apetezca confesarlo, estoy de acuerdo con él.

—Pero si estaba su mujer allí…

—Ja… —Se vuelve un instante y me mira con su deslumbrante sonrisa—. Para algunos individuos, créeme, eso no es ningún obstáculo.

No sé qué tipo de relación tenemos Roger y yo. Nos conocemos hace tan solo tres meses, pero desde que se fue Frances nos vemos todos los días. Yo le gusto y él me gusta, eso es más que evidente, pero nadie ha pronunciado la palabra noviazgo o compromiso. Por eso me hace gracia que se muestre tan celoso.

—Te contaría lo de su medalla, ¿no?

No le respondo. Aunque sí, es cierto, me lo contó. La artillería austríaca que dispara sin piedad y le hiere en las piernas, pero aun así se echa sobre los hombros a un soldado italiano malherido y consigue ponerle a salvo…

—No se la coloca en la chaqueta de sport de puro milagro. No he visto un tipo más engreído en mi vida.

—Es muy joven —le digo—. Está intentando abrirse camino y supongo que trata de destacar en un ambiente en el que no es fácil hacerlo. Date cuenta de que tiene prácticamente mi edad… Es normal que le guste alardear.

Mi argumento no es, desde luego, nada sólido. Ni yo misma le veo el sentido.

—¿Y qué? Tú no eres engreída. Y eso que conoces a un montón de escritores y artistas. Lo que daría ese tipo por tener tu círculo de amigos.

—¿Tú crees?

Vuelve a mirarme pero no responde de momento. A veces no sé muy bien qué piensa Roger. Es inteligente, simpático y creo que buena persona. Pero hay algo que se me escapa. Algo que tiene que ver con su posición en el mundo, con lo que espera de la vida. Por ejemplo: quiere viajar por Europa, pretende ir a Italia, Grecia y quizá también a España, pero luego no se decide, deja correr el tiempo como si las cosas sucedieran sin su intervención, por sí mismas, de esa forma tan improvisada que a mí puede hacerme perder los nervios. Tampoco sé qué espera exactamente de las personas que le rodean. Le gusta frecuentar los círculos artísticos, pero critica sin parar a todo el mundo. No es que no tenga razón, que la tiene, pero resulta tan…, no sé…, exigente, implacable, que una se pregunta constantemente para qué acude a esas reuniones o se junta con gente a la que desprecia tanto. Cuando pienso en todo esto, no puedo evitar pensar también en el papel que ocupo yo en su vida.

—¿Y nos alojaremos en casa de tus amigos?

Se refiere a los Ferguson, claro.

—Sí, desde luego. Pero solo estarán Sarah y su prometido. La familia no vendrá hasta después de la boda. Aunque cualquiera sabe, también es posible que cancelen el viaje a última hora…

Le cuento que la casa ha estado cerrada muchos años, primero por la guerra y luego, tras la muerte de James, por la extraña dolencia que impide a lady Ferguson abandonar Elsinor Park.

—¿Qué le ocurre?

—Padece de los nervios. Los médicos dicen que sufre una especie de fobia, algo así como un ataque de pánico que le da si se ve rodeada de gente extraña. Se pone fatal. Ni siquiera sé si podrá asistir a la boda.

Pasamos por un pequeño pueblo con hermosas casas de verano. Cuando cruzamos el puente sobre el Sena los árboles de la ribera se reflejan en el agua. Me sorprende comprobar que son más hermosos que los reales. Tiemblan trémulos, inseguros, efímeros, y tienen un brillo que parece una capa de barniz.

—¿Son muy estirados? —pregunta Roger con cierto reparo.

—No, en absoluto —respondo convencida—. Sarah y Charles son encantadores, muy cariñosos, ya verás.

—No he conocido nunca a un lord.

—Bueno, el lord es su padre.

Se vuelve de nuevo y me sonríe. ¡Dios mío! ¡Cómo me gusta la sonrisa de Roger!

—Lord Ferguson es un hombre sumamente tranquilo —continúo—. Vive en el campo y solo va a Londres cuando no le queda más remedio. No sé si se habrá puesto alguna vez una de esas pelucas que exigen en la Cámara de los Lores…

—Vaya —exclama él con ironía—, ¿qué clase de estafa es esta? Un lord que no se comporta como un lord.

Y me mira otra vez.

Y me sonríe.

Y yo me enredo un poco más en la tela de araña que vamos construyendo entre los dos.

El viaje hasta la costa es agradable. La carretera discurre paralela al cauce del Sena y vamos viendo el paisaje, fértil y todavía cuajado de verdes y ocres.

—Comeremos en Rouen, ¿te parece?

—De acuerdo —acepto encantada con la idea—. Si no recuerdo mal, hay un restaurante cerca de la catedral. Tiene una marquesina y podremos comer al aire libre.

—¿La catedral en la que madame Bovary se citaba con su amante?

—Vaya —respondo con ese tono irónico que usamos a veces entre nosotros—, veo que eres un americano culto, sabes que Flaubert era de Rouen.

Sé que estos pequeños combates dialécticos le divierten tanto como a mí.

—Por supuesto, pequeña. ¿Qué creías, que era uno de esos vaqueros ignorantes?

—Bueno, he conocido algún compatriota tuyo que creía que España estaba al sur de Méjico.

Se ríe con una carcajada contagiosa.

—¿Quién te ha dicho esa barbaridad? ¿Ese tal Miller?

—No, ahí te equivocas, querido. Precisamente, Jordan me estuvo hablando de España un buen rato. Creo que incluso ha estado, o piensa ir allí en breve. Conoce la cultura y las costumbres españolas bastante bien.

—No hablemos más de él. ¿Has leído el libro que te presté?

—¿El de Ezra Pound? Sí, lo leo a ratos.

—¿Qué te parece?

—Es…

—¿Demasiado intenso?

Me río. Exactamente eso es lo que pienso, aunque nunca lo hubiera expresado así.

—La verdad es que no puedo leer más de dos poemas seguidos. ¿Él habla chino?

—Creo que no demasiado bien. Al menos eso dicen.

—¿Y cómo es que se arriesga a traducir los versos de un poeta de la dinastía Tang?

—Bueno, más que una traducción, creo que es un experimento. A ti te gusta más otra gente, esa Emily Dickinson, por ejemplo, ¿verdad?

—Mucho más —reconozco; no le digo que llevo sus poemas en la maleta.

Ahora es Roger el que se ríe.

—Estás demasiado apegada a la literatura romántica —comenta con un punto de arrogancia—. Y eso ya no está de moda.

—Una conocida nuestra —le respondo beligerante—, la modista Coco Chanel, dice que todo lo que está de moda, pasa de moda. Byron, Shelley, Baudelaire, incluso alguien como Yeats, seguirán vivos cuando tu Ezra Pound se agote. Y no se te ocurra decir que soy una anticuada.

Roger calla durante unos segundos.

—Jamás diría tal cosa, encanto. Prefiero proponerte algo.

De pronto se me ocurren varias cosas. Y casi todas me dan miedo.

—¿Querrías venir conmigo a Italia?

No sé qué responder.

—He alquilado una casa en ese lugar del que me hablaste, la *riviera* del Brenta. No es una de esas villas majestuosas, pero está cerca de Venecia. Y relativamente cerca de Padua, de Vicenza o de Verona… Solo espero que no haya demasiados mosquitos.

No acierto a imaginar cómo sería vivir en Italia con Roger.

—Tiene la fachada pintada de color amarillo —añade, como si ese hecho le asombrara todavía.

Estoy nerviosa, no sé qué decir. Pienso muy rápido. El futuro. Frances a punto de casarse con Freddie y tal vez instalada en Estados Unidos…

—También hay un jardín. El dueño me asegura que está bien cuidado. —Roger espera pacientemente, pero al cabo de unos minutos se ve obligado a insistir—: ¿Qué respondes? ¿Aceptas?

—¿Cuándo piensas irte? —pregunto a mi vez en voz baja, precavida.

—En septiembre —responde él.

—Pero Frances… —acierto a decir.

Él reacciona de inmediato.

—Claro que tú podrías venir cuando quisieras, quizá a pasar los meses más crudos del invierno. Me han dicho que en Italia el clima es bastante más benigno que en París.

—Bueno, en el sur sí. Pero en Venecia los inviernos son húmedos.

Roger se ha puesto muy serio. Mira al frente y debe de tener el entrecejo fruncido, porque una de sus cejas está tan tensa que el pelo sobresale como el lomo erizado de un gato. Creo que se siente defraudado.

—¿No quieres venir?

No puedo aceptar con el entusiasmo que él espera. La cabeza empieza a darme vueltas. No entiendo qué me pasa.

Estamos entrando en Rouen. Veo las torres de la catedral a lo lejos, cuando cruzamos el puente, y enseguida aparecen los entramados de madera de las casas medievales. Luego ya no recuerdo nada más, ni el restaurante donde comimos, ni si alguno de los dos habló de Juana de Arco o de los cuadros de Monet. Para bien y para mal, todo se ha borrado de mi memoria.

29

Encontré Deauville más bello que nunca. No hacía calor y había menos gente que en agosto, porque los parisinos aún no habían llegado con sus modernos automóviles, sus trajes de polo y sus lentejuelas. Aquel Deauville de principios de junio todavía guardaba alguna similitud con el apacible lugar de veraneo que yo había conocido antes de la guerra.

Sarah nos estaba esperando. Cuando abrí la portezuela del coche tuve la impresión de estar usurpando el papel de Frances el día que la conocí, en este mismo lugar, bajando de este mismo automóvil con el querido Sacha. Y de eso hacía ya ocho años.

—Querida Sarah...

Empecé a subir las escaleras en forma de trapecio. Esta pirámide ascendente, truncada, como mis pensamientos. Un peldaño, dos... Vivir en Italia.

Sarah y Charles bajaron a nuestro encuentro.

De pronto sentí un deseo visceral de ser yo misma.

Yo.

Sarah y yo nos abrazamos con el cariño que siempre hemos sentido la una por la otra. No habíamos vuelto a vernos desde aquella desagradable fiesta, tres años antes. La encontré más delgada y mucho más guapa. Se parecía algo a su madre, y sin tener su distinción y su exagerada belleza, a cambio resultaba más cálida, más real. También ella se había cortado el pelo y sus ojos verdes parecían más grandes ahora, como su sonrisa. Charles, por su parte, estaba igual que siempre. Sentí algo muy curioso al verle: una suerte de confianza íntima, algo que enseguida me di cuenta de que tenía que ver con la tranquilidad que emanaba de su persona. Y entonces, de nuevo y en secreto, envidié a Sarah.

La casa estaba como entonces: los mismos muebles en el recibidor, las estrechas escaleras de las dos alas y el salón donde yo vi a James por primera vez. No me sentía bien, no sé por qué. Sarah había cambiado y yo también, pero ella había mejorado con los años. Era una mujer segura y feliz que se iba a casar con el hombre al que amaba. Yo no sabía bien si había mejorado; solo sabía que no quería ir a Italia. No quería ser la amante de Roger. No quería que me pidiera en matrimonio.

Entonces, ¿qué hacía allí con él?

Durante la velada hablo con soltura y despreocupación, como si todo eso no me ocurriera a mí. Sarah y yo intercambiamos noticias de los amigos de Londres. En un momento en que ellos no nos miran, Sarah me interroga con la mirada.

No sé qué decir. Que Roger me atrae, me divierte, me gusta. Que me consuela de lo extrañamente sola que me siento sin Frances. No se lo diré. Porque entonces tendría que confesarle algo más: no necesito un Freddie en mi vida. Todavía no.

Durante las primeras dos horas que pasamos en casa de los Ferguson no pienso en otra cosa que en escapar hacia atrás en el tiempo. Me veo en ese salón, una niña de catorce años con un sencillo vestido azul de cuello marinero… Hablo, río y frivolizo, pero en el fondo solo deseo correr hacia la biblioteca y quedarme allí. Con todos aquellos libros que en el pasado me prometían una vida apasionante y feliz… Y quizá con el recuerdo de James, que se despidió de la vida antes de que el mundo cambiara para siempre.

Es media mañana. En el boulevard hay grupos de gente que pasean bajo el tibio sol de junio. Las mujeres llevan vestidos ligeros y finos suéteres de punto. Los hombres trajes claros y chaquetas deportivas, algunas de rayas, que se complementan con canotiers de diferentes tonos y tamaños. Algunas señoras llevan sombrillas con encajes y puntillas que burbujean.

Sarah y yo nos hemos escapado para dar un pequeño paseo y tener unos minutos a solas. Hoy hemos asistido los cuatro a la subasta de los purasangres, que se ha celebrado antes de la primera carrera de la temporada. Por lo visto Charles quería comprar un caballo y una vez elegido, les hemos dejado a Roger y a él realizando las transacciones y el papeleo pertinente. Charles me ha confesado en secreto que el caballo es un regalo para Sarah y por fin he comprendido el motivo de que hayan venido a Francia en vísperas de su boda.

En la memoria guardo esta escena.

Luminosa como las mañanas de junio.

Sarah y yo.

Hemos dejado a Charles y a Roger en el establecimiento de Elie de Brignac y ahora vamos las dos paseando por el boulevard que hay delante del Casino.

—¿Sabes? —comenta Sarah, mientras se pone los guantes—,

he oído que están proyectando un gran paseo marítimo. Un paseo junto a la playa… Me parece una idea extravagante, ¿no crees?

Después de ponerse los guantes para que el sol no le oscurezca las manos, Sarah abre la sombrilla.

—Será menos caluroso, por supuesto; pero no sé si caminar tan cerca de la playa será bueno, creo que la brisa del mar hace que te broncees en exceso. —Me mira desde debajo de su sombrilla. La luz se recoge en torno a su cabeza como si fuera un aura—. Y, desde luego, no me gustaría coger ese tono de piel que tienen las mujeres de los pescadores. Diga lo que diga esa mademoiselle Chanel.

Un poco más allá de las suaves dunas que indican el final de la playa, se ve a un grupo de niños escarbando en la orilla, en la arena húmeda. Media docena de gaviotas revolotean a su alrededor.

—¿Qué hacen? —pregunto.

—Buscan esos bichos de concha. Moluscos, creo que los llaman. Algunas personas los comen.

—¿En Deauville? —pregunto.

—No, no son de aquí. Vienen de Trouville, cruzan en barca la ría y esperan a la bajamar para recoger esos bichos, almejas, caracoles, ostras… Antes de la guerra nadie comía eso, pero ahora ya ves…

—¿No son peligrosos? He oído decir que se puede coger el tifus.

Sarah se encoge de hombros. Creo que no es un asunto que le preocupe demasiado. Aun así, añado, recordando algo que había olvidado por completo:

—La hermana de madame Hervieu murió de tifus por comer ostras en Pirou.

Estoy segura de que Sarah ni siquiera recuerda quién es madame Hervieu.

El sol se ha ocultado tras unas nubes. Tardará un buen rato en salir de nuevo. Sarah cierra la sombrilla y me dice:

—Vamos, Rose, deja en paz las conchas y hablemos de ti y de Roger. Supongo que hay algo serio entre vosotros.

A Sarah no quiero mentirle. ¿Para qué? Las doncellas le habrán ido con el cuento de que él se despierta en mi cama.

—Podría haberlo en cuanto yo quisiera.

—No me cabe la menor duda.

Sarah me conoce demasiado bien. Podría tratar de engañarme a mí misma, antes que a ella.

—No me preguntes por qué, pero enseguida me pareció un candidato adecuado para ti. Creo que os entenderíais bien, eso se nota.

—Sí, es cierto. Hasta la fecha nos entendemos bastante bien.

Me mira ahora con más atención.

—¿Entonces?

—Me gusta mucho. Me divierte.

Sarah insiste.

—¿Entonces?

Se lo digo. Roger no es. Él no es. En voz alta, para oírlo yo misma.

No sé con qué palabras exactas lo digo.

Será otro, pero Roger no.

Solo recuerdo cómo resuenan los pensamientos dentro de mí. Puedo repetirlo en silencio, después de los años y después de que, afortunadamente, encontrara el verdadero amor. No era Roger. Y luego, cuando los sueños que entonces parecían imposibles se habían cumplido, lo perdí.

—No te entiendo —asegura Sarah.

No me censura; solo intenta comprender por qué, pero yo no tengo ganas de seguir adelante con esto.

—¿Y tú? —pregunto, cambiando de tema—. ¿Eres feliz con Charles?

Cruzamos la calle cuando el boulevard se acaba.

—¿Feliz? Claro. Charles es estupendo, hace que todo resulte muy fácil. Vayamos por allí. Pasaremos por delante de la villa de los Rothschild.

Sarah me lleva hacia la acera que está protegida por grandes plátanos de ramas nudosas. Al otro lado de la calle, en lo alto de una ladera verde, se alza la hermosa casa que ahora pertenece a los Rothschild y que unos años más tarde comprará el magnate Ralph Beaver Strassburger. Una simple valla de madera clara rodea la finca. En lo alto, la casa de estilo normando se alza coronada por multitud de torres y chimeneas.

—Hay invitados —dice Sarah, contemplando el movimiento de criados que se ve junto a la verja de entrada. Al fondo del camino asoman varios automóviles negros de reluciente carrocería.

—¿Has sabido algo de tu padre? —me pregunta con cierta cautela.

Es un tema que no puedo abordar en estos momentos. Ahora no, Sarah, por favor, ahora no.

Creo que se da cuenta de mi turbación.

—Lo siento —dice, sinceramente compungida al observar mi rostro—. No quería entrometerme.

Se hace un silencio tenso entre las dos. Sé que se siente profundamente avergonzada. Caminamos un poco más rápido, intentando que algo a nuestro alrededor cambie este absurdo malestar que nos ha caído encima y que a mí casi me impide respirar.

—Vendrá a mi boda —añade ella, supongo que después de haberlo sopesado mucho—. Creo que es necesario que lo sepas.

De pronto se nubla. El sol desaparece como si nunca hubiera existido. Tengo que reaccionar.

—No te preocupes —miento—, eso no es ya un problema para mí.

Intento pensar en otra cosa. En la luz de Deauville, por ejemplo. En junio no es comparable a nada. Las nubes aparecen y se van, de pronto luce un sol hiriente, y cinco minutos después puede que el cielo se vuelva negro y llueva durante unos minutos; y después de la lluvia volverá a salir el sol y la realidad tendrá esos colores limpios e intensos de las cosas recién estrenadas. Pienso en eso. En lo limpio que queda todo después de la lluvia.

—¿Iremos mañana al hipódromo? —le pregunto a Sarah—. Charles ha comentado algo, pero no sé si tienes previsto acompañarle.

—Por supuesto, querida —responde Sarah con un tono que intenta ser despreocupado—. Es la primera carrera de la temporada. No faltaría por nada del mundo.

—No sé si he traído la ropa adecuada —pienso en voz alta—. Será una de esas carreras a la inglesa, supongo.

—¿A la inglesa? —se ríe Sarah.

—Sí, ya sabes: grandes sombreros y faldas superpuestas.

Sarah suelta una rápida carcajada. La tensión ha cedido definitivamente.

—Pues sí, me temo que sí.

Un perro ladra cuando pasamos ante la verja de hierro de una villa. Parece bastante fiero.

—Pero yo que tú no me preocuparía por eso —añade Sarah mirándome con admiración—. Hasta en las carreras de Deauville se reconoce el estilo de una parisina moderna.

He heredado el título. Frances era eso cuando la conocí, una parisina moderna. Vuelvo a sentirlo: quiero mi identidad.

—¿Os importaría si no os acompaño?

—¿Al hipódromo? Te perderás algo verdaderamente emocionante.

—Sí, lo sé. Pero necesito estar un rato a solas, ¿sabes? Hay algo muy importante y necesito tomar una decisión.

—¿Algo que tiene que ver con tu americano, quizá?

Asiento en silencio. Hemos llegado a la entrada de casa. La verja está abierta. Me alegro de que Sarah no pueda seguir haciendo preguntas.

En esta biblioteca hablamos por primera vez James y yo. Los muebles están cubiertos por sábanas blancas y los cuadros también. Solo las estanterías se ven tal cual eran entonces. Las recorro con la vista. Hay muchos autores que entonces no conocía y que leí después, en aquellos solitarios años de mi adolescencia, y más tarde, en la Inglaterra oscura de mi primera juventud. Cuando uno es mayor, como yo ahora, lee y olvida muy fácilmente. Es como si necesitaras abrir hueco en un depósito que ya está demasiado lleno. Pero cuando uno es joven lee sin saber que las palabras leídas hablarán de nosotros con el paso del tiempo, nos guste o no.

Abro el libro. Busco el párrafo.

«Pues soñé —dijo— que estaba en el cielo, que comprendía y notaba que aquello no era mi casa, que se me partía el corazón de tanto llorar por volver a la tierra, y que, al fin, los ángeles se enfadaron tanto, que me echaron fuera. Fui a caer en medio de la maleza, en lo más alto de Cumbres Borrascosas, y me desperté llorando de alegría…»

Luego retiro la sábana blanca que cubre uno de los sillones, aquel en el que solía sentarse el anciano abuelo de Sarah, y me instalo en él con el libro.

Cuando regresan de la carrera, con los ojos todavía llenos de colores y velocidad, le digo a Roger:

—No regresaré contigo a París. Voy a quedarme unos días más en Normandía.

Se extrañan. Es una noticia que los coge por sorpresa a todos. A Sarah y a Charles también, porque ellos vuelven de inmediato a Inglaterra.

—Voy a visitar a la familia con la que me crié —les cuento después de unos minutos de desconcierto.

Creo que todos, incluso Roger, se hacen cargo de la situación.

—Lo siento, tendré que quedarme el coche —le planteo más tarde a Roger, cuando nos quedamos a solas—; pero hay un tren y en tres horas te plantas en París. No te importa, ¿verdad?

Cuando le llevo a la estación guarda silencio.

Ya estamos en el andén, junto a su vagón.

—¿No viajas en primera clase? —pregunto al ver que sube a uno de esos compartimentos con bancos de madera.

Se ríe.

—Cómo sois los europeos… Claro que no, nena. Unas horas entre gente con las manos llenas de callos no me harán ningún daño. Incluso creo que me colocarán de nuevo con los pies en la tierra, después de tanto purasangre y tanta nobleza.

No sé si tomármelo como una crítica ácida o como una simple ironía.

—En serio —añade al darse cuenta de mi desconcierto—. Me gusta viajar en segunda. Pasan cosas…

Luego, sin titubeos, me coge de la cintura, me atrae hacia él y me besa apasionadamente. No puedo verlo, pero sospecho que todo el mundo se nos queda mirando. Y luego, con mucha calma, me separa un poco, me contempla de cerca y desliza uno de sus dedos por el espacio que hay entre mi mejilla y el arranque del pelo.

—Espero tu respuesta —dice.

En esos instantes le siento tan cerca que estoy tentada de decirle que sí a lo que quiera proponerme. Pero no lo hago.

—Déjame que lo piense. Hasta después de la boda, por favor.

No hubo ocasión. Ahora ya no sabré nunca qué habría hecho de no acudir a aquella boda en la que me encontré con las dos personas más importantes de mi vida.

30

Lola levanta la cabeza y me mira… Noto sus ojos algo cansados, pero también siento que quiere seguir.

No hablamos, porque no hace falta. Nos basta una sonrisa cómplice para volver a lo nuestro.

31

Todavía recuerdo, a veces, cómo hacíamos el amor Roger y yo. Me avergüenza confesarlo; es más, me avergüenza incluso pensarlo. Seguramente era eso lo único que había entre nosotros: una gran atracción sexual.

El otro día pensé en ello. ¿Era por él? ¿Por mí? ¿Porque éramos afines? ¿O era simplemente porque teníamos la edad y la ocasión perfectas para ello? No desvelaré aquí detalles escabrosos, pero me gustaría hacer justicia a tantas y tantas tardes, noches y mañanas en las que, entre las sábanas de su cama o de la mía, dejábamos pasar las horas bañados por las caricias y la urgencia. Sé que es injusto decirlo, inadecuado incluso, pero no he tenido otro amante como Roger. Y, a pesar de todo, él no pudo ser...

Ahora me veo al volante del viejo Bullnose por las carreteras de Normandía. Hace un hermoso día. De esos de nubes y claros. Un día normando. Voy sola. Me siento libre.

No he avisado a los Hervieu. Creo que se llevarán una gran sorpresa cuando me vean aparecer.

Después de Caen, cuando tomo la carretera de Saint-Lo, empiezo a ver las granjas de madera y adobe, las fincas cercadas por setos y ese cielo incomparable de la Baja Normandía. No había vuelto desde aquel verano en el que estalló la guerra y miss Abbott me llevó a Inglaterra. Tengo una especie de nudo en el estómago.

Me detengo en Saint-Sauveur-Lendelin durante algo más de media hora. Quiero comprar una caja de tabaco. A madame Hervieu le llevo un pañuelo de seda que compré en una de las modernas tiendas de Deauville, pero de pronto he recordado que a su marido le gustaba sentarse junto al muro de la casa, en el banco de piedra, y que allí, al acabar las faenas del campo, monsieur Hervieu liaba un cigarrillo de tabaco malo y se lo fumaba con gran placer. El recuerdo de esos momentos me ha devuelto algo que creía perdido para siempre: un modelo de vida que no se parece en nada a la mía. Sé perfectamente lo que me está pasando y no me opongo. Todos mis pensamientos circulan alrededor de una misma idea. Y sin embargo no haré nada porque todavía no sé cómo hacerlo.

Paso junto a *l'école communale des filles* con sus muros de piedra y sus puertas en forma de arco. Qué frío hacía siempre en este sitio… Ahora la escuela está cerrada, los niños han acabado las clases, pero aun así me asomo por una de las ventanas de cristales sucios que permiten ver el interior del aula en la que recuerdo haber estudiado. Está prácticamente igual que entonces. Ni siquiera percibo el deterioro que causa el tiempo. Es un espacio lleno de vida y me devuelve una extraña energía.

Hay un mercado al aire libre delante de la iglesia y la mairie. Los campesinos han traído toda clase de productos locales: los quesos, la mantequilla envuelta en grandes hojas de parra, la sidra y las compotas o mermeladas de membrillo y manzana. Casi recupero los sabores de estos simples placeres solo con verlos. Un joven me da a probar sus quesos. Sonríe satisfecho cuando ve la expresión de mi cara. Yo también le sonrío. No necesito un queso, pero aun así se lo compro. Resulta muy estimulante comprobar que la memoria es capaz de conectar dos sentidos tan lejanos como la vista de hoy y el gusto de la niñez. Hay algo mágico en ello.

Delante de la iglesia hay un puesto con una mujer que vende jabones hechos por ella. Los envuelve en unas telas de flores o a cuadros, cada aroma en un tono; los hay de espliego, de miel, de lavanda… Hablo un rato con esa mujer, oigo su acento normando que me resulta tan querido; me cuenta que elabora los jabones como le enseñó su abuela, pero que ella les añade unas gotas de aceites esenciales que compra en Caen, y que su cuñada, que tiene una tienda de telas, le regala los muestrarios para envolver las piezas. Me confiesa que hace las pastillas de jabón a la medida de los recortes de tela que le regalan. Es tan bonita la presentación de sus productos que no puedo evitar pensar en el éxito que tendría algo así en París. Compro uno de cada para hacerle un regalo de bienvenida a Frances. Estoy segura de que le encantarán.

Son casi las once. Mucho me temo que voy a llegar a casa de los Hervieu justo a la hora de comer, pero supongo que no les importará. Según me voy acercando a la granja me siento un poco más nerviosa. Quizá debería haberles avisado. ¿Cómo estarán? ¿Cómo serán ahora los chicos?

Avanzo por el camino de tierra y veo la casa de una sola planta, un edificio largo con macetas de flores en las ventanas. Parece la casa de un cuento infantil. Uno de esos cuentos en los que los niños son abandonados en el bosque. Y bien mirado quizá lo sea.

No me ha dado tiempo de apagar el motor, cuando ya se ha abierto la puerta para dar paso a una mujer con el pelo gris, que se recoge el mandil hacia un lado y parece sorprendida o asustada. Lleva una pañoleta azulada alrededor del cuello. Es madame Hervieu, desde luego, la reconocería aunque hubieran pasado mil años. Ella a mí no tanto. Veo su gesto de extrañeza mientras bajo del automóvil y me acerco, con mis zapatos claros y mis medias blancas; sus cejas se elevan a modo de interrogación cuando repasa mi vestuario, y luego he ahí su enorme alegría cuando me acerco y le confirmo que sí, que soy yo.

No me abraza, se vuelve hacia la casa:

—Bernard —llama a voces—, ven enseguida, mira quién está aquí.

Monsieur Hervieu se asoma a la puerta con el cigarrillo en los labios. Lleva una chaqueta de pana y un chaleco viejo, quizá el mismo que usaba cuando yo vivía con ellos.

Él tampoco me ha reconocido.

—Pero mira quién es —le apremia su mujer; por un momento creo que se va a acercar a él y le va a zarandear para que reaccione—. Rose…, es Rose, nuestra Rose.

Lo pronuncia en francés. A mí me gusta comprobar que en algún sitio de este mundo alguien aún pronuncia mi nombre así.

—¿Pero cómo ha venido usted así, sin avisar? Mire qué aspecto…

Se pasa ambas manos por la ropa, como si quisiera quitarse un polvo invisible.

—Por favor, madame —le ruego—, no me trate de usted. No podría soportarlo. Le pido mil disculpas por ser inoportuna y presentarme sin avisar.

—¿Inoportuna? Criatura, no digas tonterías, ¿verdad, Bernard?

Y por fin me abraza. Huele como entonces, a campo, a aire limpio, a comida de gallinas, a ropa que se ha secado al sol. Me siento bien. En mi cabeza las palabras de Emily Brontë de pronto cobran todo su sentido.

Tantas excusas y explicaciones, no valen para nada cuando me enfrento a la infancia. Está guardada en esta cocina, anida en el frutero, en los platos de peltre, en los ojos grises de madame Hervieu. Mi infancia. Lo que yo era.

—¿Sigues siendo tan estudiosa? —pregunta inocentemente madame Hervieu; ella no puede saber lo que ocurre dentro de mí—. Dios mío, lo que te gustaba leer... Siempre tenías un libro en las manos.

Tiene el pañuelo de seda en las suyas. Lo toca como si fuera demasiado delicado para ella, pero, aun así, no se decide a meterlo de nuevo en la caja. Me ha dado las gracias de una manera un poco tímida, y creo que quiere tenerlo delante para encontrar el modo de agradecérmelo de nuevo con mayor efusividad. Pero yo desearía que lo guardara de una vez.

—Últimamente leo poco, la verdad. Vivo con mi tía, la hermana de mi madre. Es una mujer muy activa y la vida social me ocupa mucho tiempo.

Madame Hervieu acaricia el pañuelo con sus dedos nudosos.

—Siempre pensé que llegarías a ser alguien importante.

Se da cuenta de que quizá ha ido demasiado lejos.

—Quiero decir que Bernard y yo —mira a su marido un momento; la caja de tabaco está también sobre la mesa— hemos comentado en muchas ocasiones que tú no eras como las otras chicas, que necesitan un marido, ya sabes; le he dicho muchas veces a Bernard que no conocía a nadie que pudiera hacer cualquier cosa que se propusiera en la vida, salvo a ti.

Estoy a punto de echarme a llorar.

—¿Y los chicos? —intento cambiar de tema—. ¿Qué es de ellos?

A madame Hervieu se le ilumina el rostro.

—Uy —exclama—, los tres se han casado y viven en sus propias casas.

—¿Incluso Marcel?

—Sí, sí, el pequeño también. Tiene un hijo de dos meses. Cómo pasa el tiempo, ¿verdad?

Esta vida… Una línea recta, sin sobresaltos.

—Comerás con nosotros, espero. Estoy haciendo *matelote* de anguila, ¿recuerdas?

Recuerdo. A los niños no nos gustaba nada esa sopa hecha con pescados que le regalaban a monsieur Hervieu en Pirou y que se cocía a fuego lento añadiendo setas o champiñones de temporada.

—Y luego tarta de ciruelas. De las nuestras, de las de casa. Seguramente no encontrarás en París ciruelas que duren todo el verano, ¿a que no?

Me quedo con ellos. Comemos los tres. En la mesa de madera desgastada, la misma en la que estudiaba cuando era una niña, la mesa en la que desgranábamos maíz o ensartábamos chalotas. El lugar donde sucedía todo. El centro del universo.

Después de comer, madame Hervieu se empeñó en que fuéramos a visitar a su hijo Marcel, que vivía un par de kilómetros más allá, en el camino de Périers.

—Luego puedes quedarte a dormir en tu habitación. Está igual que siempre.

No deseaba desairarla por nada del mundo, pero a medida que avanzaban las horas me sentía más y más incómoda. No podía quedarme a dormir de ningún modo. Sabía que algo dentro de mí estaba a punto de explotar.

Fuimos en mi coche. Cuando arranqué el motor y les vi a los dos allí, apretados el uno contra el otro, ese malestar se mitigó un poco. El aire de la tarde estaba ligeramente perfumado por la flor tardía de los manzanos. Y despejó mi cabeza por unos instantes.

La granja era nueva. Un edificio de piedra de dos plantas con una explanada delantera en la que vi un arado, un carro con el eje apoyado en el suelo y una yunta colgada de la pared del cobertizo. Nos abrió un hombre alto y corpulento que besó a madame Hervieu sin quitarme el ojo de encima. Era imposible reconocer al pequeño Marcel en aquel individuo de nariz chata y cuerpo prominente. Tanto él como su mujer, una pelirroja flaca y seria, se sintieron incómodos con la visita, aunque lo disimularan, pero era evidente que mi presencia les colocaba en una situación forzada para la que no tenían una receta a mano. Por fortuna el niño hizo las delicias de todos y fue pasando de mano en mano, hasta que empezó a llorar de forma desconsolada y yo pude despedirme de la que había sido mi familia durante años. No había sitio allí para Rose.

Excluida, sin un lugar donde pasado y presente no se molestaran el uno al otro.

Circulé unos quinientos metros, hasta que la granja se perdió de vista. Paré el coche en la entrada de un camino y me eché a llorar. No creo haber llorado más en mi vida.

32

Lo cierto es que, para bien y para mal, nunca le agradeceré bastante a Frances haberme permitido conocer el París de los años veinte.

Vi a Jordan Miller un par de veces más antes de irme a Inglaterra. La última fue en el Criterion. Faltaban dos días para que regresara Frances y Roger ya estaba en Italia, por lo que me sentía en una especie de limbo. Había pensado quedarme en casa, pero mis amigos René y Suzy aparecieron antes de la cena y me vi obligada a acompañarles.

Tomamos unos canapés en el bar del Criterion, donde René había quedado con unos músicos a los que iban a contratar para la fiesta de cumpleaños de Suzy. Cuando ya llevábamos algo más de media hora allí, se sumaron a la reunión los Moore, Marianne Frost, Jordan Miller y su mujer, Elizabeth, que era ocho años mayor que él y que le seguía con una actitud tan entregada como incomprensible; un rato después aparecieron también Dick Parker y Maida. No había una sola velada en la que no estuvieran presentes. Dick era guapo, tan guapo, refinado y elegante, que dejaba incluso de ser atractivo para las mujeres. Jordan dijo de él más tarde, cuando la amistad entre ellos había hecho aguas, que era tan fino y delicado como una damisela. Maida me resultaba un poco incómoda, porque daba la impresión de estar perfectamente borracha a cualquier hora del día en que la vieras. Desde luego, era imposible ir al bar del Criterion y no encontrarse a algún conocido. Las veladas solían acabar en una especie de asamblea de hermosos y malditos, tan eufórica e incontrolable como el París de la época.

Las conversaciones.

Siempre dispares, confusas, enrevesadas.

—… es capaz de beberse una botella de bourbon en una sola noche…

Alguien a mi espalada arrastra una silla.

—… y entonces apareció casi desnuda…

Un hombre me besa en la mejilla, no puedo recordar quién es; pero sé que luego se sienta lejos, en el otro extremo de la mesa. Y que eso me apena durante un instante.

—… un libro de ese poeta irlandés…

Y una voz de mujer que llama al camarero.

—… menuda pelea tuvieron…

—¿Pero tú lees poesía? Yo ya solo leo novelas. El futuro es la novela…

Sé que allí hay personas con verdadero talento, y también unos cuantos farsantes.

—Hazme caso, la poesía no tiene el más mínimo futuro.

Esa noche, salvo René y yo, todos los demás eran norteamericanos, Suzy también. Solía ocurrir. A veces, yo misma me preguntaba dónde habían ido a parar nuestros amigos franceses. En unos meses esta marejada del otro lado del océano los había alejado de mi vida.

—… ah…, pero, querida, es de Idaho, ¿cómo no va a estar loco?

Americanos. Eran creativos, espontáneos, irreverentes. Pero sobre todo escandalosamente optimistas. Roger tenía razón: Europa había envejecido y todos aquellos extranjeros se adueñaban poco a poco de París. ¿Era real esta impresión o tenía que ver con el simple hecho de que Frances llevaba tres meses fuera y yo me había dejado llevar por Roger?

—Él le dio un puñetazo y la tiró al suelo. Allí, delante de todos…

Alguien pide otra botella. Más voces y más risas. Y ríos de alcohol.

Los músicos han llegado y René se ha ido a un extremo de la mesa con ellos, para negociar las condiciones. En cuanto René deja libre su silla, Miller se levanta y va a sentarse al lado de Suzy. Sé lo que pasará a continuación.

En el otro extremo de la mesa Maida, que está sentada junto a la mujer de Miller, se bebe la copa de ron de Jordan y hace una seña al camarero, mostrándole el vaso vacío.

Y oigo como en un sueño ya soñado:

—Una bala… y aquel pobre soldado italiano que…

Suzy es una americana muy simpática y llamativa. Tiene el pelo rojo y largo, muy rizado. Lo lleva siempre recogido de formas distintas y cualquier cosa que haga con esa portentosa melena resulta fantástica.

—No podía dejarle morir allí, ya me entiendes…

Seguramente no es su pelo lo que Jordan ha visto en primer lugar porque Suzy, que es muy alta, muy hermosa y muy rica, tiene unos hermosos pechos. Y eso vuelve locos a los hombres.

Hoy lleva una túnica de dibujos geométricos, abierta en ambos lados y unida por tiras estrechas de la misma tela que dibujan el recorrido completo de su cuerpo desnudo. Cuando está sentada, esta pequeña abertura lateral deja ver la hermosa curva ascendente de sus senos grandes y firmes. Entiendo al pobre Jordan. Cuesta apartar los ojos de ahí.

—Sí…, me condecoraron… El gobierno italiano…

René ha vuelto. Los músicos se han ido.

—Hola, amigo —le dice a Miller—. Ya estoy aquí. Puedes regresar a tu sitio.

Jordan se levanta a regañadientes y vuelve al otro extremo de la mesa, donde Maida fuma mientras mira obsesivamente al vacío.

—¿Quién era ese? —le pregunta René a Suzy.

—Un periodista. Creo que me ha dicho que era corresponsal del *Toronto Star*.

Son los años veinte. Somos jóvenes, intrépidos y todos unos perfectos desconocidos.

Marianne Frost está intentando decirme algo a través de las voces y las risas, cuando me doy cuenta de que unas mesas más allá está Owen Lawson.

Él también me ve. Me saluda con una inclinación de cabeza y casi inmediatamente se levanta y se acerca; pero se dirige primero a los Parker y luego hace una seña a su acompañante, un tipo con gafas y bigote que parece un profesor universitario, para que se acerque también. Veo que los presenta, o quizá ya se conocían, porque Dick y el hombre de las gafas se estrechan la mano con efusividad y comienzan a charlar animadamente. Luego Lawson recorre el perímetro de nuestra mesa, pasa por delante de Miller sin prestarle la más mínima atención y llega al extremo en el que yo me encuentro. René empuja su silla y le hace un hueco. Ahora Owen Lawson aparenta hablar conmigo mientras no le quita ojo al vestido de Suzy.

—Hace tiempo que no veo a Frances —dice con ese acento tan puramente inglés que de pronto me choca como si no lo oyera desde hace mil años—. Me dijeron que había cruzado el charco.

—Regresa dentro de un par de días. Ha estado en América casi tres meses.

—Oh… Un viaje largo, sin duda.

Enciende un cigarrillo y el humo me llega directo a los ojos.

—¿Iréis a la boda de la hija de los Ferguson?

Me sorprende la pregunta.

—Sí —respondo escuetamente.

Se lleva el cigarrillo a la boca con esos dedos de uñas largas, manchadas de nicotina.

—Pues nos veremos allí.

¿Qué es lo que me molesta de este hombre? No es su aspecto. No solo. Tampoco su conversación. Es culto, educado, ameno. Supongo que mi animadversión tiene que ver con Elsinor Park y el modo en el que sentí que yo era demasiado joven y que no estaba a la altura. Cada vez que volvía a encontrarme con Owen Lawson me sentía así. Extrañamente excluida. De algo. No sé de qué. Quizá del lecho en el que Frances y James se encontraban a escondidas, mientras yo solo podía leerle libros. En fin. Así era. Absurdo, lo sé. Pero también inevitable.

—¿Rose? ¿Rose Cosway?

Hay un hombre frente a mí. Tardo unos segundos en reconocerle.

—Elliott —murmuro a mi pesar cuando reconozco su desagradable sonrisa—. ¿Qué haces en París?

Se da cuenta de que no me causa ninguna alegría verle.

—He venido con mi prometida. ¿No te lo ha dicho Sarah? Creo que has estado con ella en Deauville.

—No —contesto educadamente—. No sabía nada.

—Me gustaría que la conocieras.

Le sigo, procurando no parecer demasiado antipática. Hay una muchacha muy joven sentada en una mesa para dos. No parece divertirse mucho.

—Florence, tengo el gusto de presentarte a Rose Cosway.

La muchacha se incorpora y esboza una tímida sonrisa.

—Somos casi parientes —añade Elliott mirándome—, ¿verdad?

Estrecho la mano de su prometida. Casi parientes… ¿Qué quieres decir, Elliott?

No deseo sentarme con ellos. Les explico que tengo otro compromiso, que estoy con unos amigos en la mesa del fondo. Elliott y Florence se vuelven hacia allí. Dick Parker se ha puesto en pie, con su copa en la mano, y dice algo que debe de ser muy gracioso porque todos estallan en carcajadas.

—Escritores norteamericanos, ya sabes —le digo a Elliott con muy mala intención—. A tu hermano le gustaría este ambiente.

El dedo en la llaga. Casi parientes, ¿no es eso…?

Nos despedimos hasta el día de la boda.

—Por cierto —me comenta como al descuido, pero con interés—, asistirá el duque de Ashford, ¿te lo han dicho?

—Sí —respondo con una considerable sangre fría—. Alguien me lo dijo, no recuerdo quién. Será un acontecimiento memorable, desde luego. Me alegro por Sarah y por Charles; ya sabes que siento un profundo afecto por ellos.

Elliott no tiene tiempo de responder porque me despido de su prometida con una leve inclinación de cabeza y le dejo con la palabra en la boca.

En mi mesa sigue la fiesta. Y yo estoy profundamente alterada.

Los miro a todos. Uno por uno.

Esta noche, nada más llegar a casa, escribo a Roger para decirle que después de la boda saldré para Italia.

33

—¿Usted cree que está enamorada de Roger?

Lola ha hecho finalmente una pausa cuando una vecina que venía de comprar el pan nos ha dado los buenos días. Llevaba demasiado rato leyendo y supongo que agradece el descanso.

—Sospecho que no.

—Qué pena… Tengo ganas de que se enamore.

Sonrío y me decido a abordar otra cuestión que me preocupa más.

—Me estaba preguntando si a su marido y a usted no les gustaría recuperar su tarea de editores. Imagino que tiene que ser un trabajo apasionante.

Lola me contempla con extrañeza. Creo que la pregunta la ha pillado por sorpresa.

—Sí, era interesante —reconoce sin demasiado entusiasmo.

—¿Lo considera muy difícil?

—¿Abrir de nuevo la editorial? Imposible —responde tajantemente.

—¿Por el dinero?

Se encoge de hombros.

—Sí —reconoce—, en parte. Pero además ¿qué íbamos a editar? ¿A Pemán, a Agustín de Foxá, a Gabriel y Galán? Usted ni siquiera sabe quiénes son, ¿verdad?

No acabo de entender qué me quiere decir.

—Mi marido publicó en España la obra de Apollinaire, de Cocteau, de Paul Morand… No podría adaptarse a lo que se nos ha venido encima. Dice que prefiere vender gomas de borrar.

—Entiendo. Su marido es un hombre muy íntegro.

—O muy tozudo —responde ella—. En fin, ¿quiere que sigamos?

—¿No está cansada?

—No, qué va… Me encanta esta historia; podría seguir leyendo durante horas.

Lola no sabe lo feliz que me hacen esas palabras. Pero aún dice algo más:

—¿Y sabe una cosa, Alice? Me gusta mucho compartirla con usted.

34

Cuando baja del barco me doy cuenta de que casi se me había olvidado lo bella y lo elegante que puede llegar a ser. Lleva una falda plisada, de seda gris perla *chatoyante*, con unos pequeños cuadros que sueltan destellos según desciende por la pasarela. Tengo la impresión de que camina por una alfombra de agua. También lleva un precioso sombrero de copa hemisférica, hecho con cintas de seda entrecruzadas; y una americana azul marino, deportiva y masculina, como la un jugador de polo, con un escudo en el bolsillo delantero. Apenas va maquillada.

Han pasado más de veinte años desde ese instante y todavía lo recuerdo y me sigue pareciendo fabuloso tener a Frances de nuevo en casa.

Barcos que van, barcos que vienen… De pronto, todo sucede en El Havre. Dormimos juntas, en un hotel de la rue du Commerce, en esta ciudad sucia, oxidada y maloliente, y a la mañana siguiente cogemos el ferry de la White Star Line hacia Inglaterra. El Morris Bullnose se queda en la cubierta del barco, atrapado entre otros cuatro automóviles, mientras Frances y yo nos acodamos en la barandilla hasta que se pierde de vista la desembocadura del Sena. Yo también llevo un sombrero *cloche*, encajado sobre las orejas y con el ala doblada. Las dos nos hemos puesto el abrigo. Hoy no me importa el viento.

—¿Sabes qué? —le digo, mientras contemplo la estela que produce el barco por babor—. Mi padre estará en la boda.

Ella no se mueve. No me mira. Sus manos, enfundadas en los guantes de cabritilla, asoman sobre la espuma del mar como dos pájaros inmóviles. Por un momento dudo de si me habrá oído.

—Lo siento, cariño —dice al fin; su voz es más grave de lo habitual—. Lo siento mucho. Me gustaría que no tuvieras que pasar por eso.

—No me importa —respondo, esta vez sinceramente—. Ya no.

—Pues a mí sí —responde ella casi de inmediato—. Mi prima debería haberme avisado. Y si no ella, porque no puede estar pendiente de según qué cosas, al menos debería haberlo hecho Sarah. Sabiéndolo a tiempo, quizá ni habríamos ido…

Sigue sin mirarme. Sé que no es conmigo con quien está enfadada, pero no puedo evitar un pequeño aguijonazo en el pecho.

—¿Crees que asistirá con su mujer?

—Ja… —Frances suelta una risa corta, tan amarga que parece un quejido—. Tendrá esa desvergüenza.

Nos quedamos todavía un rato más en esta parte de la cubierta. A pesar del viento desapacible y de las inevitables gotas de agua que a veces nos salpican. Hablamos durante mucho rato de Freddie y de ella, de sus planes. Tiene una actitud extraña. Por algún motivo que no acierto a adivinar, no parece la Frances de siempre. Yo querría saber que es absolutamente feliz, como Sarah, como todas las novias de este mundo, y sin embargo se la ve precavida, cautelosa. Estamos las dos allí, mirando el mar, que no es azul ni verde, es gris como el azogue, profundo y amenazante, un mar en el que yo tendría que haber visto reflejado lo que iba a ocurrir.

—¿Cómo estoy?

—Maravillosa, como siempre.

Lleva un vestido que no le había visto nunca. Lo ha traído de Estados Unidos. Es de gasa transparente, en color salmón y por dentro lleva un cuerpo de seda en el mismo tono; la cintura es baja, suelta, y está bordada con piedras de azabache. El cuerpo y la falda también van bordados en hilo negro y pequeñas cuentas que trazan dibujos geométricos sobre el tejido. Es de una sencillez tan estudiada que hace que te fijes más en la mujer que lo lleva que en el vestido en sí. Pero, desde luego, te fijas en los dos.

—Estás muy bronceada —le digo señalando sus brazos desnudos.

—Ay, sí —responde, repentinamente feliz—. Freddie y yo hemos navegado mucho en su barco. Había días en los que solo me ponía el bañador.

He visto ese traje de baño. Creo que en las playas de Normandía la detendrían inmediatamente si apareciera con algo así.

—Es muy permisiva la sociedad estadounidense —comento.

—En absoluto, querida. Son casi tan hipócritas como los ingleses y, desde luego, mucho más que los franceses. Créeme, para según qué cosas no hay nada como Francia.

—Qué lástima que Freddie no haya podido llegar a tiempo…

Lo digo de corazón. He acabado por cogerle cariño a ese buenazo tontorrón.

En el vestíbulo, antes de coger el abrigo, repaso mi aspecto en el espejo. Mi vestido gris también es de gasa y también lleva bordados dibujos geométricos en el bajo de la falda. No me gusta demasiado la coincidencia.

—¿Y de verdad te apetece llevar el coche?

—Sí, cariño, sí. El banquete se celebra en la finca que tienen los Ferguson en Hertfordshire. No quiero depender de nadie para ir hasta allí, y mucho menos para marcharme.

Al menos no tendremos que ir andando hasta el garaje, como en París. Frances ha pedido que nos traigan el coche a la puerta de casa.

—¿Seguro que voy bien? —vuelve a preguntar.

Parece nerviosa, insegura. Estoy a punto de decirle que no se preocupe tanto de su aspecto, que soy yo la que va a ver a su padre por primera vez.

—Estás deslumbrante.

Y luego lo pienso mejor. Es ese día cuando se lo digo. La frase resonará en mis oídos durante toda la vida.

—Deslumbrante no es la palabra, querida. Algunas mujeres, cuando llegan a un sitio deslumbran. Tú alumbras.

Frances se emociona visiblemente al oírme decir esto. Deja la cartera de mano sobre la consola y me abraza.

—No me hagas llorar, que se me estropeará el maquillaje.

35

Aún estamos hablando. Primero me acompañó de vuelta al hotel. Después nos quedamos tomando una copa en el bar. Cuando nos echaron de allí, le invité a subir a nuestra suite y seguimos hablando… Tengo ganas de rozarle, de dejar caer la cabeza sobre su pecho y quedarme allí para el resto de mi vida.

No ha ocurrido nada entre nosotros. Aún no. Nada físico. Pero sé, sin lugar a dudas, que esto que está sucediendo es importante.

Se llama Henry. Henry Tomlin.

Nos acabamos de conocer. Él ha venido a la boda de Sarah acompañando a Lawson. Es amigo suyo. A Frances y a mí nos han situado en la misma mesa que a ellos. En esa mesa se sientan también un diplomático que se llama Harold y su joven esposa.

Harold está a mi derecha; Henry Tomlin a mi izquierda.

—Harold está destinado en París —le está contando ella a Frances, mientras Henry me dice, como disculpándose, que es traductor—. Yo me he quedado en Londres, porque tenemos dos hijos pequeños.

—Nosotras vivimos en París —comenta Frances, haciendo un gesto que nos incluye a las dos.

—¿Ah, sí? —De pronto veo que Henry interroga con la vista

a Owen; no sé cuál es el sentido de esta mirada. Y luego se dirige a mí—. Iré a París dentro de un par de semanas. Voy a pasar allí todo el invierno.

—¿Te alojarás con Owen? —pregunta Frances, dejando de lado las historias domésticas de la esposa del diplomático, que no tiene más remedio que trabar conversación con un malhumorado Lawson.

—No —responde Henry—. Me temo que no. Soy galés. Tenemos un marcado sentido de la independencia.

Harold ha puesto mala cara. Su esposa también. Frances suelta una carcajada.

—Espero que nos veamos con frecuencia, entonces —dice situándose claramente de su lado.

Henry trata de mantener la conversación en un tono general, pero no sé cómo, quizá era inevitable, él y yo empezamos a hablar de libros. Tiene que traducir a Marcel Proust. Confieso que no lo he leído.

—Tienes que hacerlo. *À la recherche* pasará a la historia de la literatura francesa como la obra clave del siglo veinte.

Hace pocos días le oí decir lo mismo a Owen Lawson respecto a la nueva novela de James Joyce, *Ulysses*, que se publicará en breve. Las dos obras claves del siglo xx serán difíciles, áridas e inacabables, como el momento histórico en el que fueron escritas.

Pero ahora estamos al comienzo de todo. Me siento feliz. A pesar de mi padre. A pesar del miedo que tenía…

Todos mis pensamientos sobre ese día están revueltos. Hay una mesa en la que Henry y yo estamos tejiendo nuestro futuro. En otra está sentado el hombre que es mi padre. Ya me lo han presentado.

Ha sido nada más llegar. Sarah se ha acercado a recibirnos a Frances y a mí. Su traje de novia es sencillo, pero de un gusto exquisito, como ella. Al volver de la iglesia se ha quitado el velo y ahora lleva un tocado de encaje, a juego con el vestido. Está radiante. Sus ojos grises brillan como si se hubieran tragado toda la luz de este soleado día que acaba.

—Rose —me ha dicho sin dar ningún rodeo—, ¿quieres conocerle ahora?

He asentido, sin más. ¿Para qué dejarlo para más tarde? Hay algunos «más tarde» que no llegan nunca.

—¿Vienes? —le pregunta Sarah a Frances.

—No, no. Id vosotras solas, queridas —responde con un tono que percibo como falsamente despreocupado. A veces Frances finge muy mal.

Sarah me coge de la mano. Nos abrimos paso entre la gente que sonríe a la novia. Hay damas emperifolladas con enormes sombreros de plumas que se agitan a nuestro paso.

Él está allí, con una mujer muy joven. Me resulta chocante el aspecto de los dos, austero y un poco anticuado; ella casi parece la mujer de un párroco.

—Rose, te presento a sir Edgar Goodwill, duque de Ashford.

Me tiende ambas manos. Parece un gesto afectuoso. Yo deposito la mía en ellas.

Un escalofrío. Es un momento que me emociona y, curiosamente, no me incomoda en absoluto.

No me da tiempo a preguntarme si me parezco a él, ni a guardar en la retina detalles de su aspecto, como la forma de la nariz, o el color de los ojos, porque de pronto estoy oyendo a mi padre:

—Esta es Constance, tu hermana.

Eso sí me desconcierta. ¿Por qué nadie me ha dicho que tenía una hermana?

Veo el mismo desconcierto en sus ojos. Y de pronto veo algo más: me está evaluando. Mira mi sombrero, mi traje, mis medias y mis zapatos italianos. De este rápido examen nacen sus celos, que han venido para quedarse. Desde entonces, Constance me ha envidiado siempre, no sé por qué.

De vuelta a nuestra mesa. Ahí está Henry. Tiene una conversación muy estimulante y unos ojos que desprenden sinceridad. De pronto pienso en Charles Glenmire, ahora el marido de Sarah. Henry es ese mismo tipo de hombre. Sólido. Alguien a quien puedes entregar tu vida sabiendo que siempre cuidará de ti. Roger se desvanece poco a poco, a medida que avanza la noche.

Si pudiera unir de forma coherente todas las impresiones de esa velada... Pero no es posible. Hace tiempo que he renunciado a ello.

Frances y yo hemos ido al tocador juntas. Estamos solas.

—¿Cómo ha sido? —me pregunta—. ¿Qué te ha dicho?

—Se ha mostrado cariñoso. No hemos hablado apenas, la verdad. Pero imagino que habrá más ocasiones.

Frances se está empolvando el rostro.

—No pongas demasiadas expectativas en ello, tesoro. Goodwill es un auténtico canalla. Un sinvergüenza que solo va a lo suyo.

Me molesta que hable así.

—¿Por qué le odias tanto? ¿Es solo por mi madre?

Frances parece a punto de responder algo. Su rostro se ha endurecido. Es un gesto que le he visto adoptar en muy pocas ocasiones.

—Sí, solo por eso, cariño —responde con voz cansada—. Solo por eso.

No sé qué decir. Le duele a ella más que a mí.

—Al menos ha tenido la decencia de no venir con su mujer…

Cierra la polvera y la mete en el bolso de mano. Está realmente furiosa.

—Y esa hija suya… ¿Has visto qué aspecto? Parece una institutriz.

Me da la risa. Entonces ella sonríe también.

—¿Te has fijado en su vestido? —comenta, mientras se contempla en el espejo y estira el suyo a la altura del talle—. ¿Cómo puede alguien ponerse algo así para una boda?

—¿Cuántos años tiene? —pregunto sin demasiada curiosidad, un poco por situarnos una respecto de la otra.

—Es un par de meses mayor que tú.

—Vaya —respondo irónicamente—, el duque tuvo mucha actividad en esa época.

Entonces Frances se ríe también.

—Celebro que te lo tomes así. Desde luego, es la mejor manera de afrontarlo.

Se agacha y tira del forro de su vestido hacia abajo. Me da la impresión de que quiere eliminar unas arrugas que solo existen en su cabeza.

—Vamos, cariño —dice cogiéndome con suavidad de la cintura—. Salvo la novia, esta noche no hay en esta fiesta otra mujer más hermosa que tú.

¿Por qué me dice esto? No hace falta. Yo me siento bien, a gusto conmigo misma, con lo que soy. No tengo necesidad de ser la hija legítima de sir Edgar Goodwill. Ya no, Frances, ya no. No se lo digo a nadie, ni siquiera se lo dije nunca a Henry, pero la única familia a la que yo he querido pertenecer de verdad, en algún momento de mi vida, ha sido a la de los Hervieu.

Ya ha pasado todo. Es la una de la mañana. Henry y yo llevamos casi seis horas juntos. Hablamos de todo, de París, de la música de jazz, de Ravel y Debussy, de nuestros libros favoritos, de Normandía y de ciertas costumbres inglesas, que los dos aborrecemos. Le gusta Emily Dickinson, como a mí. Le gusta Chéjov, como a James. No le acaba de gustar Ezra Pound, cosa en la que también coincidimos. No sé si le ocurrirá lo mismo conmigo, pero a mí me gusta él. Me gusta mucho. Me dan ganas de correr hacia la habitación de Sarah y Charles, darles las gracias y decirle en secreto a Sarah: es él, este sí, ¿ves cómo lo sabía antes de que ocurriera?

Hemos bebido en el banquete, en el bar del hotel, y ahora he pedido una botella de champán al servicio de habitaciones. Me he lavado los dientes en dos ocasiones por si se decide a besarme.

La una de la mañana. Es entonces cuando llaman a la puerta y yo abro alegremente creyendo que nos traen la bebida.

Hay una pareja de policías frente a mí y un hombre con un frac gris al que reconozco: es el director del hotel.

—Perdón, señora —dice uno de los policías con un tono en exceso formal. Empiezo a tener un miedo incontrolable, y casi me pongo a temblar—. ¿Es usted pariente de miss Frances Cosway?

De pronto caigo en la cuenta. Ni siquiera había pensado en ella. Quizá di por hecho que estaba durmiendo en su habitación, porque se había ido de la boda hacia las once. Vino a despedirse.

—Tú quédate —me dijo—. Veo que lo estás pasando bien. —Frances me besó en la mejilla y me dijo al oído—: Es guapo el galés.

Recuerdo que se alejó, intentando no meter los tacones en el césped y que su chal se cimbreaba como si tuviera vida propia. En un momento determinado, cuando caminaba por el camino de grava, pensé que hacía eses.

—Ha ocurrido una desgracia, señora —murmuró el director del hotel—. ¿Podemos entrar?

Me aparté y me apoyé contra la pared. Una desgracia. ¿De qué hablaba esa gente? ¿Qué desgracia?

Henry está a mi lado. Me ayuda a llegar hasta el sofá. Hace que me siente. Todos me miran expectantes.

—La señora Frances Cosway ha sufrido un accidente de coche.

Miro a aquel hombre que parece sinceramente compungido.

—¿Está…?

No sé qué me responden, ni quién lo hace; solo sé que me miran con cara de circunstancias y que Henry me coge la mano.

36

Todavía no han levantado el cadáver. Están esperando al juez.

Cuando Henry y yo llegamos a la curva de Hampstead donde ha ocurrido el accidente, Sarah y Charles ya están allí. Han sido los primeros en enterarse. Al parecer, Frances llevaba la invitación en el bolso, y la policía se ha presentado en la fiesta, donde aún quedaban unos pocos invitados, para buscar a alguien que pudiera identificar el cadáver. Su noche de bodas se ha convertido en algo siniestro. No puedo ser totalmente consciente de mi dolor; es más: siento una enorme pena por Sarah, como si la desgracia le hubiera ocurrido a ella y no a mí.

Nos echamos la una en brazos de la otra. El cuerpo de Frances está cubierto con una manta del ejército. No quiero mirar. No puedo mirar.

Sarah me lleva lejos de ese bulto inerme, hacia el árbol contra el que se ha estrellado el Morris Bullnose. Charles le cuenta a Henry que ha sido él quien ha identificado el cadáver.

El Morris tiene el morro destrozado y el radiador a la vista. Todavía humea ligeramente. Es ridículo, pero me duele que el Morris haya quedado así. Es el Morris Bullnose de Frances, me repito una y otra vez.

No sé qué hacer con mi cuerpo, que no me obedece. Quiero desmayarme, salir de esta pesadilla que parece una broma macabra.

Y todavía habrá más.

Más y más dolor.

Más malditas sorpresas.

Empieza a lloviznar cuando llega el Rolls Royce del que se baja mi padre. Me sorprende mucho verle allí. Todavía nadie ha conseguido que llegue el juez.

Él también me abraza. Nuestro primer abrazo…

—Lo siento mucho, querida —dice en mi oído. El cuello de su abrigo huele a una mezcla de sudor y vetiver.

Luego alguien propone que nos refugiemos en los coches. La lluvia está mojando el cuerpo de Frances. Un policía echa su capote sobre la manta y yo tengo deseos de meterme dentro de esa tela mojada y abrazarla con todas mis fuerzas para impedir que se vaya.

Frances…

Sarah, Charles y Henry me acomodan en el Rolls con sir Edgar. Todos deben de pensar que necesitamos estar a solas.

Nos sentamos uno frente al otro. Él se inclina hacia delante y me tiende las manos, como hace unas horas. No quiero que lo haga; no sé por qué, pero lo único que deseo es tener las palmas apoyadas en el cuero beige del asiento. Quiero estar así. Deja que me apoye sobre algo real, padre.

Entrego mis manos como si le entregara la voluntad.

—Quiero que sepas que, aunque acabas de perder a tu madre, no estás sola. Yo me ocuparé de ti.

¿Qué está diciendo?

—No tienes de qué preocuparte.

¿Madre? ¿Qué dice este loco? ¿Madre? Mi madre se llamaba Margaret, Maggie. Era tu amante, Edgar Goodwill, y tú la dejaste abandonada a su suerte. La suerte era yo, ¿sabes?

—Haré lo necesario para que lleves nuestro apellido. Nunca te faltará de nada.

Quiero salir de este coche. Retiro las manos y abro la portezuela del Rolls. Mis zapatos blancos pisan un charco. Corro hacia los otros coches, buscando desesperadamente a Sarah. Al final los veo. Están los tres juntos. Charles fuma con la ventanilla abierta.

Me quedo allí delante. Parada bajo la lluvia. Con el rostro anegado de lágrimas y los ojos engrandecidos de asombro.

Es Henry quien sale y me obliga a entrar en el coche de la policía. Veo que por fin se han llevado el cuerpo de Frances. Tengo ganas de gritar.

Todo es cierto. Sarah me lo confirma.

Cierto.

—Frances me hizo prometer —Sarah se vuelve hacia Charles—, nos hizo prometer a todos, que nunca te lo diríamos.

No lo entiendo. No lo puedo entender.

Cuando amanece me llevan de nuevo al hotel. Han avisado a un médico, que me inyecta un calmante. Sarah quiere quedarse, pero es su noche de bodas, no puedo consentirlo.

—¿Te quedarías conmigo? —le pido a Henry.

No sé por qué lo hago. Es un completo desconocido. Tampoco sé por qué le ruego que se acueste en la cama y me abrace. Dormimos así. Nuestra primera noche.

37

Matías lo pensó un par de veces durante los últimos días, pero lo cierto es que no había tenido tiempo de comprobar exactamente qué había en la estantería de los libros en inglés. Cada vez que venía esa mujer y se llevaba dos o tres ejemplares se sorprendía tanto que se hizo el firme propósito de preguntarle a Lola de dónde habían salido esos volúmenes que él no recordaba haber comprado nunca.

Estuvo curioseando un rato antes de abrir la tienda. Había cosas bastante inéditas, que desde luego no procedían de los fondos de ninguna editorial conocida. Todos eran diferentes. Más bien parecían proceder de una biblioteca privada. Junto a los consabidos restos, que él mismo había comprado a veces en el Rastro y que debían de ser una docena escasa de títulos, había autores de prestigio y otros desconocidos incluso para él. Los que le sonaban pusieron el listón lo suficientemente alto para que, según se daba cuenta de lo que había allí, lamentara no saber inglés. De todos modos, tenía que hablar con Lola, porque era evidente que los libros no podían haber llegado hasta la tienda por sus propios medios; alguien tenía que haberlos traído.

Mientras subía la persiana del escaparate recordó algo: Lola le había hablado una vez de un librero de la calle Sagasta que liquidaba la tienda. Esa mujer suya era increíble… Seguro que había ido allí sin decirle nada y había comprado una partida a buen precio. En fin, no iba a lamentarlo, desde luego, porque la verdad es que últimamente habían vendido más libros en inglés que en castellano.

Ya estaban en diciembre. La mañana era fría y desapacible, y se veían algunos alcorques helados en las aceras orientadas al norte. Seguramente hasta la hora de la salida de los colegios no aparecería nadie por la tienda.

Por fortuna llevaba la vieja chaqueta de pana con coderas de ante que se había convertido en su uniforme de trabajo. Era una prenda cómoda, con la que se sentía bastante identificado; bien es cierto que, por él, usaría uno de esos guardapolvos grises, pero Lola había montado en cólera en el momento mismo en el que se lo insinuó. Su mujer tenía muchas cualidades, pero a veces su educación de niña remilgada salía a flote y navegaba entre los dos.

Dentro de la tienda hacía buena temperatura gracias a las tuberías que venían de la caldera del sótano. Menos mal, porque desde luego no habrían podido permitirse ningún sistema de calefacción propio. De este modo, al menos, podían tener siempre abierta la puerta y soportar el frío que entraba cada vez que soplaba algo de viento.

Como ahora. No esperaba tener clientes tan pronto, así que cuando vio al tipo pararse ante el mostrador, pensó que le iba a preguntar por el piso de algún vecino.

Era un hombre de mediana edad, más bien bajo, con un bigotito estrecho sobre los labios torcidos en un rictus desagradable.

No dio los buenos días, pero miró a un lado y a otro, con actitud muy poco amistosa. Nada más verle, Matías pensó que era de la brigada político-social.

—¿Qué desea? —preguntó, temiéndose lo peor.

El hombre le miró como si no deseara encontrarse con él cara a cara. Dudó unos instantes. Luego metió la mano en el interior de la gabardina tanteando a la altura del corazón. Ese fue el tiempo que tardó Matías en darse cuenta de que no venía a detenerle.

—¿Tiene tinta para esta pluma?

Matías cogió la pluma al mismo tiempo que soltaba el aire que, sin darse cuenta, había retenido en los pulmones. Vio que era una Parker.

—Sí —respondió escuetamente; casi de inmediato pensó que debía ser más amable—. Se la puedo cargar o venderle un tintero.

—Cárguela —dijo el hombre.

Matías desenroscó la parte superior de la pluma y accionó el émbolo de carga con el plumín dentro del tintero cuatro veces seguidas. Era una Vacumatic, de celuloide laminado en tonos marrones, el modelo Golden Pearl. Siempre le habían gustado estas plumas, eran seguras y elegantes. Luego limpió el plumín de oro con cuidado de que el trapo no se metiera accidentalmente en la ranura.

—Es una buena estilográfica —dijo mientras se la entregaba a su dueño—. Pero debería mandarla limpiar de vez en cuando.

—¿Limpiarla?

—Por dentro. Para que no haya ningún tipo de atasco. Sobre todo si la carga con tintas diferentes.

—¿Usted lo hace?

—Hombre —contestó Matías—, lo mejor sería mandarla a la

casa. Yo lo único que puedo hacer es un limpieza superficial, sin desmontarla. Pero tendría que dejármela al menos un día.

El hombre achicó los ojos que de por sí ya eran pequeños. A Matías le pareció que tenía el aspecto de un zorro.

—De acuerdo. ¿Está usted siempre aquí? Quiero decir, ¿no vendré y habrá otra persona?

Matías respondió ingenuamente:

—Bueno, a veces está mi mujer, pero eso no es ningún problema.

—¿Qué días?

—Los martes y los jueves por la mañana está ella. Pero insisto, puede venir esta tarde a última hora o mañana, que es martes, si lo prefiere. Se la tendremos lista y mi mujer se la entregará sin ningún problema.

—Bueno, ya veré. Tal vez la recoja mañana. Déjeselo dicho a su mujer. No quiero que me hagan perder el tiempo.

Cuando el hombre le dio la espalda y salió del portal sin despedirse, volvió a pensar en el tufo a policía que desprendía, por mucha Parker que tuviera.

No habían pasado ni cinco minutos. Todavía estaba recogiendo el trapo manchado de tinta, cuando la mujer que cuidaba de Adela entró de manera precipitada en el portal.

Supo qué pasaba nada más verla.

—Venga usted —dijo—. Ya ha dejado de sufrir. El médico va a extender el certificado.

Matías bajó de nuevo la persiana, cerró el candado y tuvo la impresión de que, con ese gesto, cerraba también una parte de su vida de la que no se sentía especialmente satisfecho.

38

Amparo ha llamado a la puerta cinco minutos antes de irme, cuando ya había preparado los libros y los había metido en el bolso. Venía a traerme la vasija y el paraguas. No iba a ser nada sencillo deshacerme de ella.

—Fíjese… Fíjese cómo se lo han arreglado.

Ha dejado el paraguas colgado en el respaldo de una silla y muestra la vasija como si estuviera haciendo una ofrenda.

—Ese hombre tiene unas manos… ¿No le parece?

Intento abreviar la visita, pero sé muy bien lo que me espera.

—Ha quedado fantástica —le digo—. Realmente como nueva.

Intento agarrar la vasija, pero ella no la suelta.

—¿A que sí? —sonríe satisfecha—. Mire, mire…

Señala la grieta cosida con grapas. Y la capa de barniz que la deja lisa y pulida.

—Pase, pase la mano…

Amparo lo repite todo dos veces. Siempre.

—Ni una rugosidad —insiste—; pero lo que se dice ni una.

Empiezo a impacientarme. Sabía que la dichosa grieta daría mucho de sí y hoy no estoy para tonterías; tengo mucha prisa porque quiero pasar por el bar y dejar encargados el café y los churros antes de entrar en la librería. Y además tengo que buscar el momento adecuado para poner los libros en el estante sin que Lola se dé cuenta.

—¿Y el paraguas? Mire qué tela le ha puesto.

Lo abre en medio de la cocina.

—Dicen que da mala suerte, pero yo no creo en esas cosas, ¿sabe? Toque, toque…

Toco obedientemente la tela y solo percibo que resbala.

—Es de nailon, imagínese; con esto sí que no se va a mojar llueva lo que llueva. Tendrá paraguas para rato.

—¿Cuánto le debo, Amparo? —Abro el monedero. Como no me contesta, insisto—: Es que hoy tengo un poco de prisa…

Amparo se rasca un poco el escote. Es un gesto que hace con frecuencia cuando quiere decir algo y no sabe cómo hacerlo.

—¿Se ha enterado?

He vaciado el monedero en la palma de la mano, a la espera de que me diga cuánto le ha cobrado el lañador.

—Ya veo que no sabe nada.

Y entonces se deja caer pesadamente en una de mis banquetas. Por la contundencia de ese acto, adivino que la cosa va para rato.

—Yo no me lo podía creer, la verdad. Una familia tan buena, gente del barrio de toda la vida, parece mentira.

Tengo ganas de decirle: «Al grano, Constance». De pronto, me doy cuenta de lo mucho que me recuerda Amparo a mi hermanastra.

Dejo el monedero sobre la mesa y me siento a su lado con gesto de impaciencia, pero eso no desanima a Amparo.

—Fíjese, quién lo iba a decir, aquí en nuestro propio vecindario…

—¿Pero qué ha ocurrido? —pregunto al fin—. Me está usted alarmando.

—Y no es para menos, señora Rosa, no es para menos. El hijo de los Cárdenas, los del último piso, ese muchacho que lleva gafas…

No sé de quién me habla. Conozco a los padres, pero creo que nunca he cruzado con ellos más allá de un hola y un adiós.

Amparo me mira con la gravedad de quien va a actuar en un drama.

—Lo han encontrado muerto en una casa de esas, ya me entiende, pobre chico. Dieciséis cuchilladas le han dado los muy canallas. No había una sola parte del cuerpo que no estuviera teñida de sangre.

—¿En una casa de esas? —pregunto indecisa en cuanto me deja hablar—. ¿Se refiere a una casa de citas?

—Pobre muchacho… Y pobres padres, la verdad sea dicha… Sí, en una casa de citas, dice usted bien; pero eso no es lo peor, porque no era una casa a las que van los hombres a por mujeres.

—¿Entonces?

Se acerca y baja la voz.

—Era una casa de invertidos.

Al principio no la entiendo.

—Maricas —dice agitando los dedos con impaciencia—. Sarasas, ya sabe…

No me gusta ninguna de las palabras que elige y creo que se da cuenta. Intento acordarme del chico.

—Cubiertito de sangre estaba el muchacho…

—¿Cuándo ha ocurrido?

—A mí me lo ha dicho esta misma mañana la lechera. Parece

que fue ayer, de amanecida, cuando lo encontraron. Se había desangrado lentamente, no le quedaba un soplo de vida.

—¿Y los padres?

—Pues imagínese cómo deben de estar. Yo he subido esta mañana para decirles que cualquier cosa que necesiten…, pero no me ha abierto nadie.

Me siento consternada. Siempre asusta saber que la desgracia anda cerca.

—Desde luego es una triste noticia.

—No se podía esperar otra cosa; cuando te metes por ese camino tarde o temprano acabas mal…

—¿Es que usted cree que lo han matado por ser homosexual? Me mira asombrada.

—¿Y por qué si no?

—¿Y por qué sí?

Amparo es lista. Sabe que no debe seguir hablando conmigo de este tema porque podríamos acabar discutiendo. Supongo que achaca mi actitud al hecho de que soy extranjera.

—Yo solo digo que hay ambientes que no debe frecuentar nadie decente —concluye a regañadientes. Luego hace una pausa, se pone en pie y añade—: El lañador me ha cobrado dieciocho pesetas.

Voy pensando en lo ocurrido mientras me dirijo a la tienda. Es curioso. Amparo perdió a su padre en la guerra. Me lo ha contado muchas veces. Los nacionales le fusilaron a la entrada del pueblo, así que no creo que este régimen cuente con muchas simpatías por su parte. Me asombra comprobar la facilidad con la que se adapta la gente a la ideología de los vencedores.

Constance podría haber dicho algo muy parecido a lo de mi

vecina. De hecho lo hizo una vez, cuando le comenté que Henry conocía a Vita Sackville-West. Estábamos en Lambeth Hall, en uno de esos tés suyos en los que se desplegaba «el mundo Constance» en toda su dimensión: manteles bordados durante las crudas noches de invierno, dulces caseros y tres o cuatro amigas cursis y provincianas. Creo que también estaba el párroco; algo muy inglés, por otra parte. Nunca comprendí cómo Constance era capaz de juntar a su alrededor a tanta gente aburrida. En fin, que yo estaba sola, Henry no había querido venir. Y no se lo reprocho, desde luego. Hacía tiempo que se había cansado de acompañarme en esas visitas veraniegas a Lambeth Hall. Total, que tenía delante el público adecuado para lo que sucedió a continuación. Y yo también, he de reconocerlo.

Constance acababa de hacer referencia al castillo de Knole y yo comenté que en una ocasión nos habían invitado a pasar un fin de semana allí.

Creo que sintió la misma envidia de aquella primera vez, cuando nos conocimos en la boda de Sarah.

—¿Has estado en Knole? —me preguntó sin poder evitar un tono de asombro que se acercaba a la admiración.

O a la rabia.

—Sí —dije, al principio sin ninguna mala intención—, fuimos con un editor y su esposa, que es escritora.

—¿Es tan fantástico como dicen? Creo que tiene más de trescientas habitaciones.

A veces me gusta ser cruel con Constance, lo reconozco.

—Trescientas sesenta y cinco exactamente, una por cada día del año —aclaré, sabiendo que le servía en bandeja una buena dosis de resentimiento.

—¿Y los jardines? ¿También son tan espectaculares como cuentan?

—Los más espectaculares que he visto en mi vida: más de mil acres de terreno, con ciervos que corretean por todas partes... Y por dentro es como un pueblo, patios y más patios, doce entradas diferentes y más de cincuenta escaleras. Tendrías que visitarlo alguna vez, querida. Lambeth Hall se te va a quedar muy pequeño después de conocer Knole.

Hasta este momento Constance me miraba embobada. Y de pronto, dio un respingo y se estiró como si se hubiera tragado un palo.

—¿Y es cierto lo que cuentan de esa gente?

No me dejó tiempo de preguntar a qué demonios se refería. Constance miró al párroco como si supiera de antemano que iba a contar con su aprobación.

—Por lo visto se comportan de una manera bastante peculiar. Inmoral, diría yo.

El párroco deja de comer y sus dos amigas ladean la cabeza como pájaros atentos al peligro.

—Sí —continúa ella—, parece que tus amistades pertenecen a un grupo de intelectuales, ya sabes, gente bohemia, sin normas, que viven desordenadamente y mantienen entre ellos relaciones aberrantes. —Y como nadie dice nada, añade—: Mujeres con mujeres y hombres con hombres, ya me entienden.

Me ha desarmado. Quiero responder algo que le cierre la boca de una vez por todas, pero no soy capaz. Miro al párroco, rojo como un tomate, y a sus dos amigas con las cejas elevadas por el asombro, y tengo unas ganas locas de escandalizarlos aún más. No lo hago. Con Constance siempre he sabido conservar la calma.

—No sabes lo que estás diciendo, querida —respondo con voz sosegada y tono grave—. Esa gente de la que hablas tiene un sentido ético más elevado que cualquier persona que yo conozca. Y lo han demostrado sobradamente. Por ejemplo, ¿sabías que ese grupo de intelectuales y bohemios, como tú los llamas, manifestaron públicamente durante la guerra su actitud pacifista y se arriesgaron a ir a la cárcel por apoyar la objeción de conciencia? Dígame, párroco Meyer, ¿no es eso de «no matarás» uno de los preceptos divinos? Y que yo sepa, no hay en los diez mandamientos ninguno que haga referencia a las relaciones homosexuales... Pero al robo sí, ¿verdad? Y al asesinato también, ¿no es cierto? —Ahora la pausa la hago yo—. Pues bien, Constance, esta gente nunca ha matado, ni ha robado. Eso te lo aseguro. —Y vuelvo a hacer una pausa. Esta vez cargada de intención—. No sé, querida Constance, si todos podríamos decir lo mismo. Sabes a qué me refiero, ¿verdad? A esa costumbre que tienen algunos de querer apropiarse siempre de cosas que no son suyas. Pero, en fin, no podemos esperar que los seres humanos sean perfectos, ¿no opina lo mismo, párroco Meyer?

Sé que lo ha entendido perfectamente. También sé que jamás lo admitirá. Pero no me importa. Todavía poseo Croft House y sus pastos inservibles... Y también tengo a Henry. Y cuando regrese a casa, él me estará esperando con el periódico doblado por la mitad y el cabello castaño cayéndole sobre la frente... Al otro lado de la ventana se ve el mar, que tiene el mismo color y la misma intensidad que sus ojos. Y todo esto, aunque hoy solo sean recuerdos, está tan vivo en mi interior que hasta me da pena la pobre Constance. Lo siento, querida, pero eso es algo que tú no tendrás jamás.

Acabo de encargar el café para dentro de una hora. Es lo que calculo que tardaremos en acabar el próximo capítulo. Veo que Lola ha preparado el libro y que mi silla está dispuesta.

—Buenos días —saludo apresuradamente.

—Hola —responde ella con inesperada alegría—. Estaba un poco preocupada; pensé que hoy no vendría.

—¿Cómo no iba a venir? Si el otro día nos quedamos en lo más interesante.

Va vestida con un traje de paño fino, ajustado en el talle y las caderas. Está muy sexy, que dirían en mi país. En la parte de arriba, la botonadura llega hasta el hombro y traza una línea asimétrica muy del estilo de los años cuarenta. Seguramente el vestido es de esa época.

—La verdad es que hemos estado a punto de no poder abrir.

—¿Y eso? ¿Les ha ocurrido algo?

—No, a nosotros no.

No quiero parecer curiosa, así que no pregunto más.

—Es… Bueno, se lo diré.

Parece que tuviera que armarse de valor para ello. Le sonrío para que se sienta libre de hacerlo o no.

—¿No se quita el abrigo?

—Sí, claro —contesto enseguida.

Dejo el bolso y los guantes sobre una pila de libros y el abrigo en una esquina de la mesa. Luego tomo asiento.

—Verá, una persona muy cercana a mi marido ha fallecido.

—Cuánto lo siento —comento, sabiendo muy bien de qué persona se trata.

Lola me mira pensativa. Supongo que duda si debe contármelo.

—Era su primera mujer —dice al fin.

No quiero pedirle explicaciones, pero intuyo que necesita hablar, así que me dispongo a escuchar la versión de Lola, que seguramente será totalmente opuesta a la de la portera de la calle Prim.

Justo en ese momento, cuando ella se dispone a hablar, entra el hombre en el portal. Lola no lo ve porque está de espaldas, pero yo sí. Y me doy cuenta de que ese tipo trae consigo un montón de problemas.

Lola se ha vuelto hacia el mostrador al sentir un ligero carraspeo que sustituye a los buenos días de rigor. Y se ha puesto pálida como la cera.

No soy una persona agresiva, más bien todo lo contrario, y la ironía me salva en los momentos difíciles, pero este tipo me saca de quicio.

Lola se ha levantado como impulsada por un resorte.

—¿Qué quiere?

El hombrecillo se estira arrogante. Si fuera cosa mía le diría que por mucho que lo intente, jamás alcanzará el tamaño de un hombre; sé dar donde más duele. No lo hago para no complicar más las cosas.

—¿Por qué no me deja en paz? ¿Qué quiere ahora?

El tipo extiende las manos, como si quisiera pararla en seco.

—Eh, calma —dice mostrando unos colmillos amarillentos al esbozar lo que pretende ser una sonrisa—, que vengo a recoger mi pluma.

Lola parece desconcertada.

—¿Qué pluma?

—Una Parker que le dejé ayer a tu socio, guapa.

Lola no reacciona.

—¿Qué? —apremia, visiblemente satisfecho con la confusión—. Que es para hoy.

Entonces es cuando me acerco al mostrador. He visto la pluma en la balda que está debajo, junto al tintero y el trapo manchado de azul. Pero no me da la gana de dársela.

—Vuelva mañana, cuando esté el dueño, y le darán su pluma.

Me mira con la misma irritación del otro día. Creo que le fastidia enormemente encontrarme siempre aquí.

—¿Desea alguna cosa más? —digo, cruzándome de brazos frente a él.

No responde de inmediato. Solo achica los ojos.

—Usted no es española, ¿verdad?

Vaya. Ahora ha girado la puntería hacia mí.

—¿Por qué lo pregunta? —respondo con una actitud tan poco amistosa como la suya.

Me contempla fríamente durante unos instantes, como evaluándome. Luego esboza una fea sonrisa.

—Porque aquí no nos gustan los extranjeros que vienen a meter las narices donde nadie les llama.

Entonces yo sonrío también.

—Qué lástima —respondo—, porque hay cosas que no se pueden alcanzar por mucho que uno se ponga alzas en los zapatos.

Si se cree que no me había dado cuenta de ese detalle, está muy equivocado.

A Lola se le escapa una sonrisa involuntaria. Él se pone de nuevo lívido. Tengo la impresión de que las mejillas se le hunden hacia dentro y la ira le engulle sin que pueda hacer nada por evitarlo.

Se ajusta las solapas del abrigo y sale del portal lanzándome una mirada asesina. Es divertido ver cómo se larga con el rabo entre las piernas.

—Gracias —dice Lola.

—De nada —respondo—. Pero tendría usted que encontrar el modo de terminar con esta situación. Este tipo de personas pueden complicarnos mucho la vida.

Ella se deja caer en el taburete. Parece a punto de echarse a llorar.

—¿Quiere hablar de ello? —le pregunto.

Niega repetidamente con la cabeza.

—Pues entonces, ¿por qué no leemos un rato? Eso la distraerá de sus preocupaciones.

Le tiendo el libro. Ella lo coge sin ganas.

Se queda en silencio, con la mirada perdida, durante unos instantes.

—No puedo más —me dice de pronto con la desesperación escrita en el rostro—. Le juro que ya no puedo más.

No estamos lejos, pero aun así me acerco un poco más y le pongo una mano en el hombro. Ha comenzado a llorar.

—Me gustaría poder ayudarla —digo.

Ella mueve la cabeza.

—Es demasiado —solloza—. Y no puedo con todo. No puedo…

Entonces me lo cuenta. Lo que tuvo que hacer con ese hombre para que a Matías le conmutaran la pena. Sí, me lo cuenta sin escatimar ningún detalle, manchándose con cada palabra, con cada recuerdo… Un piso de la calle Infantas, un lugar viejo y oscuro. El cuarto está en el segundo piso, sobre el cartel luminoso de una pensión; ella mira esa luz que se enciende y se apaga, pensión Ruano, pensión Ruano, y trata de pensar en Matías mientras ocurre todo… Luego, solo queda la vergüenza.

—No quiero que Matías se entere nunca.

Ahora lo entiendo. Este es el poder que ese sujeto tiene sobre ella.

—Me despreciaría, ¿sabe?

—Creo que se equivoca —digo, esforzándome para que mi voz no revele la compasión que siento—. Su marido se quedaría asombrado si supiera hasta qué punto le ama. Se lo aseguro.

Me mira como si yo no tuviera la más mínima idea de lo que estamos hablando. Hay en sus ojos algo que he visto otras veces, sobre todo durante la guerra: es ese miedo profundo que se adhiere a la retina y se convierte rápidamente en desolación.

—Yo creo —insisto para quitarle hierro al asunto— que es usted quien no se perdona a sí misma. Todos aceptamos tarde o temprano los sacrificios que los demás son capaces de hacer por nosotros. Lo malo de este asunto no es que su marido no pueda perdonar su tremendo sacrificio. Es que usted no puede olvidarse de eso.

Se ha llevado la mano a la parte alta del pecho, como si quisiera contener algo que le causa una terrible turbación. Sospecho que he dado en el clavo.

Cuando nos traen el desayuno del bar sé que hoy no leeremos ni una línea. También sé que tengo una nueva ocupación para los próximos días.

39

—¿Tú no ibas a llevar un registro con los libros que entraban y salían?

—Sí, pero la verdad es que no he tenido demasiado tiempo.

—Pensé que lo ibas a hacer los martes y los jueves. Decías que te aburrías tantas horas aquí.

—Ya, pero estos dos últimos meses ha habido mucho lío.

—¿Lío?

—He intentado ordenar, pero han venido muchos pedidos de papelería…, ya sabes.

No, Matías no podía saberlo, porque no era cierto.

—Además he estado leyendo algunas cosas. Por cierto, dale las gracias a Garrido por el libro de esa chica, Carmen Laforet. Me ha gustado mucho.

—¿Las gracias? Si me ha cobrado ocho pesetas…

—Ese Garrido es un buitre… Nuevo debe costar casi lo mismo.

—No es una hermanita de la caridad; eso te lo aseguro.

Matías está intentando organizar las estanterías del fondo. Sigue habiendo más libros en inglés de lo que pensaba. Va a preguntarle a Lola cuando ella se anticipa:

—¿A qué hora es el entierro?

—A las doce —responde él—. Pero yo voy a ir antes para hablar con los de la funeraria.

Se acerca a él y le abraza desde atrás. Matías se queda quieto. Ella apoya la cabeza en su espalda y los dos permanecen así durante un instante.

—Buenos días.

Se vuelven a la vez.

—Perdón —dice la chica—. Quería cambiar una novela.

Es la muchacha que viene todas las semanas con su novelita romántica. Lola se acerca a atenderla. La chica se ha sonrojado como una colegiala.

—Las he leído casi todas —dice como siempre cuando Lola pone la caja sobre el mostrador—. ¿No tiene ninguna nueva?

Es una chica anodina, ni guapa ni fea, con un cabello largo y rizado que se le encrespa en el flequillo y en las sienes. Lleva un abrigo viejo.

—Lee esta —dice Lola tendiéndole el libro del que hablaban Matías y ella hace unos minutos.

La chica lo coge y lee:

—*Nada*, de Carmen Laforet.

Luego mira a Lola con cierta desconfianza.

—¿Pero es de amor? —pregunta.

—Es mucho mejor —responde Lola—. Es de verdad.

La muchacha duda.

—Es que no sé si me va a gustar.

—Tú léelo —insiste Lola—, y si no te gusta, me lo traes y te lo cambio gratis.

Matías la está mirando asombrado.

—Vale —acepta la muchacha sin demostrar ninguna confianza pese a todo. Paga sus dos pesetas y se va mirando el libro como si fuera algo raro.

—Vaya —dice Matías en cuanto la chica sale—. Y tú eras la que no quería que pusiera el libro de Rose Tomlin en el escaparate.

Lola sonríe.

—Ya... Todos nos equivocamos. Si el escaparate en lugar de estar aquí estuviera en la calle Barquillo, lo colocaría de nuevo sin dudar. Pero en esta calle es inútil. Nadie se para nunca.

Ha abierto uno de los cajones de la mesa y está removiendo como si buscara algo.

—¿Has traído el brazalete? —le pregunta a Matías.

—Sí —responde él sacando del bolsillo de la chaqueta una banda negra que intenta colocar alrededor del brazo.

Lola encuentra por fin lo que buscaba.

—Ven, que te lo voy a coser.

—Pensaba ponérmelo con un imperdible.

—¿Qué dices, con un imperdible? Por favor...

Se ha puesto el dedal y está enhebrando la aguja con un hilo negro.

—Ven, anda, ven —ordena, tirando a Matías de la manga.

Él sonríe. Mirándola en silencio mientras ella da un par de puntadas al brazalete que él llevará en señal de luto por Adela.

Ella sonríe también. Sin mirarle pero sabiendo que tiene esa expresión por la que todo lo demás merece la pena. De pronto se acuerda de las palabras de su amiga inglesa: «Su marido se quedaría asombrado si supiera hasta qué punto le ama. Se lo aseguro».

—Hoy iré a comer a casa de mis padres —le dice.

No le apetece en absoluto, pero sabe que él se sentirá mejor. No quiere que tenga ninguna prisa.

—Luego mi madre y yo queríamos ir de compras. ¿Me llamarás si necesitas que venga por la tarde?

—No hará falta. Tranquila.

Da un par de vueltas al hilo cuando llega al extremo del brazalete y luego lo remata metiendo la aguja por el interior de cada uno de los bucles, con una rapidez que a ella misma le sorprende. La última puntada. Ha terminado.

—Ya no se te caerá —dice, poniéndose de pie.

Matías la coge de la barbilla.

—Tengo que irme —protesta desde muy cerca. Lola siente su aliento, tan conocido que a veces le parece el suyo propio.

—Pues vete —le suelta, sabiendo que no lo hará todavía.

Él la besa en los labios.

—Pero qué guapa es mi chica —dice apartándose y volviendo a besarla de nuevo.

Ahora es ella la que se aparta…

—¿No te ibas?

Y la que vuelve a besarle.

Después de una despedida que parece no terminar nunca, Matías ha cogido por fin el abrigo, se lo ha colgado del brazo y está a punto de levantar el mostrador para salir de la tienda, cuando se acuerda.

—Por cierto —dice al ver la pluma junto al trapo manchado de tinta azul—. Seguramente hoy vendrá un hombre con pinta de poli, un tipo bajito y desagradable; no te asustes, viene a recoger esa Parker que está debajo del mostrador. Le dices lo que ha pasado y que no he tenido tiempo de limpiársela. Si quiere que se la lleve, y no le cobres nada.

Lola se ha puesto otra vez pálida.

—Vino ayer.

Se vuelve de espaldas para que él no se dé cuenta de que le falta la respiración. Matías se disculpa.

—Lo siento, con lo de Adela no me acordé de avisarte.

Lola intenta que no le tiemble la voz.

—No te preocupes, dijo que no le corría prisa; volverá cuando estés tú.

40

He pasado por la óptica para avisar a Sagrario de que hoy no podré ir con ella al ensayo. Son casi las diez, pero parece que acaban de abrir porque todavía se está poniendo la bata.

—Ay, pues casi mejor —me dice cuando le cuento que tengo que ir al consulado—. Yo todavía no me he repuesto del susto del otro día.

Es una chica un poco impresionable. A mí ya se me había olvidado por completo el incidente. Tengo ganas de contarle que ayer encontraron muerto a uno de mis vecinos, para que se dé cuenta de que en Madrid pasan ese tipo de cosas constantemente.

—¿Ha salido en la prensa alguna noticia sobre el atraco que presenció usted el otro día? —le pregunto aunque sé la respuesta de antemano.

—Es curioso —me responde ella con ingenuidad—; no he visto nada. Y en la radio tampoco han dicho una palabra.

Dudo si decirle lo que pienso. Al final lo hago, sutilmente, pero lo hago.

—¿Y no será porque al hombre le mató la policía por error y no quieren que se haga público?

Sagrario se queda dudando un instante. Se abrocha el último botón de la bata blanca y luego se encoge de hombros.

—Eso dice mi padre también —confiesa en voz baja—. Y a lo mejor tiene razón, ¿sabe? Porque me presenté en la comisaría como testigo, les dije que lo había visto todo, y la verdad es que no me hicieron mucho caso. Dijeron que si necesitaban mi declaración ya me llamarían.

Vuelve a encogerse de hombros como si aquello fuera demasiado complicado para ella.

—Mi padre dice —repite bajando aún más la voz, a pesar de que estamos solas— que no me van a llamar. ¿Usted qué cree?

—Posiblemente su padre tenga razón.

—Pero es que es injusto. Aquel pobre hombre no había hecho nada y le mataron allí mismo, delante de su mujer. ¿No cree que deberían castigar al policía que lo hizo?

Esta chica es demasiado ingenua.

—Trate de olvidarlo —respondo—. No le dé más vueltas. Eso usted no puede solucionarlo, no está en su mano.

—Es cierto —admite ella.

Ha entrado alguien.

—¿Nos vemos entonces el miércoles que viene? —me pregunta algo más animada.

—Sí, el próximo miércoles —digo sin demasiada convicción.

En el fondo yo también soy un poco ingenua, pienso mientras me dirijo dando un paseo al consulado británico. Voy una vez al mes. Me entrevisto con el cónsul o con su secretario, hago un nuevo escrito y me vuelvo a casa con las manos vacías. Pero no me rindo. Desde luego que no.

«Trate de olvidarlo», le he dicho a Sagrario. Y yo soy la primera que no lo hace. Aunque tenga que venderle todas mis propiedades a Constance, voy a seguir aquí hasta que consiga que el gobierno español lo reconozca.

El ritual de siempre.

Entrar en el consulado. Saludar a Dorothy, preguntarle por sus hijos, que están en un colegio en Inglaterra, saludar a Christopher, que se ha quemado una mano y la lleva aparatosamente vendada, entrevistarme con Nigel tratando de no hacer ninguna referencia al hecho de que se ha afeitado el bigote y, al mismo tiempo, intentar mostrarme amistosa para que no me cuelguen el sambenito de vieja loca que lleva diez años dando la lata con lo de su marido… Intentar… Esforzarme… No desfallecer, a pesar de lo agotador que resulta.

Cuando ya he rellenado el nuevo formulario, una vez concluida la entrevista con el cónsul Vickers, voy a despedirme de Dorothy. Siempre lo hago.

Observo que tiene colgado en la pared, junto a su mesa, un dibujo de una amapola. Supongo que lo ha hecho uno de sus hijos. Debajo hay escritos unos versos: «En los campos de Flandes las amapolas se funden / entre las cruces, hilera tras hilera». Sé qué significan esa amapola y esos versos. Cualquier inglés lo sabe.

Le sonrío y ella me devuelve la sonrisa al ver que me fijo en el dibujo. Dorothy y yo tenemos algo en común. Su marido murió hace unos años, durante la Segunda Guerra Mundial. Era piloto de la RAF y derribaron su avión en algún lugar entre Dinamarca y Holanda.

—Mire, le he guardado una.

Saca del cajón una de esas amapolas de papel que se fabrican

313

para el Remembrance Day. En Inglaterra, el 11 de noviembre todo el mundo las lleva.

—Se ha pasado la fecha —dice Dorothy con evidente pesar—, pero pensé que quizá la vería antes.

—No se preocupe, querida —respondo mientras me prendo la amapola en la solapa del abrigo—. Cualquier fecha es buena para recordar a los que se fueron, ¿no cree?

Ese será el único consuelo que me lleve hoy de mi visita, porque la entrevista con el cónsul ha sido tan infructuosa como siempre.

—¿Qué tal le ha ido hoy? —me pregunta amablemente.

—Igual que siempre —respondo.

Dorothy me ha cogido afecto. Son muchos años viniendo a reclamar.

—¿Y no se cansa?

Hemos hablado otras veces de esto. Ella piensa que el gobierno español nunca dará su brazo a torcer.

—Tengo que hacerlo, querida. Y no es tan complicado: solo tienen que reconocer que aquellos soldados mataron a mi marido cuando la guerra ya había terminado.

—Lo entiendo —Dorothy no lo ve tan fácil como yo—, pero eso sería tanto como reconocer que fue un vulgar asesinato y no una baja de guerra.

—Lo sé.

Supongo que me comprende, pero a fin de cuentas qué más da. Cada vez me importa menos la opinión de los demás.

Cuando salgo del edificio me voy dando un largo paseo hasta la Glorieta de Atocha, donde cogeré la camioneta de Carabanchel.

Normas. Acuerdos y convenciones. Todos a cantar, a rezar o a lo que convenga en las mismas fechas...

Pues no. Lo siento, pero no. Hoy es para mí el auténtico Remembrance Day. Porque hoy es cuando recuerdo esos pastos de montaña arrasados por las heladas. Hoy es cuando escucho los himnos de los que van a morir... «En los campos de Flandes las amapolas se funden / entre las cruces, hilera tras hilera...» Y en los de España también. Aunque todo el mundo quiera olvidarlo.

La camioneta está ya en la parada. Antes de subir, le compro un ramo de flores a una gitana que tiene tres grandes cubos repletos de crisantemos y claveles.

Este viaje, como una liturgia.

Una vez al mes, pase lo que pase, casi siempre después de acudir al consulado, voy al cementerio británico y visito la tumba de Owen. Quién me iba a decir a mí, cuando le conocí en casa de los Ferguson, y luego, cuando nos encontramos de nuevo en París, que iba a acabar siendo uno de mis mejores amigos. Pobre Owen, qué amistad más extraña tuvimos y qué lejos estás ya. Es terrible, pero hay que hacer grandes esfuerzos para no olvidarse de los muertos.

Estas camionetas no son muy cómodas, sobre todo cuando van atestadas de gente; ahora no es el caso, tengo los dos asientos para mí sola. Me he sentado junto a la ventana, porque así puedo ver cómo va cambiando el paisaje. Al cabo de un rato de cruzar el río, cuando la camioneta empieza a pegar botes por los baches, veo que están construyendo un barrio nuevo. Son casas humildes, unos cubos de cuatro o cinco alturas, que parecen directamente plantados sobre la tierra sin asfaltar, como si los hubieran tirado allí de cualquier manera. Madrid está creciendo. En los últimos cuatro años todo ha cambiado mucho, sobre todo en el extrarradio. Han desaparecido las tierras de labranza, los pequeños viñedos y los campos de melones; ahora hay barrios nuevos por todas partes.

La camioneta enfila un tramo de carretera en el que no hay una sola edificación; son apenas trescientos metros, pero parece que hubiéramos salido de la ciudad, y luego entra en una larga calle sin asfaltar. Las casas aparecen alineadas a ambos lados, blancas, con grandes portalones, unos marrones y otros pintados de un extraño azul añil. Ese color me recuerda los pueblos que recorrimos durante la guerra, cuando intentábamos llegar a Madrid en aquel viejo camión militar. Casi todas las casas tienen un pequeño patio. En una de ellas hay un taller con la persiana metálica subida y en otra una taberna con una barrica en la puerta. Hay que ver lo poco que pegan este tipo de construcciones en una capital. No me imagino nada parecido en Londres o en París. Y sin embargo, a mí siempre me ha gustado este aspecto de pueblo grande que tiene Madrid.

Es mi parada. Cojo las flores, que han dejado mojado el asiento, lo seco como puedo con la palma de la mano y tiro de la anilla para que el conductor sepa que me voy a bajar. Una mujer que lleva un cesto en el regazo y una toquilla negra en los hombros me sonríe sin motivo. Estoy a punto de darle las gracias por ese gesto tan inesperado y amable. Los españoles sonríen poco. Es lo primero que me sorprendió al llegar aquí. Pensé que era por la guerra, y luego por la posguerra, pero ahora me doy cuenta de que son así. Le devuelvo la sonrisa y me bajo con mi ramo de flores.

La lápida está salpicada de barro. No puedo limpiarla porque no tengo dónde coger agua, pero no tiene importancia; cuando vuelva a llover se limpiará sola. Creo que no tardará mucho, porque se ha nublado.

Lo que sí me importa es ver que el ramo que dejé aquí la última vez ha desaparecido. Sé que hay gente que lo hace, me lo dijo una vez el guarda: roban las flores de las otras tumbas para ponérselas a sus familiares. No me importa lo más mínimo, tengo que admitirlo; no creo que nadie haga eso por maldad o por avaricia; más bien me inclino a pensar que si lo hacen es porque no han podido comprar un triste ramo de flores a sus difuntos.

En fin, Owen, que aquí tienes estos crisantemos amarillos que le he comprado a una gitana. Piensa que luego, si alguien se los lleva, seréis dos para disfrutarlos.

Siento mucho que no estés descansando en las playas de Dover como querías.

También siento no haber puesto en tu epitafio aquellos versos de Matthew Arnold de los que hablamos una vez: «Barridos por confusos toques de avance y retirada, / con los que ejércitos ignorantes se enfrentan en la noche…». Pero te prometo que tarde o temprano lo haré.

Si algún día volvemos a casa, lo haré.

Mientras tanto no estás mal aquí, ¿verdad? Al fin y al cabo estamos juntos… En este país al que llegamos pensando que íbamos a quedarnos solo un par de meses.

Sí, ya sé que el epitafio que he mandado grabar en la lápida parece un poco inusual, pero este es suelo británico, querido; aquí uno puede ser tan excéntrico como quiera. Y además pensé que te divertiría. ¿No has visto ese panteón que hay un poco más allá? Al muerto le han puesto una placa esmaltada con la imagen de un mono. Será una mascota, digo yo, pero resulta demasiado extravagante a mi modo de ver. Tú tienes como epitafio la frase que más me sorprendió cuando te conocí. Es una manera como otra cualquiera de tenerte presente.

Me gusta cuando la leo. Es como si te estuviera oyendo.

Voy a limpiar esa primera «s» que ha quedado ilegible por el barro. Ahora sí. Ahora se entiende. Me gustaría que mi amigo el librero viniera a ver esto.

Conrad y tú.

Esa amistad que, como la nuestra, ha sobrevivido al tiempo, los enfados y la muerte.

«Solo hubo dos temas por los que peleamos: sobre el verdadero gusto del azafrán y sobre si es posible distinguir una oveja de otra.»

Ahora debería irme, Owen. Creo que va a llover.

Cuando subo de nuevo a la camioneta pienso que mañana es jueves... ¿Cuándo se lo diré?

41

—¿Se quedará usted aquí en Navidad o se va a su país? —pregunta Lola.

—No, no —respondo de inmediato, sin considerar la respuesta—, me quedaré en Madrid.

—¿Y vendrá su hijo a pasar la fiestas con usted?

—Casi seguro —miento descaradamente; total, todavía faltan más de diez días para eso.

Ha cogido amablemente mi abrigo y veo que pasa distraídamente una mano por la tela.

—Qué suave —exclama con esa espontaneidad tan suya—. ¿Qué tipo de lana es?

—No es lana, es vicuña.

—Eso es como la alpaca, pero más caro, ¿verdad?

Me río porque a veces resulta tan directa que parece una chiquilla.

—Sí —admito—, creo que lo sacan de uno de esos animales que hay en los Andes.

—Es increíble, no pesa nada.

—Y sin embargo da mucho calor. Lo tengo hace por lo menos veinte años, pero nunca pasa de moda.

Ha dejado el abrigo con mucho cuidado sobre una montaña de libros que están apilados en la mesa.

—Mi madre lo dice siempre: lo bueno dura. —Luego me mira y se encoge de hombros—. Pero claro…

En ese claro está resumido todo un mundo de pérdidas y calamidades.

Espero tener la ocasión de poner los libros en la estantería, porque hoy he traído cuatro ejemplares: un nuevo Faulkner, un André Gide y un Paul Valéry, los dos en francés, y un volumen encuadernado en pasta española que contiene un par de obras de teatro de Shakespeare. El sábado le compraré a Matías el de Faulkner y el de Edith Wharton que traje el otro día, y luego no me quedará más remedio que empezar a comprar ejemplares en francés porque ya no me quedan ediciones inglesas en casa.

—Ayer estuve con mi madre en esos grandes almacenes, Galerías Preciados. Fuimos de compras por los regalos de Reyes, ya sabe, y luego merendamos en un café de estilo inglés, no sé si lo conoce, el café La India… Me acordé de usted.

Nos hemos sentado casi a la vez. Veo que el libro está preparado en la escalera de tres peldaños que hay detrás de Lola.

—Le dije a mi madre que tenía una amiga inglesa.

—¿Ah, sí? ¿Y qué dijo su madre?

Lola se ríe.

—Creo que no debería decírselo.

—Bueno, no será tan grave.

—Sí, le aseguro que lo es.

—¿De veras? Está usted picando mi curiosidad. Y eso no se debe hacer con una persona mayor. Venga, dígamelo.

—Bueno —admite sin ninguna malicia—, pues dijo que aprovechara para pedirle que nos devuelvan Gibraltar.

Ahora yo también me río.

—La verdad, creo que eso no está en mis manos.

Me sorprende notar de pronto en su voz cierto tono de disculpa. Pensé que a ella le parecía tan disparatado como a mí el comentario de su madre.

—Desgraciadamente mis padres no tienen un talante muy liberal. Están demasiado próximos, por decirlo de algún modo, a este régimen.

—Y a usted eso no le gusta —aventuro.

—Desde luego que no. Me crea muchos problemas, sobre todo con Matías.

—Entiendo.

No me gusta esa mueca de pesar en su rostro. Esa no es la Lola que yo conozco.

—Usted a veces se siente como dividida, ¿verdad?

Gira la cabeza y me mira atentamente.

—Sí —reconoce—, así es.

—No se apure; eso es porque todavía quiere a sus padres. Si no hubiera ese afecto por medio usted no sentiría ninguna contradicción.

Sigue mirándome fijamente, como si quisiera descubrir algo que no está a la vista.

—¿Por qué es tan fácil hablar de determinadas cosas con usted? —pregunta, supongo que sin esperar respuesta alguna por mi parte—. Creo que no he tenido este tipo de conversaciones ni con mis mejores amigas.

Ahora soy yo la que la observa pensativa.

—¿Sabe por qué? —Hago una pausa—. Por ese libro —digo señalando *La chica de los cabellos de lino*—. Nos hemos acostumbrado a compartir la intimidad de Rose Tomlin, su mundo secreto. Y eso nos predispone a las confidencias.

—Sí —reconoce Lola—, es posible. —Se levanta y lo coge—. Por cierto —añade un segundo antes de sentarse de nuevo—. Gracias por ayudarme el otro día.

Al principio no la entiendo.

—Con ese hombre.

—Ah… No tiene por qué darlas.

—No querría por nada del mundo —comenta con preocupación— que esto le ocasionara algún tipo de problema con las autoridades españolas. Porque podrían mandarla de vuelta a su país, ¿no?

Otra vez ese gesto de pesar que le afea tanto el rostro.

—No, querida, no podrían. Se lo aseguro, puede usted estar tranquila.

Estoy tentada de explicarle cómo funcionan las cosas, pero no lo hago. Hace tiempo que me cubrí las espaldas respecto a esta lejana posibilidad. Para algo tenía que servirme ser hija de quien soy.

—¿Y sabe qué? —digo a continuación—. Creo que ese sujeto no volverá a molestarla.

Lola adopta cierta expresión de duda, como si creyera que eso no es posible. Pero yo sé que lo es. Vamos, que en estos momentos pondría la mano en el fuego por ello.

Después del cementerio. Con el recuerdo de París en la memoria… Cuando Henry y Owen todavía vivían y éramos capaces de cualquier cosa.

Pues sí. Después del cementerio.

Voy caminando hasta la calle Infantas. Es la hora de comer.

En la esquina de Alcalá me cruzo con un carro tirado por dos caballos percherones. Llevan ocho grandes barriles puestos de pie. Supongo que hacen el reparto de la fábrica de cervezas que he visto cuando iba en la camioneta. Dentro de poco desaparecerán estos carros y por las calles de Madrid solo se verán camiones, tranvías y automóviles, como en París.

Hay poca gente en la Gran Vía y menos aún al doblar la esquina, pasar la calle Reina y entrar en Infantas. Desgraciadamente, el edificio donde se encuentra la pensión Ruano no tiene portero. Es una lástima, porque las conversaciones con los porteros son mi especialidad.

El portal está abierto, así que subo al primer piso y llamo al timbre. Tienen también aldaba, pero es mejor no armar mucho escándalo.

Me abre la puerta un hombrecillo de pelo engominado y bigote con las puntas enceradas hacia arriba. No es muy alto, pero tiene las espaldas anchas, como uno de esos levantadores de pesas.

—Disculpe que le moleste —digo con mi mejor sonrisa y mi acento inglés tan marcado como me es posible; sé que eso da resultado—. Estoy buscando a una persona y creo que es cliente de la pensión. La última vez que lo vi se alojaba en el piso de arriba.

El hombre me mira extrañado.

—¿Arriba? —pregunta—. Eso es imposible. La pensión solo ocupa esta planta. En el piso de arriba hay dos viviendas particulares.

Me quedo desconcertada. Por lo que Lola había contado, creí entender que se veían en el cuarto de una pensión.

—¿Cómo es la persona a la que busca? —pregunta el hombre.

—Pues verá, será más o menos de mi edad. Es así de alto, como usted.

Tengo mucho cuidado en no decirle que es un tipo corto de estatura.

—Y tiene uno de esos bigotitos que marcan una línea un poco ridícula, ya me entiende.

El hombre se lleva instintivamente las manos a su poblado bigote. Los ojos le brillan de satisfacción.

—Creo que es policía, o algo así.

Me hace un gesto.

—Pase, pase, hablaremos mejor dentro.

Cierra la puerta mirando hacia lo alto de las escaleras.

—No es policía —me dice nada más cerrar—. ¿Es amigo suyo?

He percibido un ligero tono de prevención por su parte.

—No, qué va —respondo para que recobre la confianza—. En absoluto. Más bien todo lo contrario. Le busco para darle un recado de otra persona. Es que ese hombre le debe algo a una amiga mía, ¿sabe usted?

He dado en el clavo. Se ve que el de la pluma Parker no cuenta con muchas simpatías en la escalera.

—Qué más quisiera él que ser policía —suelta con amargura—. Solo es un chivato que ayuda a los de la Brigada de Costumbres y va por ahí buscando gente a la que denunciar.

Creo intuir de dónde procede su resquemor.

—Ya sabe —insiste el hombre sin que haga ninguna falta, porque le he comprendido perfectamente—, gente del espectáculo, mujeres de costumbres libres, homosexuales… Usted es extranjera, ¿verdad?

Exagerar mi acento ha dado el resultado que esperaba. Admito que lo soy.

—Entonces ya sabe cómo es la cosa.

No sé muy bien a qué se refiere, ni cuál es la relación entre mi nacionalidad y el tipo que acosa a Lola. Aunque sospecho que se siente más cómodo con alguien de fuera, que no va a ir con el cuento a comisaría.

—¿Y entonces no vive aquí?

—¿En la pensión? No. Vive en el piso de arriba. Pero ahora no estará. Su mujer sí; me acabo de cruzar con ella en la escalera.

Bien. Esto marcha.

—A usted no le cae muy simpático ese hombre, ¿verdad?

He abierto la compuerta. El agua sale a borbotones. Trae troncos, piedras, barro… Arrastra años de resentimiento con ella. Me cuenta que fue ese sujeto el que denunció a un «amigo» —y lo recalca para que yo me dé cuenta, si quiero, de qué tipo de amistad se trata—, y se extiende en describir la paliza que le dieron. «Le molieron los huesos», comenta con amargura, y luego me cuenta la historia de una pobre mujer que tenía que hacer la calle para sacar adelante a sus hijos, y ese tipo la metía en los calabozos cada dos por tres, no por moral, ni por nada, solo por hacer daño a una pobre infeliz que no podía defenderse.

—Es mala gente —concluye—. Ándese con ojo.

Cuando le doy la mano para despedirnos, tengo una idea muy clara de a quién me estoy enfrentando. Pero aún falta lo más importante. Antes de cerrar la puerta, cuando yo ya estoy en el descansillo, el hombre baja la voz.

—Pero fíjese lo que le digo: en la calle será un bravucón, pero en casa la que corta el bacalao es ella. La mujer le lleva más derecho que una vela. ¿Le digo por qué? —Se acerca un poco y baja aún más la voz—. El padre es Martínez Saglés. ¿Sabe quién es?

Niego con la cabeza. El hombre mira a uno y otro lado.

—Falangista. Uno de los mandamases de Franco. Es un garrulo, pero ha estado a punto de ser gobernador civil varias veces. Así que ya puede hacerse usted una idea de quién manda en esa casa...

Sabía que esta visita me daría resultado. Lo sabía. Tengo ganas de besar al hombre de la pensión.

Diez minutos después estoy sentada en una silla tapizada de verde en el comedor más feo que haya visto en mi vida, con una mujer desgreñada que habla en voz alta. Y entonces, por fin, se abre la puerta. Esperaba ansiosamente este momento.

Él se queda de piedra cuando me ve. No pronuncia una sola palabra.

—Esta señora, que ha venido a verte —dice su mujer sin demasiados preámbulos.

—Sí, es que en la librería estábamos muy preocupados —suelto acto seguido, antes de que pueda reaccionar—. Como usted es un cliente habitual...

La mujer nos mira a los dos, sin dar crédito a lo que está oyendo. Estoy segura de que jamás le ha visto con un libro en las manos.

—Es que hace un par de días, cuando vino a dejar la pluma —explico para que todo adquiera un tono verosímil—, nos olvidamos de decirle que el negocio se cierra y que ya no vamos a poder atenderle. —Parece que no me entiende. O no me quiere entender—. Verá, le comentaba a su mujer que usted es cliente de hace mucho tiempo, desde la época de la guerra, y estaba a punto de explicarle cuál fue exactamente su relación con los dueños en esa época, cuando ha llegado usted.

Empieza a ponerse muy nervioso. Entonces saco la pluma del bolsillo de mi abrigo y se la tiendo. Él la coge y sigue mudo como una estatua.

—Pues eso, que me alegro de habérsela traído en persona y de haber conocido a su esposa. De paso le aviso de que no se moleste en ir por la librería, porque no encontrará lo que usted busca. Nunca más. —Ahora creo que sí lo ha entendido—. En fin —digo poniéndome en pie—, les dejo, que ustedes querrán comer. Si necesita algo, podemos traérselo a casa, ahora que sabemos dónde vive. Yo misma vendré y trataré con su señora. ¿Le parece?

No sé qué contesta, ni me importa. Misión cumplida.

—Yo quería proponerle algo.

De pronto vuelvo a la realidad y veo a Lola en el mismo sitio, con el libro en la mano. No sé cuánto tiempo he estado ensimismada.

—Me gustaría invitarles a su hijo y a usted a cenar con nosotros el día de Nochebuena.

Me sorprende. Tanto que no soy capaz de reaccionar.

—¿Qué me dice? ¿Querrá pensarlo?

—Pues..

—Bueno, no es necesario que me conteste ahora mismo. Consúltelo con él. Yo tampoco le he dicho nada a Matías, pero seguro que estará encantado.

—Se lo agradezco muchísimo. Pero no sé… Ustedes querrán estar en familia.

Lola niega con la cabeza.

—No, nosotros siempre cenamos solos. Y por una vez me gustaría que no fuera así.

—¿Y sus padres?

Vuelve a ponerse seria. O triste. O una mezcla de ambas cosas.

—Ellos también cenan solos.

Entiendo que no debo preguntar más. Oigo que alguien entra en el portal. Por un instante pienso en el hombrecillo del bigote, pero afortunadamente es el camarero.

—Hoy no tenemos churros —dice apoyando la bandeja en el mostrador—. A la churrera se le ha muerto un familiar y han cerrado; pero les he traído unos cruasanes buenísimos. —Destapa la bandeja—. Si no les gustan, me los llevo ahora mismo y les traigo otra cosa; una tostada con mermelada o unas magdalenas.

—Por mí está bien —dice rápidamente Lola.

—Deje los cruasanes —respondo a mi vez—. Tienen un aspecto estupendo. Y no hace falta que vuelva a por las tazas; puedo llevárselas yo misma cuando me vaya.

—De ninguna manera —protesta el hombre—. Yo vengo todas las veces que haga falta, faltaría más. —Coge la jarra y nos sirve la leche caliente—. Tómenselo antes de que se enfríe. —Y luego baja mucho la voz—: Verán qué bueno está hoy el café. Es brasileño... El jefe lo ha comprado de estraperlo.

42

Siempre llueve en los entierros. Hoy también.

La fosa está abierta. Quieren meter ahí a Frances y yo no puedo impedirlo porque mi cuerpo no obedece, mi lengua no responde; no consigo expresar lo que siento por más que lo intento. Oigo a Owen que lee unos versos terribles, que conozco de un tiempo anterior, cuando no tenían ningún significado para mí. Ahora resultan asombrosamente dolorosos.

> *A salvo en sus Cámaras de Alabastro —*
> *insensibles al amanecer*
> *y al mediodía —*

Owen lee con la voz quebrada. Y yo quiero que se calle de una vez.

> *duermen los mansos miembros de la Resurrección —*
> *Muro de raso,*
> *y Techo de piedra.*

Que se calle.

Pero nada sucede. Nada de lo que pienso. Nada de lo que

querría en estos momentos. Estoy allí, junto a su tumba. Eso es lo único real. Eso y el tacto frío de esa tierra que la va a cubrir para siempre. Frances no se merece esto.

Cuando todo acaba, me coloco junto al camino, el traje y el sombrero negros, bajo un paraguas negro, y estrecho la mano de los que desean darme el pésame. Espero con paciencia a que todos desfilen delante de mí… Sarah, la querida Sarah…, Elliott…, lord y lady Ferguson… En una siniestra procesión… Owen Lawson, René y Suzy…, los amigos llorosos, los pintores desconsolados, los músicos afligidos, las criaturas de la noche… Mi padre y Constance.

Dejo que se vayan. Estos rostros que reconozco y que al mismo tiempo me resultan horriblemente extraños. Freddie no está y yo no consigo recordar por qué. ¿Por qué no estabas allí si la querías tanto, Freddie?

Y luego, cuando los enterradores esperan que yo desaparezca también, porque quieren hacer tranquilos su trabajo, me quedo con el sonido de la lluvia en el paraguas negro y espero…

Henry me acompaña. Es el único hombre a quien me veo capaz de soportar en estos momentos.

Y, cuando la tumba está cerrada y las coronas puestas sobre la tierra desnuda, los hombres se van y por fin puedo llorar.

Aún llueve.

Pasan los meses. Henry debe de estar en París, pero no se pone en contacto conmigo y no entiendo por qué. No veo a nadie. He dejado de salir por las noches.

Suzy es la única que viene a visitarme. Siempre se presenta de improviso y a veces echo en falta la liturgia de las viejas damas victorianas —nunca más allá de las seis y media, nunca más de dos horas, nunca más de una vez en semana— que me parecía tan ridícula en el pasado, cuando vivíamos en Londres. Preferiría que alguna vez se tomara la molestia de avisar, pero ella es incapaz. En eso se parece un poco a Frances.

Todo en mi vida vuelve, antes o después, a Frances.

Leo. Leo mucho. Y es ahora cuando las palabras de James cobran su verdadero significado: «Cuando te encuentres sola, lee un libro… Eso te salvará». Los libros tienen de pronto el tacto redondo y húmedo de un corcho salvavidas. Descubro a Joyce, que me apasiona, y leo una y otra vez el último párrafo de uno de sus cuentos: «Sí, los diarios estaban en lo cierto: nevaba en toda Irlanda. Caía nieve en cada zona de la oscura planicie central y en las colinas calvas, caía suave sobre el mégano de Allen y, más al oeste, suave caía sobre las sombrías, sediciosas aguas de Shannon. Caía así, en todo el desolado cementerio de la loma donde yacía Michael Furey, muerto. Reposaba espesa, al azar, sobre una cruz corva y sobre una losa, sobre las lanzas de la cancela y sobre las espinas yermas. Su alma caía lenta en la duermevela al oír caer la nieve sobre el universo y caer leve la nieve, como el descenso de su último ocaso, sobre todos los vivos y sobre los muertos».

Leo ese cuento una y otra vez porque me consuela. Hay algo en él que me inunda de una suave melancolía. A veces vuelvo a leer a Chéjov, o a Edith Wharton. No tengo ganas de experimentos ni de más novedades.

Roger vino a despedirse antes de regresar a su país. No sentí nada, ni siquiera la vieja atracción que nos había hecho pasar tan buenos ratos juntos. El dolor por la muerte de Frances me ha dejado sin impulsos vitales. Cuando Roger se fue, me di cuenta de que había perdido las dos cosas que me hacían sentir viva: el apetito y el deseo. No hay nada que yo desee en estos momentos. Nada ni nadie.

He adelgazado mucho. Suzy dice que doy lástima. A mí no me importa en absoluto; incluso diría que me gusta mi aspecto, porque me he convertido en una de esas imágenes góticas, escuálidas y virginales. Solo me falta un velo blanco sobre los cabellos rubios.

Siempre estoy aquí. Días y más días. En esta casa que huele todavía a Frances, a su perfume, a su cuerpo, a su aliento. Tuve una madre y nunca me dieron la oportunidad de llamarla así. Y ahora estoy condenada a recordarla en una casa en la que resuenan su risa y su voz cálida. Estoy aquí como si no existiera ningún otro lugar en el mundo. Llevo un pijama negro y una larga chaqueta de angora. Creo que tengo el pelo sucio.

Oigo el timbre de la calle y luego la voz de Suzy.

—Deje, señora Angellier, ya me anuncio yo.

Y sus pasos rápidos.

También recuerdo que mi ama de llaves se asoma tras ella con desconfianza, esperando que yo apruebe esta intromisión. Conoce a Suzy, pero intuyo que algo no le parece del todo normal hoy.

—Pase al señor al salón —ordena Suzy sin volverse; me doy cuenta de que esta vez no ha venido sola y empiezo a inquietarme—. Nosotras iremos en un momento.

En los recuerdos es difícil verse a una misma. Pero yo me veo. Estoy en la biblioteca, tirada en un sofá. La chimenea está encendida, pero aun así, me he abrochado la chaqueta de angora y me tapo con una manta escocesa. Siempre tengo frío. Y sobre la manta un libro de Edith Wharton que es el mundo donde ahora vivo. Lejos de aquí.

Suzy se acerca y me mira con reprobación. Luego me quita el libro de las manos y me obliga a ponerme de pie.

—¿Pero te has visto? Rose, cariño, ven conmigo.

Me lleva al dormitorio. Abre el armario.

—Vamos a arreglarte un poco, que no quiero que nadie te vea en este estado.

¿Verme? ¿Quién?

Ya no llevo mi pijama de seda… ni mi cómoda chaqueta de angora.

—Te has quedado en los huesos —dice Suzy mirándome de soslayo.

¿Quién soy? ¿Una niña pequeña a la que tienen que vestir?

—Ponte esto.

Ni siquiera cuando era una pobre huérfana abandonada, nadie jamás me había contemplado con tanta compasión.

—Y ahora ven, que tienes que recogerte este pelo.

¿Quién, Suzy? ¿Con quién has venido? Es Henry, ¿verdad?

Me doy cuenta de que deseo con todas mis fuerzas que sea él. O él, o Frances. Nadie más. Dos visitantes igualmente improbables, pienso para mí, aun a sabiendas de que Frances está muerta, Henry no. Pero en estos momentos me parece tan lejano como si lo estuviera.

¿Por qué voy detrás de Suzy por el largo pasillo de nuestra casa de la rue de Surène, cerca del boulevard Malesherbes y de esa iglesia que Napoleón mandó construir en forma de templo griego? Camino insegura, vacilante, como si esta fuera su casa y no la mía.

Y de pronto…

Veo la ropa que llevo: una falda plisada, de seda gris *chatoyante*, y una blusa blanca. Las dos prendas eran de Frances. Me entra una rabia infinita. Tengo ganas de zarandear a Suzy. ¿Cómo te atreves a tocar siquiera su ropa, maldita americana metomentodo? Pero la rabia está solo dentro de mí, va contra mí, no puede hacer daño a nadie más que a mí. Me odio por llevar su ropa, por vivir en su casa, por parecerme a ella.

Suzy corre la puerta del salón. El hombre que está mirando por la ventana no es Henry.

—¿Cómo estás, querida?

Me tiende una mano blanca, de dedos afilados y uñas manchadas de nicotina. Es la tarjeta de visita de Owen Lawson.

—Sé que no quieres ver a nadie, pero todo el mundo te echa en falta.

Nos sentamos y yo me fijo en cosas absurdas: que su bigote de siempre tiene ahora algunos pelos blancos, que sus ojos son más claros de lo que recordaba…

—Hace tiempo que deseaba venir a verte —comenta con esa corrección tan asombrosamente neutra que tanto me irrita—, y hoy, por fin, he conseguido convencer a Suzy para que me permita acompañarla.

—Owen ha insistido mucho, cariño. Creo que te vendría bien empezar a ver a los amigos.

¿Amigos?

Owen no es mi amigo. Yo odio a Owen.

Nadie sospecha lo que pienso porque tomamos asiento y yo me comporto como una buena chica, con mi falda plisada y mi blusa blanca. No sé si llevo medias, supongo que Suzy no me habrá dejado salir del dormitorio sin ellas… Me siento en la otomana, muy cerca de Owen, y entonces él me coge la mano. Me pilla de improviso. Casi estoy a punto de retirarla, pero me contengo.

En circunstancias normales este es un gesto que este hombre jamás se permitiría conmigo; no tenemos tanta confianza como para eso, pero parece que el dolor concede dispensas para el contacto físico. No estoy a gusto aunque disimule. Todo me resulta terriblemente incómodo; yo sentada en el borde del asiento, mi espalda envarada, la mano rugosa de Owen. Su presencia.

De pronto oigo mi voz. Parece completamente normal. Incluso diría, para mi propia sorpresa, que tiene un nada desdeñable tono afectuoso.

—¿Recuerdas Elsinor Park, la casa de los Ferguson, en Surrey? —le pregunto sin comprender muy bien por qué tengo que recordar eso precisamente ahora—. Nos conocimos allí.

—Claro —dice Owen.

Sé que no me recuerda en absoluto.

—Fuimos andando hasta el río —insisto con su mano entre las mías—. James, Frances, tú y yo. La guerra todavía no había terminado.

No te acuerdas, Owen Lawson. No te acuerdas de aquella chiquilla de quince años que se había enamorado por primera vez y tenía su pequeño corazón a punto de reventar. Ese día me habíais excluido de vuestro mundo de adultos. No puedes acordarte, Owen, porque yo no existía para vosotros.

—Ya solo quedamos tú y yo —le digo; y por fin entiendo por dónde se empeñan en ir mis pensamientos.

James y Frances están muertos. ¿Por qué ellos?

—Recuerdo perfectamente esa tarde —dice de pronto Owen. Su dedo pulgar acaricia el dorso de mi mano—. James Ferguson estaba convaleciente, habían hundido su barco, y tú tenías una trenza rubia, del color del trigo maduro.

¿Qué? ¿Qué dice?

—Te bauticé como *la fille aux cheveux de lin*. Eras viva como una ardilla, pero ese día andabas un poco enfurruñada.

¿Qué? ¿La chica de los cabellos de lino? ¿Fue él?

Pienso. Todo a la vez. Owen hablando de mí, James desmoronándose..., el Morris Bullnose. Corrientes de agua helada y cámaras de alabastro.

Ellos están muertos. Y nosotros dos vivos.

Suzy sabe mantenerse al margen cuando quiere. De pronto me doy cuenta de que ella también está allí, con esa falda de cuadros grandes, tan extravagante, y sus hermosos pechos estremeciéndose como una explosión de vida. Intento hablar de otra cosa, pero es un intento fallido; no consigo encontrar un solo tema de conversación que me conceda más allá de tres frases. Hasta que por fin Owen pronuncia su nombre:

—Henry está abajo.

El corazón me da un vuelco. Lo sabía. Nadie lo nota, porque asiento con un simple gesto y luego pregunto qué tal le va, sin demostrar la más mínima alteración en el tono de mi voz.

—Le gustaría subir a verte. Me ha encargado que te pregunte si querrás recibirle.

No sé cómo hemos llegado hasta aquí. Henry y yo caminamos por la acera. Suzy y Owen lo hacen unos pasos por delante de nosotros. No salía a la calle desde hacía más de un mes. Seguramente por eso me sorprenden tanto los sonidos de la ciudad: voces, el martilleo de una máquina que procede de un sótano, las ruedas de los vehículos sobre los adoquines... Es un ruido invasivo, un caos que flota en el aire y que no puedo controlar. Todo lo que hay fuera me atemoriza. Trato de protegerme acercándome mucho a Henry. Pienso… por fortuna ellos están aquí, él está aquí, no estoy sola… El contoneo de Suzy con el chaquetón cayendo justo por debajo de sus caderas marca el ritmo de mis pasos. La sigo como embrujada, no puedo decidir nada por mí misma, necesito que alguien me enseñe el camino.

Ha pasado media hora y hemos llegado a la rue Rivoli.

Henry no es tan alto como Roger, ni tan categóricamente masculino como Jordan Miller, ni siquiera tan lánguido como el recuerdo que guardo de James convaleciente. Henry es normal. Pero en su presencia yo no veo a nadie más.

Entramos en los jardines de las Tullerías y caminamos bajo los árboles que en esta época ya empiezan a amarillear. En algunos rincones del paseo hay un lecho de hojas muertas, pero los árboles todavía tienen por lo general un mortecino color verde. Dentro de un mes los olmos, las moreras y los granados se habrán vuelto pardos, y antes de que podamos darnos cuenta estarán desnudos. Lloverá y hará frío. El otoño se precipitará sobre París como un amante ansioso. Pero hoy todavía luce un sol tibio y crepuscular. Cuando sugiero que nos sentemos en un banco de la Terrasse des Feuillants, Suzy encuentra una oportunidad para escabullirse.

—Bueno, nosotros dos nos vamos —dice, colgándose intencionadamente del brazo de Owen—. Henry te hará un poco más de compañía, ¿verdad, querido?

En efecto, Suzy y Owen sobran en estos momentos. Nos quedamos allí, bajo la luz mortecina de septiembre, sentados el uno junto al otro sin saber todavía que pasaremos así el resto de nuestras vidas. De su vida. Desde nuestro banco puedo ver, a través de las ramas de los olmos, el edificio de L'Orangerie.

—Te preguntarás por qué no he venido antes.

No estoy enfadada. Pero me extraña que no lo haya hecho y se lo digo claramente. Se vuelve hacia mí. Está serio.

—Me pareció que las cosas entre tú y yo podían ir por un camino que quizá no fuera el más adecuado, teniendo en cuenta mi situación y la tuya. —Tiene el pelo castaño, liso, y un mechón ligeramente más claro le cae sobre la frente—. Al fin y al cabo, tú estás en un momento delicado. —De pronto agacha la cabeza no sé si en un gesto de pesar o de vergüenza. A sus espaldas, en el banco que hay detrás del nuestro, una pareja se besa despreocupadamente—. Eres vulnerable —insiste sin mirarme; su voz es ahora más grave de lo habitual—. Y podrías confundirte.

Por fin se vuelve hacia mí.

—Así que quiero que lo sepas por mí, antes de que te lo diga nadie. Verás, Rose, ahora estoy solo en París, pero en Londres tengo una esposa de la que de momento no me puedo divorciar. —El sol se oculta tras una rama. Él lleva una chaqueta verde oscuro y yo una falda que era de Frances—. Pero qué estoy diciendo… Pensarás que estoy loco. O que soy un engreído. Seguramente tú no has pensado en mí ni un solo momento en todo este tiempo.

Parece avergonzado. Sus zapatos marrones asoman como animales domésticos por debajo del pantalón. ¿Qué me está ocurriendo? ¿De dónde sale esta fuerza que empuja mi mano hacia él? ¿De dónde este deseo de acariciar su rostro?

No sé cómo hemos llegado a su casa, a su cama, en esta calle cercana al Coliseo de Lutecia y a la *gare d'Austerlitz*. Antes de llegar, yo ya estaba muy segura de lo que iba a hacer, plenamente concentrada, preparada para sentir sus manos sobre mi pecho, primero a través de la blusa de Frances, luego ya sin ella, y dispuesta a reconocer —sí, reconocer más que conocer— ese cuerpo tantas veces imaginado.

Y mientras las sombras de la noche se deslizaban sigilosas en aquella habitación, el mundo entero bullía a mi alrededor. Yo oía a un tiempo el chasquido de su lengua dentro de mi boca, las campanas de una iglesia cercana, el grito lejano de un niño, los gemidos sofocados, el tictac de su reloj en la mesilla de noche... Todo.

Esa noche hablé por los codos. Durante horas. Necesitaba que supiera quién era yo, cómo me había criado, que conociera de mis propios labios qué sentía cuando vivía en casa de los Hervieu, en el internado. Incluso le hablé de James. Tenía que hacerle entrega de algo más que ese cuerpo consumido por el dolor. Necesitaba que me aceptara con mi pesada carga. Creo que estuve hablando mucho rato de Frances. Y él me habló de su mujer. Sin tapujos y sin falsas justificaciones. Cuando amaneció hicimos el amor de nuevo y esta vez fue aún mejor, porque ya no éramos dos desconocidos.

43

Fragmentos.

Henry y yo vivimos quince años juntos. No es demasiado tiempo, lo sé, pero para mí es mi vida entera.

Lo curioso es que solo conservo retazos de esa vida en común. Algunos fragmentos se han perdido. Seguramente la felicidad funciona como las drogas: te anestesia y, cuando despiertas, ya no puedes recordar gran cosa. A veces pienso que todo esto se debe a la muerte de Henry, que algo en mi cabeza duele tanto que me impide recuperar muchos recuerdos. Y el caso es que querría tenerlos todos. Absolutamente todos.

Fragmentos.

Ya no vivo en la casa de la rue de Surène. Henry y yo estamos juntos todo el tiempo; él trabaja en su traducción y escucha a los nuevos músicos franceses que le gustan tanto, Debussy, Maurice Ravel, Erik Satie, y luego, cuando acaba el trabajo, paseamos juntos por las calles de este París que no es la misma ciudad donde yo vivía. No salimos mucho por la noche, solo cuando algún amigo nos convence para ir a tomar una copa al Criterion o a Le Dôme. La casa en la que viví con Frances permanece cerrada. La señora

Angellier ha puesto sábanas blancas sobre los muebles y luego nos hemos despedido para siempre. En esta nueva vida no necesitaré un ama de llaves.

Es hermoso el Sena visto desde nuestra ventana, en la esquina que da al Jardin des Plantes, aunque está demasiado cerca del muelle de Austerlitz, siempre lleno de grúas y de barcos humeantes. Desde aquí el río parece más real, con todo ese trasiego de estibadores, trenes y mercancías. Más real que ese otro Sena que se puede contemplar desde el Pont Royal o desde el Pont Neuf, porque es aquí donde llegan las mercancías y donde, desde siempre, se ha abastecido esta ciudad. A mí me fascina ese ir y venir que, en cierta medida, me recuerda a El Havre. Algunas mañanas, cuando hace frío y no tengo ganas de salir, cojo un libro y me siento junto a la ventana; si suena el preludio con el que Owen me bautizó, ese que se titula *La chica de los cabellos de lino*, me acuerdo de Elsinor Park y de Deauville y de cómo éramos todos. Henry dice que antes yo vivía en un mundo de fantasía en el que nadie tenía que trabajar. Y es cierto.

No le gusta que le ayude con sus traducciones de Proust, pero muchas veces tiene que consultarme algo porque al fin y al cabo el francés es mi lengua materna. He hecho la prueba de intentar traducir yo misma algunos párrafos, pero ese trabajo tiene secretos cuyas claves yo no poseo. Leo la obra de Proust en francés y luego la traducción de Henry, y a veces no puedo decidir qué versión es mejor. Hay que reconocer que trabaja mucho, horas y horas, y a mí me gusta verle pelear con sus folios manuscritos llenos de tachaduras y anotaciones.

En junio vinieron Sarah y Charles. Henry y yo les llevamos a conocer el barrio y Sarah se quedó asombrada al ver el ambiente callejero. Creo que también le chocaba mi atuendo, que no tenía nada que ver con la época en la que Frances y yo nos pasábamos el día de compras. Digamos que era un poco más extravagante y bastante más barato.

—Te veo muy feliz.

Reconocí que lo era. Mucho.

Caminábamos entre los tenderetes repletos de babuchas de cuero, cacharros de bronce y los puestos de cúrcuma, pimentón y azafrán.

—Tengo que comprar naranjas —le digo a Sarah obligándola a pararse. Un hombre con el gorro blanco de los que han peregrinado a La Meca pesa tomates en una balanza.

Sarah se extraña mucho. No entiende muy bien que sea yo la que hace la compra.

—Si Frances me viera —le confío en voz baja…—. He aprendido a cocinar y, aunque tenemos una chica que se encarga de limpiar la casa, la compra y la comida las hago yo siempre que puedo. No tenemos cocinera.

Algunas mujeres que esperan ser atendidas se vuelven al oírnos hablar en inglés.

—Yo no podría vivir sin servicio. ¿Cómo lo haces?

—La vida es más sencilla cuando se está ocupada —contesto.

Es nuestro turno. Compro las naranjas y cuando nos alejamos del puesto, Sarah se cuelga de mi brazo y me pregunta inesperadamente:

—Dime, ¿cómo es él?

Lo pienso con cuidado. Va a ser la primera vez que le cuento lo que siento por Henry.

—Es tranquilo, honesto y paciente.

Ella sonríe. Pero quiero decirle algo más. Lo que tiene Henry que no tenían los otros.

—Le conozco por dentro, ¿sabes? —añado a continuación—. Sé lo que piensa, lo que siente y lo que espera de mí.

Sarah asiente y luego suelta de sopetón:

—Qué suerte tienes. Te envidio. A veces yo no entiendo a Charles...

Por primera vez me pregunto si serán felices.

Fragmentos.

Mi casa de la rue de Surène sigue cerrada y los muebles cubiertos con sábanas blancas. A veces echo en falta alguna cosa y entonces voy allí sola, sin Henry, abro la puerta, a pesar del dolor que me produce resucitar el recuerdo de Frances, y me llevo un cuadro pintado por alguno de aquellos amigos suyos a los que ahora ya no veo nunca. Otras veces es una pieza de bronce o incluso alguna lámpara. Estas incursiones me producen siempre un efecto curioso. Siento que desentierro pedazos del pasado y los traslado al presente. Es como si los llevara de una vida a otra.

Henry está terminando un nuevo libro de poemas. Cuando vamos por la calle, a veces saca del bolsillo de su chaqueta una libreta negra con tapas de hule y anota una frase o una idea. De esos golpes repentinos de inspiración surge luego su poesía. Cada vez me gusta más lo que escribe. Es profundamente misterioso.

Owen Lawson es ahora uno de nuestros mejores amigos. Ha ocurrido algo totalmente inesperado que, desde luego, ni Henry ni yo podíamos sospechar siquiera: Owen se ha enamorado de aquella chica que cantaba en el Blue Storm y ha estado a punto de abandonar a su mujer. La chica se llama Bonnie y ahora ya no canta allí, pero va y viene con su orquesta, y Owen se vuelve loco cada vez que ella sale de gira.

Deliberadamente he omitido el tema de la otra esposa, la de Henry. Ya va siendo hora de abordarlo.

Está casado, sí. Lo sé desde el primer día. En los dos años que llevamos viviendo juntos nunca me ha dicho que se divorciará, pero sé perfectamente que lo haría si pudiera. Su mujer es irlandesa. Católica. No quiere el divorcio por nada del mundo. Henry piensa que no es un problema religioso, sino social, y sabe que le será imposible llegar a un acuerdo. No quiere entrar en una guerra sin cuartel con ella, porque piensa que los dos saldrían dañados. A mí no me importa gran cosa, aunque en algún momento, sin que se lo haya confesado jamás a nadie, he pensado en cómo sería mi vida si él no estuviera casado. Si he de ser sincera, no creo que fuera a cambiar en absoluto.

Fragmentos.

Lady Ferguson, la madre de Sarah, ha muerto. Henry yo hemos viajado a Surrey para acompañar a la familia en el entierro. Elliott se casó con aquella novia que tenía y ahora esperan su segundo hijo.

Sarah y Charles también van a ser padres. Al parecer lo han estado intentando durante mucho tiempo sin éxito y al final ha ocurrido el milagro. Sarah tiene un vientre enorme y no parece muy feliz; supongo que solo está triste por lo de su madre. También parece preocupada por su padre. Quiere que lord Ferguson se traslade a Londres y que viva con ellos.

—Creo que no soportará quedarse solo en esta casa —me confiesa a la vuelta del cementerio, cuando nuestro coche atraviesa el puente y entramos en Elsinor Park.

La casita del río sigue allí, con sus sauces y su pequeña barca amarrada en la orilla. Parece que todo estuviera exactamente igual y sin embargo qué distinto es... Ya no están ni James, ni Frances, ni lady Ferguson, la mujer más bella que he conocido. En el cementerio, mientras le echaban tierra, todo el mundo se acercaba a mí para comentar algo sobre lo especial que era Frances. Y eso que habían pasado más de dos años ya.

Cuando bajamos del automóvil y acompaño a Sarah hasta su cuarto, después de convencerla para que descanse hasta la hora de la cena, me pide que me quede un rato con ella y yo lo hago con sumo agrado. No sé dónde anda Henry, supongo que con Charles y los demás hombres. Sarah está agotada y tiene los pies hinchados. Le pido que se acueste y le pongo un par de cojines bajo los pies para que mantenga las piernas en alto; se ha quitado el vestido y está en combinación. Hace un calor húmedo.

—Estoy esperando un hijo suyo. Pero no sé quién es, Rose, te juro que no sé quién es mi marido.

Me pilla por sorpresa su confesión.

—¿Por qué dices eso? —le pregunto—. Charles es un encanto.

—No, Rose, no —insiste—. No sabes nada.

Llora y yo me preocupo al verla sufrir de este modo. Entonces se incorpora y me suelta a bocajarro.

—Tiene un amante.

Me cuesta admitirlo.

—No es posible —protesto sin pararme a pensar que ella tiene razón: yo no sé nada de su vida en común—. Charles te quiere y está siempre pendiente de ti. Estoy segura de que te equivocas, no creo que haya otra mujer.

Sarah permanece sentada, con el vientre enorme contenido

dentro de la combinación y las piernas ligeramente abiertas. Es una imagen que me produce dolor. Se apoya en el cabecero de la cama y una de sus manos aprieta con fuerza la sobrecama.

—He dicho «un» amante, Rose, no «una» amante.

Me cuesta reaccionar.

—¿Qué dices? —pregunto sin acabar de creerlo—. Estás alterada por la muerte de tu madre, ahora no ves las cosas como son realmente. Lo sé por experiencia, cariño; el dolor nos trastorna de un modo que apenas podemos llegar a imaginar.

—Rose —dice ella con el rostro anegado de lágrimas—. Los he visto. En nuestra propia casa, en nuestra cama.

Me cuesta imaginar a Charles con otro hombre.

—No puedo soportarlo, Dios mío, no sé qué hacer...

Pobre Sarah. Querida Sarah, que siempre estabas a salvo...

—¿Has pensado en el divorcio? —le pregunto.

—Estoy esperando un hijo, Rose.

—Lo sé. Espera a que nazca y divórciate discretamente, sin escándalos.

—No voy a soportarlo.

No puedo hacer nada por ella salvo abrazarla. Siempre he sentido un gran cariño por Sarah, pero en ese momento sentía además una infinita lástima. La había envidiado durante toda mi vida, había envidiado que tuviera unos padres, unos hermanos, una casa maravillosa en el condado de Surrey otra en Normandía; había envidiado su forma despreocupada de afrontar la vida, su seguridad, su futuro previsible... La había envidiado, aun sin admitirlo, hasta límites insospechados. Y ahora sentía tanta lástima...

En el curso de aquella conversación con Sarah, no le dije algo que pensaba para mis adentros: llega a un acuerdo con él, haz tu vida y que él haga la suya. No lo hice porque me parecía moralmente censurable, pero ahora me arrepiento de haber callado.

Entonces tenía veinticinco años y era feliz porque mi existencia seguía una progresión lógica. Había desafíos y los vencía. Sabía qué es perder el control y sabía que es posible recuperarlo. Había aprendido a vivir.

Sí, he de reconocer que me sentía feliz...

Y también lo soy ahora, mientras recupero esos pequeños retales de vida que me ha dado por llamar fragmentos.

Fragmentos. Sí. Pedazos, pero valiosos.

Suzy ha regresado a Estados Unidos. La echo mucho en falta.

Jordan Miller vive en España, en Valencia, y nos escribe de vez en cuando. «En Valencia es condenadamente estupendo comer en la playa un buen melón con una jarra de cerveza muy fría», escribió la última vez para animarnos a ir a visitarle. Está a punto de publicar una novela que describe los años en los que vivió aquí, en París, y en su carta me dice que reconoceré en ella a algunos personajes de esa época.

Owen se ha divorciado. Ahora vive con Bonnie en una pequeña casa de Montparnasse y el otro día el casero se presentó con los gendarmes para echarlos de allí. No tenían adónde ir, así que les he ofrecido la casa de la rue de Surène, que sigue cerrada. Una casa se deteriora si no habita nadie en ella. Bonnie está entusiasmada, dice que nunca ha vivido rodeada de tanto lujo y no comprende por qué yo prefiero vivir en un barrio donde todavía hay carboneros que reparten los pedidos en carros de caballos. Hay cosas que los norteamericanos nunca llegarán a entender.

Invierno, finales de enero tal vez. París ha amanecido cubierto de nieve y yo estoy sola porque Henry ha tenido que viajar a Londres para entrevistarse con un editor. A primera hora de la tarde me abrigo bien y salgo a dar un paseo; la nieve se ha derretido, dejando las calles de París cubiertas por un reguero resbaladizo y sucio. Al pasar por el chaflán en el que se encuentra la fuente Cuvier casi resbalo. Un hombre ha acudido a ayudarme, sujetándome rápidamente por el brazo, y mientras le doy las gracias contemplo con incredulidad esa figura de mujer semidesnuda entre leones y cocodrilos. Me ha dado un frío horrible verla. No es un día para andar por la calle, lo sé; pero tampoco lo es para quedarse en casa. La verdad es que me apetece ir a algún sitio como Ladurée, o a cualquiera de esos lugares a los que nunca voy con Henry, pero en estas condiciones no creo que pueda llegar muy lejos.

El cielo está completamente cubierto por un manto gris de nubes que por dentro tienen una luz extraña e intensa, como de hielo. Supongo que va a volver a nevar en cualquier momento, así que busco un lugar agradable, donde pueda sentarme un rato, y lo encuentro cerca del Coliseo, nada más torcer la esquina de la rue des Arènes. Es un café pequeño y confortable. Hay poca gente. El camarero me señala una mesa junto a la ventana, casi pegada a otra en la que también hay una mujer joven que escribe en un pequeño cuaderno. Observo a la mujer mientras me traen el *café au lait* y un delicioso *croissant*, con ese sabor a mantequilla derretida que me recuerda mi infancia en Normandía.

La joven tiene el pelo oscuro, recogido en la nuca de una manera que parece un poco provisional, como si fuera a ponerse el sombrero. Es delgada, de hombros no muy anchos y rostro pálido. Podría llamarse Thérèse. Va discreta pero elegantemente vestida, y noto que lleva unos pendientes diminutos, los más pequeños que he visto en mi vida. En una narración hecha de fragmentos como esta, ustedes se preguntarán sin duda a qué viene dar tantos detalles sobre esta mujer desconocida. Es algo que a mí misma me intriga. ¿Por qué recuerdo que llevaba una chaqueta de mohair, en color mostaza, y debajo una blusa de pequeños rombos granates y amarillos? ¿Y sus pendientes? ¿A santo de qué tengo que conservar en la memoria que eran pequeños? Su cuaderno tenía las tapas negras y era idéntico a los que usaba Henry para escribir sus notas. ¿Sería por eso? No, sé perfectamente que no era por eso.

No cruzamos ni una sola palabra esa mujer y yo, pero llevo años con su imagen paseándose de vez en cuando por mi memoria. Acudo a ella cada vez que me topo con lo imprevisto.

Es de noche dentro de ese café. Siento una especie de abandono, una desolación vespertina que incita al recogimiento. Un silencio.

Ha empezado a nevar de nuevo, y sin proponérmelo revivo todos los inviernos ocultos de mi vida.

Sé que todo eso ocurría por una simple razón: estaba sola. Henry y yo llevábamos años sin separarnos ni un solo día. No voy a decir que me sintiera desolada, ni triste, ni nada por el estilo, pero sí me sentía en manos de lo extraordinario. Sola y alerta.

Cuando salí del café la mujer se quedó allí. La nieve caía cada vez con más intensidad. Llegué al portal, que estaba abierto, y subí hasta el tercer piso. En el descansillo, sentado en uno de los peldaños, había un hombre: era Roger.

Henry y yo habíamos hablado algunas veces del tema de la fidelidad y estábamos básicamente de acuerdo en que nuestros asuntos de pareja debían concernirnos solo a nosotros dos, que el resto de la gente, sus normas y sus prohibiciones, no tenían nada que ver en ello. Digamos que habíamos planteado la situación de un modo bastante permisivo, quizá condicionados por el hecho de que Henry estuviera todavía casado con otra: podíamos admitir la existencia ocasional de una tercera persona, mientras eso no llevara aparejada la mentira o el engaño. Pero hasta ese momento todo aquello eran solo teorías, porque —al menos a mí— no se me habría pasado por la imaginación la posibilidad de tener una aventura con nadie.

Pero ahora Roger estaba allí, Henry se había ido a Inglaterra, y yo estaba sola en una noche en la que París se había cubierto de nieve.

Roger tuvo que quedarse a cenar. Pensábamos, lo expresamos verbalmente, pero desde luego yo no lo creía en absoluto —y supongo que tampoco lo deseaba—, que quizá dejara de nevar en un par de horas.

Cuando acabamos de cenar la nieve seguía cayendo oblicua sobre las luces de París. No era razonable que se fuera a su hotel. Le dije que podía quedarse a dormir.

Bebimos como antes. Nos reímos como antes. Hicimos el amor en la cama de Henry y después Roger se durmió apaciblemente y yo me puse una bata y me quedé de pie junto a la ventana, mirando la nieve como se mira el fuego: pensando en otra cosa.

No puedo recordar de qué hablamos exactamente Roger y yo. Solo recuerdo de ese encuentro mis sensaciones respecto a un Henry ausente y presente a la vez. No sabía qué diría si se lo contaba, e incluso si llegaría a contárselo en algún momento. Reconozco que la situación me inquietaba, pero ocurrió. No fue un accidente, no fue que me dejara llevar, no fue involuntario; ni siquiera me vi obligada por las circunstancias. Ocurrió porque yo quería que ocurriera desde un principio, desde que estaba en el café mirando a aquella mujer que podría llamarse Thérèse, incluso desde antes, cuando pensé que me apetecía ir a Ladurée o a uno de esos sitios a los que solía ir sin Henry.

Creo que ese día Roger apareció en mi vida porque tenía que aparecer.

44

Bonnie, Owen, Henry y yo decidimos viajar juntos a España esa primavera, para visitar a Jordan que seguía en Valencia. Hicimos un largo viaje de tres días en tren. La primera noche la pasamos en la frontera y la segunda, aunque podíamos haber seguido camino, dormimos en una pensión de Barcelona. Owen tenía mucho interés en conocer esta ciudad porque, al parecer, en París había mantenido contacto con un músico catalán cuyo nombre no recuerdo y le había hablado tanto de ella que la tenía idealizada. A Bonnie le encantó Barcelona, porque había muchos bares abiertos a todas horas, y a mí me recordó algunas de las ciudades italianas que había conocido. Sobre todo me gustó el clima, la temperatura, suave y ligeramente húmeda, con la tibieza que la costa le arrebata al mar.

El trayecto de Barcelona a Valencia durante la noche, en un tren renqueante que parecía ir a pararse a cada momento, lo recordaré siempre. Era difícil dormir allí. Viajábamos en un compartimento de seis personas, pero en Tarragona se bajó el hombre que ocupaba un asiento doble y nos quedamos solos los cuatro. Bonnie y Owen dormían abrazados. Owen roncaba de vez en cuando, de forma irregular y cada vez que yo estaba a punto de coger el sueño, me despertaba con uno de sus repentinos ronquidos. Recuerdo que Henry había recostado la cabeza entre el respaldo y la separación de los asientos, que tenía la forma de un pecho de paloma, y parecía dormido. Yo hice lo mismo contra el marco de la ventana, pero no hubo manera: a estas alturas de la noche ya estaba completamente desvelada. La sensación de tener un agujero lleno de aire en el estómago tampoco ayudaba mucho. De todos modos, me gustaba estar allí despierta, en vigilia, alerta; me sentía como si fuera a ocurrir algo extraordinario.

Miraba nuestro reflejo en el cristal de la ventana y nuestros rostros, los de los cuatro, que se proyectaban contra las sombras del exterior. Y entonces, muy suavemente, como si alguien corriera una cortina oscura y dejara pasar la luz poco a poco, amaneció. Y allí, a mi izquierda estaba el Mediterráneo, gris y neutro al principio, un poco plateado después y al final, cuando el sol se elevaba por el horizonte, descarnadamente azul. Solo había tres colores en este paisaje: el verde de los pinos, el pardo de la tierra y el azul del mar, pero en esa sencillez parecía estar encerrada toda la gama del arco iris. Era como si de ese mar y ese litoral fueran a nacer todas las cosas.

He hecho muchos viajes a lo largo de mi vida, pero ese es uno de los que nunca podré olvidar. Henry acababa de regresar de Inglaterra y yo le había contado lo de Roger. Él solo me preguntó:

—¿Hay algún motivo por el que deba inquietarme? ¿Quieres irte con él?

Yo le aseguré que no y él me creyó. Nunca volvimos a hablar del tema. Roger y todos los Roger de este mundo se desvanecieron para siempre.

Y ahora él dormía en aquel tren español y yo velaba su sueño sabiendo que permaneceríamos toda la vida juntos. El sol se elevaba, inundándolo todo de una luz dorada, y el mar parecía cercano y tentador.

En el andén estaban Jordan y Elizabeth esperándonos. Recuerdo esa imagen como una de las últimas que tengo de ellos dos juntos. Años más tarde, en 1938, cuando llegué de nuevo a Valencia hubiera dado algo porque me estuvieran esperando, pero esa vez solo estaríamos el miedo y yo en aquella estación en guerra.

Valencia nos gustó mucho a los cuatro. Jordan y Elizabeth vivían en el centro, en un hotel que curiosamente tenía el nombre «Hotel Inglés» colgado de la fachada. Durante los pocos días que pasamos en la ciudad, la mayor parte del tiempo fuimos de bar en bar y de tasca en tasca. Llegamos a conocer locales de toda clase: tabernas, bodegas, cantinas, almacenes de vinos, cervecerías, cafés, coctelerías, bares a secas, tiendas de comestibles que servían vinos, quioscos callejeros, terrazas en los parques, chiringuitos en la playa, barracas de feria… Nunca pensé que en una ciudad pudieran existir tantos lugares donde beber.

Entre un local y otro, Jordan nos fue presentando a sus amigos españoles. Era gente sencilla, algunos periodistas o escritores locales, algún pescador y hasta un limpiabotas muy risueño. Todos hablaban a grandes voces. Jordan era el único que lograba entenderles, pero tanto a Henry como a mí nos sorprendió la cantidad de amigos que Elizabeth y él habían hecho en pocos meses. Incluso recuerdo que le dije a Henry que nos hubiera convenido ser un poco más sociables. Él me miró con su media sonrisa y luego me pasó la mano por el pelo como si yo fuera una chiquilla. No me gustaba que me tratara así.

Valencia. Sol. Calor. Recuerdo estar acostados en aquel hotel, enredados en unas sábanas ligeramente húmedas, con la ventana abierta de par en par. Henry tenía el cabello pegado a la frente por el sudor y deslizaba sus dedos de manera mecánica por el hueco que había entre el hueso de mi cadera y el vientre.

—Estás sudando —me dijo.

—No sudo —respondí—. Me derrito.

Él soltó una carcajada y me apretó contra su cuerpo. Luego, al envejecer, ese hueco ha desaparecido, creo que ya no lo tengo y, de todos modos ya nadie podrá deslizar su mano por él.

Un buen día viajamos hacia el sur, entre fincas de naranjos y edificaciones terrosas sin encalado ya en la fachada.

—Alquerías, se llaman alquerías. Es una palabra árabe —comentó Jordan.

Llegamos a un lugar en el que había una especie de poblado con grandes palmeras cuajadas de dátiles. Jordan paró el coche.

—Creo que nos hemos perdido.

Todos intentamos colaborar, pero Elizabeth se puso un poco nerviosa porque había dejado a su niño en Valencia.

—No te pongas histérica —le espetó Jordan—. Solo estamos a diez kilómetros de Valencia; podrías volver andando si quisieras.

Nos quedamos en silencio. Elizabeth se volvió dócilmente hacia Bonnie.

—Es que nunca lo dejo solo —quiso justificarse—. Y tampoco conocemos mucho a esa gente.

Owen y Jordan se habían acercado a la casa para preguntar.

—No te apures —dijo Bonnie, cogiendo afectuosamente a Elizabeth por los hombros—, volveremos a la hora prevista: des-

pués de comer. Te lo prometo. Y no va a ser andando, como dice
tu marido.

El sol calienta con fuerza cuando, después de subir todos al coche,
emprendemos de nuevo el camino. Me sorprende que Elizabeth y
Jordan se comporten como si no hubiera pasado nada.

—Hemos llegado.

Miller ha parado el automóvil junto a una casucha sin ventanas y con el tejado de paja. Es un tejado muy puntiagudo, a dos
aguas, como algunas viejas cabañas normandas. Tiene una cruz de
madera en cada uno de los extremos.

—Esto es la Albufera —dice Jordan visiblemente satisfecho de
su sentido de la orientación.

Estamos a orillas de un lago. Elizabeth baja del coche y se
abraza feliz a su cintura. Henry y yo nos miramos, Bonnie murmura algo que no entiendo y Owen se encoge de hombros, se dirige al maletero y saca una bota de vino, un pellejo de animal que
sirve para beber sin vaso.

—Hay que beber «a morro», como dicen los españoles.

Jordan nos hace una demostración: coge la bota con las dos
manos, la levanta, la aprieta y un pequeño chorro de vino le gol-
pea en los dientes.

Todos probamos. Es divertido.

No sé cuándo llegaron los pescadores, ni cuándo guisaron la
comida en el interior de la barraca. Recuerdo que Henry y yo paseamos por la orilla, contemplando las estacas que ponen para
tender las redes. Hay gaviotas y cormoranes posados en cada una
de ellas. Todo tiene un aspecto apacible, pero mires donde mires
se ve el trabajo esforzado de la gente que vive en torno a la laguna.

Aún nos veo a todos nosotros, allí, en suelo español, bebiendo y comiendo felices. Y recuerdo la dignidad que transmitían aquel pescador y su familia. De vuelta en el coche, mientras Bonnie protestaba por el olor a ajo que desprendíamos todos al hablar, Jordan dijo:

—En el mundo hay demasiados hombres y mujeres por los que habría que levantar una bandera.

En ese viaje se afianzó la amistad que Jordan y yo habíamos iniciado en París y que, más tarde, mantendríamos por carta. También fue entonces cuando se fijaron la fecha y las circunstancias de la muerte de Henry, aunque nadie de nosotros lo supiera.

Fue al regresar de España cuando me enteré de que Sarah se había suicidado.

45

—Qué horror…

Lola ha dejado el libro abierto sobre el mostrador. Siempre hace algún comentario cuando se toma un descanso. Está sentada en el taburete y apoya la espalda en la pared maestra al final de la encimera, el único espacio de la tienda que no tiene estanterías.

—Pobre chica. —Su voz grave suena sinceramente compungida—. Es un personaje que me caía muy bien.

Luego reacciona rápidamente.

—¡Pero qué digo! —Me mira como asustada—. Sarah no es un personaje, existió de verdad. Murió de verdad. Esta no es una novela…, son memorias.

Algunas palabras son duras como piedras. Yo asiento en silencio.

—Es terrible —añade sin saber que la piedra sigue una trayectoria definida.

—Sí, es una historia real —admito, y desviando la conversación hacia un espacio más ambiguo, añado—: pero yo me pregunto a menudo, cuando leo, si en la ficción no se encierra algún tipo de verdad más…, no sé cómo decirlo, más amplia.

Lola vacila.

—No sé si entiendo bien lo que quiere decir.

—En el mundo real las cosas suceden solo de una manera. En la ficción hay más margen: está lo que ocurre, lo que pudo ocurrir, lo que sospechamos que ocurrirá, incluso lo que deseamos que ocurra aunque sea improbable.

Lola sonríe. Tiene los dientes blancos y casi perfectos. La envidio por eso.

—Habla usted como si fuera escritora.

Se me escapa una risa involuntaria.

—No, querida, simplemente soy vieja y recojo cosas de aquí y de allá.

—Usted no es vieja en absoluto, no diga eso.

—Pues me siento como si lo fuera, se lo aseguro.

Miro el reloj y veo que se nos ha hecho un poco tarde. Casi es la hora de cerrar.

—Y a propósito —sugiere Lola tras un breve silencio—, dirá usted que es una locura, pero por un momento ese Jordan Miller me ha recordado a Ernest Hemingway.

—Sí, puede ser —admito—; pero quizá en este caso solo sea un tópico, ¿no cree?

Hace un gesto con la cabeza, dando a entender que no está muy convencida, pero no argumenta nada en contra.

—¿Ha pensado en lo que le dije de la Nochebuena?

Solo faltan seis días para el 24. Creo que debo darle una respuesta ya.

—Sí, precisamente quería comentárselo hoy sin falta: por desgracia mi hijo no puede venir a Madrid. Parece que le toca estar de guardia esa noche.

¿De guardia? ¿En una mina? Me pareció una hipótesis verosímil, pero lo cierto es que a veces ni yo misma sé de dónde me saco las cosas.

—Pues entonces no se hable más. Usted cena con nosotros.

Acepto sin hacerme de rogar, primero porque me apetece mucho, y luego porque seguramente será una ocasión espléndida para mis propósitos.

—¿Tiene prisa? —me pregunta Lola.

—No, en absoluto.

—Es que Matías no tardará mucho en llegar y me gustaría presentárselo.

Tarde o temprano tenía que pasar. Bueno, algún problema teníamos que tener en este disparatado plan que trato de llevar a cabo.

—¿A su marido? —pregunto con esa inocencia que por fortuna la vida regala a los viejos y a los niños—. Pero si ya nos conocemos, ¿recuerda que se lo conté?

Lola parece dudar.

—Sí, mujer —insisto—. He venido algunos sábados.

No digo más. No puedo confesarle que dejo libros en una estantería cuando está ella y que los compro de nuevo cuando el que atiende es su marido.

—Ah… —duda ella—, pues no lo recordaba. Lo siento.

Pienso a toda velocidad. Matías va a llegar de un momento a otro; tengo que tener preparada una explicación también para él, pero no se me ocurre nada.

—Oh —exclamo mirando mi reloj de pulsera—; no me acordaba. Lo siento, pero tengo que marcharme inmediatamente. He dejado encargados unos medicamentos en la farmacia y voy a recogerlos antes de que cierren.

Lola se extraña aún más.

—Dígale a su marido que soy la mujer inglesa que viene todos los sábados. Él se acordará de mí.

Ya estoy saliendo. Tengo el abrigo en la mano y el mostrador levantado.

—Alice…

Me cuesta mucho atender por ese nombre. Creo que no fue una buena idea decirle que me llamaba así.

—¿Sí?

—El caso es —dice Lola mirándome pensativa— que no le he contado nada a Matías de estos encuentros nuestros.

Dejo caer con cuidado el mostrador.

—Bueno —concluyo, intentando salir de allí antes de que todas estas explicaciones se las tengamos que dar al propio Matías—. No creo que eso tenga demasiada importancia. Dígale la verdad, que nos hemos hecho amigas gracias al libro que había en el escaparate.

Lola sonríe de pronto. Está muy guapa cuando la preocupación se va de su rostro.

—Sí, tiene razón —reconoce—. A Matías eso le encantará.

Cuando, un par de manzanas más allá, doblo la esquina para entrar en la plaza de Chueca, veo que Matías sale del metro con su gabardina abrochada y una bufanda anudada al cuello. Me paro junto al escaparate de una tienda de ultramarinos y lo veo pasar en el reflejo del cristal. Lleva cuatro o cinco libros bajo el brazo. Una de dos: o no ha podido repartirlos todos o ha comprado libros nuevos.

46

Hoy es miércoles. Tengo toda la mañana para hacer mis cosas. Y desde luego tengo mucho que hacer.

En primer lugar he llamado a Constance. Se ha llevado una sorpresa, desde luego. Mientras hablábamos he pensado en la edad que tendrá mi hermanastra. Nos llevamos pocos meses. ¿De dónde saca esa energía y esa obstinación? Hay gente que, desde luego, nunca descansa.

Hemos acordado encontrarnos en París. Al principio insistía en que la cita tuviera lugar en Londres, por los abogados y eso. Pero he tenido que ser drástica.

—Mira, Constance —le he soltado—, yo no voy a ir a Londres por nada del mundo. Así que ya sabes: si quieres la propiedad arréglatelas para traer a tu abogado a París, porque será allí o no será. Tú decides.

Ha insistido, argumentando que tiene una rodilla mal, que apenas puede andar…

—Bueno, pues si quieres lo dejamos para mejor ocasión. Por mí no hay problema. Incluso creo que los Ambersth estaban interesados en Croft House hace unos años. Quizá todavía quieran hacerme una oferta.

Estamos a miles de kilómetros de distancia, pero he disfrutado de su derrota. Al final hemos quedado en vernos en París después de Nochebuena. Yo tendré que acercarme antes a Croft House para recoger las cosas que quiero conservar y pedir a una compañía de mudanzas internacional que las lleve a París, o incluso aquí a Madrid, todavía no lo he decidido. Empieza otra etapa más de mi vida. Espero no arrepentirme.

Amparo sube con la bolsa de la compra jadeando. He dejado la puerta entreabierta para estar más atenta. Cuando me ve en el umbral pone cara de sorpresa ella también. Hoy todo el mundo se sorprende por algo.

—¿Se iba? —me pregunta.

—No, Amparo, la estaba esperando.

Deja la bolsa, de la que asoman un manojo de acelgas y dos barras de pan, en el descansillo y resopla sonoramente.

—Quería pedirle un favor —le digo mientras ella se repone de la subida; creo que Amparo está demasiado gruesa porque respira con dificultad—. Bueno, un favor más de los muchos que usted me hace.

Hace un gesto con la mano, quitándole importancia a mis palabras.

—Diga, diga —me apremia con decisión—. Puede contar conmigo en cualquier cosa que pueda ayudarla…

—Verá, tengo que irme de España…

—¡No será verdad! —me interrumpe.

—Durante unas semanas solo.

—Ah, qué susto… Me había usted preocupado, porque digo yo, nos hemos hecho la una a la otra, somos buenas vecinas, y no me gustaría nada tener que acostumbrarme a cualquier desconocido, que una nunca sabe quién...

Tengo que interrumpirla.

—Espere, Amparo, déjeme acabar.

—Ay, sí, perdone. Es que por un momento...

—Pase, por favor. Creo que será mejor que hablemos dentro.

Entra, como siempre, directamente en la cocina. Esta es una costumbre española a la que todavía no acabo de acostumbrarme: todo el mundo se reúne en una u otra cocina, como si no hubiera más habitaciones en las casas. Ya está sentada en su banqueta preferida.

—Verá, ha surgido un asunto familiar...

—¿No será nada grave? —me interrumpe.

—No, Amparo, afortunadamente no. Como le decía, por una cuestión familiar tengo que irme un par de semanas a mi país y quería pedirle dos cosas: la primera es que me recoja usted el correo cada día y lo mire por mí.

—¡Pero qué dice, mujer de Dios! Eso de ningún modo. ¿Cómo voy yo a fisgonear en sus cartas? Solo faltaría.

—No, espere, no quiero que las abra, solo que esté atenta por si hay algún sobre que venga del consulado, de la embajada o de algún organismo oficial, español o inglés.

—¿Cómo español?

—Sí, un ministerio, la Dirección General de Seguridad, ya sabe...

Parece recelosa.

—¿Y qué tengo que hacer si el cartero me deja un sobre de esos?

—Le rogaría que, si no es mucha molestia, me lo enviara a

estas señas. —Le tiendo un papel en el que he escrito la dirección de la rue de Surène.

—¿París? —exclama en cuanto lo ve—. ¿Pero usted no era inglesa?

—Sí, Amparo, pero tengo que arreglar unos asuntos en Francia.

Como siempre, estoy a punto de perder la paciencia.

—¿Y su familia? ¿Es que no va a pasar las fiestas con ellos?

También como siempre caigo en la trampa de contestar a todas sus preguntas.

—Sí, pero mi hermana Constance vendrá a París. Nos encontraremos allí.

—Ah… París… —Se pone soñadora—. Quién pudiera. —Luego recupera ese talante generoso que me gusta en ella—. Bueno, que le recogeré el correo cada día y, si hay algo de lo que usted espera, con mucho gusto se lo envío. Ya ve lo que me puede costar a mí eso, si la estafeta está aquí al lado. Así me doy un paseo, que buena falta me hace.

Esta vez no me cuesta echarla. Sé que espera a su marido y a su hijo para comer. Confío en que no tenga que guisar las acelgas.

47

—El local es estupendo. Y la calle, ya lo ve, no para de pasar gente. ¿Qué negocio quieren poner?

Le he pedido a Sagrario que me acompañe a hacer las gestiones. Como ella lleva los asuntos de papeleo de la óptica de su padre y conoce la burocracia española, creo que podrá ayudarme.

—Una librería —le respondo al vendedor, que está temblando de frío a pesar de llevar el abrigo abrochado y la bufanda puesta.

—Ah —exclama el hombre obsequiosamente—, una idea muy buena, sí, señor; la cultura es una asignatura pendiente de este país, aunque me esté mal decirlo. —Recorre el interior como si estuviera evaluando las posibilidades del local—. Pues fíjese que no van a tener que hacer ni obra. Tal como está de cuidado, sería una librería de primera.

El hombre lleva razón. Yo también me la imagino perfectamente: el mostrador, las estanterías, mesas centrales para las novedades... Ni un lápiz o una goma de borrar, y mucho menos libros usados.

—Le vamos a pagar en dos letras solo —oigo que plantea Sagrario, cumpliendo su papel a la perfección—, así que ya nos puede ofrecer un buen precio. Que no va a encontrar a otra clienta igual.

—Desde luego, desde luego… Tengan por seguro que, si al final llegamos a un acuerdo, el precio bajará hasta donde sea preciso para que las señoras estén satisfechas, aunque me quede yo sin comisión.

—Bueno, bueno… Pero vamos a concretar antes de seguir adelante. ¿Cuánto?

El hombre se rasca la nuca, como si mentalmente hiciera algún tipo de cálculo.

—Creo que podríamos dejarlo en ciento veinticinco mil pesetas —dice al fin.

Dejo que Sagrario hable. Lo está haciendo bastante bien.

—De ningún modo —protesta con aplomo—; vamos a empezar a entendernos a partir de cien mil.

El vendedor se lleva las manos a la cabeza.

—¡Pero eso es más de un quince por ciento!

—Ya —dice Sagrario—, pero lo va a cobrar usted prácticamente en mano. Y eso también cuenta.

El hombre se pone a pasear nervioso por el local. Yo le tiro de la manga a Sagrario para que no fuerce tanto las cosas, pero ella ni caso. Le chispean los ojos de picardía.

—Está bien —dice de pronto el hombre parándose en seco—. Dejémoslo en ciento quince mil y ya estoy perdiendo dinero.

Sagrario le tiende la mano como si la compra fuera solo cosa suya.

—Hecho —dice sin consultarme.

Luego, cuando nos quedamos solas, me aclara:

—He mirado precios antes de venir y he llamado a un amigo de mi padre que acaba de adquirir un local más pequeño que este en la calle Embajadores. Le ha costado ciento diez mil pesetas y le aseguro que Embajadores no tiene nada que ver con la calle Barquillo. Puede estar contenta: hemos conseguido una verdadera ganga.

Estoy contenta, sí; pero ella no puede saber por qué.

—¿Y de verdad piensa poner una librería? No es que no me parezca bien, que a usted le pega mucho estar rodeada de libros; es que…

Espero a que termine. Me hace gracia esta chica.

—No sé, dirá que estoy loca, pero yo la veo a usted más como una artista, ya sabe, sin horarios y sin obligaciones, solo con su arte. Viajando por el mundo y dando conciertos de violín, por ejemplo.

Suelto una carcajada.

—Ay, querida niña, si yo nunca he tenido el más mínimo talento musical.

Ella se resiste a creerme.

—Llevo dos años yendo con usted a los conciertos. A mí no me va a engañar.

Desisto. Sobre todo porque sé que cuando se empeña en una cosa no hay quien le haga creer lo contrario. Estamos merendando en el café La India. Todo el local huele al puro que un hombre fuma junto a la ventana.

—La librería no es para mí. Yo compro el local, pero el negocio lo llevarán mis socios, un matrimonio joven que ya tiene su propia librería.

—¿Y entonces?

—Es pequeña —respondo—. Y está en un sitio que no es precisamente muy bueno. Creo que ellos pueden aspirar a más.

—Pero, ¿y usted? ¿No lo hará solo por ellos?

—No, querida, no es solo por ellos. —Creo que voy a hacerle una confidencia por primera vez desde que la conozco, pero al final decido esperar—. La estoy entreteniendo mucho y usted tendrá que volver a la óptica.

—No, qué va. Si yo voy todos los días por no quedarme en casa. No tengo ninguna prisa.

Nos levantamos y ella se pone el abrigo. Se lo abrocha hasta el cuello.

—Ah, se me olvidaba, ¿qué tal en la gestoría? —pregunta mientras saca los guantes del bolso—. ¿Le atendió bien Sanchís?

—Sí, sí, fue muy amable. Me causó muy buena impresión.

—¿Y se podrán encargar de todo el papeleo, los permisos y eso? A nosotros, en la óptica, nos lo llevan todo ellos. La verdad es que mi padre está bastante contento, aunque dice que son un poco careros.

—Sí, desde luego, se encargarán de todo. Por cierto, muchas gracias por su ayuda. —Le ofrezco una amplia sonrisa, mientras contemplo cómo desliza sus jóvenes dedos en los guantes de lana—. Es usted un ángel.

—No diga eso, señora Rosa —responde ella con su naturalidad habitual—, no tiene ningún mérito. Si yo con estas cosas me divierto.

Salimos a la calle. En la Puerta del Sol ha empezado a cuajar la nieve. Las vendedoras de lotería, con la cabeza cubierta por sus toquillas de lana, se frotan los dedos que asoman por los mitones, mientras cantan el número de la suerte.

48

El jueves por la mañana Lola se ha despertado más temprano que de costumbre. También se durmió más tarde. Ha estado dando vueltas en la cama, pensando en mil cosas, todas a la vez, todas muy deprisa... Parecía que tuviera un carrusel en la cabeza.

Ahora está allí, en el calor de su cama, con quien es su marido y lo ha sido durante los últimos quince años. Matías lo es todo para ella, pero el carrusel no para de dar vueltas. Gira y gira, llevando las palabras de Matías que se repiten sin parar: «Creo que deberíamos casarnos».

Fue anoche. Casi habían terminado de cenar. Ella está pelando una naranja y él acaba de encender un cigarrillo con ese chisquero de mecha que usaban en la guerra para encender las granadas y que a ella le pone enferma cada vez que lo ve.

—Creo que deberíamos casarnos. —La mira expectante por encima del humo que desprende el cigarrillo recién encendido. Luego añade con calma—: Ahora que Adela ha muerto ya no hay ningún inconveniente.

Lola es más temperamental y a veces reacciona bruscamente.

—¿Quieres decir que eso era? —Deja el cuchillo sobre el mantel con demasiado ímpetu; el golpe le sobresalta a ella también—. ¿Que todo dependía de Adela?

Él se muestra muy tranquilo. Parece que estuviera preparado para esta reacción.

—Legalmente no podíamos, lo sabes muy bien.

—Ya —contesta ella en tono despechado—, pero pensé que tú y yo ya nos habíamos casado legalmente. Al menos eso decías antes.

—Cierto —reconoce Matías—. Para mí tú has sido mi mujer legítima y yo me he sentido tu marido con todas las de la ley, lo sabes perfectamente.

—Y entonces, si todo era tan legal, ¿a qué viene ahora esto de casarnos otra vez? ¿Vas a darles la razón?

Matías oculta el rostro tras una bocanada. Parece sereno, pero Lola sabe que ha dado en la línea de flotación.

Cuando la mira a los ojos, unos segundos después, parece súbitamente abatido.

—Esto no va a cambiar, Lola. Hay que admitirlo de una vez por todas. Y si me pasa algo no quiero que te quedes desprotegida.

La desarma con esa actitud. Lola le coge la mano a través de la mesa.

—Está bien —dice—. Deja que lo piense con tranquilidad. Y ahora vámonos a la cama que estoy helada de frío.

Ya no hablan más esa noche. Pero lo que no dicen las palabras, lo dice la piel. Lola pone los pies entre los muslos de Matías y se acomoda en el hueco de su hombro. En el carrusel ve a Rose Tomlin que le susurra: «Mi patria era el hueco de un hombro...». Matías le acaricia el mismo brazo una y otra vez y ella no se mueve hasta que por fin se queda dormido. Y luego la noche sigue, lenta, desmesurada, como si en el sueño de Matías y en la vigilia de Lola se juntaran todas las horas del mundo, un mundo lleno de minutos, de muchos tictacs producidos por relojes invisibles, mientras el carrusel da vueltas y aparece una y otra vez el rostro de *La chica de los cabellos de lino*.

Se duerme. Y se despierta.

Esa muchacha de cabello rubio que lleva un vestido de encaje azul celeste. ¿Qué hace subida en un caballo de cartón-piedra? ¿Por qué lleva la diadema de Frances en la cabeza?

El carrusel gira. Matías duerme.

De pronto ve el rostro de Adela, con el gesto adusto y agrio, y el de su madre que la saluda alegremente con la mano. Todas subidas en un tiovivo que da vueltas y vueltas…

Se duerme.

Y se despierta.

Matías la tiene abrazada por la cintura y ella no puede moverse. Es igual, se está bien así.

Está completamente espabilada cuando él se levanta, pero no abre los ojos. Lo oye entrar y salir del baño, lo oye vestirse y, cuando él se agacha y le da un beso en la frente, dice:

—No me quiero levantar. He dormido muy mal.

Matías sonríe.

—Duerme un poco más entonces.

No lo hace. Se levanta a pesar de todo. Hoy tiene que quedarse en la tienda. Matías ha preparado el café y un poco de pan frito con azúcar.

—Está rico —reconoce.

Él parece de buen humor.

—Te lo haré más veces entonces.

Se ponen los abrigos, salen juntos de casa, caminan por la acera, cruzan un paso de cebra… Y entonces es cuando se atreve a decirlo:

—No voy a casarme contigo.

Matías se para y se vuelve hacia ella, que se ve forzada a hacer un movimiento extraño.

—¿Por qué? —pregunta él.

No sabría decir si la decisión le disgusta, pero su semblante es grave.

—Vamos andando, que hace mucho frío.

—No. —Matías la retiene por el brazo—. Esto es importante. ¿Por qué?

Lola también está seria.

—Tú y yo ya estamos casados, ¿recuerdas? Nos casamos en el treinta y seis, justo cuando empezó la guerra. Fuimos al juzgado. Nos dieron una partida de matrimonio. Todo fue completamente legal.

—¿Estás segura de lo que estás diciendo? Porque ya sabes lo que piensa la gente. Tus propios padres, sin ir más lejos.

Matías nunca había hecho ninguna referencia a sus padres. Era un tema tabú entre ellos. Lola está a punto de echarse a llorar. No ha dormido apenas y lleva el alma y los nervios cansados.

—Yo sé muy bien quién soy —dice con una seguridad que a ella misma le sorprende—. Y también quiénes son ellos; no te preocupes. —Le empuja ligeramente para que él comience a andar—. Y ahora vámonos, que me muero de frío.

Cuando llegan a la librería y él está levantando la persiana, Lola se acuerda.

—Por cierto, este año tendremos una invitada en Nochebuena.

49

Sé que esta tarde Matías está solo en la librería. Le pido al taxista que me lleve allí y espere cinco minutos en la entrada de la calle.

—Ahí va, mi clienta misteriosa.

La frase me sorprende. Y me agrada, porque sospecho que no tendré que dar demasiadas explicaciones. Matías me sonríe con evidente complicidad desde el otro lado del mostrador.

—Veo que ya lo sabe.

—Mi mujer me lo ha dicho. Vaya, vaya… Por lo visto han estado ustedes pasando algunos buenos ratos juntas.

—Verá…

Estoy a punto de contárselo todo y lo haría si tuviera tiempo. Pero no lo tengo.

—Voy camino de la estación y no quería abandonar Madrid sin despedirme.

—¿Despedirse? —pregunta súbitamente alarmado.

Ha puesto la misma cara que Amparo, primero de sobresalto y después de decepción. Bien. Es bueno saber que la gente no desea que te vayas.

—Su mujer me habrá estado esperando esta mañana, pero se han complicado las cosas y no he tenido un minuto para avisarla.

—¿Ocurre algo grave?

—No, no, en absoluto. Son problemas familiares solamente.

—¿Volverá?

Me está mirando con franca simpatía. Es guapo. Moreno. Tiene un aspecto grave. Un poco melancólico. Por un instante casi lamento no ser más joven.

—Sí, en cuanto los solucione. Pero no podré aceptar la invitación para cenar con ustedes en Nochebuena. Lo lamento porque me gustaba mucho la idea.

Él hace un gesto de conformidad.

—También quería dejarles esto.

Saco la carta del bolso. Es un sobre demasiado grueso; creo que he escrito más de la cuenta. Matías me está mirando con una sonrisa traviesa mientras yo le tiendo el sobre cerrado.

—Me gustaría que la leyeran los dos, si es posible.

—Ah… —dice alargando la mano y cogiendo el sobre—. Por un momento, cuando la he visto buscar en el bolso, he pensado que iba a dejar algún libro debajo del mostrador.

¿Entonces lo sabe? ¿Eso también? Su sonrisa indica que sí, que me ha descubierto.

—¿Creyó que no me daría cuenta?

Oigo un claxon. Supongo que el taxista se impacienta, pero ahora no puedo irme.

—¿Desde cuándo lo sabe?

—Desde esta mañana, cuando Lola me ha contado que leían el libro juntas. En cuanto ha empezado a hablarme de usted y me ha contado tres o cuatro detalles, he imaginado el resto.

Vaya. Es más listo de lo que parece. Mi carta deja de tener sentido en esos momentos.

—¿Se lo ha dicho a Lola?

—Sí, pero no me cree. Está empeñada en que usted se llama Alice y que pasó la juventud en Rodesia.

Creo que se está riendo de mí. La verdad es que prefiero que sea así.

—Cuando lea esa carta que le acabo de entregar, le creerá, no se preocupe. Y ahora, lo siento mucho, tengo que irme o perderé el tren.

Duda.

—Solo una cosa —añade intrigado—. ¿Cómo lo hizo? Dejar sus memorias entre los libros que tenía pendientes de colocar, quiero decir.

El taxista vuelve a hacer sonar el claxon.

—Fue fácil. —Ahora yo también le ofrezco mi mejor sonrisa—. Usted es muy confiado. Me hizo pasar sin conocerme de nada. Y estaba distraído con un hombre que se llamaba Garrido, ¿recuerda? Eso ayudó a que no se diera cuenta.

Él mueve la cabeza juguetón. Un rizo moreno se desprende y cae sobre la frente. No se parece a Henry en absoluto, pero en ese momento me lo recuerda.

—Siga siendo siempre así —le digo—. Y dígale a Lola que acabe de leer el libro sin mí, que me sé el final.

Le tiendo la mano. Él me la estrecha. La carta descansa sobre el mostrador.

El taxi ha entrado en la calle y ha dado la vuelta. Matías ha salido a la acera a despedirme. Mientras bajo la ventanilla le oigo decir:

—Hasta la vista, Rose Tomlin. Vuelva pronto por aquí.

Pienso en Lola leyendo sola el final de la historia…

50

Al poco tiempo de volver de Valencia me di cuenta de que estaba embarazada. Henry se puso como loco de alegría. Llamaba al niño «el pequeño español» porque sin duda lo habíamos concebido allí, en aquella habitación de hotel en la que se sudaba en el mes de marzo y olía a pólvora.

Recuerdo ese embarazo como algo extraño, lleno de emociones contradictorias. Es difícil para mí hablar de ello con objetividad, porque mi mente se ha empeñado en librarse del dolor. Estaba contenta con aquel niño, pero creo que estaba más contenta por Henry que por mí.

Seguíamos viviendo en la rue Censier y cada día me costaba más subir los tres tramos de escaleras. A veces pensaba en proponerle a Henry que nos mudáramos a la casa que había compartido con Frances, pero estaba segura de que él no lo aceptaría de ningún modo. Era muy orgulloso. No soy tonta y no lo era entonces tampoco, a pesar de estar perdidamente enamorada. Aquel orgullo suyo, esa negativa constante a aceptar ningún privilegio que tuviera que ver con mi familia le honraba, pero muchas veces llegué a pensar que su actitud más tenía que ver con el tópico que con sus sentimientos. Y luego estaba mi cuerpo, ocupado por aquella cosa extraña que todavía no era mi hijo y que me obligaba a comportarme de manera insólita. No podía correr ni beber; no debía disgustarme, tampoco coger peso, y no era conveniente nadar ni jugar al tenis, en el supuesto de que tuviera ganas y ocasión. A veces miraba a Henry y me daba cuenta de que su vida no había cambiado en nada. La mía sí, se había reducido a la mitad.

Por otra parte, la relación entre Bonnie y Owen finalmente había fracasado y ella desapareció. Fue una ruptura muy tormentosa y casi violenta. Cuando ella se fue, Owen se mudó otra vez a un pequeño estudio de Montparnasse y Henry y él empezaron a salir juntos algunas noches. Yo tenía que quedarme en casa con aquella tripa enorme y esos feos vestidos de embarazada. Cuando Henry volvía y se metía en la cama, me agarraba por la cintura y su mano acariciaba el abultado vientre en el que, por lo visto, estaba nuestro hijo, pero que yo sentía como un inconveniente que amenazaba con separarnos y volvía incómodas nuestras vidas. Eso sentía. A veces un amor infinito por el bebé y otras un enorme fastidio.

Perdí a mi hijo en septiembre, cuando ya estaba de seis meses. Henry había tenido que ir a Inglaterra por trabajo y yo estaba sola en París.

Habíamos discutido de forma más que desagradable. Bueno, él no había discutido apenas; simplemente dijo que no pensaba mudarse nunca a la casa de la rue de Surène, que yo sabía de antemano que él vivía en el *quartier du Jardin-des-Plantes* y que siempre me advirtió que no quería cambiarse.

—Eres un egoísta… Será mejor que me vaya sola a una casa con un mínimo de comodidades.

—Como quieras.

—Voy a irme ya.

—Como quieras.

—Y me las apañaré sin ti.

—Como quieras…

Yo me eché a llorar.

Él me abrazó.

Y entonces, después de jurarnos amor eterno por enésima vez, Henry se fue.

Me quedé sola en París de nuevo, rodeada de un vacío inmenso.

Los dolores fueron en aumento durante la noche. Por la mañana, cuando empezaron las hemorragias, busqué al hijo de los vecinos para que avisara a Owen, pero no me dejaron esperarle; alguien llamó a un médico y me llevaron al hospital. Di a luz a un niño que ya estaba muerto… Cuando todo terminó Owen fue el único que me cogió en sus brazos.

Sé lo que el niño significaba para Henry, pero no me defraudó cuando le dije que jamás podría volver a tener hijos.

—Yo solo te necesito a ti —dijo con aquella voz suya, grave y armoniosa, que a veces yo confundía con un *cello* o con una *viola d'amore*.

Y ocultó el rostro para que no viera que también estaba llorando.

Siempre se sintió culpable de no haber accedido a trasladarse de casa, lo sé. Pero la verdad es que no tuvimos que esperar mucho tiempo para hacerlo. En cuanto me recuperé volvimos a Inglaterra.

Soy una mujer sin hijos. Lo seré siempre. Solo conozco el amor de los hombres, de un hombre, y con eso basta.

Mi padre murió mientras yo estaba en el hospital. No sé si es muy necesario que lo diga, pero no sentí en absoluto no estar presente en su entierro.

Poco después recibí una carta de sus abogados informándome de las condiciones del testamento. Constance también se puso en contacto conmigo y Henry y yo tuvimos que viajar a Inglaterra para arreglar todo aquel lío de documentos. Nos quedamos en Croft House, mientras yo resolvía los asuntos de la herencia y Henry terminaba la traducción de André Gide que le habían encargado. Fueron unos meses fantásticos de verdad. Nos reponíamos de la pérdida de nuestro hijo y por fin Henry había abandonado esos prejuicios suyos a la hora de compartir mis cosas. Sé que Croft House le gustaba. Era una casa sencilla, sin demasiadas pretensiones. Estaba bien amueblada y tenía una orientación deliciosa. Desde los ventanales, amplios, casi de suelo a techo, podía verse ese brazo del océano Atlántico que se adentra en el mar del Norte y que los franceses han llamado siempre canal de la Manche. Al otro lado de ese mar, en línea recta, estaba Normandía.

Recuerdo que un día, mientras yo descolgaba unas cortinas para mandarlas lavar, Henry puso el gramófono.

—Quiero que oigas esto.

Yo estaba subida en lo alto de una escalera.

—¿Y no sería mejor que me ayudaras con las cortinas? —le dije de bastante buen talante—. ¿Te parece que este es el mejor momento para ponerse a escuchar música?

Henry tanteaba el disco con la aguja.

—Ya, querida, es solo un momento.

Empezó a sonar Debussy.

—Algunas personas —dijo Henry mientras se acercaba a la escalera donde yo estaba subida— decoran sus casas con cuadros o muebles. A mí me gusta decorarlas con música.

Reconocí el preludio. Era *La chica de los cabellos de lino*, toda mi vida pasada volvió de repente como una gloriosa avalancha.

—Ahí tienes tu retrato —dijo señalando el gramófono—. Decorando el salón.

Cuando una está enamorada no hay otro hombre más listo, más sensible ni más ingenioso que el que amamos. Creo que en ese momento estaba a punto de olvidar incluso que había sido Owen quien me bautizó así.

Cuando llegó el invierno le sugerí a Henry que volviéramos a París, pero ya nos habíamos acostumbrado a aquella asombrosa tranquilidad y, sin que fuera nada definitivo, decidimos pasar allí ese invierno.

Owen seguía en París y cuando nosotros nos fuimos él se instaló en la casa de la rue Censier. Me hacía gracia eso. Owen siempre acababa viviendo en las casas que yo dejaba libres.

51

Fragmentos, retales de vida.

Jordan Miller vino a vernos en varias ocasiones. Aparecía y desaparecía durante un año o dos. Y luego volvía a asomar como si nos hubiéramos visto la tarde anterior.

Recuerdo claramente la primera vez que estuvo en Croft House. Se presentó de improviso nada más publicarse su novela en Europa. Ni siquiera habíamos podido leerla. Según nos dijo, iba camino de Londres. Desde luego nuestra casa no estaba en ninguna ruta que condujera a Londres, a no ser que uno hubiera desembarcado en uno de los acantilados de la zona, y supongo que ese no era el caso.

Al principio Henry no podía soportarlo. Pero le ocurrió lo mismo que a mí con Owen, que pasó del desprecio al aprecio como si las dos palabras, aparte de tener la misma raíz, corrieran una detrás de otra.

En lo que a mí refiere, tengo que reconocer que me gustaba ver a Jordan Miller durante períodos cortos, eso sí, porque me traía noticias de los viejos amigos. Esa vez me contó que Dick y Maida seguían bebiendo y peleando con la entereza de dos boxeadores dispuestos a no perder ningún combate. Lástima que ya los hayan perdido todos, añadió sin ninguna compasión... Bonnie estaba en Barcelona, cantando de nuevo por clubes de jazz. También ella había escrito un libro y, en opinión de Jordan, solo se lo habían publicado porque hablaba de su relación con Owen Lawson y daba toda clase de detalles escabrosos. Roger se había casado con una neoyorquina rica y ahora vivía a todo tren. Y así, con unos y con otros, conseguimos pasar dos veladas sin hablar de nada verdaderamente importante.

—El éxito ha conseguido que su ego resulte menos inapropiado —comentó Henry cuando se fue, por fin, camino de Londres, esta vez por la ruta correcta.

Más recuerdos, que llegan sin pedir permiso...

Henry y yo estamos en París, en la casa de la rue de Surène y Jordan se presenta de improviso con una mujer joven que no es Elizabeth. Nos enteramos en ese momento de que se han divorciado y él se ha vuelto a casar inmediatamente con esta chica que lleva una blusa de seda y parece demasiado joven. No pregunto los detalles, y más me vale. Tampoco pregunto por la pobre Elizabeth, pero él nos da a entender que la relación y la propia Elizabeth habían envejecido tras diez años de matrimonio...

La nueva esposa se llama Muriel y su principal cualidad es estar loca por Jordan. Eso, desde luego, es evidente. Tan evidente que en determinadas ocasiones resulta molesto. Henry y yo no tenemos por costumbre besarnos en mitad de la cena o manosearnos si estamos acompañados. Cuando nos vamos a la cama Henry suelta:

—Qué agobio ver tanta pasión. Estoy agotado.

Y luego Owen. Es hoy en día, después de tantas cosas como nos han sucedido, y todavía me pregunto cómo diablos se metió de esa manera en nuestras vidas.

Desde los tiempos de Bonnie nos veíamos con frecuencia, tanto en Sussex —sobre todo cuando él se trasladó definitivamente a Inglaterra—, como en París, cuando pasábamos allí largas temporadas para resarcirnos de la pacífica vida en el campo. A veces Henry decía que parecíamos un matrimonio de tres. También era distinto con Felicia, una escultora inglesa que empezamos a frecuentar durante los largos inviernos de Croft House y que a veces parecía que viviera en nuestra casa.

Y además, estaba Constance, mi hermanastra.

Creo que Jordan y Constance se conocieron en una ocasión. No recuerdo bien la escena, pero sí sé que Jordan me dijo:

—Tu hermana me da miedo. La gente como ella tiene la virtud de arrastrarte hacia un mundo tremendamente aburrido.

Lo cierto es que Jordan le temía más al aburrimiento que a la muerte.

En esos años viajamos mucho por Europa. Italia, Grecia, el sur de Francia... Es curioso, porque todo lo que deseábamos ver estaba alrededor del Mediterráneo. Cada año hacíamos un viaje, y Owen siempre venía con nosotros. Solo o acompañado. La mayor parte de las veces acompañado, todo hay que decirlo. Me cuesta recordarle sin una mujer al lado, pero yo sé que, en secreto y sin confesarlo, siempre añoró a Bonnie. Cuando todos creíamos que se odiaban, uno u otro hacía una fugaz entrada en escena que, siempre sin excepción, terminaba en una colosal pelea. Creo que los dos ponían el mismo entusiasmo ahora en odiarse que antes en amarse.

Total, que Owen se había instalado en nuestras vidas con todas las de la ley. Para lo bueno y para lo malo. Siempre ayudó a Henry, facilitándole contactos, presentándole gente y compartiendo con él todas las amistades que había hecho a lo largo de los años.

También recuerdo —eso nunca podría olvidarlo aunque quisiera— una época en la que Owen desapareció. Cuando regresó a Inglaterra lo hizo acompañado de Bonnie. No era nada extraordinario, ya había pasado otras veces, pero ahora ella estaba enferma, no sabíamos hasta qué punto; creo que ni siquiera Owen lo sabía. La había rescatado en un estado lamentable de una sucia pensión en la frontera española y la cuidó con un amor infinito, hasta que la alegre Bonnie de voz triste como las madrugadas murió. No quedaba nada de aquella chica que cantaba en el oscuro Blue Storm, mientras sobrevivía a base de cócteles. El día de su muerte, después de volver del cementerio, preparé unos Manhattan en su honor y Henry, Owen y yo nos emborrachamos intentando escabullirnos de la realidad y sentirnos más cerca de ella.

52

Gente, lugares, jirones de vida…

La isla de Mallorca, una casa en el campo cerca de un cabo que se llama Ses Salines, con Henry y un Owen destrozado por el dolor. El sol abrasador, las casas de un blanco hiriente. El mar.

Hay unas enormes flores rojas, como cálices. Y una parra que en verano dará uvas. Henry escribe a todas horas, por todos los rincones, dentro y fuera, arriba, en una torre que tiene un pequeño estudio casi sin muebles, abajo, en la cocina, en la mesa del porche, bajo la parra verde, en la cama, tomando café y con las telarañas del sueño todavía pegadas al cuerpo… A veces yo también sueño, imagino que esto es eterno.

Hay cosas que nos hacen felices. A los tres. A Owen también, lo sé. Comer unos pequeños tomates que crecen en el huerto, partidos por la mitad y espolvoreados de sal, mientras leemos y dormitamos a la sombra… Beber a media tarde vino de una garrafa forrada de mimbre…

El tiempo discurre como si no se fuera a acabar nunca.

Pero acabará. Veintiuno de junio. Solsticio de verano. Empieza a hacer calor en la isla.

—Deberíamos volver a casa —dice Henry. Ha dejado su libro en la mesa y se echa hacia atrás con la silla.

Owen está tumbado en una hamaca de lona que se sujeta entre las dos vigas laterales del emparrado. Un tronco filamentoso estalla en una multitud de pámpanos verdes. Lleva un sombrero de campesino que le tapa media cara. Se lo quita y levanta la cabeza ligeramente para mirar a Henry.

—Yo no me voy —dice volviendo a tumbarse y a ponerse el sombrero de paja sobre la cara.

—Dentro de poco no aguantarás el calor —comenta tranquilamente Henry—. Estamos casi a finales de junio, en una o dos semanas aquí se asarán hasta las moscas.

Lo ha dicho en castellano.

—¿Se asarán hasta las moscas? ¿De dónde has sacado eso tan exquisito? —pregunta el otro desde debajo del sombrero.

Henry se encoge de hombros. Owen añade entonces:

—Felicia va a venir. Telegrafió ayer.

—¿Y cómo no nos has dicho nada? —le pregunto un poco molesta.

Owen no se digna responder, es como si quisiera librarse de nosotros, de lo que representamos. Felicia también es nuestra amiga. No lo entiendo.

Esa noche Henry y yo decidimos irnos de la isla, diga lo que diga Owen. Veintiséis días más tarde comenzará la guerra civil española.

Estamos preocupados. Felicia pertenece al Partido Comunista y casi seguro que habrá querido quedarse en España. ¿Pero Owen? No sabemos nada de él durante muchos meses. Jordan también está en España, se ha alistado como voluntario en las Brigadas Internacionales y trabaja como corresponsal para varios periódicos norteamericanos. Gracias a él nos enteramos de que tanto Owen como Felicia dejaron Mallorca al principio de la guerra, se unieron al ejército republicano y que Felicia ha muerto cuando ella y sus amigos intentaban volar un tren cargado de municiones. Un cadáver más, uno de tantos.

53

Febrero es un mes que siempre me ha parecido muy hermoso. Cambia la luz, los días empiezan a ser más largos y en el aire flota un aroma dulzón que me trae el recuerdo de las mimosas en los huertos de Carabanchel.

He bajado del tren y he cogido un taxi. El taxista se empeña en darme conversación, pero yo solo me empeño en mirar el amanecer de Madrid, con sus cielos limpios y, a pesar de todo, prometedores.

Amparo me ha oído cuando estaba intentando abrir la puerta de mi casa y ha salido inmediatamente.

—¡Dios santo bendito del mismísimo cielo! ¡Si es usted!

Me da un enorme abrazo y yo siento que España me recibe dentro de ese enorme cuerpo suyo que siempre huele a comida. La verdad es que me alegro mucho de verla.

—Traiga, traiga acá esa maleta. ¿Cuándo ha llegado? ¿Ha desayunado?

No me deja hablar. Si ella supiera cómo he echado en falta eso…

—Le voy a poner un café ahora mismo, con un pedazo de bizcocho que hice ayer, que se va a chupar los dedos, ya verá.

Hace una pausa, me mira de arriba abajo, moviendo la cabeza en sentido afirmativo, como si le gustara mi aspecto, y luego añade con orgullo:

—Porque ahora tenemos café del bueno, no se vaya a creer, que ya no es como antes.

He estado algo más de dos meses fuera. Mientras Amparo va a por el café y el bizcocho, abro la maleta y saco la caja de *macarons* de Ladurée que le he traído. Luego recorro esta sencilla casa donde he pasado tantos años. Reconozco que es un lugar agradable para afrontar la vejez. Tengo la impresión de que aquí nunca estaré sola.

El dormitorio no tiene un solo cuadro. Y en cambio en París hay una casa que tiene obras de Picasso, de Braque, de Léger… Por poco tiempo, porque también los voy a vender en breve. He dejado mis otros hogares para siempre.

Constance se ha quedado por fin con Croft House, la casa de East Sussex que mi padre me dejó en herencia y que ella me ha reclamado durante años. Al final, por mucho que me fastidiara cedérsela y por muchos recuerdos que tuviera de los años que Henry y yo pasamos allí, tengo que reconocer que ahora las cosas están en su sitio. Yo no tengo nada que ver con esa familia ni con sus posesiones. Nunca tuve nada que ver porque ellos se encargaron de apartarme. Además, hay otro motivo, el verdaderamente importante: Henry está aquí, en España. Y yo no puedo hacer otra cosa que seguir con él.

La casa de la rue de Surène no la he vendido de momento, pero ahora sé que puedo hacerlo si fuera necesario. Qué pocas cosas necesita una cuando se va haciendo vieja… Todo sobra, excepto el cariño.

Soy una mujer sin hijos. No tengo a quién dejar mis cosas. Constance sería mi única heredera. Croft House habría sido suyo de cualquier modo, así que para qué discutir durante más tiempo.

Ella cree que no he pensado en eso, pero lo he hecho. Y con mucho cuidado. He pensado también en la herencia de Frances y, desde luego, estoy firmemente decidida a que nada de lo que fue suyo pase a ser de Constance. Por eso Lola y Matías son tan importantes para mí. Creo que los estaba buscando. Aquel primer día, cuando me dio por seguir a Matías por la calle, no sabía qué me iba a deparar todo esto, pero supongo que algo en mi interior lo intuía. Luego conocí a Lola y nos hicimos amigas. *La chica de los cabellos de lino* tuvo la culpa. En fin, que Constance se llevará una sorpresa cuando yo muera, si lo hago antes que ella, desde luego. Me imagino la cara que pondrá cuando se entere de que dejo como herederos universales a dos libreros españoles. Sé que no es posible, pero me encantaría estar presente en esos momentos.

Amparo me ha puesto al día de todas las novedades, las del barrio y del país, mientras tomamos el café y el bizcocho. Me ha contado, con mucho detalle, unos cuántos crímenes más y milagrosamente, al cabo de un rato, sin que yo tuviera que insinuarlo siquiera, se ha despedido:

—Bueno, que usted vendrá cansada y querrá quedarse tranquila. Llámeme si necesita cualquier cosa y no se preocupe por la taza y los platos; ya me los dará otro rato.

Sí, es agradable estar en casa de nuevo.

Se va con su caja de Ladurée apoyada en el pecho, como una niña con un cofre repleto de tesoros.

Estoy cansada, pero no tengo sueño. La excitación me impide dormir, así que me tiendo sobre la manta y me tapo con la colcha. Además me muero de ganas de ir a ver cómo ha quedado la librería. Sagrario me ha ido informando de los progresos y creo que todo ha salido bien, pero quiero verlo con mis propios ojos.

Creo que debería haberme quitado las medias. Es incómodo sentir los dedos de los pies aprisionados mientras mil imágenes dan vueltas en mi cabeza. Cierro los ojos y veo a ese hombre con la boina y el fusil, en el camión que me lleva desde Valencia a Madrid… Y el campo ocre, con pequeñas manchas de verde oscuro diseminadas por un paisaje que contemplo por primera vez.

Hay un miliciano que sabe un poco de inglés. Nos hemos sentado en el suelo del camión.

—Han caído como chinches, primero en el Jarama y luego en el frente de Aragón —me dice sin miramientos—, no sé si encontrará usted a su marido vivo. Esos pobres de las Brigadas Internacionales no tenían ninguna formación militar y muchos no sabían ni cómo coger un fusil.

El camión hace un ruido infernal. En la parte trasera vamos tres mujeres y una docena de hombres que hemos recogido en Albacete, donde está el cuartel general de las Brigadas Internacionales y donde me han dicho que el batallón de Henry lucha en las afueras de Madrid. Todos los que viajan en este camión son españoles.

—¿Ve usted esta canadiense? —me dice el soldado señalando su chaquetón—. Me la dio un americano del Batallón Lincoln.

Pasamos por lugares que no podría imaginar que existieran. Hay casas del color de la tierra, mulas famélicas y gentes con el rostro curtido que van de un pueblo a otro. Un grupo de campesinos nos saluda con el puño en alto. Llevan sombreros de paja y fajas negras alrededor de la cintura. Son tristes como las noticias que vuelan por el aire.

Madrid está lejos…

Muchas veces aún me pregunto por qué se alistó Henry en esta guerra que ni le iba ni le venía. Sé que a todos nos pareció una canallada la sublevación de Franco, que tanto él como Mussolini daban miedo, que Hitler nos parecía un loco, y que todos los malditos idealistas del mundo decidimos, en mayor o menor medida, apoyar la causa de la República española. Porque todos temíamos algo que ya estaba en el aire. Muchos se unieron a las Brigadas Internacionales. Más de cuarenta mil voluntarios de cincuenta y cuatro países diferentes. Todos querían luchar por la libertad. Henry también. Nunca supe muy bien lo que le animó a hacerlo. Puede que se sintiera culpable de haber dejado a Owen y Felicia solos en España… Me pregunto por qué no fui capaz de impedirlo. Murieron por miles y el fascismo siguió avanzando hasta que estalló otra guerra.

Cuando uno no puede dormir los sueños son cansados, tristes, amargos… o simplemente feos. Estoy despierta y sueño.

Madrid. Por primera vez.

Una ciudad en guerra. Escombros. Gente con el miedo pintado en el rostro.

Jordan está alojado en el hotel Florida. Los morteros hacen retumbar las paredes mientras bebemos coñac español en vasos sucios y trato de entender por qué nadie sabe qué ha sido de mi marido.

—Henry estará bien, no te preocupes. El frente está aquí, muy cerca, en la Ciudad Universitaria, cualquier día de estos podrás verle.

Hay una mujer con Jordan. Y un fotógrafo norteamericano. Pero los dos se han ido a dormir y nos han dejado solos. Pregunto si sabe algo de Owen.

—Le hirieron en el frente de Aragón. Según mis informaciones está en el hospital de Benicassim y está bien. Pero esto se acaba, Rose, se acaba.

Es tarde. Tengo frío. Estoy cansada. Tengo miedo.

—Se rumorea que los brigadistas vuelven a casa.

La habitación está fría. Me estoy quedando helada, pero no soy capaz de levantarme a poner sábanas en la cama. Me refugio debajo de las mantas y vuelvo a echarme la colcha por encima. Estoy vestida y las medias me siguen molestando, así que me las bajo y las dejo en el suelo, junto a los zapatos. Le he traído a Lola unas medias de París. Tienen una costura negra en la parte de atrás que termina en forma de lazo. Espero que le gusten

No sé qué pensará de mí ahora que ha leído el resto de la historia y Matías le ha dicho quién soy. Supongo que tendré que contestar a unas cuantas preguntas.

Las persianas están cerradas y el sol se cuela por las rendijas con una obstinación que no parece propia del invierno. Cierro los ojos con miedo a dormirme. Deben de ser las ocho y media de la mañana. Aún tengo que esperar un poco más.

Esperar…

Hay hombres que disparan desde los tejados. A veces lanzan granadas que levantan enormes nubes de polvo en medio de la calle.

Esperar… en ese café lleno de milicianos que beben y fuman. Jordan me señala a unos hombres que acaban de entrar. Todos van armados.

—Mira, ese lleva una DP-38 soviética, pero le ha quitado el cargador. Seguramente pesa demasiado.

¿Por qué me cuenta eso? ¿Qué sé yo de ametralladoras?

Sus uniformes. Esa mezcla patética: unos llevan guerreras militares, otros cazadoras de cuero, monos con peto, incluso alguno un chaleco de rombos sobre la camisa caqui. Parecen gente de la calle que haya sido reclutada de improviso cuando se dirigían a sus respectivos trabajos. ¿Qué llevará Henry? ¿Cómo olerá?

—Esta guerra es un jodido desastre —maldice Jordan en voz baja—. El Comité de No Intervención la está cagando.

La puerta no para de abrirse para dar paso a los soldados que vienen del frente. En el café hay tanto humo que casi no se puede ver a los que entran.

—¿Estás nerviosa? —me pregunta—. ¿Cuánto tiempo hace que no os veis?

Quiero pensar pero no puedo; alguien empieza a cantar

> *Si la bala me da,*
> *si mi vida se va,*
> *bajadme sin más a la tierra…*

Es una voz de hombre. Suena triste y cansada, en el humo del bar.

> *Las palabras dejad,*
> *es inútil hablar,*
> *ningún héroe es el caído…*

Jordan me traduce lo que dice. Su voz también parece agotada.

—Es una canción que cantaban los del Batallón Thaelmann, en el frente de Huesca. No sabes la cantidad de chavales que cayeron en pocos días. No podíamos ni enterrarlos…

No puedo imaginarlo. No quiero.

—Observa a ese hombre —señala con un gesto—; el de la gorra blanda. Mira sus ojos.

El soldado está cerca. Puedo verle sin dificultad. Tiene la mirada perdida, como si todo lo que le importara de verdad estuviera muy, muy lejos.

—Es lo que en el frente se llama la mirada de las mil millas. Solo miran así los que han visto morir a sus compañeros.

Esperar en Madrid a un hombre que no acaba de llegar… Todo tenía ese aire romántico e idealista, una complicidad apurada que flotaba entre los escombros y sonaba igual que una ráfaga de metralla… Tenía que ser así, era necesario para seguir luchando… La épica necesita inocentes muchachos llenos de idealismo. La épica necesita muertos.

Si la bala me da…

54

He entrado en el café de la calle Barquillo. El camarero me ha reconocido enseguida.

—¡Pero, bueno! ¡Qué sorpresa!

Lleva la chaquetilla blanca llena de manchas y un corte con la sangre seca en la barbilla. Se me había olvidado cómo son los cafés españoles. No se puede decir que sean Ladurée, precisamente, pero allí nadie me recibiría así. El hombre se seca de manera apresurada con un trapo y me tiende la mano. Está fría y húmeda.

—Creí que habían cerrado ustedes la tienda —me dice, suponiendo sin duda que soy una de las propietarias de la vieja librería—. Pasé un día por allí y vi que estaba la persiana echada.

—Nos hemos trasladado —le digo orgullosa de poder hacerlo—. Ahora estamos en esta misma calle, quinientos metros más abajo.

Se lleva la mano a la cabeza.

—¡No me diga que son ustedes las de esa librería nueva!

—Eso es —reconozco.

—Pues vaya cambio. De la noche al día, vamos.

Qué alegría me da este hombre sin saberlo. Le encargo café, cruasanes y churros calientes para dentro de una hora más o menos.

—Esta vez será para tres personas —le advierto.

—Eso está hecho.

El hombre se empeña en que me tome un café antes de irme. Tiene razón Amparo, el café de ahora no se parece en nada al de antes.

Henry y yo estamos en la cama. Llevamos aquí todo el día. Bebemos este líquido negro que parece café, que dicen que es café, pero que no sabe a café. Jordan nos ha dejado su habitación y él se ha ido a dormir al vestíbulo, eso dice, pero he visto cómo mira a esa mujer alta y rubia que está con el fotógrafo norteamericano. La habitación está llena de polvo y uno de los cristales de la ventana se ha roto y lo han tapado con un cartón. Yo tampoco estoy demasiado presentable; no he podido bañarme desde hace diez días, pero a Henry y a mí eso no nos importa demasiado: reconocemos nuestro olor como los cachorros de una camada se reconocen entre ellos. Tengo el pelo pegajoso. Si Frances me viera…

Miro al camarero y el hombre me sonríe con su chaquetilla blanca llena de manchas y el corte en la barbilla. Él no puede saber qué piensa esta vieja de pelo blanco que tiene enfrente. Tampoco puede imaginarse que fui joven y apasionada una vez.

El hueco de mi cadera por el que Henry desliza los dedos. Esa caricia que me paraliza.

—¿Qué hacemos aquí?

Henry deja de acariciarme.

—Yo defender algo en lo que creo.

—¿Y yo?

—Tú estás aquí porque crees en mí.

—¿Y esta guerra? ¿Por qué hacemos todo esto por un país que no es el nuestro, por un país que hace cinco años ni siquiera conocíamos?

—Porque a veces este país es el mejor del mundo, Rose. Y también el peor.

La habitación entera suena como si hubiera caído una bomba.

—Son obuses —dice Henry con indiferencia—. Si te quedas los oirás todo el tiempo.

Me quedo. Sé que ya no iré a ningún otro sitio, que le seguiré adondequiera que él vaya. Owen será evacuado a Madrid y los tres juntos formaremos parte de ese pequeño grupo de voluntarios internacionales que no acuden al desfile de despedida y se quedan hasta el final.

—Tengo cuarenta y seis años —dijo Owen cuando decidió quedarse defendiendo Madrid—. Soy demasiado viejo para salir huyendo.

Y luego… Cuando ya no hay defensa posible, ahí vamos, atravesando la sierra de Ayllón con sus nieves y sus hielos. Ahí vamos, hasta los pueblos de Guadalajara donde ya han florecido los geranios en las macetas y en los bidones cortados. No somos muchos, no somos los mejores; pero somos los que se han quedado.

55

Cuando salgo a la calle ya han abierto todos los comercios. En dos meses ha cambiado mucho todo, incluso el aspecto de los escaparates. La ciudad parece ligeramente más próspera, un poco menos dañada por la necesidad o por el abandono. Me acerco. Ya veo la esquina donde está la librería.

No sé si Madrid ha dejado atrás la guerra. Ni siquiera sé si la he dejado atrás yo. Durante mucho tiempo he mirado todo esto, las huertas de Carabanchel, los escombros del Hospital Clínico, los parterres sucios del Parque del Oeste, como el escenario de una guerra que todavía no ha terminado. Es difícil quitarse de encima esa forma de mirar.

La mirada de las mil millas.

Matías la tiene. La reconocí desde el primer día.

Y yo también.

Ya estoy aquí. Tres pasos más y me detendré frente al escaparate, como aquel otro día en el que pensé que ese hombre moreno y yo teníamos la misma savia y la misma raíz.

Dos pasos. En la acera de enfrente hay una mujer que se está poniendo los guantes. Un coche negro pasa y toca el claxon.

Un paso. Ya solo me queda un paso. La mujer que se estaba poniendo los guantes baja a la calzada y cruza la calle.

La luz del sol cae todavía un poco oblicua; da en el escaparate de la acera de enfrente, rebota y se refleja al otro lado de la calle, en la luna de la librería. Ahí estoy yo, esa mujer de pelo blanco con un abrigo de vicuña que nunca pasa de moda. Y ahí está el libro, *La chica de los cabellos de lino*, abierto por las páginas 358 y 359, en un atril y en la esquina izquierda del escaparate. Casi me echo a llorar al verlo.

Es una mañana fría de finales de febrero, igual que aquella otra del mes de octubre en la que me paré delante de su tienda por primera vez. También entonces parecía absurdo estar mirando un libro abierto en un escaparate. Tan absurdo como exponerlo allí. Ha transcurrido apenas medio año y sin embargo parece que toda mi vida haya pasado ante mí en estos cinco meses.

El aire es frío y la luz muy clara. Todavía debe de haber nieve en la sierra de Ayllón. Lola está de espaldas, con un cliente, junto a la mesa central donde hay una docena de libros de diferentes editoriales expuestos en pequeños montones. Coge uno y se lo tiende. El hombre lee la contracubierta y ella le cuenta algo moviendo las manos expresivamente. Busco a Matías y lo veo al fondo, sentado frente al escritorio que hay antes de bajar los tres escalones que llevan a la zona baja de la librería. Es un lugar al que dan ganas de entrar.

Me quedo allí unos minutos, hasta que Lola y su cliente se dirigen a la caja. He recibido una única carta de Lola en estos meses, pero no esperaba recibir ninguna porque pensé que ella no tendría modo de ponerse en contacto conmigo. No contaba con Amparo, claro. En esa carta no había preguntas; simplemente

Lola me daba las gracias de manera muy efusiva «por todo lo que ha hecho por nosotros». Y aquí estoy, a punto de verlos a los dos.

Matías lleva ahora lentes. Antes no los llevaba o al menos yo no lo recuerdo. Lola se ha cortado el pelo y se lo ha peinado hacia atrás, como Ava Gardner. Parece más, no sé, más mujer… Desde luego se mueve con mucha desenvoltura. Y esa sonrisa que le ilumina la cara nada más verme… Cuánto he echado de menos esa sonrisa.

Dice algo sin dejar de mirarme, no puedo oírlo desde aquí, pero veo que Matías levanta la vista, se quita las gafas, y también sonríe al reconocerme. Ella ya está en la calle. Lleva una chaqueta de lana en la mano, pero ni siquiera tiene tiempo de ponérsela porque se echa en mis brazos. Primero Amparo y ahora ella. En ningún otro lugar me han abrazado con tanta efusividad. Este país es el mejor del mundo, aunque a veces pueda parecer también el peor.

56

—¿Qué le parece? —pregunta señalando el atril. No sé si ella se da cuenta, pero es la misma pregunta que solía hacerme cuando acabábamos de leer un capítulo.

—Una maravillosa sorpresa —respondo.

Creo que estoy emocionada.

Lola se ha echado la chaqueta sobre los hombros y se queda abrazada a mí mientras las dos contemplamos el escaparate. Matías se ha acercado a la vitrina y nos mira desde dentro. Creo que los dos quieren saber el efecto que el libro abierto produce en mí.

—Mire, lo tenemos siempre abierto por el mismo sitio.

Leo el comienzo de una de las dos páginas:

«—Esto es la Albufera —dice Jordan visiblemente satisfecho de su sentido de la orientación.

»Estamos a orillas de un lago. Elizabeth baja del coche y se abraza feliz a su cintura. Henry y yo nos miramos, Bonnie murmura algo que no entiendo y Owen se encoge de hombros, se dirige al maletero y saca una bota de vino. Yo no había visto nunca una. Es un pellejo de animal que sirve para beber sin vaso.

»—Hay que beber "a morro", como dicen los españoles».

Y luego, mientras todas las emociones se agolpan, se confunden y se retuercen, leo el final:

«Fue al regresar de España cuando me enteré de que Sarah se había suicidado».

—Es la última página que usted y yo leímos juntas —me dice Lola—. He querido que lo encontrara así cuando volviera.

Siento un nudo de emoción en el centro del pecho.

—¿Acabó de leerlo?

Lola me suelta y se envuelve en la chaqueta, aterida de frío. Creo que otra vez ya hizo este mismo gesto en una situación muy parecida a la de ahora.

—Claro. No sabe lo que lloré…

Matías ha encendido un cigarrillo. Veo la cuerda amarilla de su chisquero asomando por el bolsillo del pantalón. Viste una camisa verde caqui y una corbata a cuadros más oscuros. Sigue llevando su vieja americana con coderas.

—Está tan contento con su librería —dice Lola contemplándolo con ternura.

Se vuelve hacia mí. A ella también se la ve muy feliz.

—¿Sabe una cosa?

Hago un gesto animándola a seguir.

—Nunca le estaré suficientemente agradecida. Usted ha salvado nuestro matrimonio.

—No diga eso. No es cierto.

Lola mira a Matías a través del cristal. No deja de sonreír.

—No es por la librería, ¿sabe? Al menos no solo por eso.

Matías ha hecho un gesto con la mano, indicándonos que esperemos. Se ha puesto el cigarrillo en los labios para tener las manos libres.

—Su historia… —oigo que me dice Lola.

Le seguimos con la vista, mientras él abre la trasera del escaparate y tuerce ligeramente el atril donde descansa el libro.

—… ha sido muy importante para mí. Me ha ayudado a darme cuenta —señala con un gesto a Matías que ahora tiene el libro en la mano— de qué significa este hombre en mi vida. Y de lo que sería de mí si le perdiera, como le ocurrió a usted.

No sé qué quiere hacer Matías con el libro. Nos quedamos en silencio, siguiendo sus movimientos. Una mujer con un abrigo de *mouton* marrón se detiene a nuestro lado, mira el escaparate, pero como solo ve a un hombre con un libro en la mano, hace un gesto de desilusión y luego continúa su camino.

Matías ha vuelto a poner el libro en el atril y acto seguido sale de la tienda.

Se acerca risueño y con la mano cordialmente extendida, pero yo no se la estrecho; necesito abrazarle como a Lola unos minutos antes. ¿Por qué pienso en un párrafo del que nadie ha hablado? ¿Por qué oigo mi propia voz y veo el lugar…?

Ese lugar…

En primavera, con el deshielo, había agua por todas partes, en pequeños hoyos entre el musgo, en riachuelos que atravesaban la hierba, horadándola, y en pequeños torrentes que resbalan por las paredes de roca. Las flores amarillas y malvas crecen en mi memoria mezcladas con los arenques secos y el pan de hogaza… Y los caminos que atravesamos para llegar al pueblo donde nos recogerán los camiones. Henry camina con paso rápido; siempre va por delante de todos. Alguien canta una canción en inglés que no me resulta familiar.

Cuando mueren las personas que has querido, tú también estás muerta.

Sé por qué me aferro a Matías y a Lola con todas mis fuerzas: intento no morir.

—¿Cómo está? —pregunta Matías, visiblemente divertido con mi efusividad.

—Feliz de verles de nuevo a los dos.

Matías asiente. Ese gesto suyo también me resulta agradablemente familiar, como la hermosa sonrisa de Lola.

—Mire. —Señala el libro—. Nunca hemos podido mostrar el final, ya puede imaginarse por qué. Pero hoy, en su honor, vamos a hacerlo. Al menos durante un rato.

Se vuelve hacia Lola y le hace un gesto con la cabeza para que entre en la tienda con él.

—Disfrútelo durante el tiempo que quiera. Nosotros la esperamos dentro —dice Lola.

Esas dos páginas finales…

57

—¡Inglesa! —grita el miliciano—. ¡Quita de ahí que te van a pegar un tiro!

Owen me tira del brazo para que me agache.

Protesto. La guerra ha terminado, lo sabe todo el mundo. Pueden hacernos prisioneros, pero no pueden matarnos. La guerra ha terminado y yo no quiero agacharme más.

Estamos en lo alto de las Hoces, trepando por las rocas. Somos cinco adultos y un niño. Algunos no pueden con su alma. A lo lejos ha quedado el castillo en ruinas de Pelegrina y al fondo se ve el barranco del río Dulce. Estamos cerca de un lugar próximo a la carretera general, que es donde el camión vendrá a recogernos. Después viajaremos por carretera, escondidos entre las cajas, hasta la frontera. Solo entonces toda esta pesadilla habrá acabado.

Pasa en un segundo. Los chopos sin hojas serpentean por el cauce del río, entre las paredes de roca. Tienen exactamente el mismo color violáceo que tenían aquellos sauces sin ramas que había en Elsinor Park, junto a la casita del río, la primera vez que los vi. Y, mientras, el soldado español me está gritando: «Inglesa, quita de ahí, que te van a pegar un tiro».

El soldado grita y Henry, que marcha delante de todos, se vuelve. Ya me he agachado, pero aun así lo veo.

No te vuelvas, Henry, no te vuelvas, por favor.

Y entonces oigo aquel repiqueteo infernal, una dos, tres veces antes de que Henry caiga al suelo. Me levanto aterrorizada. Owen intenta detenerme y luego se incorpora tras de mí. El ruido vuelve. ¿Qué es ese rasguño rojo que Owen tiene en el hombro? ¿Por qué ese gesto de dolor?

Alguien me arrastra de un brazo. Hay zarzas. Me desgarro la ropa y la piel del costado. Una mano áspera me tapa la boca. Veo al niño muerto entre unas pequeñas flores amarillas y malvas. A su madre muerta. A un viejo con boina muerto… Veo las botas de varios soldados que caminan rápidamente entre los cuerpos sin vida. Quiero moverme, porque desde donde estoy no puedo ver a Henry.

Y luego. Cuando los fascistas bajan hacia el cauce del río Dulce dejando tras de sí un reguero de muerte, el mismo soldado republicano que me tapó la boca, Owen y yo enterramos a los muertos.

No pude poner una lápida, tampoco podía pensar con claridad, así que escribí en un papel de su libreta negra unos versos de Emily Dickinson y los metí en el bolsillo de su camisa, junto al corazón.

Los enterré juntos, pensando que la vieja Emily sería una buena compañía.

Owen y yo regresamos a Madrid, a pesar del riesgo que entrañaba. Él quería que volviéramos cuanto antes a Inglaterra pero yo no podía irme dejando a Henry aquí. Supongo que me daba todo igual, que me encarcelaran, que me retuvieran en uno de esos campos de concentración, que me retiraran el pasaporte…, todo menos dejar a Henry solo en este país al que había entregado su vida. Cuando Owen me dijo que quería pedir a las autoridades españolas que nos repatriaran, me negué en redondo. Yo no soy inglesa, nunca lo he sido. Tampoco francesa, nunca del todo. No he tenido otra patria que Henry y el hueco de su hombro.

Owen se quedó conmigo y dos años después murió de una apoplejía. A él sí pude enterrarle en el cementerio británico de Carabanchel.

A veces pienso en ese lugar. Ya no significa gran cosa para nadie, pero yo vengo cada vez que puedo para que Henry no esté solo. Conozco ese cañón como la palma de mi mano. Conozco las rocas, el cauce, los nogales de las huertas, los manzanos silvestres que se agarran a las solanas para florecer, el color de los chopos en junio y en septiembre; conozco a las abejas, a los estorninos que surcan el cielo en bandadas, a las cigüeñas de marzo y a los brezos cenicientos que cubren las partes más altas. Yo vengo para que Henry no esté solo, pero él nunca lo está. En invierno, cuando la nieve y el hielo lo cubren todo, tampoco.

Porque hay unos versos en esa fosa. Cada día los oirás, querido Henry, leídos con mi voz:

> *Barrer el Corazón*
> *y poner a recaudo el Amor*
> *que no vamos a volver a usar*
> *hasta la Eternidad.*

Supongo que los oyes, ¿verdad?
Yo también, como tú, cada día.

Reparto

Intervienen en esta obra…

Rodrigo Abad y Lucía Villafañe, las dos mejores historias nunca escritas.

Mari Carmen García Mardones y Alfonso González, en el papel de los grandes amigos.

Josetxu y Merche, el ejemplo y el regalo de la vida.

Josep Rovirosa, siempre en el mismo equipo.

Fini Martín Calderón y Félix Sánchez, en cuya casa comenzó todo. La amistad, el calor y la magia.

Jorge, Iñaki y Carlos, la niñez en los años cincuenta.

Anna y Nicolás, el continuará.

Suzy, la auténtica, la que existía antes de su personaje.

La otra Thérèse, exquisita y sensible. Ella también escribe en los cafés.

Victoria, tan presente siempre, tan fiel, tan buena ayuda.

El viento del oeste.

Tristan Bernard, Sacha Guitry, Debussy, Ford Madox Ford, Jean Rhys, Ernest Hemingway, Hadley, Francis Scott Fitzgerald, Zelda y todo el resto de invitados al baile.

Maribel Tobalina, Amagoia Lataillade, Maykas, Cinta Enríquez, la insistencia de la juventud.

El mar. El aire. Begoña y Manoli. El cielo. Olga Kolotouchkina y Mario San Juan.

Pilar Vítores y todas las mujeres que «alumbran».

Normandía.

Las canciones de los brigadistas. Su valor.

Con la actuación estelar de…

Silvia Querini, mi editora, que ha pensado, imaginado, luchado, discutido y soñado con esta historia (las hadas madrinas existen: yo tengo una).

El equipo de Lumen al completo, porque sin personas como esas no existirían libros como este.

Mar León, brillante e ingeniosa susurradora de títulos.

El papel utilizado para la impresión de este libro
ha sido fabricado a partir de madera
procedente de bosques y plantaciones
gestionados con los más altos estándares ambientales,
garantizando una explotación de los recursos
sostenible con el medio ambiente
y beneficiosa para las personas.
Por este motivo, Greenpeace acredita que
este libro cumple los requisitos ambientales y sociales
necesarios para ser considerado
un libro «amigo de los bosques».
El proyecto «Libros amigos de los bosques» promueve
la conservación y el uso sostenible de los bosques,
en especial de los Bosques Primarios,
los últimos bosques vírgenes del planeta.

Papel certificado por el Forest Stewardship Council®

MIXTO
Papel procedente de
fuentes responsables
FSC® C117695
FSC www.fsc.org